TOP 1
一日顶流

石一枫 著

人民文学出版社

图书在版编目（CIP）数据

一日顶流 / 石一枫著. -- 北京 ：人民文学出版社，2025. -- ISBN 978-7-02-019146-8

Ⅰ. I247.5

中国国家版本馆CIP数据核字第2025RB7697号

责任编辑　于文舲
装帧设计　陶　雷
责任印制　苏文强

出版发行　人民文学出版社
社　　址　北京市朝内大街166号
邮政编码　100705

印　　刷　三河市龙林印务有限公司
经　　销　全国新华书店等

字　　数　292千字
开　　本　850毫米×1168毫米　1/32
印　　张　13.25　插页3
版　　次　2025年3月北京第1版
印　　次　2025年3月第1次印刷

书　　号　978-7-02-019146-8
定　　价　56.00元

目　录

上篇

倒计时

1 “电脑里藏了一只虫”

1999年，世纪之交，五岁的胡莘瓯爱上了李蓓蓓。此事距离他成为顶流，隔了足有二十多年。此事他最初也没跟他爸说。

在1999年，他爸胡学践手上还有大事要做，即与千年虫进行斗争。

先来介绍一下千年虫。胡学践这么对胡莘瓯解释：“电脑里藏了一只虫，平时看不见，可等2000年一到，它就钻出来了。零点零分，丝毫不差。”

这一说法很形象，也很容易引发联想。人类失去联想，世界将会怎样？不知道。但人类有了联想，世界经常跑偏，那倒是真的。胡莘瓯便瞪着围棋黑子般的眼睛，看向他爸那台 Intel 486电脑。电脑振动不休，大抵是虫子在爬、在滚；电脑还会嗡嗡作响，大抵是虫子正在鸣叫。胡莘瓯问：

“虫子是个什么样？像知了一样带个壳儿吗？”

在夏天，他与李蓓蓓常到剧团红楼后身的杨树林里去，捡知了壳儿。树干底下就有，举起来对着太阳，通体透明，纤毫毕现，像个精密的灯笼。八面来风，杨树还有无数眼睛，静默如谜，盯着这俩孩子。

胡莘瓯问李蓓蓓，知了跑到哪儿去了？李蓓蓓告诉胡莘瓯，听，知了在天上哪。

而现在，他爸回答他："壳儿倒没有。虫子住在电路里。"

胡莘瓯并不深究"电路"是条什么路，他又问："那虫子吃什么？"

"吃数字。"胡学践说着，指指屏幕右下角的一行字符，"看见没有，一年蹦一个字儿，好不容易蹦到99，但虫子要把它给一口吞。"

胡莘瓯还问："吞了就吞了呗，咱们还怕个虫子？"

胡学践又说："这虫子可不得了，带着法术呢，它能把时间变回1900年。"

变回1900年是什么概念？胡莘瓯也未深想。他琢磨的是：这条虫子是需要一千年才能长大成形，所以叫作千年虫吗？此外，它有翅膀吗，会飞吗？还此外，假如它靠吃数字过活，除了电脑里的数字还能吃什么？吃挂历？吃李蓓蓓的算术课本？

对于千年虫，胡莘瓯还有许多问题，但他爸已经很不耐烦了。他看见他爸甩出一只巴掌，巴掌上竖着三根瘦且长且干枯的手指："送你三个字儿。"

胡莘瓯抢答："玩蛋去？"

胡学践首肯："嗯哪。"

这也是爷儿俩的常规对话。既如此，胡莘瓯明白了和他爸多说无益。他转身，走出他爸的机房，走下红楼。

所谓红楼，共有四层，得了这个名称，只因为是座红砖外墙的仿苏式建筑。走廊阴暗斑驳，一路油烟弥漫，家家门口支了个带大罐子的简易煤气灶，有炒的，有蒸的，有为丢了半瓶子酱油醋骂街的。但这份热闹与胡莘瓯家无关，他们家是为数不多的晚饭也吃食堂的人家，多少年后他还记得，周二烧茄子，周五肉包子。有楼梯也不走，他练成了一项神功：扒住楼梯一侧的朱红色扶手，连腿也搭上去，夹着，一出溜就下去了。如此三五番，从顶楼向地面滑行。经过二楼时，饭味儿已然消散，取而代之的是听觉的刺激——一胖娘们儿咿咿呀呀，一瘦男人叮叮咚咚。本层充作剧团的琴房，听人说，又该向什么庆典献礼了。

到了最后一个转弯，听觉重新让位于嗅觉，他闻到了来苏水的味道，并伴有痛觉的条件反射。那里有个卫生所，每年胡莘瓯发烧，都去扎屁股。最早他爸拎着他去，后来他就自己去了，还学会了脱裤子时统筹安排，假如前一天亮出左屁股蛋子，那么后一天就要亮出右屁股蛋子，以免遭到重复创伤。

最终，胡莘瓯在一层踽踽而行。李蓓蓓已经在大门口等他了。李蓓蓓家住紧挨水房的一间屋子，严格地说，那里其实也不是她的家，而是剧团分配给选调演员李蓓蓓她妈的临时宿舍。此时从胡莘瓯的眼中望去，一楼走廊尽头的阳光仿佛不是从外面射进来的，而是正在原地燃烧。胡莘瓯辨认出了李蓓蓓的碎花连衣裙和马尾辫，她的身体纤细，光晕扩散，仿佛双脚踏着火焰。那景象令胡莘瓯哑口无言。

他靠近李蓓蓓，向李蓓蓓伸出手去。李蓓蓓顺势牵住了他。

那时李蓓蓓六岁，比胡莘瓯高半个头。当俩孩子并肩行走，从背影望去，就像胡莘瓯依傍着李蓓蓓。他的确是这种心态，亦步亦趋，乃至把自己交付了出去。他们将这座年代久远的破败建筑物置于身后，穿过飘荡着月季浓香的花坛，走进浩大的夏天。

做什么呢？这也轮不到胡莘瓯想。李蓓蓓的话他一律执行。他感到这样很省心，还很踏实。李蓓蓓说，我们来找知了壳吧，胡莘瓯就扒着树干寻觅。李蓓蓓说，我们来抓蚂蚱吧，胡莘瓯就蹲在草丛里扑来扑去。李蓓蓓说，我们来消灭蚂蚁吧，胡莘瓯就褪下裤子，瞄准蚂蚁窝，上演一出水淹七军。但李蓓蓓又指出，哎呀，都露出来啦。胡莘瓯就下半身滴答着，上半身对李蓓蓓报以无辜而茫然的笑。李蓓蓓一提胡莘瓯的裤子，将他露出来的兜回去，同情地说，嗐，你们这些幼儿园的。

胡莘瓯和李蓓蓓以前是一个幼儿园的，不过他上中班时她才加入进来，来了就上大班。胡莘瓯家有爸没妈，李蓓蓓家有妈没爸，又都住红楼，俩人就此结了伴儿。而等胡莘瓯上大班，李蓓蓓就上小学了。又不过小学也不是正式上，李蓓蓓没学籍，还得靠她妈香喷喷地去求了个年级组长，人家才让李蓓蓓吊在教室最后一排听课。但这并不妨碍李蓓蓓对于小学生这一身份的热情。胡莘瓯也对她的发号施令加以论证：

“幼儿园怎么能跟小学比？小学就戴红领巾了。等我上了一年级，你二年级，等我上了二年级，你三年级，所以你得永远管着我。”

还有人有这种要求？李蓓蓓也有些错愕。她打量胡莘瓯：这是一个娃娃脸的娃娃，并不胖，然而哪儿哪儿都圆嘟嘟的；两腮鼓着婴儿肥，一双圆眼睛，黑眼珠格外多，像把两颗黑棋子按进了糯米团子。这个娃娃从上到下还嵌着一道黑，起始于脑门，笔直地向下延伸，经过跨栏小背心，结束于两腿之间，乍看又像糯米团子被自行车轧了过去。这是扒着满是灰尘的楼梯扶手，从四层一路出溜下来的副产品。温顺而糊涂，这样的娃娃天生惹人疼。

于是李蓓蓓拍拍手说：“那好，我们来上课吧。”

俩孩子丢弃了知了壳、蚂蚱和蚂蚁，一个依傍着另一个，结伴走回红楼去。眼见着天也黑了，火烧云从远处林立的楼宇背后褪去，住户们吃饱喝足，开始串门、打牌、传闲话，还有守着电视看足球的，红楼进入了最热闹的时刻。只有四楼一角的胡莘瓯家和一楼水房旁的李蓓蓓家静着，一个爸正与千年虫进行斗争，一个妈早已香喷喷地坐上出租车，奔赴北京的夜生活。

李蓓蓓脖子上挂着钥匙，她捅开她的家门。房子十来平方米，摆设比胡莘瓯和他爸的卧室更加简单，甚而连饭桌上的碗筷都凑不齐——倒有几瓶酒，洋字儿商标。有如看图识字，某些洋酒瓶子中间细、两头鼓的曲线总让胡莘瓯想起李蓓蓓她妈。

每次走进这间屋子，胡莘瓯还会闻到一股与他家截然相反的气息。他家充满了男人的汗味儿、油味儿、屁味儿，而李蓓蓓家却是如此芬芳。胡莘瓯也一直纳闷儿，那香味儿到底来自瓶瓶罐罐的化妆品，还是李蓓蓓和她妈本身？反正他吸溜鼻子，想打喷嚏又舍不得，愣把香味儿往回憋。

李蓓蓓敲敲她的小黑板，严肃道，听讲啦。

黑板是胡莘瓯他爸给李蓓蓓做的，半米见宽，乌黑锃亮，下面还支着个架子。对于剧团的美工而言，这不算什么难事儿。上的什么课？语文、算术、音乐，林林总总，都是从小学课堂上听来的。既有了小黑板，她还会用粉笔将 aoe、哆来咪和1加1写上去，供胡莘瓯观摩。李蓓蓓声音清脆，底气足，已经脱了她那个年纪的奶声奶气，这得益于选调演员李蓓蓓她妈的教导：要用胸腔发音，别走鼻子。有了科学的发声方式，声音才能透过人家的耳朵，一直钻到人家心里去。李蓓蓓的小手上下翻飞，但肩膀不动，脖子笔直，这叫“台风正”，也来自李蓓蓓她妈的教导。有了上述两样功夫，她整个儿人便亮起来了，额头微微闪光，眸子像被点燃了。李蓓蓓是多么热爱给人上课呀。

胡莘瓯坐在小马扎上，双手背后，仰望李蓓蓓。李蓓蓓的声音果然钻到了他的心里去，然而只限于声音，内容都被他的知识层次过滤了。幼儿园的嘛。不过对牛弹琴，牛也不闲着，每每这种时候，他就开始走神了。念头不受他的控制，开始滋生，漂浮。

窗外，天黑透了，风卷起来。仿佛红楼也在风中漂浮。

胡莘瓯想到了红楼后身杨树林里的无数眼睛。那些眼睛长在树干上，镇日睁着，天黑了也不闭上。有如电光石火，一个问题冒了出来：眼睛们对他有何企图？否则干吗都把目光汇聚在他身上，只是看，只是看？

此时他觉得，眼睛们似乎想从他这儿发掘出什么秘密。可他才五岁，能有什么秘密？他满足不了这些眼睛。

大约每个孩子都有类似的经历：无端地怕，随着怕，所怕的具体之物也会被放大、抽象，成了恐怖本身。于是“怕”开始伴随他的一生。胡莘瓯脑门儿冒汗，嘴巴瘪着，都快被自己吓哭了。这时幸亏有李蓓蓓。当胡莘瓯吭叽着，将哭未哭之际，李蓓蓓恰好结束了她的讲课。她注意到了胡莘瓯的表情，却以为胡莘瓯只是痒痒了但不敢挠挠，以为胡莘瓯正在发扬邱少云精神以配合她的讲课。他乖，多好的一个娃娃。

六岁的李蓓蓓泛起柔情，她摸了摸胡莘瓯的脑袋："休息，休息一会儿。"

李蓓蓓给胡莘瓯喝了水，又奖励了他两块小熊形状的"義利"饼干，然后他们蜷缩到窗户底下的单人沙发里去。就那么点儿身量，刚好挤下俩人。李蓓蓓仍坐得端正，两腿直直搭在坐垫上，而胡莘瓯还依傍着李蓓蓓，又抱住了她的胳膊。这时胡莘瓯感到，李蓓蓓不只香，而且真实。她的呼吸真实，发梢真实，顶在他肋骨上的胳膊肘更加真实。真实的李蓓蓓令胡莘瓯意识到，周遭一切也是真实的。

哪儿来的眼睛？不过是树。胡莘瓯暂时忘了怕。

他那糯米团子般的脸也不再苍白，泛上红晕。他还害羞了。

按理说，这种坐姿应该在前方搭配一台电视，可惜李蓓蓓家没有。胡莘瓯家固然也没有，这是因为胡莘瓯他爸认为有了电脑就没必要买电视。俩孩子想看动画片时，只能端着小马扎在红楼里乱窜，逮着一家蹭一家。胡莘瓯家没有也就罢了，可听说李蓓蓓她妈来北京就是为了上电视，难道她既渴望让人看到自己，但自己又不想看到自己？对于惊魂甫定的胡莘瓯，这是个新冒出来的问题。

没的看，他和李蓓蓓只能说话。有一搭没一搭，天一脚地一脚。

此时不仅胡莘瓯，大约就连李蓓蓓的意念也开始滋生，漂浮。他们像两艘小纸船，在胡言乱语的河水中随波逐流。说的还是白天的经历，抑或他们的父母。本来李蓓蓓仍掌握着话语权——诚如胡莘瓯所言，幼儿园怎么能跟小学比？他爸怎么能跟她妈比？但不知为何，李蓓蓓的信马由缰却掺了几分欲言又止。于是，属于李蓓蓓的那艘小纸船顺流而下，却总在半途停顿、打转、沉没。胡莘瓯只听说小学要发校服了因为区里要开运动会，校服却没李蓓蓓的份儿运动会也不让李蓓蓓报名；还听说李蓓蓓她妈又认识了一大胡子导演，反倒得罪了“全总”的穴头——但至于运动会那天李蓓蓓一人在教室里做什么，或者李蓓蓓她妈又是怎样智勇双全地摆平了她的两个“瓷”，这就没下文了。李蓓蓓的长睫毛垂下去，叹了一叹。比之于上课的李蓓蓓，此刻的李蓓蓓愈发真实。

却给了胡莘瓯插话的机会。他听了一天的命令和讲课，也该轮到他了。

而胡莘瓯又要聊些什么，才能不逊色于aoe、哆来咪和1加1，才能吸引李蓓蓓的注意呢？千年虫就是现成的话题了。

他告诉李蓓蓓：“你猜怎么着，我爸的电脑长虫啦。”

说时一惊一乍，口吻神秘：“你能想得到吗，这只虫子藏在电路里，吃数字，还能把时间变回1900年？它很快就要钻出来了，就明年，零点零分，丝毫不差。”

果不其然，当胡莘瓯的小嘴儿吧唧吧唧，就见李蓓蓓那垂下去的睫毛复又抬了起来，眼睛睁大了一圈儿，他还感到李蓓蓓顶在他肋骨上的胳膊肘也紧绷着。李蓓蓓甚而反抓住了他的手。这可让胡莘瓯得意，他认为他讲了一个成功的故事。当然，故事的成功还是拜这夜晚，这风，这气氛所赐。

胡莘瓯故意压低声音：“然后吧……”

没料到，李蓓蓓突然打断他：“你说的这些，是真的还是假的？”

“怎么能有假？”胡莘瓯不忿，“都是我爸说的。当然我爸也爱满嘴跑火车，不过这次，他正忙着抓虫呢。”

李蓓蓓便沉声道：“那可坏了。”

胡莘瓯安慰李蓓蓓："没大事儿，也就一只虫……"

李蓓蓓口气郑重，还有一丝出其不意的冷静："你爸也说了，那不是普通的一只虫，坏就坏在它能把时间变回1900年。你知道这会怎么样？"

怎么样？实话说，对于"时间"，胡莘瓯都不见得有多么清晰的概念。所以他讶异于李蓓蓓的反应：讲这个故事纯是为了好玩儿，李蓓蓓却报之以认真的推理。他也只好跟着李蓓蓓一起推理：

"那就是日历往回翻呗。开电视，您好，今天是1900年的'六一'儿童节……"

李蓓蓓再次打断他："1900年还有电视？别说电视了，连红楼都没有。别说红楼了，连你爸和我妈也没有……"

胡莘瓯愣了："都没有？变哪儿去了？"

"不是变哪儿去了而是压根儿没出现——所有年龄小于100岁的东西。"李蓓蓓愈发焦急，"更要命的是，这不就连你也没了，连我也没了吗？"

哦，这才是关键。窗外夜色沉重，风越来越大，杨树林影影绰绰地晃动。胡莘瓯又想起了那些眼睛，飘荡在红楼之外，阴森而讥讽。原来眼睛们并非想从他身上看出什么秘密，反倒怀揣着一个秘密：世界不是永远往前走的，有时还会往后跳跃。随着那次跳跃，他与李蓓蓓也将消失不见。消失不见并非不复存在，只不过他们要经历漫长的等待，等待他爸和李蓓蓓她妈的出生，再生出他们，然后李蓓蓓再到幼儿园去上大班，才能重新与胡莘瓯结伴。又是一个轮回了。但胡莘瓯又想，假设那个轮回里出了什么差池，比如李蓓蓓她妈没被"选调"，再比如胡莘瓯他爸没带着胡莘瓯来到剧团，那么他和李蓓蓓不就永不见面了吗？所以说，他和李蓓蓓此刻的形影不离又是多么脆弱。

再看李蓓蓓，脸也白了，抿起的嘴唇直打哆嗦。对于孩子，既然怕了也就信了；对于胡莘瓯，李蓓蓓信了他就更信了。

胡莘瓯又开始怕。他把怕传染给了李蓓蓓，被李蓓蓓反传了回来，像感冒之后再感冒一样愈发严重。因此李蓓蓓尚有一丝倔强，胡莘瓯则全然懦弱：他脸上的黑棋子失神了，眼泪汩汩而出；糯米团子流了汤儿，被泡得更加柔软。

胡莘瓯还吸溜，胡莘瓯还抽巴。在他的示范下，李蓓蓓也哭了。她不再胸腔共鸣，用鼻子拖出了长声："我可不想没了呀——"

胡莘瓯说的却是："我可不想没有你了呀——"

俩孩子大恸，悲声此起彼伏。一边哭，一边胡莘瓯更爱李蓓蓓了。

2 “呼她”

再来说说那场大哭的后续。俩小人儿号啕不止，却没引发邻居的注意。声音传出去，别人没准儿以为是猫叫呢。听它越叫越精神，叫到某一刻，李蓓蓓忽然收声，胡莘瓯也停下。他们凝视对方泪迹斑斑的脸。

都有一些发蒙，还有一些奇怪。扪心自问，怕仍然是怕的。只是李蓓蓓怕得比较有条理，这时竖起手指头，“嘘”了一声：“别让虫子听见。”

胡莘瓯点头，佩服李蓓蓓反应敏捷，仅用半个钟头就想出了这条对策。墙上的挂钟时针都滑过了晚上九点。那么接下来又要干吗呢？当然是找大人了。

李蓓蓓抹把眼泪：“怎么还没回来？”

说的是她妈，口气却像家长埋怨玩儿疯了的孩子。这当然也是李蓓蓓她妈的常态——别说九点了，通宵达旦也不是没有过。剧团里的演员多了，据说演员都要体验生活，但这位选调演员仅限于体验夜生活。

可也不看出了什么事儿？她就不能消停一下吗？

李蓓蓓的眉头拧得更紧，半晌，蹦出两个字儿：“呼她。”

事不宜迟，俩孩子开门，顺走廊前往楼梯口，去呼李蓓蓓她妈。在胡莘瓯后来的记忆中，1999年处于一个通信方式的杂乱转折期：有些人腰上别着“大哥大”，有些人习惯了写电子邮件，也叫“伊妹儿”——胡莘瓯他爸胡学践自然是这条路径上的先行者；但还有大量的人需要依靠小卖部或传达室里的公用电话。与公用电话相配套的又有两样辅助设施，一是老头儿老太太的嗓子，“×××电话”，“死哪儿去了不接挂了啊”，二则是被称为“电蛐蛐”的BP机。李蓓蓓她妈就属于后一种路径上的跟随者。

“有事儿呼我。”她香喷喷地对大胡子导演和“全总”的穴头说。

又据说电蛐蛐儿的作用原先是动物寻呼器，呼叫奶牛的。嘀嘀一响，李蓓蓓她妈就火急火燎地出去了，而当李蓓蓓饿了、病了或者干脆是时间太晚了，也必得让那玩意儿嘀嘀响起来，才能找到她妈。因此对于李蓓蓓，“呼”这个行为轻车熟路。

呼时胡莘瓯也跟着。卫生所门口就有一部公用电话，转盘拨号，哗啦哗啦转上几圈儿，呼台那女的声音就冒了出来，还挺客气：

“有什么可以帮您的吗？”

“千年虫要来啦。”胡莘瓯插嘴。

“……请说您要呼叫的号码。”

那您就是帮不上忙，逞什么能呀。李蓓蓓把属于她妈那台电蛐蛐儿的号码报了上去。她一边说，胡莘瓯也在一边重复那六位数字。这让李蓓蓓对胡莘瓯微微颔首，就像老师鼓励课堂上书声琅琅的学生。

“请留言。”在1999年，电蛐蛐已经进化到了“汉显”阶段。

“叫她赶紧回家。”李蓓蓓又说，“千年虫要来啦。”

然后挂电话，便算完成了一轮“呼”。后来回首，胡莘瓯认为那时人们的通信方式虽比不上写信郑重，但总归还有一点儿仪式感。另一个人是经由特定数字，在人海茫茫中被找到的，而不是乌泱乌泱，一股脑儿地涌到你眼前。呼完回屋等着。可以想象，那六位数字在城市上空飞行，巡弋，精确地击中了李蓓蓓她妈皮包里的电蛐蛐——

滴滴，滴滴。

时钟稳步向前，门外仍无动静。红楼窗外也没有出租车哆哆嗦嗦的灯光闪过。在等待中，俩孩子又感到索然。

未几，李蓓蓓决定：“再呼。”

他们又沿走廊走向卫生所旁的公用电话。转盘哗啦哗啦转圈儿。这次呼台里那女的刚一说话，胡莘瓯就率先报出了六位数字。李蓓蓓重复，又说：“赶紧回家。”然后再等着。等不多久又不耐烦了，于是再呼。拨号复拨号，报数复报数，那天晚上，胡莘瓯都忘了到底呼了李蓓蓓她妈几次。呼到后来，干脆不用李蓓蓓动手、开口了，仅凭胡莘瓯就能完成“呼”的全部流程。经过观摩，胡莘瓯掌握了一项这辈子注定再也用不上的技能。

李蓓蓓则在一旁抱着胳膊，鼓着小嘴儿。李蓓蓓正在生她妈的气，因为她妈不理他们的“呼”。李蓓蓓一生气胡莘瓯就肝儿颤，还替她妈找理由：

“万一没听见呢？你说过，你妈净在歌厅里喝人头马……”

李蓓蓓断然道：“她也配叫妈——”

这令胡莘瓯更加崇拜。他爸比李蓓蓓她妈还不靠谱，可他从未质疑过他爸当爸的资格。李蓓蓓的确是小屁孩儿中的翘楚，难怪他这么爱她。但胡莘瓯又想提醒李蓓蓓：发现没有，随着“呼”这一仪式的反复再反复，他们好像也没那么怕了？也许是机械性的劳动转移了他们的注意力，让他们专注于“呼”，又从“呼”中获得了些许悬念，而悬念总与乐趣相关，于是他们暂时忘却了千年虫及其后果？

由此可见，李蓓蓓她妈还有一点儿用处。她妈没用电蛐蛐也有用。滴滴，滴滴。

那天李蓓蓓她妈到底是什么时候回来的，胡莘瓯就记不得了。当高跟鞋声回荡在走廊里，一股香喷喷的气味扑进门来，李蓓蓓她妈看见单人沙发上睡着俩孩子。胡莘瓯抱着李蓓蓓的胳膊，李蓓蓓还给胡莘瓯盖了条毛巾被。他们早熬不住了。

“哎哟，宝贝儿。”李蓓蓓她妈赞叹，弯腰捧起胡莘瓯的脸就亲。下嘴之狠，俨然照着糯米团子咬了两口。每次见到胡莘瓯，她的反应都是如此热烈，但胡莘瓯感到，那热烈漫不经心，是她从别处带回来的余波。胡莘瓯咂巴嘴揉眼，就见李蓓蓓她妈已经跷起二郎腿坐在桌旁，给自己倒了杯洋酒。不仅以酒醒酒，她还点了根细长的女士香烟。

见到李蓓蓓她妈，胡莘瓯顿觉四下亮了起来。李蓓蓓她妈的亮又与李蓓蓓的亮不同：李蓓蓓莹莹闪光，但那光是冷的、静的，而李蓓蓓她妈的光不仅盛大，并且带有温度，带有声响，炽热呼啸着席卷而来。

一派张灯结彩之中，李蓓蓓气哼哼道：“你怎么才——”

胡莘瓯也紧跟着汇报：“千年——”

“千年等一回 ——”李蓓蓓她妈却接口唱起来。

她还起身转了个圈儿，进而两手一叉胡莘瓯的胳肢窝，将这个娃娃抱下了沙发，带着他跳起舞来。快三慢四迪斯科。也不需要伴奏和灯光，李蓓蓓她妈就是一台胸腔发声的录音机外加闪亮的灯球儿。胡莘瓯被拉扯得双手高举，搭在洋酒瓶子一般的曲线的凹陷处，任人裹挟着旋转、跳跃。他间或抬头，遥望山峰之后的红霞，以及一根叼在嘴上的香烟。日照香炉生紫烟，胡莘瓯默诵着李蓓蓓给他讲过的唐诗。

这天李蓓蓓她妈的兴致格外高涨，简直带了两分癫狂。凭着这一股子劲儿，她轻易就将俩孩子残存的恐惧一扫而光。哪有什么好担心的？舞照跳，马照跑，五十年不动摇，这才是红楼之外的世界的底色与基调。

她的归来每每还伴随着惊喜 —— 一拉皮包，掏出两个饭盒，新侨的“掼奶油”还是马克西姆的“黑森林”？

她借鉴了胡莘瓯他爸的口令：“送你们三个字儿。”

胡莘瓯抢答，这时就不是“玩蛋去”了，而是：“可劲造。”

俩孩子坐在桌前，头碰头吃点心。他们再次互看，都有一点儿不好意思。看，大人就不怕。而他们所期盼的正是这一份“不怕”。

等吃完，胡莘瓯也该告辞了。红楼四层的一角才是他家，尽管他爱着李蓓蓓但与李蓓蓓终有一别。不过别担心，明天他还会见到李蓓蓓，以后李蓓蓓也将在二年级、三年级等待他上一年级、二年级。

他才站起来，还没说再见，李蓓蓓却瞪着他的脸，扑哧笑了。

李蓓蓓她妈也说：“哪儿能这就走，你爸还会以为我们怎么着你了呢。”

原来，胡莘瓯这时已经从糯米团子变成了一只花瓜，脸上混杂着如下痕迹：楼梯扶手的灰尘、哇哇大哭的眼泪和花式蛋糕的奶油，还包括李蓓蓓她妈的烈焰红唇，左一个右两个。于是胡莘瓯迎来了今夜最为心醉的时刻——李蓓蓓她妈已经喝得摇摇晃晃，便由李蓓蓓往脸盆里倒上热水，用她的小蓝花毛巾给胡莘瓯擦脸。其实胡莘瓯自己也能洗脸，但李蓓蓓乐意这么做。李蓓蓓是多么心疼胡莘瓯呀。

胡莘瓯不闭眼，任由李蓓蓓揉搓来揉搓去。揉搓完还给他抹油，大宝天天见。

胡莘瓯又变回了一只糯米团子，也香喷喷的。

真幸运，那个年纪胡莘瓯已经知道了爱，但却不知道装模作样。李蓓蓓大抵和他同理。他们再次相视笑了。

但胡莘瓯记得，他正是在那一刻发现了异样——李蓓蓓她妈把胳膊肘架在桌上，夹着烟，向俩小人儿投来一瞥。然后她起身，从李蓓蓓的小床底下拽出一只旅行箱。箱子半空，李蓓蓓她妈又用一些零碎填满了它：她的衣裳裙子、首饰盒，连李蓓蓓挂在墙上的相框和奖状也放了进去。一只箱子不够放，转手又拽出一只。她的背影显出一丝疲倦。

胡莘瓯心里一悚。李蓓蓓她妈回头，没事儿人似的对他说再见。他只好转身，开门，走了出去。他的嗓子像被糊住了，连句话也没问出口。

他孤身走在阒静、黑暗的楼道，经过卫生所和公用电话，顺着楼梯攀登，回家。心醉转瞬即逝，他坠入了这一天最难熬的时刻：

不仅因为告别了李蓓蓓，还因为他重又被抛进了“怕”里面。李蓓蓓家繁华过眼，眼下只剩了他，而窗外的风、树影和杨树林里的眼睛又回来了。眼睛在夜空盘旋，穿透墙壁看着他，嘲笑他逃不出它们的目光。那个问题又冒了出来：千年虫会不会来？与之相伴，时间会不会回到1900年？他和李蓓蓓是否终将不复存在，或者重新出现但却不能谋面？

此时他又怀疑，他们的担忧是真实的。否则他爸胡学践为何还没睡觉，也不下来找他，整夜都在电脑前忙活？红楼里充斥着一个声音，那是四楼一角的机房里，他爸正在电脑上打字。噼里啪啦，噼里啪啦。

这声音如同伴奏，又引入了另一个声音。李蓓蓓她妈走进一楼水房，一边卸妆，一边唱起歌来。再唱就不是“千年等一回”了，那歌声悠远、苍凉，如泣如诉，当然是用胸腔发音。红楼里有两种歌声，白天来自咿咿呀呀的胖娘们儿，夜晚则属于李蓓蓓她妈。选调演员无须献礼，只有洗尽铅华才能发自肺腑地歌唱。

她唱：“久违了千年即将醒的梦，古老得像个神话——”

她唱：“我不能让自己与千年挣扎，让我揭晓这千年问答——”

她唱：“让这恋曲有这种说法——”

原来对于千年虫，李蓓蓓她妈只是佯装不知道？因此她借酒浇愁，强作欢颜？这一猜测令胡莘瓯两脚像踩棉花，牙齿咯咯作响。四下里，简易煤气灶和大铁罐子呈现了兽类的轮廓，危险环伺，随时有什么东西会朝他扑来。这时怕就成了一个人的怕；比怕更可怕的，是他必须孤独地承受他的怕。

他甚至来不及钻进厕所，在楼梯拐角就地尿了一泡。但他从未后悔下楼来找李蓓蓓。或许他认为，这是他为了李蓓蓓必须付出的代价？

而今天注定是不同以往的一天。今天他触及了千年之谜。当胡莘瓯小步慢挪，从二层拐上三层，即将面对四层那条灯泡短路、忽明忽暗，因此也构成了最大的心理考验的走廊时，他背后忽然有风晃了一晃。身边多了一个人影，是李蓓蓓。哦，难道李蓓蓓也知道他怕，所以专门追上楼来，想陪他走完回家前的最后一段路？

李蓓蓓莹莹发光，尽力照亮胡莘瓯。她牵住了胡莘瓯的手。

胡莘瓯嗓子一哽，脱口而出："姐姐。"

他还想告诉李蓓蓓，他爱李蓓蓓。但李蓓蓓又"嘘"了一声："听我说。"

李蓓蓓拉着胡莘瓯，向灯光明灭的走廊深处去。一边走，她一边说话。后来在胡莘瓯的记忆里，他仿佛不是走了一段路而是做了一个梦。当梦醒，李蓓蓓转瞬不见。也许她将胡莘瓯放置在家门口以后，还摸了摸胡莘瓯的脑袋，但胡莘瓯全无知觉。然而李蓓蓓的话烙在了胡莘瓯心里，一字不落。

现在，胡莘瓯再次孑然一身，站在他爸机房那扇漏风漏光的木板门前。门后传来更加清晰的敲击键盘声。噼里啪啦，噼里啪啦。

门没锁，一推就开。半晌，噼里啪啦告一段落，从电脑后面探出一个又瘦又长、好像秋天里的蚂蚱的男人。这男人挤着眼睛，对胡莘瓯打了个哈欠。他似乎这才意识到黑夜已至，并意识到自己还有个儿子。当然也不能怪他，千年虫要来了嘛。

此时胡莘瓯却想告诉他爸，来就来吧，无非回到1900年。红楼、剧团，都没了也无所谓。也不必担心他和李蓓蓓在下一个轮回里会不会失散了，反正他和李蓓蓓已经失散了。

酝酿片刻，他终于开口，没提千年虫，直奔李蓓蓓。

他瓮声瓮气地告诉胡学践，李蓓蓓要回南方老家去了。李蓓蓓她妈的“选调”早已结束，在北京赖也赖不下去了，而经过无数场夜生活，她终于获得了一个上电视的机会。地方台就地方台，女B角呢。

上述情况，都是今夜李蓓蓓她妈告诉李蓓蓓，李蓓蓓又追上来告诉他的。胡莘瓯复述完，胡学践“哟”了一声又“哦”了一声。“哟”表示“会这样？”，“哦”表示“就这样吧”。恰此时，电脑抽搐着呻吟起来。胡学践告诉过胡莘瓯，这是它死了又活了。

胡学践坐下，噼里啪啦，还抄起一张塑料卡片塞进了电脑肚子上的小嘴儿。这大抵是给电脑吃的药片，没准儿能像卫生所发的宝塔糖一样把千年虫打下来。而胡莘瓯再次意识到与他爸多说无益，转身去了机房对面的卧室。

他似乎与他爸一样无动于衷，但那肯定不是真的。他的漠然只是因为他不知道该用什么反应来面对这场离别。他爱李蓓蓓，李蓓蓓走了。在1999年，世纪之交，五岁的胡莘瓯初识哀愁，心都要碎了。

3 “指熊为鹿”

2022年底，临近耶稣生日，胡莘瓯认识了李贝贝。此时全北京都在发烧，此时距离他成为顶流，不到俩月光景。

认识李贝贝，还是经由胡莘瓯的发小马大合。俩人以前都是剧团子弟，马大合他爸和胡莘瓯他爸还是一个美工组的。幼儿园、小学、初中也在一个班，后来人生分岔，马大合上了技校，步入社会比较早，先后干过汽车钣金工、情趣用品销售员和保险代理，再后来又创业，开过装修公司，目前转型做直播。马大合的职业轨迹貌似混乱，但也有规律可循，基本体现了脱实入虚的趋势。相形之下，胡莘瓯的经历则要简单得多：稳稳当当上了普通高中，又稳稳当当考了个“三本”，目前无处可去，稳稳当当在家待着。

他和他爸仍住在红楼里。红楼还是红楼，但剧团不复存在。也挣扎过一段，从歌剧转向话剧、儿童剧，最终被电视剧摧垮，遭到撤并。同事四散，出路不一，“角儿”们普遍混得还凑合；比人更值得利用的是地，毕竟毗邻长安街，离地铁也不远，于是剧场、排练厅又被几个单位合伙扒了，盖起高楼，或分或卖。单留下剧团创立时就有的这座仿苏式建筑，除了储存闲置物品，还能收容他们这样的闲置人员。

二层琴房已经变成仓库，塞满了几十年的服化道。通话时，马大合吩咐胡莘瓯：“弄身行头，给主庆生。”

胡莘瓯迟疑：“现在还顾得上这个？”

马大合说：“也就是个由头。谁都不敢出门，正是上流量的时候。”

胡莘瓯又好奇：“播的是哪一出？最后的晚餐？钉十字架？”

马大合说：“太血腥的违规，你就弄个圣诞老人吧。老价钱。”

胡莘瓯哼哼哈哈应了。给马大合干活儿已经不是一天两天，可算作他相对固定的收入来源。按照马大合的要求，他得从仓库里找出圣诞老人的装束，并在天黑前赶到东四环外一片厂房改造的直播中心去。

仓库钥匙他有，本来归他爸胡学践保管，可胡学践无心世事，就由胡莘瓯代劳。他在明媚的中午起床，出门，下楼。此时神功已然进化，不用扒着楼梯扶手，而是将屁股斜放上去就能完成出溜。一边出溜，一边对马大合进行直播。背后场景飞逝，跟冲浪差不多，不知道的还会以为他跳楼了。

马大合也问过胡莘瓯，你怎么天天这么乐呵？胡莘瓯说，不乐我还能哭吗？！

不料这天正在出溜，马大合又说：“差点儿忘了，还有个鹿呢。”

圣诞老人诚然赶着鹿。但胡莘瓯又迟疑：圣诞老人好找，鹿却不一定有存货。说时开了仓库门，继续用视频展示。净是些陈旧的皮囊，烟尘四起，熏得屏幕那头的马大合打了几个喷嚏。而马大合这才补充，鹿已经在别处说妥了，只是扮鹿那人“比较事儿逼”，今天才说她拿不动道具，让报销打车费；这是无理要求，肯定不能答应，不过现在人不好找，又担心对方事到临头撂挑子，所以只好由胡莘瓯去接一下。地方在通州一个游乐园。从西长安街到通州再到东四环，相当于沿着北京的脊椎进行一趟折返跑。辛苦也就罢了，关键还增大了危险系数。也不看是什么时候。

不过胡莘瓯也没说什么，哼哼哈哈应了。倒不是急着挣钱，而是他这人一向好说话，或者他只是嫌麻烦。对，嫌麻烦，这是长年赋闲养成的心态。

眼下为了不麻烦嘴，反而要麻烦腿。动身前，胡莘瓯还折回四楼，看了眼他爸。如今父子分房而卧，胡莘瓯还睡原来的卧室，胡学践则在对面机房里搭了张床。这些年，胡学践过得越发没时没晌，如此安排，也能保证胡莘瓯的基本作息，起码日夜分明。

机房早就鸟枪换炮，Intel 486电脑不知迭了多少代，现在变成了一台塔式工作站，号称“数字堡垒”。这玩意儿在市面上没的卖，纯由他爸拼凑而成，个头比一般台式机大了几倍，据说性能相当于几十台电脑的合体；外接一圈儿屏幕，水冷机箱咕嘟冒泡，闪着五颜六色的光，不像电脑倒像养了一缸热带鱼。

胡学践就淹没在这台机器背后，对着四面八方的屏幕，或睡或醒。他醒了也像睡着，睡着又随时能醒。

正如现在，刚一推门，机器中间便冒出一个瘦长的男人，何止像只秋后的蚂蚱，简直像只入了冬的蚂蚱。此情此景，在胡莘瓯看来非常赛博朋克：藏匿于废墟中的变异博士正在进行邪恶的研究，比如改造人类基因什么的，使其变胎生为卵生，变双性繁殖为无性繁殖，随地下崽儿任其孵化自生自灭——这样一来，人口老龄化和“韭菜”匮乏的问题也就迎刃而解了。胡莘瓯还觉得他爸随时会长出翅膀飞走，甚而觉得他爸其实是一个高度进化的人工智能载体。他对他爸说：

“我出去一趟。锅里有剩饭，您自己热一下……”

此时食堂也被取消，周二烧茄子和周五肉包子已成过往，父子二人吃饭基本靠外卖，此外接收了一套人家不要的简易煤气灶和大铁罐子。他爸办了内退，又多了个身份是仓库保管员，替不复存在的剧团履行扫尾工作。说时，胡莘瓯还蹚着机房门口的几个纸箱子，都是拆快递的遗迹。他像个热衷盘带的足球运动员，把它们引领到机房斜对门的另一间屋子里去。三层四层也空了，邻居搬迁，红楼相当于被他们父子占领了。

对此他爸曾很得意：“在北京，一家子住一栋楼，这得是什么级别的待遇。”

还类比：“搁英国也是个伯爵，唐顿庄园不过如此。”

还幸灾乐祸：“老马他们家没远见。”

对此胡莘瓯也想评价，那您不如到颐和园看大门去，地方更大，还统领着一支鸭子船水师呢，那又得是什么级别。不过这话他也没说，嫌麻烦。他将纸箱子蹚进邻居家，又狠踹几脚才阻止了里面的东西溢出来——无数多的饭盒、包装盒、易拉罐……都快把房子撑爆了。两个穷人竟然能制造出如此蔚为壮观的垃圾。

在他身后，胡学践说：“有工夫去趟中关村，帮我拿个读取器。那东西制式特殊，网上买不着……”

听着他爸碎叨，胡莘瓯却想说，您多久没出门了？现在谁还开店才怪。不过他又嫌麻烦，兀自走向楼梯，抬起屁股准备出溜。

背后再次传来他爸的声音：“送你三个字儿——”

胡莘瓯条件反射地抢答：“玩蛋——”

胡学践订正：“错了，是戴口罩。”

他不管儿子在这人心惶惶的时刻出去干吗，却记得提醒儿子戴口罩。无论如何，这也相当于通过了图灵测试，使胡莘瓯确信机器之间的那个男人并不真是人工智能。而因为他爸的临时指令，胡莘瓯这天在北京的折返跑就变成了大三角——他先去了趟中关村的电脑城。此时中关村也不是原先的中关村了，再没有天南海北的人来买电脑，只剩了寥寥几排摊位窝在地下，专做小众需求的“攒机”生意。电脑城的其他楼层一度变成了教培，而教培也快凉凉了。不过打了个电话，很快拿到了货。“‘贱爷’发话，我早预备下了”，一个谨慎的胖子先给手上喷了几下酒精，才远远地抛过一样东西来。

于是，胡莘瓯的双肩包里除了一副圣诞老人的皮囊，还多出一只电子元件。地铁全空，长椅锃亮，他躺上去，睡了一个回笼觉，睡醒了还能抓着吊环打摽悠。当他从北京另一端的副中心钻出地面，又见天色已然阴了。

地铁站旁，游乐园的门前广场也全空，壮阔得骇人。摆渡车站停满了闲置的大巴，更远处的小径上，一只熊牵着红气球，像飘浮在半空中。

胡莘瓯在广场边缘站了会儿，仍未等到他要接的人。其实对于要接的是个什么人，他也全无概念——不仅不知姓名，连是男是女都不知道。马大合倒是给了个电话号码，他掏出手机，拨通，没人接听。这时却见那只熊晃晃悠悠地飘了过来。逐渐靠近，隐约还听见熊的身体自带伴奏，播放着一款国产手机的标配铃声。熊丧失了飘浮的视觉效果，变得脚踏实地，但气球越发硕大、鲜艳，是阴沉的广场上唯一的亮色。终于来在近前，熊挥了挥囫囵一团的巴掌，将系在手腕上的气球拽得乱跳；胡莘瓯明白了对方为何不接电话。

他一愣。而这时，熊对他说了话，哑嗓子，语气焦躁："搭把手，赶紧的。"

胡莘瓯上前，帮助这只熊把脑袋揪了下来。露出一个女人，虽然戴着口罩，但又令他一愣。女人反瞥胡莘瓯一眼，那意思似乎是不出所料，又似乎带有一丝挑衅。他赶紧把眼睛从女人脸上挪开。

随即，没头的熊又说话："我是李贝贝。"

胡莘瓯一愣再愣三愣。他开口却说："不说是个鹿吗，怎么成了熊？"

李贝贝说："今天轮岗，鹿让别人穿走了。是那么个意思得了，熊也能拉车。"

作为圣诞老人，胡莘瓯相对严谨一些："不是拉车，是拉雪橇。"

他还纳闷儿，这家门可罗雀的游乐园居然维持着营业。不过恰因为此，动物扮演者李贝贝才能以熊的形状溜出来，挣个外快。

李贝贝又催："让管理员看见，可就走不成了。"

胡莘瓯再度与熊合力，将熊皮也剥了下来，剥出一个汗流浃背的李贝贝，热气蒸腾四散。扮熊的确不轻松，皮囊都快赶上一袋大米那么沉了，以李贝贝的体格，套在里面还能挪步，但背在身上恐怕难以穿越半个北京。这也是需要胡莘瓯来接一趟的原因了吧。巨大的双肩包发挥了作用，胡莘瓯将熊折叠，压实，塞了进去，高高扛在肩上。气球系到了双肩包提手上，在他头顶飘荡，似乎减轻了些许负重。

在李贝贝的建议下，他们进城没坐地铁，而是登上了一辆往返于城郊的9字头公共汽车。“现在也不堵，还便宜。”李贝贝熟门熟路地说。

公共汽车也全空，除了司机，只有一个治安协防员歪靠着铁杠子，如同生意惨淡的钢管舞者。过去的公共汽车都有售票员，现在则被电子扫码取代了。或许因此，才需要再设一个协防员的岗位，以保证不能让活人闲着——总体上又是一个变服务为监控的方针。又不知以后都改无人驾驶了，司机会不会也转岗成为侦查员，专事揪出车上的坏分子。这样琢磨着，胡莘瓯居然觉得自己可疑起来。他和李蓓蓓刷了卡，找了两个相对的座位，圣诞老人和熊的皮囊被放置于他们的膝盖中间，气球红彤彤地笼盖在他们头上。俩人再没什么交流，各自端起手机来刷。李贝贝刷的是快手，胡莘瓯刷的是哔哩哔哩；“大哥，咋的啦”，这边的手机说，“斯酷伊，卡哇伊”，那边的手机说。各说各话，驴唇马嘴。

又片刻，那个协防员却晃了过来，用一面小旗对他们挥了挥。

胡莘瓯抬头，将鼻梁上的口罩捏紧了些。历时三年，这点儿自觉性早就训练出来了。但协防员又挥了挥小旗，唰地指向胡莘瓯的手机。那么对方所提醒的问题就不在防疫，而在噪音了。公共交通上电子产品不让开外放，这条规定执行得并不怎么严格；而今天，他们遇到了一个较真儿的协防员。

胡莘瓯喏喏点头，按了静音。其实他也不想开这么大声，只是李贝贝那边动静大，如果不在音量上予以抗衡，就相当于让东北喊麦给日本漫画配了音，全串味儿了。但当协防员的小旗又挥向李贝贝，就显出了李贝贝的强势，她眼一横：

“咋的啦？”

协防员还没说咋的，她又问：“我吵着谁啦？”

又指胡莘瓯：“这儿就我俩，他说啥啦？”

还诛心论：“不找事儿就对不起那点儿权力，是不？”

一呛呛二呛呛三呛呛，似乎嫌隔着口罩不过瘾，顺手还要往下拽。随着李贝贝的这个举动，胡莘瓯分明看见一只蝴蝶从她的脸上振翅而飞。气球是红的，小旗是红的，蝴蝶也是红的，相映生辉，具有灵动的生命力。

这一来，协防员也被唬得一跳，退后两步，警惕道：“戴上，戴上。”

“就这小胆儿，还管人呢。”李贝贝又横一眼，把外放开得更大了，声儿都破了，听得胡莘瓯心里一揪一揪的。协防员怏怏而去，抱着铁杠子，不时投来愤懑的一瞥。

经过这番抗争，大张旗鼓地刷手机就成了李贝贝一人的特权。而胡莘瓯也看不进去什么了，从手机后面偷偷打量李贝贝。虽然戴着口罩，但能看出李贝贝棱角分明，脸型锐利，给人一种剑在鞘中之感。胡莘瓯有些忐忑，又不觉痴了，他似乎盯着李贝贝，实际看的却不是眼前这人。直到李贝贝也抬头，眼如流星地划过他的脸，胡莘瓯才赶紧挪开。二十多年过去，胡莘瓯仍长着一张糯米团子似的脸，脸上两个黑棋子闪着纯良的光。他身高一米八几，像个弄错了尺寸的巨型娃娃。李贝贝扑哧笑了。

一看一躲一笑之间，俩人再次确立了说话时的气场与定位。李贝贝把哑嗓子扬上去，分享了她的经验之谈：

“这人哪，你越老实他越欺负你——”

不仅是对胡莘瓯说的，还是对于协防员的乘胜追击。又好像她的外放和戗戗都有着保护胡莘瓯的意味了，起码胡莘瓯自己是这么觉得的。后来回想，或许从那时起，胡莘瓯就开始了一厢情愿。他虽然没在公共汽车上接着刷手机，相当于浪费了李贝贝为他抗争来的权利，但他不知不觉让李贝贝做了主。

那是一种默契的服从，因为没有签订条约而无所不包。车到站时，李贝贝宣布下车，胡莘瓯才下车；过马路时，李贝贝说费那劲干吗就没走过街天桥，胡莘瓯便跟着她从隔离墩上跨了过去；进入直播园区时，看门老头倒是不要求扫码了，但勒令他们等人来接，李贝贝再度祭出“权力”和“找事儿”的辩证法，呛呛两句，胡莘瓯竟跟着她，一埋头扎了过去——这在胡莘瓯可是少有的壮举。胡莘瓯比李贝贝高了一头有余，俯身亦步亦趋，更衬得李贝贝一往无前；红气球在他们头顶飘荡，有如旌旗。

就连面对直播公司老板马大合，李贝贝的气势也不逊色。当马大合表示他要的是鹿而不是熊时，李贝贝道：

“就一层皮，你说是鹿就是鹿，你说是熊就是熊呗。”

马大合哭笑不得：“这不成了指鹿为熊了吗？”

“可不咋的。”李贝贝一拍巴掌，“如今办事儿，就得有这魄力。”

而这时，胡莘瓯也不闲着，他在一部调音台、两台摄像机和三台手机之间踱来踱去。前段日子因为封控，疏于维护，数据线一团糟，还被老鼠啃断了两根，他得一一加以检测、调试，还得在现场修修补补。

这就是胡莘瓯的过人之处了：他手巧，爱琢磨，会摆弄物件。

或者说，他这人在别的事儿上嫌麻烦，在这种事儿上却特别不嫌麻烦。有时堪称奇迹，什么坏了的东西到他手里，总能凑合着再用几天。这一禀赋无疑来自他爸胡学践，不光过去李蓓蓓的小黑板，就连机房里的几代电脑及其各种外挂，都是他爸买了零件攒出来的。

记得上个世纪末，上网还得走电话线，后勤部门的人却说红楼布局太旧，不符合安装私人电话的条件，他爸愣是从一楼的公用电话分出一条线去，直通四楼。这么布线还有个好处，就是电话费记到了公家头上，当年的流量可贵着呢。不过也有个坏处，楼上楼下联动，下面谁一打电话，比如李蓓蓓带着胡莘瓯去呼她妈，上面的网也应声而断。断了网的胡学践会像一只被火燎了的蚂蚱，乱蹬乱挠，焦躁不可名状；而为了减少李蓓蓓的呼，又不暴露偷用公家电话线这一事实，胡学践只能隐晦地提醒李蓓蓓她妈：

“您就不能……少喝两杯，早点儿回？”

李蓓蓓她妈胸腔发音：“您管得也太宽了吧？”

此时，李贝贝也对胡莘瓯劈头哑嗓子：“你还管这个哪？”

胡莘瓯从回忆中醒来，娃娃脸上氤氲着一团无意义的笑。同时他的手不停，用胶布仔细地裹住线路破损处。他的这点儿特长或爱好缺乏施展的空间，也就马大合知人善用。来直播时帮着维护设备，这也是早就说好的。

李贝贝却招呼胡莘瓯蹲下来，将一只盒饭塞给他，继续道：“又当搬运工，又当维修员，没多给你钱？”

胡莘瓯说：“都是哥们儿。”

李贝贝感慨：“真他妈黑。这孙子够孙子的。”

接着抱怨马大合使人狠，网上招聘说好按小时付钱，到了地方又改成按场付钱，谁知道他这一场几个小时？嘀嘀咕咕，俨然把胡莘瓯当成了自己人。胡莘瓯哼哼哈哈应着，望了眼犹在直播间里叫嚣奔忙的马大合，笑容中就透出那么一丝快意了。

与此同时，屋里汇聚起了久违的人气儿：摄像、灯光、音响纷纷到位，连主播也进来了。主播一男一女，一个在县级电视台播过新闻，一个在古装剧里演过丫鬟，都穿得大红配大粉，脸上勾了芡。大家一边吃盒饭，一边候场。厂房改造的直播中心被分成若干隔断，每个隔断里都有摄像、灯光、音响，都有大红配大粉的主播，也许都有熊或鹿和圣诞老人；当黄金时段到来，所有这些势必蜂拥而上，冲进数以亿计的手机……胡莘瓯心里展开了一段壮阔的联想。他将会出现在谁的手机里呢？

他的联想又被兼任现场导演的马大合打断："Action！"

于是开始播。今天主推的是平底锅、增高鞋垫和妇女清洗液，满二百减一百，满五百还有机会获赠退烧贴哟。为了体现圣诞大酬宾，上述宝贝是由熊和圣诞老人奉献给直播间里的各位亲的。胡莘瓯先前说错了，熊拉的的确不是一部雪橇，而是一辆平板车。又商量好，俩人只需将宝贝放在车上，他们共同拉着它走就行，但这一方案遭到了马大合的否定。马大合指出，既然指熊为鹿，那么也不妨指车为橇，而如何才能让观众相信这是雪橇？没有圣诞老人乘坐的雪橇叫雪橇吗？在马大合的坚持下，圣诞老人出场的架势就变成了站在车斗里，一手拽着气球。每当《铃儿响叮当》的音乐响起，熊都要拉车绕场数周，与之相应，主播则会载歌载舞，伴以"Oh my God""买它"等口号。

胡莘瓯站在车上，居高临下望着李贝贝的背影。熊在游乐园广场上小步慢挪，此时却吭叽吭叽，跑得十分卖力。等到拉车间歇，李贝贝摘下熊头，透气。她的汗更多了，头发打绺儿贴在脑门上。

这就让胡莘瓯不好意思了，他说：“咱俩换换吧。”

说时要脱皮囊。他的意思是让李贝贝当圣诞老人，他当熊来拉车。李贝贝一愣，而后笑了，欠身打了胡莘瓯一下：“知道心疼你姐。”

还说：“你也动弹动弹，我也凉快凉快。”

然而俩人正在换，旁边却有人道：“这可不行。”

一回头，马大合不知何时凑了过来。他用手指隔空戳了戳李贝贝的脸：“你这一露，观众还会以为圣诞老人让谁给‘花’了呢。”

他戳的是李贝贝脸上那只蝴蝶：小孩儿巴掌大，红彤彤地铺展在左脸上，不像后天形成的，大约是一块胎记。在遮挡效果上，熊与圣诞老人又有不同，熊是整个儿脑袋罩住，仅留看路的一条缝儿，圣诞老人则是帽子底下挂着白胡子，半张脸露在外面。本来就是个龙套，胎记露了也就露了，这个档次的直播也没人在意，而马大合非要这么说，明显是针对李贝贝了——这女的不仅“事儿逼”，还背后说他坏话，早让他牙根儿痒痒了。

而听马大合这么说，李贝贝罕见地没呛呛，更是收起了“权力”和“找事儿”的辩证法。她的眼睛躲着马大合，将圣诞老人的皮囊递还给胡莘瓯。

胡莘瓯心里一揪：李贝贝并非怕了马大合，她只是被戳中了痛处。并且她全没料到对方会戳得如此直接，如此突然，于是像漏了的气球一样，没爆，反而瘪了下去。此时气球又系到了熊耳朵上，确乎皱巴巴地耷拉下来。李贝贝摘下它，解开扎口，气球秃噜一声，飞到直播间的不知哪个角落里去了。

音乐大作，各回各位。通过打消李贝贝的气焰，马大合确立了权威，进而显现出了非凡的控场能力——又过了许久，当直播临近结束，他却在镜头外面亮出一个纸牌子，上书“坚持住，冲1万”。具体指的是1万人次观看，还是带货的销量达到1万，又不得而知了，总之加班是必须的。这就是直播的玩法，每场都有KPI，平台要评估马大合，马大合又要给众人打鸡血。于是坚持住，俩主播的嗓子都劈了，“Oh my God”“买它”；熊和圣诞老人也必须继续绕圈儿，将宝贝奉献给各位亲。

不过鸡血打多了也令人绝望：当众人好不容易热闹完一轮，却见马大合又举起了纸牌子，上面的“1万”被划掉了，赫然变成了“坚持住，冲2万”。此后还有“3万”“5万”……这不是一山望着一山高嘛。又可见李贝贝先前的担心是很有必要的——别看马大合四面作揖，潜台词也很清楚：不配合？工钱还没发呢，您不得掂量掂量？

众人只好载歌载舞，拉车绕圈儿。连女主播也只敢翻白眼儿不敢说什么。

唯有胡莘瓯相当习惯。作为直播行业的老资格龙套，他对马大合的套路早有体会。他站在平板车上，继续望着李贝贝的背影。李贝贝埋头拉车，熊脑袋一晃一晃的。也许她的汗水早已溢满了熊的内腔，像福尔马林一样，将她本人浸泡成了一具标本，但她仍然砥砺前行。她与生俱来的蝴蝶不见天日。眼见着此情此景，胡莘瓯不再揪心，他只是觉得荒凉。这艳丽的、闹哄哄的圣诞节真是荒凉极了，寸草不生。

唯一能宣布结束的，则是马大合手机里的那组数字：当午夜已过，它们增长的速度终于慢了下去。又过了许久，数字的跳动发生了逆转，陡然下降。两个千年之前，耶稣即将诞生，而现在，无数台手机对面的人们正在睡去。

马大合满眼通红地挥手："收工。"

众人长吁口气，女主播立时趴倒在桌上，哼唧起来。马大合仍在鼓励大家，但他报出的最终数字却并未引发共鸣，反正比起头部的那些公司还少着好几个零呢。人们疲惫而匆忙地离场，去赶夜班车。

胡莘瓯却还有事儿要做，他得将直播器材归整起来，以备下次使用。他也不着急，马大合可以用一辆"五菱宏光"面包车送他回红楼，这是发小唯一的福利。

而等收拾妥当，和马大合出门，只见直播中心外唯余一人。是李贝贝抱着她的熊。她浑身湿透，被夜风兜身吹着，不易察觉地打了个哆嗦。胡莘瓯心下还是荒凉，喊了她一声。三个音节，一个从舌尖，两个从嘴唇依次弹出。

李贝贝激灵着回头。胡莘瓯又对马大合说："有接就有送。"

他的言下之意是，如果马大合不同意送李贝贝一趟，他自己也将好人做到底。而出乎意料，马大合"擦"了一声，居然答应了。或许今天的数字令马大合满意，所以他正有兴趣享受一下兜风的快乐——都说再过几天，北京又要堵车了。

于是"五菱宏光"上坐了三人。马大合在前面粗暴地踩油门，挂挡，榨取1.2排量的推背感；胡莘瓯和李贝贝并排坐在后座上，一个抱着圣诞老人，一个抱着熊。车经由连通线，穿越四环、五环、六环，过弯处几乎漂移，俩人就像一对不倒翁，同频率、同方向、同幅度地来回振荡。一会儿胡莘瓯靠在李贝贝身上，一会儿李贝贝靠在胡莘瓯身上。在某些时刻，胡莘瓯不得不扶住李贝贝，李贝贝也不得不拽住了胡莘瓯的胳膊。

而这一幕，都被马大合从后视镜里看得一清二楚。他像摇晃盒子，让里面的玻璃球来回撞击，甚而期待着制造出李贝贝骑在胡莘瓯身上的效果。

车终于停在游乐园门口。马大合坏笑，对胡莘瓯说："我也只能帮你到这儿了。"

胡莘瓯不答。这一路上，他和李贝贝不仅没说话，连叫声也没发出，俩人默契地咬紧牙关。而此时，李贝贝对马大合说："马总，谢谢啊。"

口气谦卑而热络，看来是摆正了自己的位置。胡莘瓯透过车窗，遥望游乐园门前的广场。广场上连棵树也没有，水泥地像在路灯下渗出了盐。这景象固然是荒凉的。他身边，李贝贝却没立刻下车，而是有条不紊地将自己重新塞进了熊里。车外风紧，她穿得本来不多，又一身汗，熊的皮囊就是现成的厚棉袄了。

不仅穿衣，而且戴帽；李贝贝套上熊头，对胡莘瓯挥了挥巴掌。

未及告别，马大合已经踩了油门，"五菱宏光"轰鸣着蹿出去。胡莘瓯回头，望见熊小步慢挪，穿越广场。

4 “吱儿，吱儿”

再见李贝贝，则在两天以后。事儿又因他爸胡学践而起。

那天胡莘瓯回到红楼，已经后半夜了，也不知他爸睡着还是醒着，反正他自己是熬不住了，去水房草草洗漱，倒头就睡。一觉睡到次日，又是个明媚的中午。他去对面，想问他爸吃点儿什么，叫外卖还是下锅面条。早饭午饭合一顿，父子二人长年如此，胡学践还介绍，这属于外国比较腐朽的阶级的生活方式。

然而胡莘瓯推门，却见他爸焦躁不可名状。胡莘瓯他爸的焦躁历经多年，表现形式又有了变化，以前是乱蹬乱挠，现在则相对内敛了些。此刻他也没什么大动静，仍然端坐在机器中间，盯着四方那些屏幕，手按在鼠标上乱划乱点，不过每隔几秒钟就会“吱儿”地嘬一下牙花子。而对胡莘瓯来说，这种时候的他爸特别烦人，“吱儿”一声，又“吱儿”一声，好像脑子里钻进了一只疯狂的老鼠，能把人逼成强迫症。

胡莘瓯还以为他爸在网上跟谁吵架了呢，于是劝：“没听人说吗，认真您就输了。”

他爸又“吱儿”，竖起三根既瘦且长且干枯的手指：“送你三个字儿。”

“别扯淡。”胡莘瓯条件反射地抢答，又道，“谁招着您了？”

“没谁。”他爸道，“你忘了，我东西呢？”

哦，胡莘瓯这才想起，昨天他爸让他去中关村拿了个电子元件，所谓读取器。看来是急用。别看他爸不上班、不出门、极少与人发生现实层面的社交，但急用的东西是等不得的。他更加哭笑不得：“那您早跟我说呀。”

他爸说：“你这不睡觉呢吗？”

胡莘瓯说：“您也可以去我包里拿呀。我还能搁哪儿？我也没什么隐私。”

他爸却一摊手：“我当然翻了，没有哇。”

所以他爸才“吱儿”—— 从早上就开始了，一直“吱儿”到中午。偏不愿弄醒他，没准儿也是嫌麻烦，因此宁可“吱儿”。胡莘瓯转身回屋，拎了巨大的双肩包过来，将圣诞老人的皮囊掏出来，又将包倒提，抖落。竹筒倒豆子，包里掉出充电宝、医用外科口罩、消毒纸巾等物，还有马大合卖剩下送给他的增高鞋垫和妇女清洗液，唯独没有读取器。胡莘瓯记得，那东西不大，盒儿上全是外文，昨天明明被他揣进包里了。他又将那具皮囊拎起来，接着抖落，但连圣诞老人都已金蝉脱壳，哪里还有别的物件。

胡学践又“吱儿”。这时，连胡莘瓯也有些不可置信了。他迟疑着说：“那您再买一个，我再跑趟中关村？”

还说：“大不了我昨儿白干，我给您掏钱。”

胡学践却道：“哪儿那么简单。这东西太少见，现在渠道又不畅通，再订没有了。原来那个还是我等了好久才等到的。”

如此说来，就是被卡了脖子了。父子互相瞪眼，陷入某种困顿的情绪之中。

胡莘瓯讪讪来到走廊，用简易煤气灶下了面条，卧鸡蛋，多放佐料，但俩人吃得也寡淡。他爸不仅“吱儿”，还多了摇头叹气，一会儿说面条太咸，一会儿又说连根青菜都没有，这日子怎么过的。说的是面，其实还是怪胡莘瓯弄丢了他的读取器，至于“日子”这种概念，好像只有网络生活被打断时，他才会突然加以反思。

好歹维持了基本生存需要，他们又躺在床上，分头刷手机。

这也是红楼一角的固定场景：两扇木门遥相呼应地对开着，从床头探出两双遥相呼应的脚丫子，脚丫子往上，两部手机正用它们的摄像头遥相呼应地挤眉弄眼。呼应中又有区别：胡莘瓯刷的还是哔哩哔哩，胡学践则滞留在微信里；胡莘瓯不言不语，任由手机播放“斯酷依，卡哇伊”，胡学践则有来有往，不时语音发言，乃至激烈争论，蹦出的净是“主频”“外频”“超频”等名词。都是各自领域的术语，互相听不懂也互相不感兴趣。

不过作为从 Intel 486那个年代过来的网民，胡学践的网络生涯无疑更加复杂，经胡莘瓯总结，大致可以分为几个阶段——

首先是“聊天室”与“论坛”，该阶段又与胡莘瓯小时候对千年虫的恐惧重合，其形式是他爸坐在电脑前噼里啪啦。后来进入了游戏阶段，红警、帝国、星际、魔兽、模拟人生，以即时战略和角色扮演为主。随着游戏吃硬件的胃口越来越大，他爸的电脑也开始了无休止的升级换代，网上网下，同时进行军备竞赛。再后来就是以智能手机、Ipad 为载体的 App 阶段，该阶段曾一度与游戏并行，最终蚕食了游戏的时间。其优势主要在于散碎，散碎就是方便：无须准备，对地点也没有要求，随手一点就能入了化境。

胡莘瓯也曾认为，假如上网设备能够进一步地小型化、移动化，那么他爸很有希望在某一天破茧而出，佩戴着智能眼镜，身上挂满传感器，像个正常人一样走到大街上去。那是科技的一小步，却是个人的一大步。也许那时他爸的正常只是貌似的正常，也许他爸虽然身处这一个世界但灵魂仍然飘荡在另一个世界，然而对于胡莘瓯而言，假如那一天到来，他也算拥有了一个全新的父亲。

可惜他的期待落空了。大约三年前，他刚失业回家宅着，胡学践却忽然回归本初，重新坐到电脑背后，噼里啪啦响彻了红楼。

难道他爸又开始网聊了？或者学人写起了小说，穿越、修仙、意淫霸道总裁？可无论是网聊还是写小说，又哪里用得着如此蔚为壮观的设备——也正是在这个阶段，他爸对电脑配置的需求再次水涨船高，一般机型都不能让他满意，于是自己动手，设计并组装了这台“数字堡垒”。这是一项漫长而烦琐的工程，它的难度首先在于，总有特定元件不能通过正常渠道获得，而是要碰，要等，要像蚂蚁筑窝一样日益完善。还有一个麻烦，在于电子产品迭代太快，每每更换了一个元件，其他元件也得配套升级，导致方案大幅调整甚至推倒重来。好在凭借初代攒机者的名声，他的一些网友，也即中关村的水货贩子总会卖他个面子——当年胡学践涉足这个领域的时候，那些家伙还是沿街倒卖内存条子的小毛孩呢；而一旦某种攒机方案经由“贱爷”检验，也必将受到小众市场的认可，多了不敢说，原样复制个十套八套总能卖出去。“贱爷”出品，必属精品。个中生态，和音箱发烧友也差不多。

他爸攒出这样一部电脑中的怪胎，到底又要做什么呢？胡莘瓯也曾略加探查。

那是在胡学践取得了阶段性成果，准备跑一趟程序的时候。胡学践呈现了罕见的亢奋，满脸通红，像只被水煮过的蚂蚱；他还在“数字堡垒”的主屏上开了分享程序，要将这一盛况进行直播。儿子溜墙根绕到他身后，他也全没发觉。

“三、二、一——action！”与马大合异曲同工，他宣布。

同时按下回车键。只见主屏上出现了一个3D图形的正方体，或者可以理解为一只盒子。漆黑锃亮，让人想起《2001漫游太空》里那块神秘的宇宙之石。它的上面有一根管子，看来是入口，下面还有一根管子，看来是出口。

接着，一个亮闪闪的银色小球儿从屏幕顶端落了下来，滑进入口。

然后声响大作。不是喇叭的音效而是机器本身的噪音，隆隆不绝于耳，几成轰鸣之势。紧接着，电脑本身也震颤了起来，好像一台老式洗衣机。胡学践不得不扶了一把机箱，似乎怕它震着震着就掉到地上去，但立刻被烫得直甩手。很明显，因为正在进行过于繁忙的运算，电脑过载了，造成了声音、共振和温度的失常。它倾尽全力，超频发挥，像一个倔强的、还没发育成熟就被送上专业赛道的体校学生。胡莘瓯又担心它会像当年那台Intel 486一样屏幕一黑，死了过去。电脑死了固然还能活，可这趟程序就跑不下来了——那对胡学践才是致命的打击。多少个噼里啪啦的不眠之夜啊，成功与否，在此一役。胡学践紧握双拳，嗓子眼儿吭吭唧唧，俨然正在突破一次经年累月的便秘。

坚持住，“数字堡垒”，你行的。胡莘瓯也被感染了，尽管此刻他并不知道电脑和他爸正在做什么。他也握拳，吭吭唧唧。

终于有了动静。啪嗒一声，小球从入口入，从出口出，就像治好了便秘。

还有没有别的内容？没了。“数字堡垒”喘了两喘，声音和振动都正常起来。幸亏鱼缸一样的水冷机箱里没真养着热带鱼，否则非煮熟了不可。走廊的灯泡晃了一晃，陡然变亮了。每当电脑超频，都会造成电压不稳，为此胡学践还专门改造过红楼的电路系统。他是这方面的老手了。

然后胡学践的骨节咔嚓一声，松散了下去。他瘫软在扶手椅上，又变成一只被喷了农药的蚂蚱。他自言自语，语气倒是平和的：

“……勉强跑下来了，就是太吃力。传输不畅。还差个读取器。”

由此可见，昨天胡学践要的读取器，属于攒机工程的关键一环。而全北京都在发烧，快递失效，只好让胡莘瓯去取一趟。可惜胡莘瓯把它弄丢了。

因而胡莘瓯刷着“斯酷依，卡哇伊”，心里却不是个味儿。他又不得不将昨天的经历复盘，像看视频一样——他出溜下了红楼，他在地铁上睡觉、打摽悠；他来到中关村，接过读取器又揣进双肩包；他在游乐园广场上遇见一熊，熊的头顶飘荡着红气球；他上了公共汽车，刷手机……等等，这段儿需要快退……胡莘瓯眼前再现了他将李贝贝从熊里剥出来，又将熊的皮囊塞进双肩包的一幕。熊、圣诞老人和读取器共处一包，现在包和圣诞老人还在，熊和读取器没了。是否存在这样的可能性：随着一路颠簸，读取器滑进了熊的皮囊，而晚上直播时，李贝贝虽然钻了进去，却未曾察觉？李贝贝当然不是豌豆公主，再说以她的体量，皮囊内大概还留有一定空间，并不会硌着她。李贝贝便携带着他爸的读取器，整晚拉车绕圈儿，又在夜里穿越广场，走回她的住处去。

以上推理成立，胡莘瓯的嘴角颤动，仿佛有三个音节从舌尖、唇上呼之欲出。

他关掉“斯酷依，卡哇伊”，从手机里找出昨天拨过的那个号码。然而电话响，无人接，再拨再响也无人。胡莘瓯又用微信搜索李贝贝的号码。李贝贝的微信也叫李贝贝，照片里那人棱角分明，侧着头，只露右脸，便将振翅欲飞的蝴蝶隐藏了起来。

发送了添加好友的请求，胡莘瓯反倒希望李贝贝别急着回。他觉得让他爸再“吱儿”一会儿也大快人心。他也不刷手机了，起身出溜下二楼，将圣诞老人的皮囊放回仓库；发现走廊灯憋了，他又找了灯泡换上。

忙上忙下，相当充实。同为赋闲在家，他比他爸过得有条不紊。他不像他爸那样陷于另一个世界的苦战，他在两个世界里都是随遇而安的。

这让他爸看不顺眼，又找事儿：“你怎么天天这么乐呵？”

这话马大合也问过。胡莘瓯回答：“不乐我还能哭吗？”

他爸又嘀咕：“你说你也没个工作……”

胡莘瓯说：“可我替您当保管员了呀。咱们家不干活儿的是您。”

他爸拍大腿：“怎么我说一句你回一句？”

胡莘瓯却想，说一句不回一句，那是聋哑人，或者是您对我的一贯态度。他也知道他爸因为电脑被卡了脖子，这才想起来尽尽父亲的责任，尽责任的方式又是看他不顺眼。至于工作，非得按点儿上班下班才叫工作？那种工作他也不是没找过，但与人打交道太麻烦。一个街道下属单位的临时工，也得顾及和这个人那个人的关系，以及这个人和那个人之间的关系，累心。他的原则是宁可累身，不能累心。胡莘瓯又想，这不正是您，我的爸爸，给我树立的榜样吗？但有的话不说也罢，麻烦。

而这时，电话响了。李贝贝的哑嗓子传出来：“你谁？”

“我是胡莘瓯。”上次见面，胡莘瓯未报姓名，见李贝贝毫无反应，他又补充，“昨儿接你那个，还送你来着。”

李贝贝就“哦”，热络起来：“那孙子又有活儿了？”

那孙子固然是指马大合。这一称谓同仇敌忾，胡莘瓯请人帮忙也就好开口了。他问李贝贝能否将熊开膛，找一找电子元件。

李贝贝却警惕起来：“你不是要讹我吧？”

不要想得那么复杂，那太麻烦。胡莘瓯急道：“一顺手的事儿，我能讹你什么？”

李贝贝的眼珠大约转了一下：“假如找到了，你又说那东西不是你要的，说我把你的东西掉了包，我不就说不清了？”

“你太会想象了。”胡莘瓯道，“你找着什么就是什么，行了吧？”

李贝贝“唔”了一声：“有你这话就行。不过得等明天。”

胡莘瓯就蒙：“怎么又要等？”

李贝贝拍巴掌，不是“啪”却是“咣”的一声：“我现在不是熊呀，我是个变形金刚。”

与上次鹿变熊同理，李贝贝强调，扮演者是要轮岗的，轮上鹿就是鹿，轮上熊就是熊，轮上变形金刚就是变形金刚。现在李贝贝铁骨铮铮，熊已经穿到别人身上去了。她还得满园子去找熊，而且还有个风险，万一读取器让谁当破烂给扔了呢？

“那可别。”胡莘瓯又急道。但他不得不承认李贝贝说得有理。俩人进而说妥，李贝贝那边有了结果再联系他，他去取一趟。

不想，李贝贝大约眼珠又一转：“你来，就好意思空手来？”

胡莘瓯更蒙，脑子很不情愿地跟着转，弄明白了李贝贝的意思。亏他还接过她呢，亏他还送过她呢。他瘪了瘪嘴问：“你要多少钱？”

李贝贝说：“我刚来北京时，坐车丢过一个手机，那司机管我要了二百。”

俩人又说妥，二百。相当于胡莘瓯代表北京弥补了李贝贝的损失。临挂电话，胡莘瓯又问：“对了，你那变形金刚叫什么？”

“让当什么当什么，谁还管它叫什么。”李贝贝仿佛认为胡莘瓯的脑子搭错线了，“不过有句台词是‘愚蠢的地球人’。”

哦，那是威震天，一个反面角色。但胡莘瓯也没机会对李贝贝进行科普了。挂了电话，他忽然累得紧。这次就不是心累而是身累了，脚下像开了个阀，将能量统统泄干，还像他爸那台超频工作的电脑，眼见就要死机。其实这感觉刚起床就有，跟他爸掰扯时，他还觉得冷，觉得嗓子眼儿发干。再一想外面的情势，心下不免咯噔一声。

什么时候被传上的？前些日子都没出门，八成就在昨天，更有可能是在直播间里。一屋子人过圣诞节，有那么一个就谁都跑不了。恍惚间，胡莘瓯已是病中的心态了。他回屋歪在床上躺了会儿，又扒着墙，到对面机房去看他爸。

此时他爸也歪着，一手捂头；终于不“吱儿”了，浑身打摆子。

摸了摸脑袋，烫，胡莘瓯再摸摸自己，也是差不多的烫。父子二人连发烧也同步。他唤了几声，他爸也不应。胡莘瓯几乎拖出哭腔，又叫："爸——"

他爸激灵："别号，还没到那一天呢。"

这才吁了一口气，继续专心致志地发烧。胡莘瓯便从手机里找出一位医疗播主，听人介绍发烧的经验。结论是基本没辙，只能挺着。他又后悔，马大合的直播带货就包括退热贴，昨天拿两片就好了——倒是给了他两瓶妇女清洗液，那也不对症呀。不过退热贴属于紧俏货，马大合想必留着加价卖了。用李贝贝的话说，这孙子够孙子的。

因陋就简，他只能给他爸烧壶热水，又找出厚被子给他爸裹上，然后回自己屋。父子二人再现了遥相呼应的卧姿，开始挺。

这一挺，就挺过了漫长的时间。刚开始倒还清醒，隔不多久，胡莘瓯就会叫一声"爸"，他爸便在对门答一声"儿子"；有时他爸也会叫一声"儿子"，胡莘瓯在这边答一声"爸"。通过一叫一答，他们还能知道自己身在何处、身边有谁。然而叫和答也要消耗力气，渐渐地，叫也叫不动了，答也答不出了，变成了你一声我一声的哼哼。又渐渐地，连哼哼也没了，只剩下各自无声喘气。

胡莘瓯时睡时醒，间隔极短，又渐渐地，连睡和醒的界限也模糊了。但他好歹还记得他是谁——只感到自己飘飘忽忽起了身，扒在楼梯的扶手上，连身子也趴了上去，夹着。施展神功，往返曲折，他往下出溜。怪了，红楼里又有了声音和味道，胖娘们儿的咿咿呀呀和瘦男人的叮叮咚咚此起彼伏，周二烧茄子、周五肉包子以及卫生所来苏水的气息扑面而来。更怪了，随着他越出溜越快，楼梯扶手也在延伸，仿佛引导着他滑入无底的深渊——直到他又有了一丝意识，心里叫声“停”，出溜才戛然而止。

一楼到了。走廊尽头，阳光不像从外面射进来的，而像在门厅里燃烧。那儿有一个小小的身影，仿佛双脚踏着火焰。他走过去，同时发现自己不再是一米八几、微微驼背的傻大个儿，他也变成了一个小小的身影。

哦，他才五岁。

在舌尖，在唇上，一组音节呼之欲出：李蓓蓓。

5 “我‘滴’你个‘滴滴’”

1999年，胡莘瓯他爸正处于从一个世界向另一个世界出溜的过程中，尚未出溜到底，还能记得胡莘瓯被寄存在幼儿园。每天傍晚，胡学践从剧团去接儿子。他骑一辆二八锰钢自行车，把胡莘瓯放在后座上，父子二人背负斜阳。

这也是他们一天里少有的说话的机会。早上胡莘瓯还没睡醒呢，就被他爸像个面口袋一样扛出去了。胡莘瓯小嘴儿不停，汇报幼儿园见闻。大致如下：

其他小朋友吃饭都用勺，只有胡莘瓯掌握了筷子技能，老师说他手巧；

同班的马大合又拉裤兜子了；

班上有人说胡莘瓯没妈，马大合抹了那孩子一脸屎。

胡学践却只是嗯嗯嗯，啊啊啊。他两眼迷离，蹬车打晃，大概昨夜摆弄电脑没睡觉。好在他还记得这个儿子会饿、会吃，于是沿林荫道一拐弯，先去了食堂。周二烧茄子，周五肉包子。

端小盆儿排队时，胡莘瓯眼一亮：“李蓓蓓。”

李蓓蓓已经上一年级，那年头的小学生就不必人接了，因此李蓓蓓她妈打发李蓓蓓自己来吃饭，她本人则放心地投入北京的夜生活。然而选调演员忽略了一件事：作为剧团的非正式职工，上面配发的饭票是减额的，这造成李蓓蓓上半个月有的吃，下半个月就要赊账。赊账也没什么，假如李蓓蓓她妈在，对大师傅飞个眼风，“哟，您还能眼瞅我们饿着”，大铁勺就递到小盆儿里来了，肉还多给。然而李蓓蓓没有她妈那个本事，或者李蓓蓓不惜得有她妈那样的本事，因此只得在窗口干站着。李蓓蓓也有束手无策的时候。

这时，胡莘瓯焕发了他对李蓓蓓的爱。他不仅有被李蓓蓓照顾的需要，也有照顾李蓓蓓的需要，这才叫爱哪。他掏他爸兜，翻出装饭票的塑料夹子。

他爸说：“着什么急呀，你也没那么饿吧？”

胡莘瓯说：“李蓓蓓饿呀。”

胡学践看了眼李蓓蓓，好像对真实的世界发生了兴趣：“可咱们的饭票刚够俩人吃呀。你要匀给她，就得少吃俩包子。”

胡莘瓯立刻说：“那我就少吃俩包子。”

“你倒够朋友。”胡学践又作势，“可跟马大合也没见你这么仗义呀，他在幼儿园咬你苹果，你不还告状了吗？”

胡莘瓯被问住了。他琢磨李蓓蓓和马大合之区别，又说：“那不一样。”

胡学践更有兴致：“你再说说，怎么个不一样？”

胡莘瓯吭叽半晌，不答，五岁的娃娃脸眼里有光。胡学践扑哧一乐，把塑料夹子往儿子手里一塞：“送你三个字儿。”

“穷大方。”胡莘瓯招摇着饭票，跑向李蓓蓓。

他和李蓓蓓吃了包子，胡学践则啃着食堂剩下的冷馒头。胡学践告诉俩孩子，他不爱吃包子，后来胡莘瓯才知道，他爸的工资基本都扔在电脑配件上了。那个年头，那些东西可算奢侈品，所以日子过得紧巴。在胡莘瓯的记忆里，类似场景重复过许多遍，为了他对李蓓蓓的爱，他爸每个月总有几天吃不上正经饭。

吃完饭，李蓓蓓会附耳道："一会儿下来。"

于是有了后来的找知了壳、捉蚂蚱、撒尿滋蚂蚁。李蓓蓓给胡莘瓯上课，俩人又去呼她妈。再后来，李蓓蓓就走了。

挺在床上发烧的胡莘瓯蜷成一团，像只一米八几的大虫子。他闭眼沉在黑处，听见有人"哟"了一声。那人走路带风，片刻吹到身前："这咋还抽上了呢？"

胡莘瓯诚然在抽筋，手脚拧着劲儿，躯干一弹一弹的。那人狠掐他人中，还抽了他几个嘴巴。风去风又来，额头一片冰凉，这才让体内的温度有了去处。他还闭着眼，想睁也睁不开，仿佛眼皮被缝上了。嘴却被硬物撬开，冰凉的水灌了进来。

他的脸也湿了，大约从眼里渗出了什么。意念流转之间，他继续重温李蓓蓓。

李蓓蓓走时也是个明媚的中午。红楼下停着一辆"桑塔纳"，不知是大胡子导演还是"全总"穴头的。剧团同事咸来相送，胖娘们儿和瘦男人纷纷道，回南方也好，南方机会也不少；早转型也好，现在歌剧没人看了。

李蓓蓓她妈指了指李蓓蓓："我还不是为了她。"

回到老家去，李蓓蓓则可成为一名正式的小学生，校服也有她的份儿。关键还能上中学呢。天哪，中学又是多么遥远，听到楼下飘来这个词，胡莘瓯全无概念。此时他坐在他爸机房里的小马扎上，头顶着窗沿，发呆。

他爸则从 Intel 486 电脑后面窥视着他。胡学践面对电脑，心却在别处，这情形相当罕见。片刻还探出头来：

“你怎么不下去呀？”

胡莘瓯半晌不答，他爸就探着。又半晌，胡莘瓯道：“下去也没用。”

他想说的是：李蓓蓓这一走，他们必将不能见面。这一结论是李蓓蓓分析出来的。就在昨夜，李蓓蓓送他回家时，他也反驳过，说我们还可以打电话呀，你还可以给我写信呀，你是小学生，认字儿。但李蓓蓓道，听说剧团都要解散，到时红楼也要拆，连通信地址和电话号码都没有了。胡莘瓯又不甘，说，我也可以去找你呀。李蓓蓓却道，你倒有心，可我妈说，我们回南方，打死也不住原来的家，新家在哪儿我也不知道。李蓓蓓思维缜密，而她那缜密的思维总是奔着不好的方向去。恰因为此，此时胡莘瓯想，那索性就不见了吧，何必增添一次伤心？他从那时起就开始嫌麻烦了，或者说，他懂得了一个务实的哲理：一旦无可奈何，不如默默忍受。他只希望这忍受的过程是平和的、顺畅的。

他还认为他爸有些可恶，为什么偏在此时产生了对儿子以及真实世界的兴趣？他半仰着头，让窗影印在脸上。胡学践却又问：

“你们可以告个别呀。你跟李蓓蓓不好了吗？”

“才没有，我爱李蓓蓓——”胡莘瓯几乎哭了，争辩道。

有如闪电划破夜空，胡莘瓯被自己吓了一跳。他终于说出来了。他爸也一愣，接着扑哧一乐。但渐渐地，他爸的表情变了，从饶有兴致变成了臊眉耷眼，好像做了什么亏心事儿。带着半遮半掩的愧色，胡学践起身，来到胡莘瓯身旁，也抬头看天。谁还没个离别呀。桌上的 Intel 486 嗡嗡一响，抽搐了一下。

他爸低头，对胡莘瓯道："你瞧你，多大个事儿。"

还说："李蓓蓓可以找到你，你也可以找到李蓓蓓——只要你们愿意。"

说时一拍巴掌。胡莘瓯茫然瞪着他爸。他爸却开始了忙活，绕回到 Intel 486 跟前，也来不及坐下，就在键盘上噼里啪啦起来。一串名词从他爸嘴里蹦出，还像以前一样，他爸又开始打比方、讲故事：许许多多电脑连在一起，构成了一个世界，名叫"因特耐"，在那个世界里，人们也有地址，就像他住红楼四层、李蓓蓓住红楼一层一样。恰因红楼是真的，地址有可能变化、消失，但那个世界里的地址却是假的，假的才能永远存在。而如果李蓓蓓记住了他在那个世界的地址，也就可以在真实的世界里找到他了——不管过了多久，不管身在何方。简而言之，李蓓蓓可以在网上给胡莘瓯写信。当然还有个前提，就是胡莘瓯必须先获得在那个世界里的身份才行。

胡学践又说："你想叫什么？"

胡莘瓯说："我就想叫胡莘瓯，我怕李蓓蓓认不得我了。"

虽无创意，但也有理。他爸说："那我就给你注册成 huxinou。李蓓蓓上小学了，她懂拼音。哦对，你还得有个密码。"

胡莘瓯如问千年虫是个什么虫："蜜马是个什么马？"

胡学践往窗外探了一眼："相当于你家得有锁有钥匙，否则谁都能进去。来不及多说了，总之就是一串数字，六位的……"

条件反射一般，那串数字便拱到嗓子眼儿，马上就要从胡莘瓯

的嘴里滑出来了 —— 不多不少，正好六位。然而还没脱口而出，却被他爸截断："先别说。"

胡莘瓯含着六位数字，差点儿噎着。他不知他爸又有什么幺蛾子。

他爸却说："你傻呀你，密码有告诉别人的吗？ 我刚说过，它等于钥匙 ……"

胡莘瓯道："可你是我爸呀，咱们家的钥匙我有你也有。"

说时晃了晃脖子上的钥匙。而他爸"嗐"了一声："在现实里咱俩是一家，但在网上，你的'伊妹儿'只属于你。这是那个世界里的规矩。"

事后回想，他爸相当于给他上了网络生活第一课。他爸固然煞有介事，但也让当时的胡莘瓯感到了尊重 —— 他才五岁，何尝有过只属于自己而别人不能染指的东西？ 现在还真有了，别看是在另一个世界。那么密码又要怎么设置？ 胡学践稍稍闪开，把胡莘瓯招呼到电脑前，让他自己输入。这并不难，经过李蓓蓓上课，胡莘瓯已经认识数字。手指头戳着键盘，噼里啪啦，脱口而出变成了脱手而出。

这次轮到胡学践诧异，他一边扭脸不看，一边嘱咐："你可别瞎打，这串数字不能忘，忘了你就回不了家了。"

而胡莘瓯又输入了一遍。他笃定，那哪儿能忘？ 他跟李蓓蓓天天晚上都呼她妈。电话里那女的说您好，他就得说这六个数儿 ……说了多少遍啦。

在五岁时，胡莘瓯没有身份证，没有学号，他所能记得的成串儿的数字，只有李蓓蓓她妈的电蛐蛐号码。这是反复练习的结果。

至于他爸所说的规矩，也并不算违背——除他以外，再没人知道电蛐蛐号码就是他的“伊妹儿”密码了。

Intel 486闪了一闪，他爸祝贺他：“现在你有‘伊妹儿’啦。”

他爸还抓过纸笔，将屏幕上的内容抄了下来，又将纸条递给胡莘瓯：“让李蓓蓓也去申请一个‘伊妹儿’。”

胡莘瓯道：“然后李蓓蓓就能……”

他爸甩出三根既瘦且长且干枯的手指：“送你三个字儿。”

胡莘瓯抢答：“赶紧的。”

是得赶紧的，汽车尾巴都冒烟了。胡莘瓯出门，施展神功，往下出溜。他还偷偷展开纸条，看了一看：huxinou大约是他名字的拼音，这个李蓓蓓也讲过；他的名字后面还有个小圈儿，小圈儿后面又是一串字母，那就不大懂了。这就是“伊妹儿”？说实话，对于他爸的锦囊妙计，胡莘瓯仍有些不可置信。

再说李蓓蓓也没有电脑呀，没有电脑又怎么能有“伊妹儿”？

然而事已至此，似乎也只能往好处想了。恰恰是嫌麻烦敦促着他成了一个乐观主义者。不正是李蓓蓓上课时告诉过他，在二十一世纪，人人都会有电脑，干什么都离不开电脑吗？所以别人都认为胡莘瓯他爸成天不干正事儿，李蓓蓓却对他爸相当佩服，认为他爸提前进入了二十一世纪。既如此，李蓓蓓想必也会有电脑。基于一番怀疑再肯定，当胡莘瓯奔出红楼，跑向李蓓蓓时，娃娃脸上跳跃着光芒。那是希望之光。

李蓓蓓迎向他，露出了哀伤的神色。她等他好久了，她把现在当永诀了。她牵住胡莘瓯的手，半天憋出一句：“你怎么才来？”

胡莘瓯将纸条贴在李蓓蓓的手心上。他又蜷起李蓓蓓的手，放在嘴边呵了一口气。这一来，他仿佛将另一个世界的自己交付了出去。他说：“给我写‘伊妹儿’。”

李蓓蓓一怔，又说：“胡莘瓯，你好好儿的。”

这时“桑塔纳”滴滴两声，李蓓蓓她妈从车上下来，弯腰抱了抱胡莘瓯，叫声“宝贝儿”，俯身在他脑门儿上亲了一口。

李蓓蓓像个风筝似的飘走了。胡莘瓯站在路边，远望1999年的憧憧楼影。1999年的北京是个大工地，据说红楼也将被它蚕食。1999年的胡莘瓯脸上闪着光，脑门儿顶着个红嘴唇。他自己也像风筝，李蓓蓓拿走了那张纸条，线就牵在她手里了。

送别李蓓蓓母女的人们也散去，红楼门前空了。胡莘瓯又望了眼杨树林，心知夏天也将结束。然而片刻，他忽然转身钻进红楼，朝四层跑去。

他的脚步噔噔，心又噔噔慌了。因为他忽然想到，还有个千年虫呢。怎么忘了这茬儿？千年虫一旦从电脑里钻出来，就能把时间变回1900年，他和李蓓蓓也将消失不见——那不就从根儿上白搭了吗？原来电脑里的世界并非只有好处，还隐藏着危险。在胡莘瓯耳中，他爸那隔门飘出的噼里啪啦从未显得如此激荡。那是一场艰苦卓绝的战斗，全人类的希望都系于一身。五岁的胡莘瓯一窍贯通，纵横寰宇，在过去和未来、在可能与不可能之间穿越。他一边跑，一边高呼：

“捉虫，捉虫——李蓓蓓——”

挺在床上的胡莘瓯也像念咒儿一样重复：“李蓓蓓，李蓓蓓——”

身边就有风，一个哑嗓子应道：“哎，在呢。”

哑嗓子又说：“哪里有虫，烧糊涂了吧？”

啪嗒一声，胡莘瓯总算将被“芝麻糊”粘在一起的上下眼皮分开。他还在红楼四层，十几平方米大的卧室里。眼前人影晃动，一只红色的蝴蝶振翅欲飞。李贝贝凑近他的脸，将手背往他额上一搭：

“吓死个人，我当真要出人命了呢。”

胡莘瓯怔神，鼻翼像兔子一样翕动。李蓓蓓走了，来的是李贝贝。

李贝贝带风而行，给塑料盆里换了凉水，投了毛巾敷在胡莘瓯脑门上。她还拧身去了对面机房，又将同样的步骤进行一遍。这么做时，倒像对他家熟门熟路。她一边穿梭，哑嗓子抱怨不休，又解释起她为何会在这里：胡莘瓯打电话，让她帮忙去找读取器，她找了扮熊的同事，那东西还真在熊里，具体而言是在熊屁股里；掏出来又给胡莘瓯打电话，竟不接了，再打再不接，又发微信也不回。这就让李贝贝惴惴的——火急火燎来要东西，万一很重要呢，万一反过头来真会讹她呢——“活该我倒霉，心里搁不住事儿”，她便又给马大合打了电话。马大合也正发烧呢，随口说了胡莘瓯家的地址：

“爱怎么着怎么着吧，要不你给他送一趟。”

东西拿着烫手，李贝贝虽然烦躁，但也觉得那孙子的话是个主意。正好这两天游乐园也停业了，就来了。

地方不好找，李贝贝诧异北京还有这么破的楼。来到四层，却见两扇门敞着，胡莘瓯和对面的老男人遥相呼应地挺着。叫也不应，都在发烧。虽然俩人一个娃娃脸，一个瘦长脸，但发起烧来都抽，抽的姿势也有异曲同工之妙。由此判断，多半是爷儿俩了。

更加烫手的事儿就来了。李贝贝反问胡莘瓯：“你俩死了怎么办？都死了倒省事儿，万一只死一个，另一个又知道我来过，还不是要讹上我？”

胡莘瓯愕然。李贝贝又说：“没办法，只好保证你俩都不死喽。”

好在她的选择不是把他俩都弄死——那也可以避免被讹。又好在李贝贝有个优点，一旦做了决定就不嫌麻烦。她先打了急救电话，又哪里来得了人？医生却尽职，自己已经烧得奄奄一息，还向李贝贝普及注意事项。

“都难，都没辙，咱们咬咬牙。”电话那头快哭了。

至于措施，无非通风、冷敷和饮水。如果有药最好，不过药店早被抢空了，并且这两年药品限售，家家都没存货，李贝贝在斗室里翻箱倒柜，果然没找着。此外喂水也是个技术活儿，烧到要紧时，胡莘瓯和他爸牙关紧咬，还得用勺撬开，撬时又抽，还得伴以掐人中、抽嘴巴等辅助措施。胡莘瓯还咬人，一个没留神，照她手上来了一口。一痛之下，李贝贝感到不是个事儿，得去医院找药。

现在医院也挤满了人，大地方李贝贝没敢去，幸亏附近就有个社区小医院。科室也不分了，走廊里横七竖八的。医院有规定，开单子拿药必要患者本人到场才行，不过李贝贝有办法——她先去水房，用餐巾纸沾了滚水往头上、腋下涂抹。脸都烫肿了，鲜红的蝴蝶鼓胀起来。没料到排队太久，等快轮到她，滚水也凉了，她只好再去水房涂抹一遍，以保证体表温度高位运行。

但又出了岔子。刚抹完出来，就见一个护士手持电子体温计，在人群里“滴滴”扫过来。原来是为了简化步骤，统一先测体温。扫到李贝贝这儿，护士狐疑地瞥了她一眼，再扫一遍，人家一挥手：“出去吧您。”

李贝贝心虚但嘴硬：“啥意思？”

护士说话也损：“表都爆了，这不叫发烧，这叫熟了。”

这就叫过犹不及。李贝贝却急了，她说她的确照顾着俩病人呢，病人还在烧，还在抽；她还说那俩病人就住在附近一座四层破楼里。护士却冷笑。而这时，周围的人不干了：早听说有人骗出药去高价倒卖，这儿还真碰上一个。人群焕发了同仇敌忾的正义感，横七竖八的当然动弹不得，但有几个家属揪着李贝贝的领子，将她往门外搡去。

他们说：“这种钱都挣，你他妈的还是人吗？”

李贝贝犹在挣巴：“臭流氓，手拿开。”

又控诉护士，还是那套嗑儿：“不找事儿就对不起——”

又没料到脚下一空，从台阶上滚了下去。滚时咔嚓一声，裤子也扯裂了。李贝贝坐在地上，双腿大叉，只觉身下凉飕飕的，蒙了一蒙。随后，她用手拍击地面，扯着哑嗓子叫道：“我操你个血妈，烧死你们——”

这一幕，却是胡莘瓯从手机上看到的。人生何处不视频，遇到这种场面，周围的人们哪能闲着。视频又被发到网上，小小的公愤就变成了大大的公愤。骗药，还操我们个血妈，还诅咒我们烧死，用心何其毒也。因为李贝贝的口音，网上打起了地图炮，北京人声讨，东北人反攻，进而东北人也开除了李贝贝：那个人她不是东北人。此外，社交媒体有审核机制，遇到不雅词汇或不雅画面，都会加以遮挡处理，于是李贝贝的那句诅咒就变成了“我‘滴’你个‘滴滴’”；她的形象也变成了腿间氤氲着一团马赛克——牛仔裤从中扯裂，虽然露出的只是一段秋裤，但挡一挡也是稳妥的。而这种画风又有些像日本色情片了。

人神共愤，点击量远超马大合的直播带货。还得庆幸在医院都戴口罩，视频里的李贝贝并未露脸，连蓝口罩上方探出的半只红蝴蝶也模模糊糊一晃而过。胡莘瓯却想，也许他是唯一认出李贝贝的人了。

他强撑着歪在床上，被手机上的时间吓了一跳：离耶稣生日竟过去了一天有余。也就是说，当他昏天黑地，烧得不分昼夜，李贝贝也是唯一记得他的人。

再回想做过的梦，含混而命定。偏偏李贝贝这阵风又吹过来，手上多了一盒药："给你喂水时塞了一片，再来一片也差不多了。"

药盒上有个肌肉蓬勃的人体，只是造型和以前不同。通常的人体都在展示肱二头肌，这里的则在展示臀大肌，撅着。胡莘瓯问："哪儿来的？"

"片儿警给的。医院有人报警，就把我给带走了。我说你们要关就关，破楼上还躺着俩人呢，有个警察还真上了心，跟我过来看了一眼，然后扔下一盒药，说是从药贩子手里缴获的小厂产品，效果差不多。"李贝贝一边碎碎叨叨，一边又评价，"你们这边警察还行。我又说，那帮孙子把我拍下来了，回头把我上传说我骗药，那算不算冤枉我？警察说他也没辙，找网站申诉去吧。我就说申诉个鸡毛呀，我盼着它火，火了我还带货去呢。早知就该摘了口罩……"

李蓓蓓的想法又令胡莘瓯一愣。而她继续抱怨："伺候完小的还得伺候老的，你爸比你可事儿逼多了，醒了还让人喂。"

又说："越穷越金贵，这就是你们北京人。"

胡莘瓯闭眼养神，如在话语的波涛中漂浮。而这时，对门传来他爸的声音："儿子——"

胡莘瓯只得回应："在呢——"

他爸的声音悠悠的："家里怎么多了个女的——"

这次李贝贝应道："我没跟你儿子一床睡，你们家没出流氓。"

而胡莘瓯看了眼床边的一张方凳，凳上盖着外衣。看来李贝贝在那儿守了他一夜。外衣上还放着个小盒子，正是读取器了。借着喝水服药，胡莘瓯瞥了眼李贝贝的裤子，果然见腿根处开了裆，露出北方气息浓郁的厚秋裤。胡莘瓯想起什么，又把姿势不正确的药盒递还给李贝贝："你也留两片，万一……"

"没必要。"李贝贝说，"前几天刚烧完。我可没药，硬扛。要不是虚得慌，我也不用你接，我也不用你送。"

胡莘瓯就是在这时破防的。知道李贝贝去医院，他没破防，偏是这话让他破了防。破防无规律，像裤子一样，谁知哪里就破了。他一咬嘴唇，不让自己出声。

心里却叫了一声：姐姐。

李贝贝好像说累了，凄然一叹，坐下不响。

胡莘瓯偷偷打量李贝贝。她已然半寐，脸上伏着红蝴蝶，手腕上收获了一个红牙印。他在心里又叫：姐姐。

6 “看看我的‘伊妹儿’”

李贝贝来了就没走。起先几天，想走也走不得：胡莘瓯和他爸还在床上挺着呢。她挎着篮子就去了菜市场，转眼又将原料变成了熘肉段、熬豆角、尖椒烧豆腐和“柿子炒鸡蛋”。对于通行全国的“西红柿炒鸡蛋”，李贝贝那边人有他们的固定叫法。她对父子二人公布菜单时，胡学践还探讨：

“冻柿子别炒着吃了，开个小口儿一嘬就行。”

李贝贝说：“不动手就别事儿逼。”

胡莘瓯发现，李贝贝嘴不离逼。头次见面还不这样，熟了就百无禁忌。而和手机里一样，在胡莘瓯的意识中，也会对此类不雅词汇加以屏蔽，变成“滴”的一声。这是被网络审查规训出的本能。他听见李贝贝犹在抱怨不休，盛了“滴”菜，摆了“滴”盘，又整饬了锅碗筷子等“滴”玩意儿，就叫俩“滴”人起床开吃。都是量极大的家常口儿，对胡莘瓯而言，却是二十余年未有之盛况：他什么时候吃过四个菜呀。

吃饱上床挺着，意守丹田。李贝贝则继续发扬她勤劳善战的特点。她擦净了窗台和家具上的浮土，还将堆积的衣裳、床单洗完晾在走廊里。旌旗招展，李贝贝进而向机房隔壁的那一屋子破烂儿发起了总攻。她老嫌这家里有味儿，追溯源头，管胡莘瓯要来钥匙开门，不想引发雪崩，差点儿把她埋了：这俨然是一个即将撑爆的废品回收站。此后两天，李贝贝将垃圾分门别类，快递箱子压实，易拉罐踩扁，又找来若干蛇皮袋，把它们装好拽到楼下，去找“酒干倘卖无”。经过这番变废为宝，伙食费也有了着落，没管父子二人要钱。李贝贝身形瘦削，身高不足一米六，因为裤子开裆，只得找了条胡莘瓯的运动裤换上；她仿佛落进了一个双筒大口袋里，裤腰几乎扎到胸上，像蚂蚁一样拽着重物挺进，挺进。

在此期间，父子二人也退烧了。他们连好转的步调都是一致的，并留下了如出一辙的后遗症：不能久看电子产品，时间一长就会晕眩，想吐。听说发完烧有丧失味觉的，有嗜睡的，而他们遭到攻击的是这套最常用的机能。

对后遗症的反应却不一样。胡学践再现了他的焦躁，“吱儿”声不绝于耳。读取器已被接入“数字堡垒”，他却不能调试、跑程序，这比丢了零件更令他百爪挠心。但胡莘瓯的状态仍是随遇而安的，他坐在门口，两眼追踪着奔忙不休的李贝贝。

李贝贝又去了趟居委会，向人讨来喷桶和84消毒液——那些东西曾经大行其道，突然废弃不用，正好可以对付蟑螂和老鼠。干干净净的多好，以前怎么就没发现呢？紧接着，胡莘瓯又觉得自己埋汰了。楼道整洁一新，还脏着的只剩下他和他爸这俩活物儿。他爸他管不着，胡莘瓯自己去了水房。将“热得快”捅进大盆，加热，朝自己兜头泼下。再打香皂，咯吱咯吱，人也益发透亮起来。

但这透亮只是身体的透亮。还有一种说法，发烧会产生脑雾，胡莘瓯却感到自己脑中的雾盘踞多年，从未散去。雾里看花，他又回到了他的梦里。李蓓蓓给他留下了一个谜：她是否给他写过“伊妹儿”？

顺着梦把过去展开，继续梳理——

交出“伊妹儿”，他想念着李蓓蓓。人说小孩儿就是一群动物，变脸快，记性差，但他对李蓓蓓可不是这样。爱是不能忘记的。

等上学，他脾气软，又不合群，免不了挨欺负。那些孩子在他身上滋生了小兽的快乐，将他抬起来，叉开两腿，以门为锯，用门沿锯他的底部。上述游戏经久不衰，从小学玩儿到高中，才以胡莘瓯的迅猛发育而告终。十几岁上，他的个头就超过一般大人了，两条长腿蹬住门框，使得锯长莫及。记得最后一次被锯，众人一筹莫展，不说胡莘瓯变高了，反说门变窄了；忽然一声暴喝，马大合抡着半块砖头杀了过来——胡莘瓯只能由他欺负，别人可不行，这是“顽主”马大合去上技校前定下的规矩——大家“嗷”地撒手，让胡莘瓯像只大虫子一样拍在地上，四散而去。砖头追上一个后脑勺，又是“嗷”的一声。

胡莘瓯抱膝坐在地上，两眼看天。马大合在他身旁徘徊：“这帮傻‘滴’。门窄，可以用桌子腿锯呀。”

又恨铁不成钢：“你说你也这么大个儿——”

胡莘瓯不语，继续看天。片刻他问马大合：“你有没有一种感觉，到什么地方遇见什么事儿，忽然觉得以前来过，以前见过？”

人说前门楼子，他说胯骨轴子。马大合就蒙：“好像有。”

胡莘瓯又问：“这是我们预知未来了吗？”

马大合说：“谁也不是神仙。”

胡莘瓯再问："那就是忘了，一不留神又想起来了？"

马大合说："这个解释比较符合常识。"

胡莘瓯忽然瘪了瘪嘴。他还捧住脑袋，上下揉搓，好像一只糯米团子正试图将自己重新塑形。他困惑道："为什么想起来的事儿，都不是我想要想起来的呢？为什么想要想起来的事儿，我又死活想不起来呢？"

马大合目瞪口呆。此人惨遭校园霸凌，还在进行玄思冥想，怪不得人家都说胡莘瓯神神道道的。不过他又"嗐"了一声，踹了踹胡莘瓯的屁股。没辙，谁让他摊上了这么个发小呢。为了将胡莘瓯从不正常的精神状态中拉出来，马大合掏出一样宝贝，那是最近刚上市的"苹果"手机，也是他坚持不懈，对同学们进行勒索和劫掠的成果。严格地说，胡莘瓯的网络生活自1999年始，但能随时随地上网，还要等到二十一世纪的第二个十年。这也是大势所趋：街上越来越多的人低头哈腰，形同僵尸，好像被车碾过去也死得其所。一机在手，天下我有，原来人人都有成为胡学践的潜质。

马大合正在挑战一款名叫"愤怒的小鸟"的游戏。碰到难点，便将手机往胡莘瓯手里一塞，胡莘瓯三划拉两划拉，轻松过关。从上中学起，胡莘瓯的手巧就为马大合提供了诸多便利。除了打游戏，马大合在斗殴中砸坏了手机，也需要胡莘瓯买来盗版配件，拼拼凑凑总能修复如新。发挥胡莘瓯的特长，马大合又格外热衷于在斗殴中砸坏别人的手机，再介绍他去给那些人贴膜、换屏，收入当然都被马大合独占了。这也是俩人最初合伙做买卖的商业逻辑。

胡莘瓯看天不语。不知何时，他"哟"了一声，黑棋子般的眼睛闪了一闪。

这是他的要紧时候，马大合也不敢怠慢，赶紧再将手机塞过去。

胡莘瓯点开邮箱，输入他的名字 huxinou，一个小圈儿后接一个网址，然后是六位数字。那数字是他刚刚想出来的，或者说，是他将自己放空，入定，进入冥冥之境，而后自发地从脑子里蹦出来的。排列毫无规律，组合无迹可寻，但胡莘瓯将这个过程理解为突如其来的记忆——仿佛以前来过，以前见过。

按键，屏息等待。那年头的3G网络很慢，小横杠需要哆哆嗦嗦地生长一会儿。然后跳出一个页面：您的密码错误。

这没什么可奇怪的。此情此景发生过不知多少次，在教室，在操场——甚至在厕所里，马大合递给胡莘瓯的不是一卷卫生纸而是一部手机。马大合早习惯了胡莘瓯的两个黑棋子亮起来再暗下去。试想你夜以继日地跟一个打不开的邮箱较劲，难道不会被折磨得神神道道吗？不过作为旁观者，马大合却从未深究过胡莘瓯为什么非要打开这个邮箱。胡莘瓯没告诉过他，他也懒得问。

但胡莘瓯记得很清楚，以前的邮箱想开就开。进一步梳理——

五岁时，李蓓蓓刚走没几天，他就要求他爸："看看我的'伊妹儿'。"

他爸扑哧一乐，替他打开页面。按照规矩，扭头不看，让胡莘瓯输入密码。但又怎么难得住胡莘瓯，六位数字脱手而出，登录。

然而邮箱空空如也：您有0封新邮件。这说明他在那个世界的家无人造访。

胡莘瓯不免失落，但他还会替李蓓蓓、替他自己找辙："没准儿她刚搬完家，还得到新学校报到……"

所以先别急，要给李蓓蓓一些时间。这一等，就等到胡莘瓯也上了小学。1999年过去了，二十一世纪终于来了。作为新世纪的第一拨小学生，他参加完开学典礼就火急火燎地回家：“看看我的‘伊妹儿’。”

扭头，脱手而出，登录。然而他在那个世界的家仍然空空如也。胡莘瓯就有些难过了，他破天荒地怨起了李蓓蓓：

“她不会把我给忘了吧？不会给别人上课去了吧？”

说时嘟着嘴，好像糯米团子鼓了个包。此时，他爸的网络生涯正处于从聊天转向游戏的过渡阶段，星际争霸战得正酣，被儿子打断部署，本就烦躁，但还得亲自替李蓓蓓，也替胡莘瓯找辙：

“就算李蓓蓓想给你写‘伊妹儿’，她自己也得有电脑呀。”

哦，怎么忘了这个条件？经他爸提醒，胡莘瓯又放了心，这是因为对于李蓓蓓也将有电脑，他是不太忧虑的。二十一世纪是科学的世纪，人人都离不开电脑。开学典礼上老师的这一论断，和李蓓蓓给他上课时讲的一样。科学，你可要加把劲儿呀。

而这时，他爸又有个提议：“咱们家倒有现成的电脑，那台Intel 486我不是不用了吗，要不你先学学？”

猝不及防，他爸又对真实世界以及儿子焕发了兴趣，而这个提议旨在把儿子也拉进另一个世界。胡莘瓯虽然神神道道，其实不傻，一眼看穿了他爸的用意：不就是在Intel 486上耗费了过多心血，所以电脑面临淘汰又舍不得了嘛，也是废物利用的意思；不就是懒得替他查阅“伊妹儿”，不想被他打搅嘛，也是调虎离山的意思。一个电脑，一石二鸟。殊不知胡莘瓯除了等待李蓓蓓来信，对电脑本身兴趣不大。

他的兴趣不大还跟胡学践有关，看到他爸那副样子，他已经很腻歪了，心下暗想，不要变成下一个他爸。有样偏不学样，这也是小学生胡莘瓯对自己的期许。因此他晓以大义：“老师还说了，电脑可以学，但别染上网瘾。”

胡学践不得不点头，甩出三根既瘦且长且干枯的手指。

胡莘瓯抢答：“学点好。”

然后胡莘瓯开始了更加漫长的等待。这轮等待又伴随着全国人民的现代化进程——渐渐地，电脑就不再是他们家独有的了。红楼里的别人家也传出了噼里啪啦的打字声，在全体居民的呼吁下，电信公司克服后勤部门的吃拿卡要，给大家安装了宽带，从而使得这栋四处漏风的危房在人去楼空之前实现了智能化。班上的同学更别提了，你家戴尔，我家康柏，还有昂贵的IBM笔记本，不过以胡学践看来，品牌机都是蒙外行的，纯属糟践钱。无论如何，人们接受了一个观念：不会用电脑，等于二十一世纪的文盲。即便真是文盲，也要买一台供着，起码能镇宅，比如马大合他妈就给电脑做了个绒布罩子，保证不落灰。

李蓓蓓应该也赶上了这一进程吧。李蓓蓓她妈曾以上电视为己任，没准儿也想上上电脑呢。班上同学说，电脑里的动画片可比电视里全得多，并且可以点播，不必搬着板凳等开演。马大合还意外观摩过他爸窝藏的一沓光盘，《玉蒲团》和《满清十大酷刑》什么的，被震撼得不可名状：

“人吃人哪，哪儿都啃，哪儿都咬。”

而身为一只糯米团子，胡莘瓯还没发育到那个阶段，他只是想念一个能管着他的人——这个“管”又有两重含义，一是管理，二是照顾。那人曾有过，又走了。也正因此，终有一天，胡莘瓯坐到了他爸的电脑前。

这时他已经充分掌握了电脑的原理、构造和使用方法。不是来自他爸的言传身教，而是因为学校就有这门课。在风起云涌的高科技教学运动中，数学老师被送进“计院”也即“计算机学院”回炉培训，新修的机房进门前必须先穿鞋套。当马大合只能“单指飞”，胡莘瓯却学会了正规打字，一如幼儿园时期率先掌握筷子，老师又夸他手巧。根据照本宣科的教程，胡莘瓯还死记硬背了注定无用的DOS口令，就像他曾经掌握了寻呼机的使用方式。他虽然对电脑不感兴趣，但他学得认真。这固然是为了李蓓蓓。

而在此前，他再没请他爸帮忙查看过他的“伊妹儿”。其中一个原因，是他爸彻底变成了网瘾的反面教材，就连胡莘瓯夹着成绩不高不低的考卷回家签字，他爸都会愤怒地甩出三根既瘦且长且干枯的手指，那又是“玩蛋去”了——胡莘瓯只好再次发挥手巧的优势，临摹一笔歪歪扭扭的“胡学践”。另一方面的原因，则是胡莘瓯本人产生了奇特的畏缩心理：对于打开“伊妹儿”，他突然感到害怕。假如打开了，邮箱却依然空空如也呢？坏消息不如没消息，事情竟被搁置了下来。

就这么耗了多久？小时候日子慢，一回头却像眨了个眼。经过循序渐进的学习，电脑课总算讲到了使用邮件。学校的机房居然不联网，这是因为那年头还没竖起防火墙，许多令人大开眼界的网址尚能随意登录，所以要防止马大合之流私自冲浪。要想上网，只能回家，而课程的进度提醒胡莘瓯，再耗下去就对不起李蓓蓓了。

这一仪式隔得太久，山重水远。胡莘瓯风尘仆仆，也在另一个世界里回家。

记得那天，响晴薄日。他爸还在床上酣睡，伴以磨牙放屁。他爸的生物钟早已混乱，在世界各个时区之间遨游。反正剧团已经停止了演出，连点卯也不需要了。又好在毕竟是北京，单位的退场不像许多老工业区那样惨烈，大树将倒，猢狲却不至于饿着肚子散去。众人各谋出路，胖娘们儿和瘦男人忙于串场走穴，连马大合他爸也去雨后春笋般的剧组接活儿，摇身一变成了“制片主任”。如同马大合离不开胡莘瓯，马大合他爸也爱拉着胡学践，这对父子手巧，那对父子敢闯，两家相辅相成。但也一如马大合必须忍受胡莘瓯的神神道道，马大合他爸则要忍受胡学践的各种不靠谱，比如预支工钱，当然都花在更新电脑上了。可谁让胡学践的手是美工组里最巧的呢，有了他，那些劣质电视剧就不需要聘请香港师傅，也能让各路神魔在天上飞来飞去，所以马大合他爸不仅纵容了胡学践的无理要求，甚而乐得让他不跟组，还避免了其他剧组挖墙脚。在生意头脑上，马大合爷儿俩一样灵光。

也记得那时电脑向专业化、精细化的方向发展，他爸那台替换了 Intel 486的游戏主机配以超大内存、独立显卡和纯平显示器，与学校里的集体采购产品自然不可同日而语。与学校机房的另一个区别在于，他爸连开机密码也没设，这就给胡莘瓯造成一种感觉：另一个世界很欢迎他，一直都在等待他的造访。

轻松一下，Windows98，新世界来得像梦一样，让我暖洋洋。开机声是那样蓬勃而空灵，让人感到一个世界正在展开。胡莘瓯赶紧将音响按钮关掉，点开了浏览器。运用正规得有些僵化的手法，他输入他的“伊妹儿”网址。

再插一句，他爸给他申请的邮箱也有些特殊：它不在门户网，而在一个名不见经传的 BBS 论坛上。论坛的页面布局相当呆板，对于新手很不友好，不过身为资深网虫，胡学践早已厌倦了触手可及的资源。他认为小众的才是丰富的，另类的才是有价值的。对于上述趣味，当时的胡莘瓯并不能够完全理解，他只认为他爸把他的“伊妹儿”放置于一个偏僻的角落里是安全的。这种安全感源于人类百万年的进化本能：躲在人迹罕至之处，仿佛就能踏踏实实地生火过冬了。

这里是他的小小洞穴，只有他和李蓓蓓能来。

又好在邮箱都是一样的邮箱，再一点，用户名和密码栏就跳出来了。四下一静，窗外的风好像停了。胡莘瓯输入了他的名字，屏息，单手悬于全尺寸机械键盘的数字键上方。只差六位数字了。但他保持着静止，不动。又一会儿，他单悬的右手开始发抖，他糯米团子般的脸上冒出了汗，他黑棋子般的眼睛鼓瞪着，放射着惊惶的、迷惘的光。

对，就在这一刻，胡莘瓯蓦然发现，他忘了他的密码。

7 “时光已逝永不回”

幸亏胡莘瓯学会了把事儿往好处想。关于那天，他也留有值得庆幸的记忆。

那记忆又和他爸有关。当时胡莘瓯不知坐了多久，盯着电脑。脑袋却没停，他想，他使劲儿想。想的结果是徒劳。过去的一切纤毫毕现，连李蓓蓓连衣裙的碎花形状、李蓓蓓她妈给他印了个红嘴唇的位置都记得清清楚楚，偏是六位数字本身忘了。他的记忆像一张风景照，山川河流原样复制，但景区牌匾字迹模糊，拍照地点竟不得而知。他的记忆还像一场盛大的葬礼，吹拉弹唱，号啕不止，棺材里却没人，哭都不知为谁哭。

这就叫欲哭无泪。哭意在胡莘瓯的皮肉下激荡，似要奔涌而出，却被娃娃脸自带的喜感搅和了，混淆了；黑棋子般的眼睛和天然上翘的嘴角在糯米团子上发生了古怪的位移，乍看上去，一时也难以辨别他是想哭还是想笑。

怎么就忘了呢？大约是时间惹的祸。时间看似一晃而过，其实他的岁数增长了一倍有余。他猛烈抽条，傻大个儿初具雏形；他脑子里乱七八糟的东西渐渐清空，替换成了新的乱七八糟的东西，这一过程正如同那道经典的“放水排水”应用题——几年工夫，足够他忘了。又或许，忘了恰恰因为他以为他不会忘。早知就该把六位数字抄下来，或者每天睡觉之前默读几遍。现在悔之晚矣。胡莘瓯僵着脸，古怪的表情定格了。

偏此时，他爸在行军床上睁开了眼。胡莘瓯的这副嘴脸太有趣了，使他爸猝不及防，又焕发了对真实世界的罕见兴趣。

他爸说:“按说你这个岁数，也不至于面瘫呀?”

胡莘瓯不语。这就弄得他爸有点儿紧张了:“儿子，怎么啦?”

进而蹦下床来，在他面前挥动着三根既瘦且长且干枯的手指，这就不是送他三个字儿了，而是对他进行心智测试:“这是几?”

胡莘瓯当然知道这不是“二”。同时，他思索着如何回答他爸。告诉他爸实情? 这话说不出口。倒不是羞于承认自己记性差，作为一个神神道道的人，他的记性神出鬼没，能记得周二烧茄子，周五肉包子，却总忘了食堂早已取消，每每到了饭点儿还跑去排队。说不出口的原因还在李蓓蓓。他不是爱李蓓蓓吗? 爱不是不能忘记的吗? 怎么他偏偏忘了关于爱的重要数字? 那么他的爱真不真诚，他对爱的态度郑不郑重? 胡莘瓯的自问变成了自责，自责又变成了自惭。他不成了一个爱的叛徒了吗? 他辜负了李蓓蓓。

越说不出口，他爸越好奇。他爸这才注意到他破天荒地坐在了电脑前:“嘿，你也学会……”

这时胡莘瓯却脱口而出，虽然不是抢答但还是三个字儿:“千年虫——”

胡学践就一愣:“怎么想起这个来了?”

胡莘瓯继续敷衍:“您不是说电脑里有只虫吗……我原来信了，

现在又有点儿不信……”

胡学践问：“所以你想看一看？”

胡莘瓯说：“嗯哪。”

胡学践便又扑哧一乐。一乐之后，却是眼睛一眨，还有不易察觉的一叹。他伸出长臂，手在胡莘瓯的肩上拍了一拍。这倒让胡莘瓯感到诧异了，觉得他爸的一乐一眨一叹一拍，有些一言难尽。当时他不明白这是怎么回事儿，而在多年以后，再去复盘那天的情形，才对他爸的心境略有了解：他爸似乎意识到自己面临着一个特殊的时刻。从这一刻起，小孩儿就不认为自己是从垃圾堆里捡来的了，从这一刻起，小孩儿就不相信吞咽西瓜籽会在肚子里长西瓜了。外国小孩儿还将放弃对牙仙和圣诞老人的等待，中国小孩儿则不再担心灶王爷上天说自己坏话。一言以蔽之，小孩儿虽然还没长大，但已经开始长大。

具体到他们家的小孩儿，又有些特殊。他们家的小孩儿五岁就宣布了爱，小学都快毕业了还在电脑里找虫。他们家的小孩儿神神道道的。然而从他爸的一言难尽中，胡莘瓯仿佛还看到了一丝惭愧。此情此景，好像以前来过，以前见过。

胡学践清了清嗓子：“千年虫已经被解决了。”

胡莘瓯顺竿儿爬：“怎么解决的？”

胡学践说：“被我捉出来了……当然，那只是一个比方。”

时隔多年，胡学践重新对千年虫加以介绍。他告诉胡莘瓯，所谓千年虫，其实是电脑里的一个故障。很有意思，电脑的故障又被称为Bug，那还是英语里“虫”的意思——这源于人类第一次遇到此类故障，确实是电路板里钻进了一只虫造成的。具体到这只虫，千年虫，问题出在计时系统：最早为了图省事儿，人们将标识年份的数字做了简化，从四位缩到两位，1980就变成了80，1990就变成了90；然而也埋下了隐忧——随着年份上升，终将突破1999，到达2000，可这样一来，2000不就和1900一样了吗？也就是说，电脑里的时间将会倒退，回到一百年前。一台电脑认错了还没什么，无数台电脑认错了就很严重了：飞机、火车、轮船的电子时刻表都将混乱，甚至银行和电力系统也会瘫痪。科学家早已发出警告，人们谈千年虫而色变，甚至将它视为世纪末的劫难。

不过实践也证明，解决千年虫非常简单：只需更新一下系统，电脑里的计年数字即可升级成四位。世纪末的劫难又变成了世纪末的笑话。

胡学践当年所做的，也正是这么一件事。而他之所以噼里啪啦，彻夜苦战，却又跟他那台电脑有关：Intel 486使用了盗版系统，换成“行货”贵且不说，更要命的是系统一更新，原有的硬件又带不动了，还得再买新电脑。这就逼得胡学践在论坛上发布英雄帖，集思广益，旨在突破垄断公司的技术壁垒。

说到底，症结不是虫多，而是钱少。但胡学践又骄傲起来：

“幸亏网上有高人，在论坛上还真碰到一个懂技术的。他开发了一套针对千年虫的补丁，还修复了盗版软件的许多漏洞。有了这套程序，大伙儿的老电脑就能焕发新生，缝缝补补又三年。只不过高人擅长编程，对硬件却不在行，改造的系统在品牌机上运行没问题，在杂牌军上却不兼容——但不用担心，有我呢。我又摸索出了一套与其相匹配的装机策略……这些说了你也不懂。总之我们联手，把解决方案公布了出去……”

按照胡学践的说法，当年的捉虫不仅是捉虫，而且是一场江湖救急。此举造福了无数囊中羞涩的网民，也让“贱爷”在攒机界声名鹊起。不过看着他爸口沫横飞，胡莘瓯一脸懵懂。他爸那半术语半黑话的风格让他迷糊，另一方面他想：又有什么用？到头来，Intel 486不还是被淘汰了吗？并且这才没过几年，随着电脑的普及、进化、打价格战，过去的瓶颈都被突破，过去的问题也不成问题了。现在早没人担心千年虫了，反而有人制造出形形色色的新虫，据说如此才能维持杀毒软件的庞大市场。

意义总被时间消解，他爸引以为傲的那场大胜，如今看来都是瞎折腾。

这让胡莘瓯感到虚妄。他过早地宣布了爱，也过早地体悟到了虚妄。虚妄又指向他自身：因为忘了六位数字，李蓓蓓即使给他写过“伊妹儿”也等于不存在。他甚而怀疑千年虫并未消失，仍然从电脑里钻了出来，偷偷吃掉了他脑袋里的六位数字。那虫不是来祸害全世界的，那虫单单是来祸害他的。宝贵的东西如此脆弱，不经意就没了。这样想着，胡莘瓯流下了眼泪，清澈晶莹，坠入尘埃。李蓓蓓走时他没哭，现在他哭了。

这让他爸一惊。胡学践这才停止了喋喋不休，再次向儿子投以探询的目光。但和刚才一样，胡莘瓯无法告诉他爸他为什么哭。正是从那一刻起，他决意不在人前提起李蓓蓓。他没那个脸。

除非找回那六位数字，胡莘瓯暗暗起誓。当时他居然对此抱有希望。

而他嘴上说的仍和千年虫有关：“既然没有虫，您干吗要告诉我有虫？”

还说："我害怕呀，晚上都不敢走楼道。"

胡学践哭笑不得："你那时候小，说深了你听得懂吗……当然也有逗你玩儿的成分。"

胡莘瓯却益发诉起苦来：有那么好玩儿吗？您是图一乐儿，可不知道夜里一刮风我就觉得有无数只眼睛正在盯着我，只是看，只是看？不知道我随时随地都担心红楼没了连我自己也没了因为时间会回到1900年？他渲染着五岁的恐惧，因为决意不提李蓓蓓，在他的讲述中，那恐惧就变成由他一个人承受的了。他是那么敏感，还是那么孤单——不要忘了，他身边没爸没妈。马大合在幼儿园拉了裤兜子，他爸他妈还管给他洗裤子呢，胡莘瓯的爸妈又在哪儿？妈就不说了，爸倒是成天在家坐着，但大多数时候将他视同空气。

平心而论，胡莘瓯没有指责他爸的意思，他只是自怜。他的确感到五岁的自己很可怜。而他小嘴儿不停，突然就被他爸搂进了怀里。这个举动令他猝不及防，他爸还把他搂得那么紧，那么用力，令他正在发育的骨骼嘎嘎作响。

他爸的声音低了一个八度："你怎么都不跟我说呀……再害怕了就告诉我。"

他爸又说："爸是干吗用的？爸就得让儿子不害怕。"

胡莘瓯说："嗯哪。"

父子二人如同达成协议。此外，胡莘瓯还接受了他爸对于"爸"这一概念的阐述：爸可以不管儿子吃喝，不管儿子被门锯，但有义务让儿子不害怕。遥想远古时代，爸爸播完种就不知跑到哪儿去了，不是在荒原上漫无目的地觅食，就是跟别的爸爸扯淡、打架，孩子都被扔给了妈妈，以至于那时候人知其妈而不知其爸；可每当孩子感到恐惧，爸爸就出现了，或硬着头皮阻挡狮子老虎，或信口开河、载歌载舞地告诉孩子星坠木鸣源自神祇，而神祇跟自己关系不错。爸爸是战士，爸爸是巫师。这一定义延续至今，哪怕文明进步，没妈的孩子也能长大，爸爸却仍然信守着古老的诺言。

由此，胡莘瓯认为他爸还有点儿用。对于胡莘瓯，难以忍受的不是没人照料和被门锯，而是恐惧。现在他爸给予了他克服恐惧的保证。

当爸当到这个份儿上，还有什么可说的？仗义。

胡莘瓯并未深究，他五岁的恐惧虽然无中生有却也其来有自，在很大程度上，恰恰是他爸满嘴跑火车造成的。他也没有设想过，假如有朝一日，恐惧卷土重来，他爸又能用什么法子兑现诺言。他只是觉得这事儿有人管了，他的心里有了底，身后有了靠。这才是胡莘瓯记忆里值得庆幸的地方。

况且从那以后，他再也没有感受到如五岁时一般深邃、浩大、无所不在的恐惧。他爸的诺言相当于吹了一个不上税的牛。

继续长大，胡莘瓯面临的都是一些具体问题。具体问题可以具体解决，即使解决不了，也可以视而不见。没妈？谁又规定人必须有妈了？没考上重点学校？北京孩子上学容易，总归能混个文凭。没买单元房？红楼不还没拆嘛，不至于睡到大街上去。没工作？那就更不用操心了，欣逢盛世，“厉害了”，回家还缺一碗饭？再说他本来也不爱上班。总之，胡莘瓯两眼一抹黑，尽情地神神道道。

当然，神神道道不等于没心没肺，这就又要说回六位数字。由于胡莘瓯决意不在人前提起李蓓蓓，在此后，寻找它们就变成了一段不可告人的隐秘之旅。

首先，此事不可一蹴而就。胡莘瓯曾寄希望于没过两天就想起来了，但他发现自己过于乐观了。六位数字不是他主动记住的，而是被动地灌进了耳朵，这造成了他当年虽能脱口而出，但类似于巴甫洛夫的狗叫，并未形成有效存储。再打个比方，就像他的大脑宇宙里存在一个黑洞，向那个方位发射的信号都会被它吞噬，你无法探明黑洞里到底有什么。

既然人脑靠不住，或许可以指望电脑？他爸说过，电脑可比人脑好使，记住了就不会忘。为了帮马大合注册游戏网站乃至色情网站，胡莘瓯也替马大合申请过“伊妹儿”，发现针对密码丢失，通常网站都有补救措施。有一种方法是设置初始提问，一旦对答如流，密码就回来了；还有一种方法是手机认证，那就更加便捷了……不过凡事都有个特殊，他明明记得，他爸帮他申请“伊妹儿”时，并未经过上述程序。难道他的“伊妹儿”所在的论坛与其他网站不一样，连最基本的人性化功能都没提供？

果然如此。胡莘瓯像挨了一记窝心脚。

他又想到三个字：嫌麻烦。敢情不光他嫌麻烦，他爸也嫌麻烦，所以才随手把他的“伊妹儿”放在了最常用的所在；还有创建这个论坛的人，一定也嫌麻烦，所以才会把活儿干得如此潦草……不仅如此，胡莘瓯又想到了千年虫——之所以有这条虫，不正因为最初的电脑设计者嫌麻烦吗？可见嫌麻烦又会制造多么大的麻烦。

对于嫌麻烦的麻烦，胡学践也感同身受。有时他在论坛上噼里啪啦，也会一甩鼠标，焦躁不可名状：“无脑，太无脑了。”

还说：“到处都是 Bug，这不是个网站，这就是个虫窝。”

对于论坛，他爸也很矛盾，一边骂一边上，越骂还越上。而听他爸这么说，胡莘瓯不免由衷附和：“就是，连找回密码都不能……”

刚说一半，立刻闭嘴。他不能让他爸联想到李蓓蓓。胡学践却指了指自己的脑袋：“那倒大可不必——密码就在这儿，白痴才会忘。”

统而言之，无论人脑电脑，想起密码是不可能了。但没过多久，胡莘瓯的脸上又亮起了希望之光。这是因为他突然想到，长久以来，自己忽略了一个前提：追根溯源，那六位数字本来不是他的密码，而是首先作为李蓓蓓她妈的电蛐蛐号码存在。也就是说，六位数字的流传路径分了岔，一条路断了，另一条路很可能还通着。要知道，身为北京夜生活的积极参与者，李蓓蓓她妈最爱说的话就是：有事儿呼我。“伊妹儿”密码不能告诉别人，电蛐蛐号码则相反，知道的人越多才越好。

以前真是死脑筋，钻了牛角尖了。胡莘瓯恨不得啪啪打脸。而他还感到庆幸：要问及李蓓蓓她妈的电蛐蛐号码，也没必要非得向人提起李蓓蓓，这条迂回之路也不算违背了他给自己定下的原则。

只不过，这条路径就更不能指望他爸了。胡莘瓯也记得，李蓓蓓她妈还试图给过他爸那六位数字。他爸不是为李蓓蓓做过一个小黑板吗？那还是他替李蓓蓓申请的。有了李蓓蓓上课，胡莘瓯就不用他爸照看，所以他爸答应得出奇地痛快，继而发挥了精湛的手艺。将小黑板从四楼抬下去，也正投了李蓓蓓她妈所好：它可以转移李蓓蓓的注意力，避免李蓓蓓过早“呼”她，从而让她专心投入北京的夜生活。

俩人都觉得划算。李蓓蓓她妈说:“瞧瞧,您还这么客气……需要我帮忙,您也尽管言语——有事儿‘呼’我。”

但六位数字还没脱口而出,胡学践就打断她:“您还用这个哪?”

李蓓蓓她妈脸一僵:“怎么啦?”

胡学践一挥手:“迟早都是要淘汰的东西。”

说完,晃晃悠悠上楼了。听着胡莘瓯他爸像大蚂蚱一样蹦跶,李蓓蓓她妈哼了一声:“有什么的呀,你不也不趁‘大哥大’吗?”

俩人又产生了误解:一个是对通信方式的前景进行预测,另一个却对通信方式的档次相当敏感。在胡莘瓯的印象里,他爸和李蓓蓓她妈一直有点儿话不投机。而在进一步的回溯与寻访中,他又发现,忘性大的可不止他一个人。

他也问过马大合,是否记得剧团里有过一位选调演员,南方来的。同时生怕马大合提起李蓓蓓,便刻意绕过小孩儿,将他的描述集中在李蓓蓓她妈身上:个儿挺高,香喷喷的,天天晚上出门,夜里才“打的”回来。胡莘瓯还暗自记起,那时的出租车是一块二的“夏利”,三汽缸,爱哆嗦,车灯也哆嗦,照得李蓓蓓她妈背影摇晃,形同跳舞。

不想对于李蓓蓓她妈,马大合的记忆更为直观,脸上充斥着迷离的表情:“水蛇腰那个?胸部很大?我爸说她垫海绵了。”

还哪壶不开提哪壶:“我扒过她们家窗沿。她还有个闺女,就没什么看头了。”

原来李蓓蓓她妈还是马大合性意识的启蒙者,马大合的发育水平远胜胡莘瓯。这时胡莘瓯已经上初中,但对发小的兴致所在仍很懵懂，不好妄议。他继续问："能不能找到她的呼机号？你爸……"

马大合问："你找她干吗？"

胡莘瓯支吾："她唱歌很好听，我还想听一听。"

又不想，马大合换成了诡秘的、心有戚戚焉的表情："你可真会玩儿——咱们可以听着那娘们儿的声音撸一管。外国人都好这口儿，还有电话服务呢。"

结果马大合比胡莘瓯的积极性更高，回家翻看他爸的电话本，找不着，又拽着胡莘瓯去问他爸。但很遗憾，马大合他爸也露出了一瞬间迷离的表情，而后不忿："人家是艺术家，眼往上看，才懒得搭理咱们破美工。"

马大合他妈来自农村，焕发了朴素的道德感，补充说："骚'滴'。"

由此可知，李蓓蓓她妈也不是逮谁让谁呼她。同为破美工，待遇却不同，李蓓蓓她妈可算给足了胡莘瓯他爸面子，他爸偏还给脸不要脸。胡莘瓯不去琢磨李蓓蓓她妈为何给脸、他爸为何不要脸，只怪他爸坏了他的大事。

又没奈何，对六位数字的探寻之路只好顺着社会等级向上延伸，再去拜访几位艺术家。他回红楼，去往二层。此时剧团业务凋零，胖娘们儿和瘦男人除了外出走穴，满世界"献礼"，还利用琴房开门办班，培养有志于音乐的小蒙童。咿咿呀呀引领着五音不全的咿咿呀呀，叮叮咚咚示范着荒腔走板的叮叮咚咚。胡莘瓯靠在门边，听这支乐队的响动，仿佛很有涵养，也很有敬意。

胖娘们儿就停下来："那孩子，你也对音乐感兴趣吗？"

瘦男人说："街里街坊的，学费给你打折好了。"

胡莘瓯趁势道："学是可以学…… 可我想跟别人学。"

胖娘们儿与瘦男人问："你想跟谁学？"

胡莘瓯便描述了李蓓蓓她妈。他又暗自记起，他的确从李蓓蓓她妈那儿间接获得过音乐知识，也即胸腔发音。但听了他的表态，艺术家们深受侮辱，他们还对胡莘瓯的品位感到惋惜。胖娘们儿说：

"选调的？女通俗？那就是个野路子。"

瘦男人说："我们可是国家一级。"

胡莘瓯无心辨别艺术流派和职称，一股脑儿道："她有个电蛐蛐，你们有没有她的号码？她还认识'全总'的穴头和大胡子导演……"

胖娘们儿耸耸肩："穴头还欠着我一笔演出费呢，早不知跑哪儿招摇撞骗去了；这年头哪个导演不是大胡子，你指的又是哪一个？"

瘦男人则干脆地回答："她那个级别，我们留着她的号码有什么用。"

然后挥手，去去去，别跟这儿裹乱。胡莘瓯像只走错门的鸡，被轰出了艺术的殿堂。而当他在走廊里发了会儿呆，又听到有话飘了出来。话茬是由一个貌似刚上幼儿园的小琴童接上的："老师，什么叫电蛐蛐？"

胖娘们儿和瘦男人就一愣，拍手笑了："对呀，这年头谁还使那玩意儿？"

还说："别说别人的了，我连自己的号码都忘了。呼机早扔了。"

还说："就记得呼台是127还是128来着？听说连呼台也关门了。"

还说："好像有句广告，摩托罗拉寻呼机，随时随地传信息？

哈哈哈。”

最后感慨:“这日子过得，那叫一个快。”

进而，艺术家们在这栋仿苏式破楼里触景生情，展开了一段怀旧之旅。国家一级屈尊纡贵，瘦男人弹起一段通俗歌曲，胖娘们儿紧随其后，胸腔发音。

她唱:“时光已逝永不回，往事只能回味——”

她唱:“忆童年时竹马青梅，两小无猜日夜相随——”

她唱:“你就要变心像时光难倒回，我只有在梦里相依偎——”

直唱得胡莘瓯感到一股尿意，先跑去厕所泄空，又打了个激灵。而后他才顺着楼梯扶手出溜下了一层。时隔几年，他再次站在了公用电话前。电话换成了按键的而不再是转盘的，左近也没再弥漫着来苏水味儿。胡莘瓯拿起听筒，按了呼台号码。他又暗自记起，以前李蓓蓓向他显摆过，她妈的电蛐蛐是“大汉显”，所以要打128而不是数字台的127。

好一阵静默，似乎连电话也在错愕、回忆。

终于，传出一个女声。比起当年那女的，这女的腔调就要呆板得多:“您好，您所拨打的号码是空号。”

胖娘们儿和瘦男人所言不虚，当年的胡学践更是有着先见之明。胡莘瓯本来酝酿着一段说辞:您好，我叫胡莘瓯，您可能不记得我，但我记得您，您能不能帮我查个号码? 过去有个阿姨，她的孩子总让她快回家……

现在可好，他被釜底抽了薪，他还刻舟求着剑。

他挂了电话，嘴上不作声，脸上却不闲着:一如当初发现忘了六位数字，胡莘瓯的面部肌肉又开始失控，糯米团子上涌动着不知是哭还是笑的表情。好在随着年龄渐长，他的自我约束能力也得到了提高，所以神色很快恢复了肃穆。但又过于肃穆了，他好像对着电话进行默哀。习焉不察的特殊时刻再次到来，至此，小孩儿又长大了一截。他明白了逝去之物无法挽回，还明白了命运已至，相较于约束表情，倒不如先学会约束意志。想要的东西别那么多，得尽量利用手边的条件乐呵起来 —— 不乐还能哭吗？

正因有了上述觉悟，多年以后，当另一个变故发生，胡莘瓯的心态也相当平和。那时他已经怀揣一张注水文凭，在一个街道下属的注水机构上班，工作内容是复印、装订、送交各种注水表格，忙得像个注水科长。他还得看人脸色，谁都觉得娃娃脸好欺负，就差把他重新抬起来用门锯了。更关键的是，这份工作没干多久，又把他开除了。原因很简单：上面要推广智能化办公，裁汰冗员，有编的动不了，就朝没编的下手。身为临时工，胡莘瓯还替领导顶了两个被人投诉的锅，这就叫物尽其用。他就这么加入了失业人群。

与之相应，马大合则刚经历了不知第几次重打鼓另开张，转入直播赛道，并一如既往地通过画大饼来吆喝胡莘瓯给他打下手。干的是美工活儿，胡莘瓯的手巧得以施展。马大合进而撺掇他别找工作了，整个儿人过来算了。

胡莘瓯不免动心，又有些犹豫，心想还是找人商量商量。那人也只能是他爸。于是他坐在机房里，端个手机佯装刷着。他爸则盯着电脑。如今智能手机大行其道，胡学践却不知抽哪门子风，突然决定“攒”出一部性能空前强大的台式电脑，并将其命名为“数字堡垒”。设计方案初具雏形，他爸面对诸多屏幕，眼睛一会儿往这边转，一会儿往那边转，让胡莘瓯也不知该往哪个方向跟踪。

半晌，胡莘瓯开口：“对了……”

胡学践却先自一拍大腿：“这么多年了，怎么说关就关？”

胡莘瓯只得问：“……什么关了？”

胡学践说：“论坛呀。”

胡莘瓯又问：“哪个论坛？”

胡学践说：“还能是哪个？‘海角论坛’，我一直上。”

胡莘瓯说：“嗯哪。”

胡莘瓯当然记得那个论坛。他曾用他爸的电脑、马大合的“苹果”和自己的国产手机无数次地造访过那里，也尝试过用无数种六位数字的组合打开他的邮箱，结果永远是过家门而不入。作为一家跨越世纪的老牌网站，该论坛始终保持着不推送广告、不追踪热搜、不考虑用户体验的孤僻风格，可见关门大吉也是迟早的事儿。

胡莘瓯没有多余的表态。他还有点儿慌乱，唯恐他爸再往下说。

他爸说：“其实没了也就没了，版上的熟人早加了微信，聊天更方便……但多少还有点儿舍不得。哦对，你不也上过这个论坛吗……”

胡莘瓯打断他爸：“我也跟您说个事儿，我不上班了。”

话题跳跃，胡学践一愣：“不上班干吗去？”

“家里蹲。”胡莘瓯闷声答，“您也甭操心，我饿不着自个儿。”

说完起身，逃过一劫般地躲回了自己屋。心下倒踏实了，还有出其不意的轻松。釜底抽薪再抽一次薪，于是火灭了；刻舟求剑再也求不得，因为船沉了。论坛关闭，邮箱也将消失。红楼还在，他在另一个世界的家却率先遭遇了拆迁。所以不管李蓓蓓是否给他写过“伊妹儿”，也都无所谓了。机房又传出了噼里啪啦，他爸就是这点好：对胡莘瓯也报以随遇而安的态度，这让胡莘瓯享受着远胜同龄人的自由。

你看，事儿还是得往好处想。此后，胡莘瓯没再纠结于六位数字。时间治愈了他的神神道道，他仿佛忘了李蓓蓓。直到他遇到了李贝贝。

8 “说重点，说细节”

和李贝贝好上，又在半个月以后。对胡莘瓯而言，认可该说法还需解决一个前提，即：好到哪个地步才算“好”上？

又如马大合所问：“你办的她，还是她办的你？”

身为长大了的糯米团子，胡莘瓯听懂了马大合所指何事：“……谁也没办谁。”

“没办？”马大合不可思议。

“嗯哪。”胡莘瓯确认。

“这不结了嘛。”马大合一拍巴掌，“还好你没被这女的拿住。”

逻辑清晰，对策明确。但这答复不能让胡莘瓯满意，在他看来，事儿又不止“办”和“拿”这么简单。他拽动记忆的进度条，把有关李贝贝的视频再往前倒，以期自我答疑解惑。在胡莘瓯和他爸的病情全面好转之前，李贝贝一直看护着他们。为了方便照料，她将机房斜对面的垃圾站清理完毕，又找出现成的被褥，打个地铺就睡了进去。卧病在床，哪儿去找这么尽职的护工？不要说胡莘瓯，连胡学践都不好意思了。当然，也是因为那些天没法摆弄电脑，让他忽然意识到了人间自有真情在。

他不禁埋怨儿子不懂礼数，并给胡莘瓯转了几百块钱，让他给李贝贝发个红包。这不也快过年了嘛。要按老礼儿，还应该再加一个“稻香村”的点心匣子，可惜长久不出门，出去也未见得找得着“稻香村”。

想起此前和李贝贝的约定，胡莘瓯自己又往红包里加了二百。

不料刚发过去，李贝贝就从垃圾站那屋跑出来了，哑嗓子往上扬：“咋的，你们这是撵我走呗？”

这话儿怎么说的。胡学践讪笑：“没这个意思……”

李贝贝却变成了热络的忧虑：“我要甩手不管了，你俩可怎么办呀？”

进而宣讲起了发烧以后的注意事项：不可掉以轻心，务必好生调养。还介绍了惨痛的教训，真有人自以为病好了就一劳永逸，结果“嘎巴”，彻底一劳永逸。这些知识胡莘瓯也在手机上学习过，但都不如李贝贝讲得更富有表现力。她眉飞色舞：“万一你俩谁‘嘎巴’了，也得有人帮着发送，是不？”

话当然不中听，但足以让胡莘瓯和他爸心下惴惴的。刚病愈的人中气不足，胆儿小。不过胡莘瓯想：你不也刚一退烧就去拉车绕圈儿了吗，也没见你担心自己“嘎巴”了呀。李贝贝却像料到了他是怎么想的，又解释：

“我跟你们不一样。你们北京人娇嫩——别看穷。”

胡莘瓯与他爸面面相觑。形势变了，致谢还要往后放一放，先要决定李贝贝的去留。北京人不仅娇嫩，而且磨不开面儿——别看穷。偏此时，李贝贝又开始了一天的劳作，她开火，倒油，炝锅。父子俩一同吸溜鼻子。

胡学践就说："我是怕你忙，不想耽误你的时间……对了，你叫什么来着？"

"我叫李贝贝。"李贝贝挥动锅铲，"我也不忙。如今这个'滴'样，谁去上班呀。"

胡莘瓯又观察他爸。对于那三个音节感到紧张，这是打小形成的习惯。而胡学践哪壶不开提哪壶："蓓蕾的蓓？"

李贝贝说："贝壳的贝。图个笔画少，好写。"

胡学践又一歪脑袋，征询性地看向胡莘瓯："这名儿怎么这么熟呀？"

胡莘瓯如被扼住喉咙。李贝贝却接口道："就一大俗名儿，家里没文化。我还在网上查过，全国一共有3887个李贝贝。"

李贝贝消解了李贝贝的特殊性，胡学践就"哦"，表示那也不错。他忽然浮现出灿烂的笑，还搓动着巴掌："那也不跟你见外了。"

胡莘瓯瞥他爸："您是说——"

他爸却甩出三根既瘦且长且干枯的手指，这时又是"可劲造"了。李贝贝的菜还没出锅，胡学践已经端坐在了走廊窗边的小方桌前，还给自己倒了一盅白酒。在吃的诱惑下，他又焕发了对真实世界的热情。胡莘瓯倒松了口气：看来每个人都有头脑中的黑洞，而他爸脑子里的洞格外多，就像一块虫蛀鼠咬的奶酪。他却仿佛藏起了一块疮疤，李蓓蓓则消失在了漫长的时间里。

而李贝贝便留了下来，期限未定。胡莘瓯还要适应红楼里多了个邻居。

他也承认，这是一个有眼力见儿的邻居。准时供给一日三餐已成惯例，李贝贝既得了红包，居然没管他们要伙食费，取之于民，用之于民。再对比当初她又怕讹又要钱的态度，简直判若两人，可见熟了就是不一样。更加难能可贵的是，李贝贝还摸清了他们父子的生活习性，并分别予以大力配合。

试举一例，除了参与马大合的直播，胡莘瓯还有一件貌似正经的事儿可做，就是收拾二楼库房里破旧的服化道。这与其说是替他爸履行责任，倒不如说是利用一双巧手消磨时间。现在这项工作有了帮手，当胡莘瓯用铁丝捆扎圣诞老人的胡子、用油彩描绘狮子的眼睛、用桐油打磨花木兰的枪械，旁边就有人递上了钳子、刷子和抹布。服化道俨然艺术品，而修复这些艺术品，则是一项令人敬佩的工作。有李贝贝的赞叹为证：

“哎呀妈呀，你咋这么能呢！”“没你还真不行。”

干活儿不仅有人帮，还有人捧，令人心情舒畅。不过李贝贝还留意到了库房里的两样特殊物品：“这些‘滴’玩意儿，留它干啥呀？”

说时就要动手清理——是Intel 486电脑和小黑板。电脑外壳已然泛黄，这年月就连“酒干倘卖无”都不收；小黑板漆面脱落，露出糟朽的三合板。

胡莘瓯心里一揪，忽然恼了：“你别动。”

他这个脾性的人，恼了也不针对别人，而像针对自己。倒把李贝贝唬了一跳，赔上一个笑：“这人呀，都有舍不得的物件。”

见胡莘瓯不语，又指小黑板：“电脑是你爸的，那这个……”

胡莘瓯心里又一揪，道：“也是我爸做的。”

李贝贝便道：“念旧的人都老实。”

说时低眉顺眼，“蝴蝶”翅膀微垂。进而，为了让他高兴起来，李贝贝发挥了她在游乐园里的技能，钻进皮囊，表演各种卡通造型。

她还招呼胡莘瓯来合影，胡莘瓯不得不捧着手机，咔嚓不止，将娃娃脸印在了圣诞老人、狮子和花木兰身旁。他的心下荒凉，却是暖意的荒凉，就像野火升腾，繁盛的季节早过去了，新的荣枯又将起始。

而李贝贝对付起胡莘瓯他爸，则另有一番手段。再试举一例，随着精力恢复，胡学践又坐回了电脑前，但感受却和以前大为不同。每到晚上，他的脚下多了一个热水盆，他的肩膀上还多了一双手。李贝贝又按又捏，手劲不够，还会上肘，小小的身体倾斜着，腾跃着，按压在胡学践的特定穴位。

她问："叔，这力度咋样？"

胡学践洋溢着微妙的表情，发出颤音："别打岔 —— 往左点儿。"

李贝贝调整方位，胡学践按下回车键。有了读取器这个外挂，"数字堡垒"如虎添翼，类似于便秘者被打通了一段肠道，震颤仍然是震颤，但小球儿从黑盒子底下掉落的速度加快了许多。胡学践歪着脖子，一边嘎嘎作响，一边自言自语："传输速度上去了，但处理能力又不够用了 …… 或者再把主板电压往上提提？"

他忘了背上还有个人。李贝贝不仅为胡学践找回了电脑外挂，并且充当了胡学践本人的外挂。此时李贝贝满头大汗，和刚从熊里钻出来也差不多；对于胡学践的话，她固然是听不明白，但她的表情又印证了这很厉害。

赞叹如出一辙："哎呀妈呀，你咋这么能呢！""没你还真不行。"

将这对父子伺候妥帖，李贝贝也得以腾出手来，改造她的居住环境。她回了趟通州，拎来一只行李箱，里面装着她的换洗衣裳；她还从"拼多多"上给自己邮购了脸盆架子和简易塑料衣橱；进而一天，她又搬来一张破旧的席梦思床垫。

将床垫扛上楼梯时，她被压在下面，人消失不见，就像蚂蚁搬运一块饼干，或者乌龟长了一个不合身的特大号龟壳。这个小小的奇观暗示着，李贝贝真要在红楼里扎下来了。胡莘瓯站在四层楼梯口，一时不知所措。

李贝贝恢复了毫不见外的口吻:“搭把手，赶紧的。”

胡莘瓯只得跨上扶手，出溜下去，兜到李贝贝身后，托住床垫的后半截。此时李贝贝又换上了那条破牛仔裤，她干活儿时都舍不得穿囫囵衣裳。不过她已经找出针线，将开裆处草草缝补。粗大的针脚在她两腿之间盘旋，又兜到她的屁股上去，胡莘瓯举火烧天，像和一个瘦削的四瓣屁股说话。

胡莘瓯说:“你这是——”

屁股说:“放心吧，跟你爸说妥啦。”

胡莘瓯说:“说妥什么了？”

屁股说:“他没告诉你？就是要租给我一间房子。其实房子是公家的，空着也是空着，不过你爸是公家人，有权力，我可没有。我就说要不这样吧，我接着给你们做饭、洗衣裳……房租正好和工钱抵了。”

可以想见，李贝贝是怎么和胡学践商量的:哑嗓子有如暴风骤雨，而胡学践八成都没过脑子，随口嗯哪一声。似乎只要不打搅他摆弄电脑，那就怎么着都行。

胡莘瓯一蒙，又道:“那你上班可就辛苦了，通州多远呀。”

屁股“嗐”了一声，充满活力地扭了一扭:“公司裁员，把我给开啦。这‘滴’活儿钱少还累，倒也没什么可惜的，不过主管是个坏‘滴’，非说我前几天旷工。不就是找碴儿扣钱吗，我‘滴’他个‘滴滴’……”

说时，床垫挪到了走廊，“扑通”靠在墙上。李贝贝回身，屁股变成了脸，“蝴蝶”因为出汗而湿漉漉的。而她之所以旷工，还不是为了照顾他和他爸？胡莘瓯正在归纳责任，李贝贝却一笑：“别有压力，不讹你，我乐意的。”

还飞个眼风：“等着吧，以后有你的好儿。”

没过几天，“好儿”就来了。但在与马大合就李贝贝问题开展进一步讨论之前，胡莘瓯还铺垫了他们之间的一些琐事。比如胡莘瓯中午才起床，去水房洗脸，正好碰上李贝贝洗菜出来，他睡眼惺忪地和她撞个满怀，眼前蝴蝶乱飞；又比如李贝贝吃完饭就出去找工作，每每铩羽而归，她却保持着高涨的热情，回来路上对窗里的胡莘瓯奋力挥手，幅度之大，好像没套在熊里的熊；再比如李贝贝还在走廊里播种起了植物，品种是葱和蒜，却给红楼一角带来了前所未有的绿意；还比如李贝贝起得早，睡得却和胡莘瓯一样晚，夜里隔墙而卧，他能听见她的哑嗓子在哼歌。

哼的是：“爱你孤身走暗巷，爱你不跪的模样——”

还有：“致那黑夜中的呜咽与怒吼——”

固然不是胸腔发音，破出哭腔，让胡莘瓯也鼻子一酸。而他正在碎碎叨叨，马大合早不耐烦了，打断道：“说重点。”

依照敦促，胡莘瓯继续回忆。他记得，重点发生在二楼仓库，当天他又修葺服化道，李贝贝给他递工具，干完活儿又披上皮囊，开始扮演。这天演的是白雪公主，啃着一个毒苹果，“嗷”的一声就死了。死得过于投入，脚下打绊儿，倒在胡莘瓯身上。胡莘瓯赶紧接住她，又一恍惚，就发现把手放在了不该放的地方。

“什么地方？”马大合又不满，“说细节。”

大概是肚子上面一点儿，要不就是下面一点儿？胡莘瓯就说不清楚了。但他记得，手上遗留的触感不是大团丰腴，而是滑腻的紧绷。他还记得，李贝贝的手好像也放到了不该放的地方，李贝贝温热的鼻息向他涌来，都快把糯米团子吹化了。

“你们城里人可真会玩儿。”李贝贝如蛇般扭动，口中呢喃不止，“早不来晚不来，就等着角色扮演呢，是不？”

白雪公主又把自己的裙子撩了上去。于是胡莘瓯看见了刚才放手的所在，他还看见李贝贝身上有道疤，像只蜈蚣横在小肚子上。

他居然挺有研究精神：“你做过手术吗？盲肠炎？”

“……差点儿把我给疼死。”李贝贝又催，“别磨叽，赶紧的。”

她指指楼上。噼里啪啦的敲击声隐约传来，胡学践还等着泡脚和按摩呢。父子二人全指望着她，她可真是不得闲。李贝贝一拽胡莘瓯的衣领子，就地一躺，让他像只大虫子一样趴在自己身上。

胡莘瓯的眼前又扑满蝴蝶。他不由得一愣，一慢，一停。

李贝贝坦率地笑了：“其实吧，关了灯都一样。”

此时事急，也来不及关灯了，好在白雪公主不还有个斗篷吗，李贝贝就把那张红布帘子一掀，裹住了自己的脸。她的脖子以上变成了没面目的红灯笼，脖子以下更加坦率地等待胡莘瓯。但胡莘瓯只是觉得荒凉，又把斗篷掀开，露出李贝贝的脸和“蝴蝶”。他商榷道：“今天有点儿突然，我也不是有意的……”

“那就再等等，你酝酿酝酿？”李贝贝征询他的意见。

胡莘瓯嗯哪。他的脑子本来像煮沸了一锅粥，全潽出来了，这时粥却凉了。

“就这？”听胡莘瓯叙述至此，马大合追问。他的表情又不可思议了。

“就这。”胡莘瓯想了想，又补充，“那时说再等等，我认为就是个客气。后来我也没进她屋，她也没进我屋。后来你不又叫我来了吗？活儿一多，也没空到二楼仓库修东西了。不过她还管我们吃喝，每天三顿，一顿四个菜……”

“别扯没用的。”马大合挥手，展现了他卓越的控场能力。此时，他和胡莘瓯进行讨论的地方，正是东四环外那个直播中心。旧厂房改造的摄影棚布置一新，屋外人影影绰绰，大病初愈的主播又在候场。一切都是那么艳俗，百废待兴。胡莘瓯嘴上不停，手也不停，正在给他的美工活儿收尾，而马大合气急败坏地踹了踹他的屁股：“你让她蹬鼻子上脸，也不能让她蹬着你的鼻子上了我的脸呀。”

这话怎么说的？胡莘瓯扬起糯米团子，黑棋子闪着懵懂的光。

马大合也顾不得许多了，一股脑儿将李贝贝此前与他谈判的内容泄露了出来。那发生在前两天，马大合也休养生息完，打算重启直播；他又招呼胡莘瓯来干活儿，但视频通话打过去，接听的却不是胡莘瓯，而是李贝贝。

蝴蝶左扑棱右扑棱，李贝贝满屏幕跑嘴。她表示，她要代表胡莘瓯和马大合“唠唠”，进而指出，胡莘瓯充当着直播中最繁重也最有技术含量的工作——试想“Oh my God”“买它”谁都会喊，但谁能将舞台打理得井井有条？还不是胡莘瓯。胡莘瓯身兼数职，还管调音，还管调光，缺了哪个角色还管顶上，这样一专多能的人才，你才给他几个钱？这就不叫哥们儿了，这叫杀熟。

“也就是说，你把我们之间的商业秘密告诉她了？”马大合问。

“那也不能算秘密吧，你也没让我保密。”胡莘瓯说。

“所以你什么态度？”马大合又问。

“对什么的态度？”胡莘瓯反问。

“对钱呀。直说吧，你是不是也想涨点儿？”马大合盯着他的发小。

“我没什么态度，看你呗。”胡莘瓯躲开马大合的眼睛，复述的却是李贝贝教给他的说辞。李贝贝本来还教他来了也别干活儿，干耗着，让“那孙子”知道离了他不行，但他这人看见活儿就闲不住。此时他正在将一朵巨大的向日葵挂上舞台。

马大合痛心地“嗐”了一声，看看表——直播时间快到了：“钱的事儿以后再说，再说说你跟那娘们儿吧。她叫什么来着……李贝贝？”

听到这三个音节，胡莘瓯心里一揪。但他随即发现，自己过虑了。马大合虽然跟胡莘瓯是发小，却对李蓓蓓缺乏印象，这是因为他从小有爸妈管，不必和别的孩子相依为命，李蓓蓓走得又早，才一年级就回南方去了。马大合只记住了李蓓蓓她妈的水蛇腰和胸部垫海绵，对他来说，李蓓蓓也消失在了漫长的时间里。

果不其然，马大合又控场，挥手，敦促胡莘瓯别走神。

胡莘瓯排除完这个隐忧，才有心思应付别的。面对马大合的发问，他露出了诚恳的困惑：“我也不知道我是什么想法。”

“那说说我的想法，甭管和她好到哪个地步，赶紧收手。”马大合忽然也诚恳了起来，他还扳住胡莘瓯的肩膀，揉了揉糯米团子，“本来跟这种女的吧，逗逗闷子也无所谓，玩儿嘛，图个大家开心。不过你还认真了，那就危险了——你可算计不过她。”

9 “商量商量”

糯米团子变形，复原。马大合没能解决胡莘瓯的困惑，反倒给胡莘瓯增添了困惑，那就是“算计”。按他的说法，“算计”是一种危险的本能，类似于蝎子的尾巴、蛇的毒牙，不能算计的人与能算计的人混在一处，必会为其所伤。马大合还打起了地图炮和性别炮，他指出，李贝贝这种“外地女的”最能算计，胡莘瓯这种“北京男的”则最容易成为她们算计的对象。目前看来，她是要吃定他了。

还现身说法：“当年我妈怎么留北京的？还不是到剧团来当临时工，顺便给我爸下了套儿。我爸小不忍则乱大谋，连带我也有了一窝儿农村亲戚。”

胡莘瓯想，你爸要是忍住了，那还有你吗？你还是你吗？但马大合对农村亲戚深恶痛绝，已经进入了宁可无我的境界。人人都有疮疤，胡莘瓯的疮疤是李蓓蓓，马大合的疮疤是农村亲戚，眼下为了警示胡莘瓯，他却不惜自揭其短。马大合够意思。而胡莘瓯又问：“你说她吃定我了，我有那么好吃吗？她也说我穷来着。”

“你傻呀你。”马大合如同面对白痴，掰着手指头，“你穷虽然穷，可毕竟是北京的吧，她要把你拿下，她也成了北京的吧；你爸虽然不靠谱，可却有个编，宇宙的尽头是编制，回头她也能跟着啃两口；更关键的是，你家虽然没房，但没房胜于有房，红楼总得拆迁，越晚拆越值钱…… 身在其中，你的价值你看不到，换到外人眼里就不一样了。”

话锋一转，回到他妈：“都是我妈的经验之谈。”

马大合跟他妈见面就吵，嫌他妈“瞎哔哔”，但妈不在眼前，却又坚定地认同妈。有时胡莘瓯也不知该不该羡慕马大合有妈。而经马大合剖析，他这么一块料，居然也堂皇起来，好像丧家犬被确认了血统。

困惑却愈发浓重了。说来不好意思，他空长了这么大个儿，还没跟异性发生过实质的亲密关系呢。名正言顺的没有，作奸犯科的也没有。上学时他被人锯来锯去的，当然没有女孩会对这种形象感兴趣，除非她立志成为一名肉联厂的生猪肢解员；毕业以后在家宅着，身边人只剩了他爸，要不就是手机里的虚拟角色 —— 所以即便把他的择偶标准放宽，宽到一“女的”、二“活的”这种地步，要想实现零的突破，恐怕也难了。

当然，机会也不是完全没有。那是在他短暂的工作生涯里，街道下属单位有一大姐，离过婚，副科级，风传“逮谁跟谁来”。一次搞团建，喝得都有点儿多，胡莘瓯先溜回房间刷手机，不想大姐推门进来了，说那谁谁谁在吗？问的是同屋一大哥。

胡莘瓯说不在，找那谁谁谁谈心去了，指的是隔壁一大姐。这大姐脸一阴，却没走，背手视察几步，忽然一屁股坐在床头，拍了拍床，说，咱俩也谈谈心。胡莘瓯还真坐过去了，俩人谈心。大姐让他离单位里另一个谁谁谁远点儿，还有一个谁谁谁，也要保持警惕。胡莘瓯抽空还在看手机。一边看，一边就觉得下巴颏被撩了一下。他把这个动作理解为谈心的强调手势，不想大姐又说：

“小奶狗嘛。”

听到这一评价，胡莘瓯考虑是不是需要“汪汪”两声，以示配合。而大姐已经一步跨了上来，面对面坐在他的腿上，认真地摸起了他的脸。寸寸耕耘，手指头还往他嘴里捅。假如胡莘瓯不是一个真正的白痴，至此也该明白怎么回事儿了。他的心怦怦乱跳，仰着糯米团子般的脸，黑棋子般的眼睛闪着纯良的光。

“她的西装里面是不是蕾丝内衣？”一如困惑于李贝贝的问题，胡莘瓯也与马大合讨论过此事，而在“说重点”和“说细节”的敦促之外，马大合还进行了创造性想象，“这就叫制服诱惑。”

胡莘瓯实事求是地说：“我没看。”

马大合真替他着急：“你还是男的吗？”

胡莘瓯也有点儿委屈，分辩道：“是她没给我机会。”

事实上，胡莘瓯正在被摸，摸着摸着又感到不对劲了：寸寸耕耘变成了囫囵一团的揉搓，还把他的嘴嘟起来，鼓成一个猪头。分明是在玩儿一个玩具，大姐变回了小姑娘，重新找到了她的洋娃娃，咯咯笑出了声。

她也对笑场不好意思：“下不去手哇——你长得实在太逗了。”

揉搓够了，她就背手走了，扔下一个胡莘瓯，继续仰着糯米团子，黑棋子闪着纯良的光。事情的结局就是这样。由此总结，虽然这年头男的也可以走走可爱路线，但太可爱了也不行。玩物丧志，被人玩物也丧志。而胡莘瓯又总结，除去那次最接近成功的艳遇，异性留给他的值得铭记的回忆只剩下了——

其一，李蓓蓓。和他挤在沙发上互相吓唬，还用小蓝花毛巾给他擦脸。

其二，李蓓蓓她妈。哎哟，宝贝儿，脑门上印个烈焰红唇。

其三，就是李贝贝了。可惜事情坏在了一只蝴蝶上。

唉，胡莘瓯的私生活真是乏善可陈。好在他自己不太在意。缺点儿就缺点儿，多了他还嫌麻烦呢。再考虑到发生亲昵的年龄，和李贝贝就成了所有亲昵中最特殊的一次。他们貌似是投入的、忘我的、以成年人的身份参加的。但恰因胡莘瓯长大了，不禁又想：就算真“好”上了，那到底是出于他的主观意愿，还是被动反应？这本来是个简单的问题，但也怪了，到他身上偏还复杂了。问题纷至沓来：若非李贝贝的名字也是那三个音节，他会对她另眼相看吗？这鸭头不是那丫头，他明知李贝贝不是李蓓蓓，但在某个恍惚的瞬间，她们又仿佛重合了，交融了，起码想起一个就会想起另一个。

更是一笔糊涂账，胡莘瓯乱判葫芦案。那天直播结束，他回红楼，又看到李贝贝正在忙前忙后。这次她在积酸菜：早几天就从楼下找出一只釉面大坛子，昨天又等到了白菜降价。活儿还得抓紧干，过些日子就暖和了。没准这一口儿又是胡学践要求的，他爸现在想吃什么张嘴就说。这就叫由俭入奢易。

见到胡莘瓯，李贝贝顺理成章地催道：“搭把手，赶紧的。”

胡莘瓯上前，和她共同挪动坛子。坛子里还兑了一泡汁水，发散出酸腐而生机勃勃的气味。一边挪，李贝贝一边又问：“那孙子怎么说的？”

指的是要求马大合涨工资的事儿。胡莘瓯应付：“他说他刚起步，还没找到增长点……”

说的是实情。而马大合关于李贝贝的那些说辞，就没必要转述了。李贝贝又分析道，反正她跟马大合犯冲，倒不如舍得一身剐，先把胡莘瓯的价码抬上去：“既然咱们是一体的，那么一出一进，也不吃亏……”胡莘瓯又蒙。

李贝贝拍拍坛子，犹在给他打气：“所以你记着，眼下局面，是你拿住了他而不是他拿住了你。你有核心竞争力嘛。”

还说：“过去他老算计你，以后可得长点儿心……”

忽而还叹了一口气：“幸亏有我管着你，要不你可咋办。”

怎么又是“算计”？马大合和李贝贝都认为对方算计了胡莘瓯，然而作为双重算计的对象，胡莘瓯偏偏为李贝贝嘴里的另一个字眼儿心头一动。那就是“管”。他小时候就明白，“管”有两重含义，一是管理，二是照顾，此时又领悟到了一种责任：俩人本无牵连，但你的事儿变成了我的事儿，此后谁都不是孤单的了。在李蓓蓓之后，没人管过他，现在终于有了，那人叫李贝贝。她管他生病，管他吃喝，管他的劳动价值是否得到了公道的体现，她还耗在他身边，那架势是要一直管下去了。

一线暖流在他的躯壳里流淌。偏此时，胡莘瓯感到一只手胡噜着自己的脑袋，又理顺了两绺杂毛。有了上次肌肤相亲，李贝贝对胡莘瓯全方位地随便了起来——好在她没笑场，更没把他当娃娃玩儿。暖流直往上冲，脑袋里的粥又潽出来了。身体不会撒谎，胡莘瓯焕发了令人后怕的主动性，再一转眼，他已经握住李贝贝的肩头，将她贴在了斑驳的墙壁上。李贝贝刚一挨墙就软了，又着腿往下出溜，坐到了酸菜坛子上。也幸亏坛子封了口，否则李贝贝的下半身将会旷日持久地洋溢着酸菜味儿，而酸菜会洋溢着什么味儿则不好说了。下坠之际，李贝贝仍不忘探出手去——这次她够着了灯绳，啪啦一拽，走廊黑了。四下只剩了浅淡的月光，映得李贝贝的脸极具立体感，“蝴蝶”则隐没在大团阴影之中。随着李贝贝的下坠，胡莘瓯也跟着往下坠去，跪在坛子跟前，如同膜拜宝座上的圣像。光线的变化造成了误判，他探头，却没找着李贝贝的嘴，面颊一蹭，反而将脸扎进了她近乎嶙峋的颈窝。

俩人就势抱着，紧绷了会儿。坛子底部不平，晃悠起来。那响动和机房里胡学践的打字声遥相呼应，自成韵律：咯噔咯噔，噼里啪啦。

李贝贝一喘三叹，发出气声：“就这儿？不当不正的。”

但此时，胡莘瓯就走神了。他琢磨李贝贝的话：她说的是哪方面的不当不正，体态上的还是名分上的？此语双关，李贝贝是有心的还是无意的又不得而知了。恰好他爸的机房里嗡然一响，“数字堡垒”又在运算，更让胡莘瓯操心起了不相干的事儿。他居然试图总结人与电脑之区别——这又涉及了“想”和“做”的顺序——电脑必要想明白了再做，人却要混乱得多，有时先想，有时先做，有时只想不做干过瘾，还有时做完一想又后悔。再引入一个参照系，也就是纯粹的机器，那就简单了——机器无脑，只做不想。

于是问题变成了：应该学习电脑，还是效仿机器？此后的举动也就情有可原了。胡莘瓯僵了一僵，站起身来：“我得……找人商量商量。”

李贝贝的瞳孔蓦然放大。胡莘瓯诚恳地点了点头，转身走了。

他也不是托词。困惑既已存在，所以他需要解惑。小不忍则乱大谋嘛。虽然他也没什么大谋可言，但终归含糊不得，因为在胡莘瓯看来，那还涉及了人之为人的标准——身体固然不会撒谎，可要放任精神打着身体的幌子撒谎，也不算个人了。正因为这年头电脑和机器横行，网罗一切，所以他格外渴望做个“人”。

但很可惜，他又是个寻常得不能再寻常的人，运算能力有限，自己想不明白，所以只能求助于人——以前是马大合，现在可以麻烦的只剩下了他爸。他也就这点儿人马了，总不能把私生活发到网上去，号召网友像英国脱欧一样进行公投吧——那反而会坏事，早有爱国大号论证过此类决策机制的弊端，结论一如既往，赢麻了。

国难思良将，要是李蓓蓓还在就好了。但胡莘瓯也难以想象，李蓓蓓将会如何解答他关于李贝贝的困惑。

无论如何，胡莘瓯走进了他爸的机房。那又是个明媚的中午。

进门前，他刻意躲着李贝贝。他爸呢，照常埋身于机器背后，两眼在屏幕之间乱晃。他又疑心他爸是一台伪装成人的人工智能了。但因为爸不像爸，反倒好开口——求助等于在电脑上进行检索，难言之隐，一问了之。

他按下启动键：“您忙着呢？”

他爸不答，意思也很清楚：这不明摆着嘛。

胡莘瓯又说：“跟您说个事儿——”

他爸甩出三根既瘦且长且干枯的手指：“有屁放。”

胡莘瓯继续说：“假如——我是说假如啊——我跟一个女的好上了的话……”

“和李贝贝？”他爸头也不抬，“你们俩不是早就好上了吗？”

胡莘瓯不禁错愕，脸一红，有如糯米团子蘸了草莓酱：“您怎么看出来的？”

他爸“嗐”：“要没好上，她能来家伺候你，连我也一并捎带上了？”

胡莘瓯脸更红，倒像被人污了清白，开始辩解：“其实说‘好’上，也不能完全成立。这事儿和二进制不一样，不是0和1的区别……”

他爸却道：“先等会儿——你说的‘好’上，是硬件的还是软件的？”

对应人类范畴，这话又是指肉体和精神。胡莘瓯只好招供：“都处于中间地带——不过硬件的因素多一点儿……”

他爸说：“硬件我管不着，我可没那么封建。”

胡莘瓯又说：“软件好像也参与了……”

他爸说：“软件更是你自己的事儿，我也没那么八卦。”

合着跟您没关系。这不是大喘气吗！胡莘瓯突然泄了气，嘟囔：“早知您这个态度，我就不该跟您商量……我自个儿接着琢磨去吧。”

说时掉头要走。他爸却又“吱儿”了一声，进而将两手插进头发，挠得漫天飞雪，白屑斑斑。当爸可真麻烦，还得操心这种破事儿。他爸一副不想管又不得不管的架势：“得得，那你说说，你到底琢磨什么了？”

胡莘瓯也不情不愿的，但想想，还是说：“李贝贝吧，她不是北京的……”

“我更没那么势利。”他爸抢答，“你们家也不是什么皇亲国戚。”

他爸毕竟不是马大合。胡莘瓯又道：“可她还……”

这次没等胡莘瓯说完，他爸却一指自己的脸。左脸，眼下半寸。胡莘瓯眼一花，如有蝴蝶飞舞。他听到他爸说：“你想说的是不是这个？”

胡莘瓯一愣：“那倒不是……”

“不要羞于承认，我也不认为你的情操高尚到了视而不见的地步。”他爸揭露性地说，同时保持以手戳脸，将一只眼睛的眼白拽了出来，这又像在做鬼脸了。他继续道：李贝贝来自东北一小城，原本在早市卖熏酱；她来北京，就为了找大医院做激光。激光是个伟大的发明，可以应用在电脑上，也可以应用在人脸上……可惜医院停诊，家里又回不去，钱也花光了，只好就地找活儿干。这么着，她才认识了胡莘瓯。

听到这里，胡莘瓯插嘴：“她这些事儿，您又是怎么知道的？”

胡学践反问：“我没长嘴呀？”

可以想见，胡学践在脚踩热水盆、肩挂李贝贝之际，也会向她问些事情。相形之下，这就让胡莘瓯产生了愧意：自己说来都跟人家好上了，却连李贝贝家在何方、所为何来都不知道。不仅不知道，连问也没想起问过。伴随着惭愧，胡莘瓯的困惑不仅涉及李贝贝，还更多地指向了自己：他对李贝贝究竟关不关心？进而，多年前的那个问题也回来了：他对爱的态度真不真诚，郑不郑重？

这么一想，胡莘瓯嗫嚅：“所以您的意思是……”

他爸把手一摊：“多简单呀，跟电脑一样，该修就修。李贝贝做激光的费用我来出，这点儿钱我还有。人家伺候过咱们，咱们也别亏待了人家。等排除了 Bug 再接着跑程序，软件硬件兼不兼容，你们俩自己掂量……”

这就是他爸的答复了。他爸虽然表现得事不关己，态度却与过去略有不同——还是一张蚂蚱脸，但底下好像藏了东西似的。胡莘瓯希望他爸能再说点儿什么。

他爸果然说：“对了，我这儿也好了。”

轻描淡写，“小儿辈大破贼”的口吻。什么好了？顺着他爸的眼神，胡莘瓯探头看了眼电脑屏幕。他这才发现，就在他们刚才说话时，“数字堡垒”一直都在运算。那个小球又从黑盒子的入口入，出口出，但和以往不同，电脑没再嘶吼、震颤，它像一只温顺的家畜，任劳任怨地耕耘着。

令胡莘瓯措手不及，他爸话锋突变，喋喋不休，细数的就是“数字堡垒”了。比之过去讲解“千年虫”和“伊妹儿”，他的术语掺杂黑话更加令人一头雾水，好在他保持了打比方的习惯，又道：就像小动物们拔萝卜，嘿哟嘿哟拔不动，怎么办？多叫帮手一起上呀。然而又遇到了新问题，来的有熊，有兔子，有阿猫和阿狗，他们体型不一，脾性也不一，蜂拥而上会互相掣肘，还会内讧，那效果就适得其反了。针对这一状况，需要设计合理的队形，发挥各自的特长——这可是个系统工程，一加一就是这么大于二的。胡学践用杂七杂八、各不兼容的元件拼凑成了“数字堡垒”，该方案的关键环节在于串联机制，而串联机制的核心部件又是读取器了。如此说来，李贝贝功不可没。

所以胡学践道：“我要特别表扬小李……这几天我把读取器装上，调试完成。喏，这就是‘数字堡垒’的真正实力了，说明我的装机思路是正确的。”

屏幕里的小球儿越来越多，下落速度也越来越快，轨迹丝滑，俨然连成了一条瀑布。果真是一窍通，百窍通，然而只有胡莘瓯不通。和面对李贝贝一样，面对他爸的电脑，他仍是迷糊的。他的思路跳跃，又想到了另一些问题——

“数字堡垒”究竟在执行何种任务？他爸“攒”出这样一台电脑

中的怪胎，到底出于何种动机？ 这些疑问以前也不是没有过，但因为嫌麻烦并未深究，现在“数字堡垒”大功告成，就提醒他不得不加以重视了。很自然，他又想到了千年虫。或许他爸也在研究什么新“虫”，企图到社会上去破坏、去勒索？ 此类猜测绝非空穴来风，就在前两年，还有一伙黑客攻击了美国最大的肉联厂，造成该国肉价上涨，而肇事者要求以比特币支付赎金 …… 或者还有一种可能，“数字堡垒”本身就是一台矿机，而它所挖的矿正是虚拟货币？ 胡莘瓯知道那玩意儿最近很值钱，倘若如此，胡学践就不只是一个装机高手，还是一个金融大鳄了，他挖呀挖呀挖，早挖出了金山银山，让胡莘瓯也有幸跻身于富二代的行列了。

爸爸，您究竟是误入歧途还是深藏不露？ 趁着他爸身处真实的世界，胡莘瓯抓住机会问：“您费这么大劲 …… 图什么呀？ ”

“也不图什么，就图个乐儿。”他爸干脆地回答。

“不图什么？ ”胡莘瓯又指指黑盒子，“这是个很复杂的程序吧？ 别处都没见过，您是从哪儿弄来的？ ”

他爸如实相告：“一朋友给我的。当然啦，我的朋友几乎都是网上的。他只说这个程序很吃硬件，一般电脑跑不下来，又问我愿不愿意攒台机器挑战一下 —— 正好我也没事儿干，随口答应了，权当是个消遣嘛，没想到还真陷进去了 …… 说回你的问题，一开始我也好奇，也尝试着破解程序，看看它里面装的是什么 …… 不过他给软件加了密，我打不开。他也劝我别白费劲啦，就算打开了我也看不懂 ……”

“所以这人究竟是什么身份，您也不知道？ ”胡莘瓯越听越紧张了。

“一个网友，又不是网恋，打听那么多干吗呀。”胡学践继续坦率地说。

“网恋就更不用打听了…… 我的意思是说，问题不就在这儿嘛。您上网的日子比我长，按说警惕性应该比我强 —— 网上的情况多复杂呀，何止知人知面不知心，就连是人是狗都分不清。倘若他有什么不可告人的目的……”胡莘瓯嘀咕着，寒毛倒竖，他也不去想他爸是个隐形金融大鳄那种美好的前景了，只是一味地担忧起来。

他这人还有一个特点，就是胆儿小。当然话说回来，胆儿小还是源于嫌麻烦，他缺乏应对突发状况的信心，也唯恐任何事情脱离既定轨道。况且他和他爸还有一点不同，他虽然宅，毕竟还会走出红楼，哪怕是去直播呢，而他爸的宅可是真宅，仅从社会经验来讲，他也有资格、有义务替他爸操心。或者说，他得管着他爸。

但他无疑是自作多情了。他爸又噼里啪啦：“这朋友认识多少年了，要坑我早坑了。人家还帮过我的忙呢。”

胡莘瓯仍徒劳道：“可 ——”

“咸吃萝卜淡操心。你问我图什么，我不都告诉你了嘛。”他爸又“吱儿”，拧眉毛，对这个话题已经烦躁不堪了，“我就图个组装电脑，改装电脑，把普通元件拼成性能卓越的电脑 —— 在我手上。这是我的擅长，也是我的爱好，可以吗？”

所以他爸压根儿不在意跑的是个什么程序。他爸的网瘾已经进入了一个新境界，变成了烧装备。手段代替了目的，批判的武器代替了武器的批判。这是个富人的爱好，听说在摄影和音响的圈子里很流行，没想到胡学践一介穷人也要往上凑合。面对这样一个爸，胡莘瓯也就没话可说了。他只能又把事儿往好处想：不就是败家嘛，反正他们这个破家败无可败；又毕竟这么久也没见警察上门，宣布他爸卷入了什么高科技犯罪。基于此，或许他应该学习李贝贝，鼓励一下他爸："您咋这么能呢！"

再回到对话开头，他爸对李贝贝的态度，似乎也与对电脑的态度异曲同工——那其实又可以汇总为他爸对现状的态度——现状是什么并不重要，怎么来的和去向何方都不重要，只要足够舒坦，那就舒坦一天是一天。

至于儿子跟谁好上，胡学践才管不了那么多哪。

父子二人陷入无语。他们都发现，已经很久了，相互之间没说过这么多话。所以他们有些惶然，有些索然，但又归于默然。偏这时，门开了，尖椒烧豆腐和柿子炒鸡蛋的香味儿飘进来。蝴蝶飞舞，李贝贝用力盯了胡莘瓯一眼。说够了没？开饭了。

胡学践先于胡莘瓯条件反射，甩出三根既瘦且长且干枯的手指："这就来。"又令胡莘瓯没想到，当李贝贝轻巧地一拧腰，去走廊铺桌子时，他爸忽然拿出了刻意的猥琐和亲密，压低声音道：

"儿子，你还挺有眼光的。"

胡莘瓯仍不语。胡学践又说："只看半边脸，她不寒碜。"

胡莘瓯还不语。而胡学践顿了一顿，又像猛然想起了什么。胡莘瓯紧张起来。他唯恐他爸记忆发作，说出三个一模一样的音节。他爸却一叹，继续点评李贝贝的长相："挺立体的，脸带尖儿，走她身边都怕被划着……"

胡莘瓯一怔，如遭雷击。却见他爸也一怔，眼睛躲回到屏幕里去。他又叫"爸"，他爸只是不理他，就像人工智能断了电。这场对话就此结束。

此时距离胡莘瓯成为顶流，还剩一个月。

10 “知道你嫌弃我”

再来赘述这一个月。给李贝贝做激光的决定，胡学践本打算自己告知她，但后来又让胡莘瓯传话，是因为当长辈的不好开口——哪怕是善意的，也不能戳了人家的短儿。假如情商也是一种算法，可见他爸这台人工智能又进化了。

李贝贝立刻鸣谢：“谢谢你爸。”

她的谢谢还表现为行动：泡脚时给胡学践加了料。那道配方主要由生姜、艾叶、肉桂构成，佐以盐、糖、白醋，据说能活血化瘀，尤其适合久坐之人。味道也不错，机房里肉香蒸腾。胡学践脸上光泽弥漫，乍看又像一只浸了油的蚂蚱了。

但他很快意识到，这些享受都不是白来的。

一个下午，胡学践正在桌前打盹，瘦长脸一顿一顿的，让人担心他随时会扎进屏幕里去——自打读取器调试到位，这副模样也成了他的常态。忽然，他睁眼，警觉地吸溜着鼻子。他闻到了一股味道，那么浓郁、厚重，而且似曾相识。嗅觉激发食欲，他像被绳子牵着，一边咂巴着嘴，一边走出了机房。味道的来源并不远，就在走廊里。李贝贝在煤气灶上支起了一口大锅，里面炖有十几个猪蹄子和十几根猪尾巴，咕嘟冒泡。对于肉食，他们那边人的做法又与别处不同，炖熟了还得架在篦子上熏，汤料里仍有生姜、艾叶、肉桂，佐以盐、糖和白醋，难怪会让胡学践感到熟悉。

李贝贝夹出一截猪尾巴，递到他嘴边："咋样？"

胡学践烫得嘶嘶啦啦，用撕扯和咀嚼肯定了李贝贝的手艺。

"那就妥了。"李贝贝一拍巴掌，阐明她的计划：原来她不是卖熏酱的吗？经过市场调研，她认为这项业务在北京也能开展——还可以兼卖酸菜，都是现成的。只是前期不宜投入太大，每天先做两锅试试水。她问了居委会，如今临街可以摆摊，这也是稳就业的新举措。她还粗略算了笔账，饶是小打小闹，也够派上一些用场了："都在一个家里住着，谁也不能吃闲饭，是不？"

胡学践"嗯嗯"两声。李贝贝还道："我也没说你。你也不是一点'滴'用没有。"

进而，在李贝贝的央求和拖拽之下，胡学践不得不跟她下了楼。对于胡学践，这可谓是新年中的壮举，上一次下楼则不知要追溯到什么时候了。他瘦长的腿变成了罗圈儿的，必须撑住扶手才能保持平衡。他在原先的卫生所拐了个弯，经过早已撤机的公用电话，跨越空空荡荡的门厅，将自己暴露在明艳的阳光里。他打了两个喷嚏，手搭凉棚，看到门前停着一辆被玻璃框子包围的小推车。许多玻璃都碎了，相对完好的一块上面刷了俩字：煎饼。这车原先是个安徽人的，没熬过去回老家了，车也不要了，李贝贝又从街角把它推了回来。她交给胡学践的任务是将车修好，以便她把热腾腾的肉食推到街上去。

"干吗找我呀——"胡学践犹在抗议。

“你儿子跟驴似的，我可使唤不动他。”李贝贝说。

以往都是胡学践使唤胡莘瓯，李贝贝偏能使唤胡学践，这是家里新的生态平衡。胡学践一边抱怨，一边就范。作为一个老美工，假的都能做成真的，又何况本来是个真的——他找出工具，给小推车上油、补胎，又拆了一楼的几扇窗户，将玻璃移植到原有的框架里，还将“煎饼”两字换成了“熏酱”。车内自有热力系统，但胡学践更改了灶口直径，让锅底严丝合缝地嵌入铁板，正好抵住炉子。这样一来，别说是桩合法生意，就算真有城管来抄，也不必担心逃跑时把锅颠翻了。

自此，李贝贝不必去找工作。她在直播间里就拉车，现在变拉为推。每天清晨，她小小的身体支撑着那个玻璃外壳，窗口冒出袅袅白烟，飘过花坛，飘上林荫道，消失在高耸的楼影背后；夕阳西下，李贝贝又推着车回来了，白烟已经冷却，但车的分量常常并未减轻——猪蹄子和猪尾巴换回了米面油以及香皂毛巾洗发水，还包括墙面漆、地板革和防水泥子等等装修材料。

是的，李贝贝仍在致力于改造这个家。但她的计划又苦了胡学践。“你咋这么能呢”“没你还真不行”“他就是个驴”，在李贝贝的央求和拖拽之下，胡学践不得不跨上梯子，挥动油漆滚子，将红楼四层粉刷一新。

走廊亮堂了起来。就好像他们一直生活在阴天里，现在终于放晴了。

接下来的工程集中在李贝贝的房间，也就是以前的垃圾站。在这个阶段，胡学践全面发挥了主观能动性。他想起二楼库房不止一间，紧里头的屋中还堆放着一些家具呢，那是以前演西洋歌剧用的，一水儿的巴洛克风格。早年有位导演讲求现实主义，真的也当假的用。将东西搬上楼来，桌椅一应俱全，还有梳妆台，连席梦思床垫也放在了雕花金漆大床上，床头飞舞着两个小天使，一个在摘苹果，一个在射箭。这就全面上了档次，拖后腿的只剩下头顶那盏时常会瘪的日光灯。于是胡学践翻箱倒柜，又找出一尊颇具艺术感的落地灯，其造型大约借鉴了一幅世界名画，是个裸女举着水罐子，罐子里盛的不是泉水而是一个闪亮的灯球，一旦打开，五颜六色的灯光就会旋转着流淌出来。垃圾站笼罩着暧昧的气息，变成了洗浴中心的包间，简直都能蹦迪了。

“家里也就这个条件了。”李贝贝满意地拍了拍胡学践的肩膀。

这一系列工程的落成典礼，则是她找出一件黑色的旧T恤，穿在裸女身上，令其再现了那幅世界名画在网上遭到投诉后的展示效果。小天使则罢，成年人最好还是要点儿脸。胡学践谅解地笑了。

如上种种，当然是在胡莘瓯眼皮子底下发生的。他注意到李贝贝把这儿称为“家里”而不再是“你们家”。对于他爸的一反常态，他倒能够理解——“数字堡垒”大功告成，胡学践没事儿可干，不免陷入了空虚。人越宅，其实越怕空虚。但不管怎么说，胡莘瓯愈发觉得爸不是爸，家也不是家了。现在胡莘瓯听到李贝贝的哑嗓子就觉得吵，看到李贝贝窜来窜去的身影就觉得乱，他只想躲着，躲到他熟悉的地方去。

那地方也是现成的。只要李贝贝在家，他就会出溜下楼，钻进二楼库房，关上门。楼上大兴土木，他手里也有活儿可干——服化道已经修理完毕，但他不介意按照更高的标准返工一遍。不能修理的东西只有两样，一是Intel 486电脑，二是李蓓蓓的小黑板，他宁愿让它们保持原样，因为它们代表了他的过去。是的，他不希望过去被侵蚀，这是他拒绝现在的依靠。然而现在总会不期而至，躲都没处躲。

当夜色深沉，四下阒静，库房门不易察觉地咔嚓一响，李贝贝进来了。身为红楼改造工程的总监，如今她也揣着一串钥匙。

忙碌了一天，李贝贝走路不再带风，但她在水房洗了澡，熏酱味儿和油漆味儿变成了含混的香味儿，也不知是来自论斤卖的散装沐浴露还是她自身。每逢此时，胡莘瓯并不抬眼看她，他的注意力还停留在狮子、圣诞老人和白雪公主的皮囊上；而李贝贝也不聒噪，她不言不语，在他身旁盘腿坐下。

日光灯嗡嗡作响，只看灯下的影子，就像她依傍着他。她会在胡莘瓯需要什么的时候把工具递过去——都不用胡莘瓯开口，就像熟练的护士协助医生。于是胡莘瓯得以让手指专注、高效地活动。这是他的擅长，也是他的爱好，和别的男孩拼装“手办”与军舰模型没什么不同，不过稍显另类罢了。此时他好像理解了他爸对于“数字堡垒”的热忱：无用也是用，能让时间饱满地流逝即可。这有些颓废，但令人舒坦。

楼外风起，走廊灌满了回声。都是空。

终于，胡莘瓯也累了，划开手机换换脑子，李贝贝便起身。考验他的时刻又到了——她在门边回头，两眼炯炯地盯着他。

她的脸带尖儿，沉静而坚定。李贝贝是什么意思，胡莘瓯当然明白，娃娃脸不等于真正的白痴。他也猜想，那不仅是李贝贝的意思，还包括了他爸的意思——楼上就有一张大床，床头飞舞着俩天使，灯球滚动，裸女侍立。然而那份意思越明显，胡莘瓯就越抗拒——凭什么你们让我干吗就干吗？他忽然恼了。他恼了的表现也是一声不吭。他把沉默当成了保持独立的唯一标志，仿佛他不理李贝贝，他就又是个“人”了。

于是僵持，他躲着李贝贝的眼睛，岿然不动。

时间变成了一根橡皮筋，被无限抻长，猝然而断。李贝贝一慌，也躲了躲胡莘瓯的眼睛，扭身走了。留下胡莘瓯不知该干吗，只能懊丧地发呆。

一而再，再而三，胡莘瓯不免又想，李贝贝经历了怎样的忐忑——人家还是个女的呢，结果却遭遇了他的冷暴力。再想到自己居然也会折磨人了，让他心下一惊，仿佛在体内发现了个怪物。类似的自省在一天夜里达到了高潮。李贝贝闪出门框，半个身影忽然一顿，撇下一句：“知道你嫌弃我。”

说完就走了，连解释的机会也没留给胡莘瓯。恰因为此，胡莘瓯的岿然不动变成了无法自拔，他不得不起身，出门。但他没去追李贝贝，反而出溜下了红楼。假如必须用实际行动对李贝贝表达歉意，那么他宁可选择另一种形式的奔忙。

胡莘瓯赶往了一家三甲医院，那里的皮肤科在北京乃至全国都是有名的。前些天他就用手机挂过号，为此还要了李贝贝的身份证号，但没排上。现在他决定尝试最古老也最有诚意的方法。地铁还没运营，他是蹬着小蓝车去的。公主坟的乌鸦都已离巢，往日那个人满为患的北京又回来了——一种疾病席卷而过，形形色色的疾病破土而出，重新获得了被治疗的必要性和可能性。来自五湖四海的求医问药者几乎把门诊楼挤爆了，他们在抱怨，在哀叹，但他们无怨无悔。在扭曲的长龙里，胡莘瓯频频打盹又频频被人推搡着往前拥，半梦半醒间，幻象也回来了：医院变成了食堂，远处窗口里提供的是周二烧茄子，周五肉包子；有个小小的身影正在挨饿，等着他把饭票送过去。

很幸运，排到他，天已大亮，正好赶上医院临时放了一批新号。

然后看病。打电话叫来李贝贝，过程又是排队，用两个小时换来和医生聊上两分钟。这不算完，开了单子还得去激光室重新排号。李贝贝心情振奋，她将医生的话转述给胡莘瓯——一言以蔽之，能治。当然也别指望一蹴而就，疗程得两三个月，到时候也不敢说完全看不出来，但基本上和正常人差不多。

“大不了再刷层泥子，那就好找补了。”近期对装修很有心得的李贝贝如是说。

胡莘瓯将手机交给李贝贝，那里有胡学践转过来的钱，由她继续缴费、排队。手术属于整形外科，医保一律不给报，所以外地人也没吃多少亏。在大厅等了一会儿，胡莘瓯又开始犯困，靠着根柱子打了个盹儿。没过多久，他被李贝贝叫醒，她又振奋地汇报，激光室本来说今天排满了，但经过争取，人家给她加了一个名额。

可以想见李贝贝是怎么据理力争的，“权力”和“找事儿”的辩证法放之四海而皆准。打盹的地方又挪到了楼上，胡莘瓯哈欠连天，还闻到了隐约的焦煳味儿。进去约莫半个钟头，李贝贝就出来了。这时再看她，蝴蝶并未变浅变淡，反而更深更红了，这也是正常现象——毕竟经历了一番灼烧嘛。又因为抹了层药膏，连口罩也不能戴，所以在这发烧退潮的时刻，李贝贝成了医院里绝无仅有的裸脸人。

而李贝贝也不叫他，走路带风，埋头直往前扎。胡莘瓯紧追两步，又被李贝贝甩开，那架势就像唯恐避之不及。

一边追赶李贝贝，胡莘瓯一边就感到了异样，心想自己哪儿得罪她了？难不成前些天的表现让她记了仇，而她直到钱交了手术也做了，这才放心大胆地对他撒起了气？胡莘瓯感到女人心海底针，麻烦。他小跑两步，再次追上李贝贝：

“完事儿了？”

李贝贝嗯一声，加大步幅，又将并排行走变成一前一后。

胡莘瓯无奈地拽了把李贝贝：“你干吗？”

李贝贝速度不减：“我干吗了？”

胡莘瓯索性明说：“你干吗躲着我？”

李贝贝看看左近，这是个拐角，人少了点儿。她停下说：“我不是躲着你，我是觉得你想躲着别人。”

胡莘瓯就蒙：“我又没偷没抢，为什么要躲……”

“因为我呀——其实你这么想也没毛病。”李贝贝倒笑了，仰脸，“蝴蝶”如在火焰中飞舞，“别人都在看我，而看我也就是看你，他们会想，你怎么跟我这么个人在一块儿。他们笑话我无所谓，但我不能让他们笑话你。”

胡莘瓯还没绕明白：“可上次咱俩也在一块儿……”

上次俩人一同走在街上，就是耶稣生日了。隔了个发烧，恍若隔世。

“上次我戴着口罩呢。”李贝贝说，“再说上次咱俩还没在一块儿。我说的在一块儿，你懂？”

胡莘瓯懂了，倒吸一口凉气。他僵在原地，看着李贝贝轻巧地拧身，决然扎进人流。一晃神，他又想起李贝贝说过的两个字儿，嫌弃。蝴蝶如同钢印，将李贝贝烙在了被嫌弃的位置上，但李贝贝这人又有一点怪，她是否为嫌弃所伤，又和嫌弃者与她的熟悉程度相关——如果是对陌生人，她简直敢亮出“蝴蝶”和人戗戗，将被嫌弃之物当作恐吓的手段；但对熟人，这套逆反机制就不灵了。或者说，李贝贝认为熟人的嫌弃才是嫌弃。而假如熟到了更深的地步，比方说“在一块儿”了，李贝贝还会害怕自己连累了对方，于是嫌弃就意味着猜忌和隔离。

个中微妙，都是胡莘瓯从没想到的。但他只觉得麻烦，忽然又恼了。这次的恼严重扩大化，还针对起了李贝贝口中的“别人”——“别人”是谁呀？哪根葱？凭什么让他们决定他和李贝贝能不能在朗朗乾坤之中结伴而行？

假如这点儿自由都得看别人眼色，他还是个人吗？

这想法相当上头，让他再次紧赶一阵，追上李贝贝。这次他抄起李贝贝的胳膊，夹进自己的臂弯，同时他步履不停，一步等于李贝贝两步，李贝贝小步快捣也别想甩开他。他裹挟着李贝贝前进，还顺手摘了口罩，亮出娃娃脸。这么做时，胡莘瓯没看李贝贝，但他又觉得臂上一沉，身子也随之一歪。那是李贝贝依附了上来，她搂住他，摽住他。

他们形同手术失败的连体婴儿，一个下坠，一个昂头，在目光的枪林弹雨中穿梭。胡莘瓯还感到李贝贝拿脸蹭着他的胳膊，热气穿透几层衣裳，直抵他的皮肤。哑嗓子声如呢喃：“你干吗呀，这光天化日的。”

李贝贝又说：“我知道你……”

假如借鉴霸道总裁的戏路，胡莘瓯可以厉声道：闭嘴。但他没说，因为他又感到了荒凉。难言之事，谜底总是荒凉。而李贝贝果然闭了嘴。她似乎想起，过不了多久，她就将是新的她了，届时“嫌弃”之说也将不复成立。

俩人走上大街。比之乌鸦乱啼的凌晨，街上人多了颜色也多了。单位挂出了灯笼和横幅，奄奄一息的饭馆也贴出对联，“欢度”“升平”“春风”之类的字样四下飘荡。超市摩肩接踵，却不是以讹传讹的囤货，而是名正言顺的促销，还在循环播放口水歌：恭喜恭喜恭喜你……细听音调，却有一丝凄楚。胡莘瓯想起手机里一位主播介绍过，那歌儿写在几十年前，刚打完仗，离乱之人庆幸劫后余生。

在普天同庆中，李贝贝从胡莘瓯的手臂上抬脸，呵出一缕白气。再看燃烧的蝴蝶，颜色也挺应景。蝴蝶飞过人海，垂死挣扎，终将隐没。

她是陪他结束这三年的人。确定这一点，胡莘瓯的困惑烟消云散。他还发现了电脑与人脑的另一个区别，那在于解惑的过程——电脑是将问题运算完毕，而人脑则因为问题不再是问题，思考也就丧失了必要——这里有命定，有认命，这就叫倾城之恋。

荒凉仍然是荒凉。胡莘瓯找到李贝贝的手，握了一握。李贝贝反扣住他的手。此时距离他成为顶流，还剩半个月。

11 “我想说，我不能说”

胡莘瓯拖动记忆的进度条，往前拽，往后拽。针对某些场景，他的大脑还能进行混剪、上色、美颜等特效处理，间或滑出弹幕。

他看到他和李贝贝走在回家的路上。嗯，回家。李贝贝搂着他、摽着他，俩人简直分不清楚谁的腿是谁的腿了。此时再开口，李贝贝就进入了老夫老妻的状态，角色转变之快，一点儿过渡没有：

“我这人吧，最大的优点是实惠，不玩儿虚的。”她如此自我表扬。

又数落胡莘瓯：“你是没吃过苦，所以才捧着金饭碗要饭。”

还捎带上胡学践：“上梁不正下梁歪，家里过成这个‘滴’样，他就没责任？”

李贝贝说，胡莘瓯听。这时他也不恼，还很享受。没错儿，这才叫“管”哪。他只在暗中与李贝贝商榷：他是没吃过什么苦，可也没享过什么福呀；他爸是不大靠谱，可要太靠谱了，能掏钱给她做激光？但话到嘴边也没说，麻烦。

他的表情让李贝贝狐疑：“你不会真彪吧？你要彪可别耽误我。”

“那不能够。”胡莘瓯懂得“彪”的意思，向她保证，“我大学毕业。”

“那还不彪？”李贝贝翻白眼儿，“大学毕业挣几个钱？有工作吗？有编吗？这是个亏本买卖，不彪谁做呀。”

说时来在红楼门口，台阶下停着熏酱小推车。李贝贝却不往里走，到车边让袅袅白烟冒了出来。锅里还有若干猪蹄子和猪尾巴，得赶晚上这拨儿生意。李贝贝马不停蹄。胡莘瓯的胳膊终于获得了解放，目送着李贝贝在白烟腾腾中飘走。

只要不和他“在一块儿”，李贝贝也不畏惧任何嫌弃。这很矛盾，但也合理。

李贝贝一回头：“饭在锅里熥着哪，我早预备好啦——”

人物特写，背景虚化。淡出。胡莘瓯继续拖动进度条，又把时间拽到了晚上。晚上是泛指的晚上，他也不记得是哪天晚上。

地方还是老地方，二楼库房。他和李贝贝席地而坐，修理的却不是服化道了，变成了雨伞、电水壶和压力锅，更多的还是手机。东西都是李贝贝从街上带回来的。她摸索出了卖熏酱的固定场所，是在一家超市门口，不想没过几天，又发现了新商机：附近有个修手机的铺位，自打发烧就没开张，看到人们匆忙而来失望而去，李贝贝上了心。她给胡莘瓯打电话：“换电池会吗，换屏会吗？”

拜马大合所赐，那是胡莘瓯上中学时就掌握的技能了。他说：“有零件就行。”

“那妥了。”李贝贝一拍巴掌。再碰到有人来修手机，她就吆喝人家把东西留下，次日来取。刚开始没人信她，后来有俩老太太决定试试，两台老人机，胡莘瓯三下两下就修好了。老太太的消费能力不强但传播能力很强，又没过两天，买卖开始上门了，并且不止于手机，乱七八糟什么都有。参照配件价格和修理难度，李贝贝明码标价，钱由她收着。胡莘瓯也很适应，以前跟马大合一起做生意也是这个模式。

但某天晚上，李贝贝掏出自己的手机按两下，胡莘瓯的手机咯噔一响。她说：“你挣的。账我算过了，比卖熏酱强。”

李贝贝毕竟不是马大合。胡莘瓯也按两下手机，把钱原路退回：“你拿着。”

无须多言，“咱们”了嘛。李贝贝也不推让，脸上半江瑟瑟半江红：“干了几天，你就没点儿打算？”

胡莘瓯拆开另一部手机：“什么打算？”

“说你彪，一点儿也不冤。”李贝贝拍了拍以坐炕姿势盘起来的大腿，“这人哪，当然不能躺着，可也不能光埋头拉车，不抬头看路，那容易遭人算计，还会错失机会——你没想过，为什么这么多人来修东西？你活儿好、我态度好是一方面，还有一方面就是大形势了。现在人都没钱，东西坏了也舍不得买新的，这不等着你发挥手艺呢吗？大市场呀，蓝海呀。唯一的问题就剩你了……”

胡莘瓯又问：“我怎么了？”

“你是北京人，脸皮儿薄——别看穷。说来又上过大学——别看是个野鸡的。”李贝贝做完市场分析，又做人力资源分析。

胡莘瓯也自我分析：“北京人也得吃饭哪……不过我想图个自在。”

李贝贝又拍大腿：“前半句算是说到点儿上了，但后半句又不对了——谁都想自在，可没钱自在不自在？为什么那孙子一吆喝你就得过去扛活？涨工钱也不是没提过，他搭理你吗？这就是他拿准了你不是老板。我‘滴’他个‘滴滴’。还得自己做主，这个道理你都不懂，所以我得管着你呀，要没我……”

“管”字如同咒语，对胡莘瓯魔力无穷。这时就轮到他目光炯炯地盯着李贝贝了。这样的房间，这样的夜晚，李贝贝的蝴蝶被映红了，却让她稍感慌乱，盘腿而坐变成了并拢双腿，将脸埋在膝上。她的脸带尖儿，侧瞥一眼胡莘瓯，继而起身，轻巧地拧腰，小小的身影顿了一顿，消失在门外。

等会儿——胡莘瓯重新操控进度条，让它停滞、慢放，唯恐漏掉什么。红楼外又起了风，在走廊里回荡。都是空。

夜晚就这样结束了？怎么他刚要有点儿表示，她先跑了？

胡莘瓯在阳光灿烂中为夜晚而纳闷。说到这儿，还得介绍一下此刻他四周的环境——不是精神游弋的空间，而是肉体容身的所在。就在超市门口，一排收银机将大卖场和零散摊位隔开。胡莘瓯左边是一家糖炒栗子兼卖糖葫芦，右边陈列着几台载歌载舞的机器，分别是抓娃娃机、扭蛋机和小马小猪摇摇乐；他面前围着一圈儿玻璃框子，上面原本有四个大字——“维修手机”，目前换成了一行更大的字——“除了感情啥都修”。这是李贝贝想的词儿，体现了他们那边人的语言风格，指东打西，善于夸张。

李贝贝还告诉他，她以前在早市卖熏酱，广告是“比我都香”。

“来北京以后我也不香了。这就叫洗尽铅华。”李贝贝罕见地用了个成语，解释她为什么没有继续沿用那个招牌。

又和胡学践修理小推车同理，胡莘瓯也是被她愣拽到这地方来的。大年初三早上，李贝贝就踹开胡莘瓯的房门，走路带风，把他掀出被窝："摊位我顶下来了，用的是你的名儿。租金不贵，还有优惠，这些天咱们挣的足够了。趁过年先开张了，图个好彩头。"

没错，他们还一起过了年，外加他爸。李贝贝弄了一桌子吃食，仍是量极大的家常口儿，添了酸菜汆白肉、干炸大黄鱼等几个硬菜，又给胡学践换上了瓷瓶而非玻璃瓶的二锅头，就算年夜饭了。也没什么可说的，送你三个字儿，"可劲造"。吃完也不看晚会，北京城区照例不让放炮，仨人轮流打着辞旧迎新的嗝儿。

偏是胡学践想起什么，问李贝贝："不给家打个电话？那边还有什么亲戚？"

在情商这一块，胡莘瓯又自惭。而李贝贝说："就一姐，早没别人了。"

胡学践又问："爸妈呢？"

李贝贝说："爸埋矿里了，后来矿都挖空了，人也没挖出来。妈去了海南，候鸟变海鸟，听说又结婚了。"

父子二人默然。而到夜里，李贝贝还是打了电话。这时胡莘瓯难以入睡，披衣来到走廊，杵在窗前发呆。远处楼影充斥灯光，更衬出了红楼的空。他爸间或噼里啪啦，但频率急剧降低，就像前列腺患者撒尿。李贝贝的门缝里渗出灯光，五颜六色，来自裸女的灯球儿。鬼使神差，他蹑手蹑脚来在李贝贝门前，推了一推。

门没推开，哑嗓子却传出来："干啥呀——"

吓得他原地一哆嗦——他可不是那种人，可他干出了这种事儿。但屋里没有起床的声音，只有哑嗓子持续传了出来："干啥呀，干啥呀，干啥呀——"

貌似李贝贝没在跟他说话，那么八成是跟她姐。也貌似李贝贝没开视频，否则完全可以效仿胡学践，甩出三根手指就省了许多口舌。又貌似李贝贝跟她姐关系不怎么样——她重复着“干啥呀”，像质问，像挣扎，乃至于声嘶力竭。胡莘瓯听得心悸，蹿回床上。

人就是贱，越听不明白越想听。大年三十之后的初一、初二，胡莘瓯天天晚上溜到走廊，但就不推门了，只在李贝贝门外站上一会儿，听。听时既要防备李贝贝察觉，又要防备他爸走肾，心情相当惊险。这两天屋里的声音又有变化，内容更加神秘：第一天，李贝贝絮絮低语，话音模糊；第二天连话都不说，还以为她睡了，冷不丁却抽泣一声。悲音回旋在走廊里，胡莘瓯想：瞧这年过得。

他憋了两天，终于在出摊那天早上把话问了出来。时间很合适：一来他爸不在旁边，俩人的事儿就是俩人的事儿；二来此时李贝贝精神抖擞，又恢复成那个热衷于数落他的李贝贝了。问话也注意方式，聊家常的口吻：

“你跟你姐怎么啦？一家人不能好好儿说话？”

李贝贝骤然警觉：“你听见什么了？”

“没听见。不不，压根儿就没听。”胡莘瓯赶紧找补，又不禁揣测李贝贝在跟她姐吵什么——假如跟她来北京做激光有关，那不都已经解决了吗？

却见李贝贝的蝴蝶一垂，冷冷道：“跟你没关系，甭瞎操心。”

李贝贝说完，立刻换了张脸，喜笑颜开地向周边商户拜年，请人家“照应照应”，理由是“他北京的，啥都不懂”。继而，她像安放一个娃娃，把胡莘瓯塞进了超市门里的玻璃框子后面，还将他的衣领扣紧，“留神灌风”。忙活完这一套，她自己却走到门外，站在小推车后面，两手往袖子里一揣，嘴里的白烟和锅里的白烟沆瀣一气。一切就绪，超市又放口水歌：恭喜恭喜恭喜你——

歌声凄婉，磨着胡莘瓯的脑仁儿。在这开张大吉的清晨，他又恼了。恼了的原因当然还在李贝贝对他的态度：不都“咱们”了吗，怎么就不能问一句？难不成李贝贝的“管”是单向的，不对等的，她能管他而他不能管她？恼了也不言语，念头在脑袋里腾挪，他的困惑又回来了，比以往更加严重。以前他只困惑于“该怎么看待李贝贝”，现在还添了一条“李贝贝怎么看待他”。变量增加，运算愈发复杂。

他不禁又想，把自己交付给了李贝贝，这是否过于轻率？于是回到了那个问题：他对“爱”的态度真不真诚，郑不郑重？

偏这时，李贝贝哈着白烟进来了。她领来两位顾客，又是老太太：“这是我姨，这是我二姨，人都老好了。”

她跟谁都这么自来熟吗？倘若她的自来熟是生存本能，那么对她而言，他是否又称得上一个特殊的人？过去胡莘瓯忘了他的邮箱密码，现在才发现人生到处是密码。但他端坐如佛，也不耽误手上的活儿，径自将东西拆开。多好的一个娃娃，让干吗就干吗。李贝贝又胡噜了一把他的脑袋：“你好好儿的。”

每当李贝贝甩下这句话，也是她要离开的时候。早上这波客流刚好消耗了两锅猪蹄子与猪尾巴，她得回红楼补充存货，顺便还能扫荡沿途的小区。维修就不一样了，靠的是守株待兔。此时距离他成为顶流，还有半个月。后来胡莘瓯还有一种感觉：事情纠缠酝酿，都向着那一天汇聚而去。时间倒流是因为千年虫，而时间之所以正流，是因为它自有目的。河面冰封，暗流涌动，一朝开裂。

要说到那一天，还得说说那一天的前一天。

当时是上午还是下午来着？倒记不清了，胡莘瓯只记得他正埋头对付一台手机。阳光泼洒在脸上，忽而一暗，大概有人经过，许久也没再亮起来，大概那人站住了。可也不把东西递进来，胡莘瓯只好抬头，看见了一只巨大的鼻子——充斥天地，纤毫毕现，恨不得连毛孔里住了一窝儿螨虫都能看清。他摘掉单眼放大镜，这才结束了对鼻子的聚焦，正对着马大合的脸。马大合扒着玻璃框子，也盯着他。

俩人皮笑肉不笑。胡莘瓯当然有些尴尬：自打涉足维修业务，他就没去过马大合的直播。这又是李贝贝的主意——“为他耽误了咱们的生意，值吗”“让这孙子算计你，活该”“我‘滴’他个‘滴滴’”。李贝贝如是说，劈手抢过胡莘瓯的手机，不等马大合出现就把视频挂断。她当然解了气，但胡莘瓯却认为没必要把事儿干得那么绝。遥想当年，胡莘瓯被说没妈，马大合还往人脸上抹过屎呢，这就是李贝贝所不了解的交情了。况且此刻，马大合脸色铁青，眼里净是血丝，貌似累得不轻。大过年的，正是“冲1万”“冲2万”的要紧时候，马大合偏还没了帮手。

胡莘瓯便说片儿汤话：“挺好的？”

马大合也问：“挺好的？”

一旦片儿汤话，反而更生分。胡莘瓯又问：“你怎么知道我在这儿？”

马大合说：“这不过年了吗，我去给我叔送点儿年货。”

原来马大合径直去了红楼找他，出摊这地方是胡学践透露的。说时马大合晃了晃一个蔚为壮观的塑料袋，内有妇女清洗液、内增高鞋垫、厅局风夹克与儿童望远镜。也不知谁家过年用得上，所以胡学践让他原封拎回来了。马大合还抬起另一只手，握着根猪尾巴，递到胡莘瓯面前。这无疑来自煤气灶上那口大锅，也是胡学践的待客之道了。

“味儿还行。”马大合由衷地评价。

猪尾巴炖得酥烂，胡莘瓯握住下半截，从中一掰就断了，俩人嗦溜着吃。同啃了一条猪尾巴，生分的感觉随之消散。毕竟是发小嘛。胡莘瓯也说还行还行，又说：“我也不是不想帮你……”

至此，他以为马大合找他，指不定是哪台设备不会调试，或者是美工活儿拼凑不上了。他也想，人家来都来了，该帮的忙还是得帮，钱不钱的，以后再说吧。只不过帮忙最好瞒着点儿李贝贝，省得她聒噪。

又不过，李贝贝既然不让他管，他凭什么在乎她的看法？哼，他还赌气了。

而这时，他看见马大合的脸色变了，洋溢着爱与同情，连鼻涕泡儿都快冒出来了。这种情况实属罕见。胡莘瓯还想，如果对方是演的，那么演技过于浮夸。似乎为了示范艺术电影与商业电影之区别，他回应给马大合一张近乎呆滞的脸。但又听哗啦一声，马大合手里的塑料袋落了地，连半根猪尾巴都扔在了小桌板上。紧接着，他隔着玻璃框子伸出双手，捧住了胡莘瓯的娃娃脸，用力而持久地揉搓起来。糯米团子油光闪闪。

“看来你是不知道喽。”马大合一边揉搓，一边还卖关子，“我想说，我不能说，但是我还得说。”

12 “谁来管管我”

姑且让糯米团子保持变形，再从马大合的角度讲讲他的见闻。

这天早上，马大合确乎去了红楼。他放低身段，想请胡莘瓯出山。去时当然还有不甘：从小到大，什么事儿不是他说了算？胡莘瓯就像一个没头脑，而现在，没头脑变成了不高兴。马大合也知道，胡莘瓯是让李贝贝充当了他的头脑，这才是他最觉得可气的地方。说到这里，他的脸上分明流露着妒意：

“为个女的，连哥们儿都不要了？”

胡莘瓯提醒他：“不要论交情，先说李贝贝。”

马大合继续说。他开着“五菱宏光”直奔剧团旧址，路过一个水果摊，停了停车。过年嘛，他本该给“他叔”拎点儿东西，但想到这阵子的营业额，还是作罢。此时他又看见林荫道上白烟袅袅，飘来一辆小推车，车后正是李贝贝。李贝贝手握车把，两肩高耸，脸上那只蝴蝶比原先更鲜艳了。这让马大合动了动心思，他把“五菱宏光”开动起来，先往旁边的岔道上绕了一圈儿。回来也没去红楼门口，而是将车停进了红楼后身的杨树林。要谈就找胡莘瓯，对于那娘们儿，还是躲着点儿为好。

现在马大合对李贝贝倒有些怵头，虽然他本人不愿承认。

这么多年，红楼和杨树林都奇迹般地保存了下来。马大合还想起，他们小时候钻进树林，胡莘瓯的神色总是非常有趣：一脑门子冷汗，嘴巴瘪着，好像刚被锯过下体。问他怎么了也不说，这个发小神神道道。

然后上楼，见了他叔，胡学践照例坐在电脑前。马大合打小所见的胡学践一直是这副模样，和红楼、杨树林一样，属于北京罕有的不变的奇迹。马大合把屁股歪在桌上，应付着胡学践的片儿汤话。

“挺好的？”

“挺好的。”

“你爸你妈挺好？”

“都挺好的。”

“你还拉裤兜子吗？”

“叔，我都快三张儿啦。”

又将年货奉上，是从“五菱宏光”后备厢里搜罗出来的。胡学践让他拿回去接着卖吧，意思也就到了。而这时，马大合便知道胡莘瓯一早出门了。胡莘瓯居然有心情欣赏朝阳，这又不亚于一个奇迹。马大合还留意到了这家里的其他奇迹——屋内整洁，配以新刷的走廊和满楼肉香，简直让他不知身处何方。但马大合随即一激灵，他听到楼下有动静。“咯吱”一响，金属与地面刺耳摩擦，他又想到了那辆白烟袅袅的小推车。

马大合赶紧从桌上跳下来，凑到窗口。一望之下，“滴”。

果不其然，他看见李贝贝从白烟袅袅中走了出来。但“滴”的还在于李贝贝并不是一个人。她身后跟着一男的，不是胡莘瓯。

人生何处不视频，马大合的第一反应是掏出手机，拍摄起来。他的镜头推拉摇移，锁定楼下俩人。当李贝贝和那男的消失在水泥屋檐下，马大合又听见爬楼的声音。他们脚步收敛，若非刻意留心不会察觉。马大合扭头瞥了一眼胡学践，却见胡学践打起了盹儿，瘦长脸一顿一顿的，好像一只对什么决议深表赞同的蚂蚱。轻唤两声，居然叫不醒了，他的瞌睡来得还真是时候。

那么只剩了马大合独自侦察。下面光线昏暗，又有楼梯遮挡，手机也拍不到什么了，而他携带的另一样道具发挥了作用，那是儿童望远镜。马大合拆开包装，趴到四层楼梯口，如同巷战。五倍放大，足够用了。影影绰绰，他看见四条相伴相随的腿，腿们逐渐上升，忽然一拐弯，消失在了二楼走廊。

那是什么地方，马大合也心里有数。遥想耶稣生日，胡莘瓯一边出溜，一边对他做过直播。楼下开门，关门。那俩人还进屋了。

所以马大合分析：“非奸即盗。盗也没什么可盗的，那就是奸了。”

对此说法，胡莘瓯质疑：“要是遇上个老乡呢？”

马大合说：“老乡非要往那屋领？那是叙旧的地方吗？”

这个推论颇具说服力，胡莘瓯不得不问：“他们到底干吗了？”

马大合如同面对一个白痴：“我哪儿知道他们干吗了，我只能猜。其实猜都不用猜——我掐着表呢，从进门到下楼，约莫半个小时。这哥们儿身板还行。你就想吧，孤男寡女，半个小时，能干吗，够干吗？”

胡莘瓯一脑门子冷汗，嘴唇瘪着，如同刚被人在门上锯过。但他又问：“那你呢，就干看着？”

马大合说："我这不找你来了嘛，不是哥们儿我还不告诉你呢。"

说时把手机划开。胡莘瓯被迫观摩视频——都是俯拍，分作两段：一段是李贝贝和一男的进楼，一段是李贝贝和那男的出楼。马大合做事有头有尾。他又将画面定格、放大，重点展示了那男的。像素不太够用，且只拍到一个四周剃得锃亮、中间留一小撮的"炮头"，脸孔是看不清的，但此人无疑人高马大，一身横肉，少说也有二百斤。衣裳敞着怀，露出激凸两乳的紧身T恤和念珠粗细的金链子。这个造型就很经典了，让人想起唐山的烧烤店。李贝贝走在这样一条汉子身边，瘦得像只鸡。

那么马大合的策略，也是识时务者为俊杰：中学时代的顽主和真正的社会狠人可不在一个量级上。所以他决定先替胡莘瓯咽下这口恶气，当务之急，还是来通风报信。至于算账，他认为该找李贝贝算。惹不起男的还惹不起女的？再说男的也不认识，症结还在女的。正如马大合所指出的：

"我看她八成是'鸡'。"

还说："当初网上招聘，我就觉得她不对劲，隔着屏幕朝我抛媚眼儿。"

还对这一行业进行分析："这三年'鸡'也萧条，现在总算不用扫码了，她们又冒出来了。看她那张脸，肯定不是什么名贵品种——"

马大合一边说，胡莘瓯一边憋气。他又打断马大合，申冤似的道："可她还天天出摊呢，当'鸡'不比卖熏酱挣得多？"

"也有道理。"马大合仍以面对白痴的表情看着胡莘瓯，"你要非说她不是'鸡'也行，那就是另有一个相好呗。这并不妨碍你的绿帽子呀，每天换一顶和一顶戴瓷实了——有区别吗？”

马大合还说了些别的，胡莘瓯就没听进去了。关于李贝贝的另一些片段从脑子里蹦了出来，他不禁拖动进度条，又让时间回到夜晚。

具体哪个夜晚也忘了。白天别看光坐着，手却不得闲，因而他直到夜深人静才获得了大段的、不受干扰的空暇去想事儿。想的当然还是李贝贝。想了一会儿，胡莘瓯翻身起来。他又走进走廊，站在李贝贝门前，听。

这时他又听到李贝贝在唱歌。唱的又不是《孤勇者》了，而是《只因你太美》。哑嗓子低沉回旋，仿佛唱歌的人也有些困倦，却让胡莘瓯的心静了下来。他不觉倚靠在门框上，意念又开始漂浮。歌声裹挟着他，带领他温和地走进良夜。楼外起风，树影摇晃，胡莘瓯的身量仿佛缩小，又变成了五岁。不必千年虫，时间也倒流。走廊里还站着一个小小的身影，莹莹闪光，她刚把他送回家来。因为有她，这一路上就不怕了。

门一开，灯球儿的光泼了胡莘瓯一脸。但他好像也没那么窘迫，只是发怔，面对李贝贝。李贝贝背负灯光，端着一只水盆，她吸了口气，同样没那么吃惊。她似乎早就知晓并纵容了胡莘瓯的听。

李贝贝说：“不困？”

胡莘瓯的脸涨红：“我路过。”

为了印证这句说辞，他转身，想往水房去。但李贝贝拽住他的胳膊，轻轻一拨，就让一米八几的傻大个儿回转过来。她一手扶盆，架在胯上，一手盖在他胸前，仿佛想要确认他的心跳。扑通扑通。机房里，他爸敲了几下键盘，噼里啪啦。李贝贝的手还往上走，又探到他的娃娃脸上，摩挲起来。好在她没把手指头往他嘴里捅，只是像个盲人探测他的外形。胡莘瓯又想到了小蓝花毛巾和“大宝天天见”，同时委屈：干吗都爱揉搓我呀。

当李贝贝再度开口，声调却认真起来：“其实你先前说得对，应该再等等。等做完激光，咱俩都别留遗憾……你懂？”

灯球把蝴蝶变成了彩蝶。胡莘瓯嗯哪。定格，黑下。

那个晚上，他觉得自己接受了一次教育。他的思路又往前倒，想起中学生理卫生课，男生的课女生不上，女生的课男生不上，一位五十多岁的男老师对他们推心置腹：不要急于一时，以后有你们腰疼的时候。当时他听不懂，而马大合早笑得出溜到桌子底下去了。他是个晚熟的人，附带着一个麻烦：许多事儿原来不懂，后来才懂，懂了的却不是原来该懂的了。这让他的生活不仅滞后，而且跑偏。

就像此时，马大合又在追问他是否办了李贝贝，他实事求是说没有。上次马大合还替他舒了口气，不料这次却指出：“那你亏大发了。”

前后口径不一，因为形势变了。以前马大合是怕胡莘瓯被李贝贝黏上，而现在黏都黏上了，却没实实在在落下点儿“好儿”，这还不亏？李贝贝住着胡莘瓯的房子，打发胡莘瓯出摊，却在胡莘瓯的眼皮子底下招揽男人，用心何其毒也。反观胡莘瓯，天底下再没有这么冤的冤大头了，比武大郎还冤。

马大合又在论证自己的先见之明：“你看看，我早就说——”

胡莘瓯又打断他：“那你再说说，我该怎么办？”

对于马大合，这不成问题：“当然是止损啦。割肉止损。”

“不要老说经济术语，我没把这事儿当生意做。”胡莘瓯道。他的确无法像马大合一样，把一切事情都理解为“亏”和“赚”。

“那也行。”马大合反而笑了，“你还可以把那哥们儿也请到家来，跟他说别客气，咱们北京人大方，你的就是你的，我的还是你的……”

胡莘瓯就蒙。当然这事儿换谁都蒙。马大合的态度也让他别扭，仿佛从他身上咂巴出了无穷乐趣似的。偏此时，马大合又换了一张脸——笑还是笑，但从幸灾乐祸的笑变回了皮笑肉不笑。他还冲胡莘瓯使了个眼神，循迹望去，就见李贝贝撩帘子进来了。

她裹挟寒风，迎面见到马大合，立刻也笑了，那是热络的、奔放的笑。若论演技，李贝贝明显在马大合之上。在“恭喜恭喜恭喜你”的伴奏中，在灯笼和年货的簇拥下，俩人拱手、互道发财。过年嘛，天大的奸情盖不过喜庆。

李贝贝称呼马大合：“马总。”

马大合称呼李贝贝：“弟妹。”

胡莘瓯看俩人飙戏。他们谈到了直播和涨工钱的问题，分别向他飞了个眼风。李贝贝的意思是，黄鼠狼给鸡拜年；马大合的意思则是，鸡装得跟没事儿人似的，可都把黄鼠狼招进家了。在这场对手戏中，又是马大合略显局促了——他忽然看见，桌面上还有半根猪尾巴呢，赶紧抄在手里，也不嫌油，顺势揣进衣兜。这进一步说明了他的立场：看破不说破，这叫成年人；说破只在背后说，大约也算半个成年人。毕竟还牵扯着一位二百多斤的金链汉子，那男的可比李贝贝有威慑力。

进而，他打个哈哈，转向胡莘瓯：“反正该说的我都说了，那就……”

“去不去直播，还得他定。”李贝贝发扬了他们那边妇女的传统美德，“老爷们儿的事，老娘们儿不插嘴。”

马大合便将地上的一包东西拎起来，塞到胡莘瓯手里，“你还是拿着”，又给他留了个眼风，缩头走了。剩下李贝贝和胡莘瓯面面相对。李贝贝也递给胡莘瓯一样东西，却是个糖葫芦，别的摊位送的。自来熟到哪儿都吃得开。胡莘瓯愣眼看她，玻璃框子上积了团水汽，蝴蝶飞在雾里，如隔云端。

李贝贝道：“你瞅啥？又嫌弃我了？”

胡莘瓯没接她的茬儿。李贝贝伸过手来，胡噜了一下胡莘瓯的脑袋：“怎么着，那孙子一来，你就磨不开情面了？”

胡莘瓯垂了垂眼。他只是想：别再揉搓我了。但他仅仅梗了梗脖子，像只企图捍卫尊严的宠物。他又听见李贝贝说：“……心软也不是坏事儿。”

随后如常，他们一里一外，坐到黄昏。收摊回去，换作胡莘瓯替李贝贝推车，车上多了两包东西，一是马大合给的所谓年货，二是降价食品。正月里讲究多，尤其对于李贝贝那边人，隔三岔五就得造一顿，主题自然又离不开饺子。当晚李贝贝和了三种馅儿，分别是猪肉大葱、牛肉芹菜和韭菜鸡蛋。胡学践连马大合来过都忘了个一干二净，偏对饺子统计得非常精确——饭后他宣布，自己共吃饺子36个，胡莘瓯吃47个，李贝贝吃25个，合计一百单八；这108个饺子又可分为猪肉若干，牛肉若干，荤的若干，素的若干……为了配合胡学践，李贝贝跑到灶上清点，而后惊喜地汇报：

“可不嘛，真有你的！”

他们对这个游戏乐此不疲。胡莘瓯则挺在床上，被撑得够呛。

吃饺子时，他勇夺冠军，但本该被食物填充的空间却被困惑塞满了。

这时的困惑在于：李贝贝到底是个怎样的人？与此同时，他意识到了“管”的另一重含义：除了管理、照顾以及责任，还有个先决条件，那就是唯一。不光你的事儿成了我的事儿，而且只有你的事儿才是我的事儿，否则就像《茶馆》里的话，俩人的交情变成仨人的交情了。丢不丢人另说，那都不叫管了，叫骗。在五岁时，他对李蓓蓓可不存在这种顾虑。变量再度增加，运算愈发复杂。

不过他又想，目前还是要抓主要矛盾——弄清李贝贝为何带那男的去二楼库房，以及俩人在里面干了什么，这才是当务之急。本也可以把话挑明，但又一转念，倘若李贝贝随口编个说辞，比方说那男的就是她的老乡、同学，抑或游乐园的前同事，他会信她吗？而明知不信还要问，那不就白问了吗？

哑嗓子此起彼伏，还在吆喝他和他爸原汤化原食。李贝贝倒像个没事儿人，但越没事儿越像有事儿。这就叫疑人偷斧。对于这个人类古老的心结，似乎也只有一个解决方法，就是找到那柄斧子——至于凶器在手，血溅五步，砍的是别人还是自己，先不必管它。胡莘瓯探出手，四下里摸了摸，摸到一包东西。那是马大合送了两次才送出手的年货，被他塞到床底下了。此时重新拽出来，是因为他又想起了儿童望远镜。这东西很适于跟踪、监视，这么盘算时，他脸上发烧。

不料一翻塑料袋，又有新发现。

那是个小盒子，再一细看，里面装的是摄像头。马大合的业务终于涉足了高科技。它当然不是悬挂在马路上的创收利器，也不是街头巷尾的监控法宝，它包装简单，做工粗劣，八成是南方小厂的

“三无”产品。这玩意儿的使用场景，经常是架在出租房的二手电脑上，拍下某个底层男子的手淫画面，然后由裸聊诈骗团伙对其进行勒索——胡莘瓯一度也担心胡学践面临着这种危险，还旁敲侧击地提醒过他爸，令他爸相当恼火。而那一刻，他却被某种执念慑住了，主宰了。仿佛有个声音说，你可以揭开生活之谜。

一切仍如常。家里另外两人还在上演保留节目：他爸脚下踩着个热水盆，肩上挂着个李贝贝。程序已经跑完，胡学践又玩起了游戏，李贝贝旁观得非常投入，一边按压，一边给他支着儿，“削他，削他”。门外煤气灶上咕嘟着一口大锅，走廊里肉香弥漫。胡莘瓯则坐到他那屋的小方桌前，脸上罩着单眼放大镜。他在拆卸、安装白天带回来的手机，比起修理服化道，这项工作更适合杀时间。事实上，自打出摊维修，他也不怎么到二楼库房去了。不过除了手机，他还调试了另一样东西。

终于入了夜，水房传来李贝贝洗漱的声音。片刻，她裹挟着若有若无的香味儿，往胡莘瓯门里探了一眼：“都不是急活，不用拉晚儿。”

胡莘瓯嗯哪。那么李贝贝便认为，胡莘瓯正在赶工，是想给马大合的直播腾出时间。她叹气，又道：“对了，医院快开门了……”

胡莘瓯嗯哪。疗程还得继续，都别留遗憾。为了避免被发现端倪，他打开抽屉，将桌上的东西都归拢了进去。而李贝贝一拧腰，替他关了门。

枯坐半夜，他才出门。走廊只剩了他爸的噼里啪啦，胡莘瓯浓缩成一条影子，出溜下楼时也是无声的。没过多久，又无声地上来。摄像头已被架设在了二楼库房。那玩意儿没有电源，也不自带存储器，但这对胡莘瓯不是难事儿，他略加改装，把它外接在一只充电宝上，又通过红楼里的无线网络与他的手机相联。安装的位置在房间一角，那里堆着 Intel 486 电脑和小黑板。就算有外人在屋里翻翻捡捡，想必也不会对这两样破烂产生兴趣。除了掩人耳目，摄像头放在电脑机箱上，穿过黑板支架，视野也无遮挡。

楼外风起，都是空。透过窗户，他看见摇荡的树影，又想起了杨树林里的无数眼睛。他给世间增添了一只眼睛，也在看，替他看。

这一夜睡得出奇安稳，连梦也没有。翻过来就到了“那一天”。

那一天的白天也如常：他早上和李贝贝一道出门，来到超市各就各位。但当胡莘瓯拉动进度条，播放的却不是记忆的视频，而是手机里的视频了。当李贝贝声称回去上货，推着小车消失在街角，他便通过远程操控，启动红楼二层库房里的摄像头。他将传输来的画面下载、储存，默默观看。画面静止，连进度条本身都像纹丝不动，胡莘瓯却毫不觉得乏味。通过体外之眼，他如神一般，俯瞰方寸之隅。

令他庆幸但也失望，这一阶段的视频显示，没人进过二楼库房。静止的长镜头也是空镜头，而李贝贝没过多久就回来了。这是否就说明，她是值得相信的呢？答案当然是否定的：摄像头是死的，人是活的，那只能证明她此时并未带人来过此地，谁又知道她在何时、何处与何人做了何事？比方说，她既然能把那男的带进二楼库房，为什么不能带进四楼卧室？那屋还有雕花大床和闪亮的灯球呢。再比方说，大白天的都来了，夜里为什么不能来？当然那就太欺负人了，简直是骑在胡莘瓯的脖子上拉屎。

监控只适用于抓证据，不适用于证清白。越监控，越怀疑。但心知这个悖论，胡莘瓯仍然锲而不舍。进度条像根稻草，哪怕不能救他于溺水，他的手里也只有它。

太阳落山，李贝贝进门，隔着玻璃框子叫他。他打了个激灵，赶紧用手挡住摊在桌上的手机。俩人出门，今天又买了不少吃食，除了肉菜蛋奶，还有一篓子元宵，这是给下一个节日做准备。出了元宵节，就算过了年了。胡莘瓯推起小车，李贝贝在后面跟着，夕阳将俩人的影子拉长，影子里的四条腿却分得清楚。

回到红楼门口，胡莘瓯放下车，李贝贝忽然攥起他的手，贴到嘴边呵了呵。也没多少热气儿，倒是蝴蝶又在燃烧。后来胡莘瓯想起李贝贝，总感到手背被烫了一下。他在料峭的早春里抖了一抖，而李贝贝说：

“去吧，晚上我在手机里看你。”

还说：“也别提钱了，毕竟是哥们儿，伤了和气不值当。”

胡莘瓯嗯哪。他们说的还是直播的事儿，马大合又打电话了。李贝贝拎着吃食，转身走进红楼。太阳又沉了一沉，光芒汇聚在她身旁，不像射进门厅而像在原地燃烧。李贝贝如同踏着火焰。此时距离胡莘瓯成为顶流，不到一天时间。

他返回地铁站，坐车去往直播中心。那一天气氛更加火热，舞台上像泼了一盆现杀的猪血。春节档的销售不如预期，马大合也下了血本儿，换掉了县级电视台播音员和古装电视剧的丫鬟，请来一位真正的女网红充当主播。这位网红主打一个又纯又欲，经典战绩是一晚上卖掉数千条瑜伽裤。人家确实敬业，勒得很紧，下体轮廓都绷出来了，躺在桌上忽而一字马，忽而下犬式，还有一招很像妇科检查。

马大合相当感动，又踹胡莘瓯的屁股："看看人家，再看看你。"

踹屁股也有用意。请来的网红隶属MCN公司，配有经纪人，经纪人接管了马大合的控场资格，一味挑挑拣拣，不时还威胁要撂挑子。这就叫客大欺店。为了让对方感受到应有的重视，马大合只好拿胡莘瓯开刀：都赖你，你丫干什么吃的。这当然也是胡莘瓯的另一项功能，每当遇到马大合需要立威或者服软的时候，往往需要由他配合，上演一出周瑜打黄盖。毕竟是自己人，不见外，换别人没准儿急了。

这天踹得格外猛烈，胡莘瓯像个皮球，满棚乱转。在这繁忙的状态下，马大合当然也没工夫跟他讨论别的事儿。但又不等于完全不提，马大合还对经纪人解释："他最近戴绿帽子了，脑袋不太清楚。"

经纪人开通地说："还是年轻，太没经过事儿了。"

这当然也没什么，不构成胡莘瓯后来行为的直接原因。而那一天之所以成为那一天，问题还出在一段视频上。在满棚乱转的间歇，胡莘瓯便会缩到摄影棚一角，打开手机，拽动进度条。只要李贝贝不在眼前，监控都是必要的，并且无法自拔。事实上，这也令他魂不守舍，马大合的屁股踹得不冤。尤其到了关键阶段，向一个又一个流量的巅峰发起冲锋，胡莘瓯还在看手机，马大合的踹屁股就是真发火了。

手机内外两重天，这边厢锣鼓急，那边厢静无声。

冲1万，二楼库房没有人。冲2万，二楼库房没有人。冲5万，二楼库房没有人。冲到10万，二楼库房有人了。

胡莘瓯捧着手机，怔住了。在那一刻，他感到屏幕不是扑面而来，而是将他吸了进去，于是他切换到了另一个空间之中，也就是红楼二层库房。那里灯光昏暗，四下摆满皮囊。只不过摄像头是从下往上拍摄，所以他在那个空间的视线也是从低处看向高处。这恰好是孩子的角度，伴随空间穿越，他又变回了五岁。

他仰望李贝贝。是的，这里没别人，只有一个李贝贝。李贝贝步履无声，开门进屋，在空地上定了一定。而后她扫视四周，又在服化道里翻找起来。未几，她一拧腰，走向 Intel 486 电脑和小黑板。这次她俯下身来，和摄像头对望。

然后李贝贝对他说话了。话无声，但不多，兼之俩人脸对着脸，口型看得清楚。他的耳边响起哑嗓子。

时间变慢、凝滞，反复循环，直到屁股上挨了一脚才重新流逝。胡莘瓯仰头，又面对着马大合那张怒气冲冲的脸。听觉还没来得及切换，他只看见马大合满脸跑嘴，却不知对方在吵吵什么。但他知道，该他上场了。

与耶稣生日那天相仿，这一天的直播中，也安排了化装表演。但胡莘瓯扮演的就不是圣诞老人了，而是换作一个大红灯笼，半人多高，套进去连头都不见了。他的任务不仅是载歌载舞，还要配合一个特技：由女主播用两腿夹住灯笼外壳，腰上用劲儿，往上一提，藏在里面的增高鞋垫、妇女清洗液就天女散花地落出来了——统统奉献给手机前的各位亲，现在下单还有折上折哟。利用镜头效果，马大合旨在给观众制造一个错觉，好像女主播正在分娩，而灯笼里的宝贝，包括胡莘瓯，都是她生出来的一样。

这个环节此前也排演过若干次，整体没毛病。看看时间，现在差不多是最后一次了，马大合踹完屁股，又拽住他：

“知道你心里有事儿，先把今天对付过去 —— 行吗？”

胡莘瓯不语。马大合还把手按在他的脸上，又揉搓了一下。这当然是给他打气，而胡莘瓯想：干吗都爱揉搓我呀。然后他就把灯笼罩上，上了场。此时他的脑子还是蒙的，明明已经回到此处，但又不知身在何方。他仿佛同时位于红楼门口、二楼库房、四楼走廊、一楼水房对面的李蓓蓓家 …… 他在花坛，他在杨树林。夜晚风起，无数只眼睛盯着他，只是看，只是看。随着空间错位，时间也混乱了，千年虫来了。

而据那一天的目击者描述，此后直播现场的情况又非常滑稽：一个灯笼走上舞台，东倒西歪，弹来弹去。背景音乐固然是喜庆的，女主播坐在桌上，开门揖盗，两腿大张，只等着它凑过去了。但灯笼很不配合，一味晕头转向。女主播施展“夹”字诀，夹了两次，仍未将其捕获。她还催促：

“往里点儿，进来呀。”

马大合也在场外指导：“对准，对准，怎么又歪啦。”

这也无伤大雅。但接下来，场面就不对劲了：灯笼忽然站定了。它慢慢旋转，好像被困住了，包围了，正在茫然地寻找出路。灯笼没有表情，但也看得出来，它很不愿意待在这里。终于，它找到了方向，走向舞台正对面。

一边走，胡莘瓯还一边双臂一撑，轻易就让灯笼飞了出去，一米八几的傻大个儿破壳而出。恰此时，他的脸正对着舞台下方的一排摄像机和手机。

那些机器都是胡莘瓯调试好的，正在自动运转。它们都是眼睛，一味盯着胡莘瓯，只是看，只是看。胡莘瓯步履不停，再走近些，脸把镜头都挡住了，但他并没意识到自己获得了一个特写。哭意在他的皮肉下激荡，似要奔涌而出，却被娃娃脸自带的喜感搅和了，混淆了；黑棋子般的眼睛和天然上翘的嘴角在糯米团子上发生了古怪的位移，乍看上去，一时也难以辨别他是想哭还是想笑。这就叫欲哭无泪。

这副表情曾在胡莘瓯的脸上出现过，随着长大成人，无论是对下体还是面部的括约肌，他的控制能力都得到了显著增强——而现在，相当于一次失禁，表情又回来了。不仅管不住脸，胡莘瓯也管不住嘴了。他想说，李贝贝，你别走。或者他想说的是，李蓓蓓，你别走？既要避免歧义，还要直抒胸臆，他的话就变成了：

“谁来管管我——”

他还越来越大声了：“我该怎么是好哇——”

如上一幕，以旁边蹿出一条人影，飞起一脚将他踹出画面而告终。马大合及时控场，挽救了直播。定格，黑下，重启。场面又变得喜庆而热烈，这一次，女主播终于如愿以偿地夹起了灯笼，只不过灯笼里换成了马大合本人。Oh my God，买它。区区小插曲，就这么过去了。此时没人知道，胡莘瓯正在成为顶流。

中篇

正计时

13 “不早说你是你”

说到顶流之前，还得复盘一下胡莘瓯丧失理智的过程。那晚在他的手机里，“蝴蝶”扩散，从李贝贝的左半边脸上洇了开去。而她又是怎么发现他在监控她的？胡莘瓯就一时没反应过来了。他只知道，他的行为穿帮了。

无师自通地懂了唇语，他看见李贝贝说：我走了，对不起。

又看见她说：胡莘瓯，你好好儿的。

李贝贝脸上带尖儿，面色沉静。胡莘瓯从未见她把话说得如此认真。然后她关了摄像头，就像蒙住了胡莘瓯的眼睛。胡莘瓯又想起，他五岁时走进杨树林，正像个忧伤的白痴一般仰头看天，也被一双手蒙住了眼睛：猜猜我是谁？

不用猜。当李蓓蓓把手拿开，他看到了无数眼睛。

无独有偶，那晚他从灯笼里挣脱，痴痴愣愣走下舞台，也被众多眼睛环绕。那却不是树上的眼睛，而是人的眼睛了。它们通过手机汇聚在他那张欲哭无泪的脸上，乌泱乌泱的，但被精确统计——据马大合宣布，刚刚突破了10万大关。眼睛们盯着胡莘瓯，只是看。这当然也不是眼睛们的本意，人家都是来观摩网红的，谁知蹦出了这么个傻小子。

此时胡莘瓯却不惊慌。作为一个经验丰富的龙套，他早学会了与眼睛和平共处。手机的功能早从说和听进化到了拍和看，如果害怕眼睛，这日子也没法儿过了。况且他还想着别的事儿。就在刚才，他打了李贝贝的电话，他想象着一组数字在城市上空飞行，巡弋，击中了李贝贝的手机——正如当年，另一组数字击中了李蓓蓓她妈的电蛐蛐。滴滴一响，就表示李蓓蓓还有妈，倘若电话能通，也表示李贝贝尚未与他断线。

他可以趁机申辩：人都有魔怔的时候，我也情有可原，对吧？

他还可以推卸责任：要怪就怪马大合，那孙子。

然而李贝贝连这个机会也没给他。手机里，一个电子娘们儿代替了哑嗓子，冷峻地告知：您拨打的电话已关机。

一如当年，公用电话里也有个电子娘们儿：您拨打的号码是空号。

他也点开李贝贝的微信，给她发了信息：你在哪儿？你在哪儿你在哪儿你在哪儿？但那些文字都被红色的惊叹号反弹了回来。李贝贝把他拉黑了。用他爸打过的比方，相当于他知道李贝贝在另一个世界的住址，但她坚决关门，不让他进去。

以上说明，李贝贝去意已决。比起胡莘瓯这种北京人，她的一大特点是行动力强，不磨叽。然而李贝贝曾经多想留下来呀，一句话，她真把他家当家了。但这都白搭，只因为她发现了摄像头。监控是防贼的手法，伤害性不大，侮辱性极强，遥想当年，美国窃听了德国总理和法国总统，德法两国虽然口头抗议，最后也只好忍气吞声——相形之下，李贝贝的尿性远胜欧洲列强。

又如同在潜意识的河里摸石头，胡莘瓯还摸出了一个全新的问题：其实对于李贝贝到底是个什么样的人，他有那么在意吗？答案竟是模棱两可的。不能说完全无所谓，但又得看跟什么事儿比。比起她能否管着他，那些事情仿佛也不重要了。此刻对于"管"，他的认识返璞归真，又回到了五岁的初始状态——没必要平等，没必要唯一，只要有个人能够帮他避免孤单，那就够了。这种心态过于大度，简直难以启齿，但人就是贱，面对得来与失去，立场自是不同。继而，另一些问题也冒出来了：这么说来，"管"和"爱"就不是一码事儿喽？而长久以来，他是否将这俩词儿混为一谈了？

倘若如此，他对"爱"的态度真不真诚，郑不郑重？

变量增加，运算愈发复杂。当胡莘瓯走下舞台，他的脑子也像电脑一样超频运算，终于在某个瞬间过载了，死机了。此后他的反应，也体现了人脑与电脑之区别：电脑死机就是黑屏，人脑却往往越死机越闹腾，乃至于无法自控。此种现象，在喝高了的人身上常有体现，还有个专业术语叫"断片儿了"。

人都贱，也都难。比起那些裸奔的、跳河的，胡莘瓯的感情迸发还算温顺平和，毕竟他平日里也是一副疲疲沓沓的死样子。但他到底做出了那样的表情，说出了那样的话。说话时，胡莘瓯还感到了莫名的快意。

你们不是爱看吗？那让你们看个够。

长这么大，谁把我当过人呀，今儿我索性痛快一把。

可惜机会转瞬即逝，马大合狠命揉搓他的娃娃脸："你脑子里进什么了？水？糨糊？屎？"

还质问："诚心砸我生意？咱们有那么大仇吗？"

胡莘瓯不语，娃娃脸变形，复原。糯米团子一片愁云，黑棋子闪着忧伤的光。

马大合最后说：“滚。”

对于发小的这个要求，胡莘瓯照做了。也正合他意：咱们老百姓，今儿个要高兴，但万一不高兴呢？难不成要硬着头皮装高兴？无论如何，经过一踹一揉，胡莘瓯貌似恢复了几分理智，他离开的样子还是温顺平和的。

走出直播间，夜凉如水，灌进脖子，让他像狗一样甩了甩脑袋。

坐在横贯北京的末班公交车上，脑袋仍是木的。浮光掠影，成千上万个灯笼飘过去了。他把窗户开了一缝，风还冷，却不硬，春天真是要来了。

来到红楼门口，只有四层一灯如豆。这楼里曾有那么多的人，如今只剩了他爸，而他爸在也等于不在，所以没人等他回家。上楼时，胡莘瓯又听见了噼里啪啦，当初李蓓蓓要走，胡莘瓯第一时间就告诉了他爸，现在却丧失了向他爸倾诉的愿望。这么些年，假如说他从生活中获得了什么经验，首先一条就是：凡事别指望他爸。他拖着他的影子，不堪重负，先去二楼库房，那屋又空了。他蹲下来，挪开小黑板，凑近 Intel 486 电脑，发现摄像头还在。他将那玩意儿扯出来，本想撕巴撕巴再踩两脚，但又泄了气，顺手往地上一丢了事。随后继续上楼，去了自己的卧室。他发现地扫过，床又铺了一遍，几件干净衣裳叠在被子上。李贝贝走得有条不紊。

桌上多了串钥匙。家里别看穷，钥匙倒不老少。他回走廊，来到李贝贝门前，一把一把试着。门锁咔嚓一响，只看见灯球滚动，巴洛克风格的床头飞着俩天使。说来这还是胡莘瓯第一次进了李贝贝的屋呢。他呆立原地，脸上流溢着五颜六色的光，想着李贝贝就在这里睡觉、唱歌、抽泣，又察觉出屋里少了什么：衣裳、行李箱乃至毛巾牙刷统统不见，连那股若有若无的香味儿也散了个干净。

又可见，李贝贝走得多么彻底。胡莘瓯面对空屋，重复起了李贝贝的话："你干啥呀，你干啥呀……"

一边念叨，他的意念被冻住了，丧失了波动的能量。他回屋躺了半宿，反正梦是没有的。第二天，倒有些许收获——那辆熏酱小推车还横在红楼门口一侧，昨夜太黑没看到罢了；还有酸菜坛子，里面的存货够吃一阵子的。通过搜寻这些遗迹，胡莘瓯试图证明李贝贝确乎在他家里待过。她像田螺姑娘，他"看"了她，她就消失了。

上下乱窜时，他还经过了一楼水房对面的那个房间，原来李蓓蓓的家。历经二十多年，破败日积月累，一朝触目惊心。他的心里也有一块废墟，原以为能长出植物，到底归于荒芜，像反复火耕却不播种的农田。愣了愣神，反身上楼，他去给他爸下面条。李贝贝虽然走了，俩大活人也不能饿死。卧鸡蛋，多放佐料，端进机房，他爸接过就吃。呼噜呼噜一碗下去，又在电脑上一边噼里啪啦，一边"吱儿"声不绝于耳。再看他爸的脸，两眼深陷，嘴唇干裂，又像一只大旱中的蚂蚱了。

对于他爸，胡莘瓯不想探明究竟。他又回屋躺着，脚叉着朝向门外，开始刷手机。这时刷的就不是哔哩哔哩了，而是抖音，仿佛把"斯酷依，卡哇伊"换成"大哥，咋的啦"，就能营造出李贝贝还在的假象。当然那也徒劳，手机闪了一闪，随即黑屏。这才想起昨天光顾着监控，都忘了充电。

对门，胡学践探头：“儿子——”

胡莘瓯勉强呼应：“爸——”

他爸说：“今儿是不是该去医院了？”

他爸的注意力旁逸斜出，连李贝贝走了都不曾察觉，偏记着她做激光的日子。胡莘瓯一愣，蹦跶起身，又见他爸甩出三根既瘦且长且干枯的手指——长记性。

他的脑子这才转动起来。他爸提醒了他，要找李贝贝，医院大概是最后的希望了。倒知道她家在东北小城，但那是什么地方？对于北京人而言，那是个苍茫、遥远的所在，只听说房子便宜，在北京买个厕所，到那儿能买好几套。况且李贝贝也未见得回家，她来北京是为了做激光，甘心带着蝴蝶走吗？

一边盘算，一边步履匆匆。手机来不及充电，不能扫码，他上了公交车，借着别人的“滴”一声，埋头往里钻。这车上也有一协防员，抱着铁杠子如跳钢管舞，凑过来狐疑地瞪着他。还没等对方挥动小旗，胡莘瓯就先问：“干吗？”

协防员说：“你刚才——”

“不找点事儿就对不起那点儿权力，是吗？”胡莘瓯戗戗。他没法儿像李贝贝那样理直气壮，但仍硬着头皮把这段话背诵了出来。

如同念咒，居然灵验，协防员又瞪了瞪他，缩了回去。在接下来的一路上，对方抱着杠子，一会儿划拉手机，一会儿打量胡莘瓯，不免看得他发毛。直到蹿下车去，他还承受着协防员隔窗投来的目光。

在医院门口，他才掏出一只皱巴巴的旧口罩戴上。全北京陆续退烧，街上的裸脸人越来越多，不过去医院仍保持着谨慎。登记自然不用了，所以他一个没手机的人也能晃悠进去。激光诊室门口，队排得比前些天还长，人们脸上除了蝴蝶、小鸟、猫猫狗狗等小生物，还有亚欧板块和奥尔特星云之类的壮阔图景需要消除。胡莘瓯远远躲到一根柱子后面，如同欣赏抽象画展。他没敢大张旗鼓地寻觅，以防李贝贝看见他就跑了。

许久才听见有人叫："李贝贝，李贝贝在吗？"

胡莘瓯一激灵，凝视人群，未见动静。再看那个护士，嘟囔一声，就要回门里去。这时胡莘瓯也顾不得暴露了，分开人群追上去，问对方是否见过李贝贝。护士的目光在他脸上吸附片刻："你是她什么人？"

胡莘瓯说："上次我陪她来的……"

护士再看他两眼，似在辨识。为了配合对方，胡莘瓯摘了摘口罩，又赶紧戴上。

护士的口吻陡然惊喜："嘿，真是你？我刚才都没敢认。"

这位护士记性貌似很好，除了病人，还认识病人家属。胡莘瓯却不记得跟她打过招呼，上次来光打盹儿了。他把话茬儿拽回来："您也找李贝贝？她来过？"

护士果然说，李贝贝今天来过，但不是做激光，而是要取消预约，放弃治疗。大夫还劝她，好不容易挂上的号，作废了多可惜，但她不听。病人各有各的情况，只能依了她。退费挺麻烦的，还得去盖几个章，护士又说盖完章再来拿点儿药吧，对灼烧部位的愈合有好处。李贝贝千恩万谢，本说一会儿就来，结果一直没见人。

医院退款都是原路返回，胡莘瓯就知道，做激光的那笔费用将要回到他的手机里。李贝贝的意思很清楚，她不占他，更不占他们家的便宜。又没准儿胡莘瓯刚才上楼，李贝贝正好下楼，他跟她失之交臂。

当初他们遇上就很巧，而世界上最脆弱的东西就是巧。到底他在明，她在暗，只要她不愿意，他休想见到她。偏是那个护士，目光又在他脸上吸附片刻，简直兴趣盎然。胡莘瓯还感到，那双眼睛正盯着他，只是看——难道他的脸上也长出了什么东西，激发了对方的职业敏感？心里一虚，他摘了口罩，抹了把脸。

不承想，护士喝道："别动。"

胡莘瓯听令不动。护士却掏出手机，凑到他身旁。不只是她，身边又多了几个护士和病人，还有个中学生是从隔壁骨科诊室门口拄着拐蹦跶过来的。大家将胡莘瓯簇拥在中间，摆好造型，有的比心，有的比"V"，发一声喊，"耶"，"咔嚓"照了张相。那位护士表扬他："你脾气挺好的，没架子。"

"那是那是。"胡莘瓯附和，"……我哪儿配有架子呀。"

这场热闹是以医生出门制止而告终的："谁的脸这么好看，我也见识见识？"当护士笑着耳语，指指点点，那位面部治疗专家居然也观摩了胡莘瓯许久，如同发现了什么罕见的新病例。胡莘瓯呢，仍遵医嘱不敢动，一米八几的傻大个儿杵在门口。

"赶紧戴上。"医生指指他手里的口罩，板起面孔训诫，"你有病没病？没病赶紧走，别影响我们工作。"

明明是你们围着我，咱们谁有病呀。胡莘瓯心里叫屈，再往四下打量，又见不少人凑了过来——有推着轮椅的，有挂着吊瓶的。大约只要没有伤及性命，一律兴致勃勃，但坐观罗敷。不仅要看，而且要拍，要"耶"。

这就更让人蒙了。医生则摇着头，反手关上门，屋里又飘出隐隐的焦煳味儿。而众人的目光有如放大镜聚焦的阳光，让胡莘瓯的脸也燃烧了起来。长年赋闲，他本不是个在意别人看法的人，但眼下，他感到事情有些不对劲。他只能顺从于几百万年进化的本能——类似于我们的祖先刚刚褪去毛发，光着屁股站在非洲大草原上，心里一慌，此后只有两件事儿，一是跑，二是藏到洞里去。胡莘瓯果然这么做了。

先是小步快捣，进而大步飞奔。他像摩西分开红海，一溜烟钻进厕所。

他先尿了一泡，又到镜子前照自己。娃娃脸不是猪八戒，里外都是个人呀。随即发现，饶是躲到这里，仍然不得清净，有个老大爷提着裤子出坑，也凑上来，一边假装洗手一边冲他抛眼神儿。这个场景就很猥琐了。

胡莘瓯提醒对方："您忘了冲水了吧？"

老大爷打量够了，评价道："小伙子，你怎么不像你了呀？"

此话逻辑不通，但正中胡莘瓯的困惑。他还百思不得其解：自己应该什么模样，对方又凭什么知道？而他只好继续逃亡。这次学聪明了，不光戴上口罩，还用运动衫的兜帽罩住额头，只留眼前一条缝。他是来找人的，怎么变成了别人都在找他？这就叫攻守之势易也。对于找到李贝贝，他已经不抱什么希望了，但还是在医院里兜了一圈儿，先后前往导医台、挂号收费处和药房。因为遮了头脸，总不至于一见面就暴露——人问他干吗，他说找个女的，脸上有蝴蝶；人问你认识她吗，他说认识，但电话不接；人问要不给你广播广播，他说那可不行，她听见就更找不着啦。

他的话也逻辑不通。而这年头医院成了是非之地，他那鬼鬼祟祟的样子更会令人生疑，当胡莘瓯又一恍神，就发现身后多了俩保安：一个拿着盾牌，一个端着钢叉。一时间，他走到哪儿，保安跟到哪儿，好像他是个蒙面特种兵，带领着一支全副武装的战斗小队。一个年纪大些的保安还套他话："精神科出来的？"

胡莘瓯却一哆嗦。他哆嗦，不是因为对方手持兵刃，而是注意到每个保安肩膀上都佩戴着便携式摄像头。兵刃是为了制服他，摄像头则是为了师出有名。摄像头不是眼睛，却是眼睛的延伸和放大，可以让不在此时、不在此地的人也参与到"看"的运动中来。展开联想，胡莘瓯似乎明白了自己的处境。他仍然无法捋清这种处境到底是怎么形成的，只是意识到事情又在跑偏。跑偏总会带来麻烦，而胡莘瓯最怕麻烦。

当他晕头转向，回到门诊大厅，眼前的人就更多了。人们各有各的病痛，也各有各的眼睛。胡莘瓯的腿软了，口罩让他透不过气，他还头晕，连视线也模糊了。这种感觉并不陌生，上次还是发烧的时候。站立不稳，他打了个踉跄——一米八几的傻大个儿，踉跄也打得蔚为壮观，或许在保安眼里，他是要进行什么暴烈的举动，于是钢叉和盾牌就如约而至了。保安们使出了在老家套马或杀猪的技巧，下一个瞬间，胡莘瓯已经被放倒在地，脖子上勒着一个钢箍儿，肚子上顶着一块钢化玻璃。

他想申明这是误会，开口却变成了："我'滴'你个'滴滴'。"

李贝贝虽然走了，但李贝贝的说话风格附了他的体。而保安们不光按住他，压住他，还用对讲机紧急呼叫，召唤来了更多的保安。大家七手八脚，喊着号子，将胡莘瓯抬了起来，往大厅拐角浩荡地奔去。这势必引来海量的围观与拍摄，那个上了年纪的保安还要解释：“精神科的，没啥好看的。”

同时反驳胡莘瓯：“我妈早死了，我才‘滴’你个‘滴滴’。”

“我也没妈。”胡莘瓯说，“我‘滴’。”

一边‘滴’，一边胡莘瓯的眼里也滴出泪来。进而，他紧绷的身体软了下去。他自小是个老实孩子，虽然神神道道，但习惯于服从。当他又变回了他，也就温顺平和，不仅躯体横陈，而且洋溢出一脸无辜的微笑。更令保安纳闷儿的，是他两手捂住下体，他们不知道，这是胡莘瓯从小到大频繁被锯形成的条件反射。

老保安都看不过眼了：“我们又不强奸你。”

胡莘瓯笑得更灿烂了，近乎迷离，边笑边滴泪，愈加印证了老保安关于他是“精神科的”这个论断。但外人不明就里，胡莘瓯却知道，那是因为时间倒流了——千年虫死而不僵，仍在他的身上作祟。他仿佛钻进了杨树林，穿梭在无数眼睛之间，追寻着一个小小的身影。时间又正流，胡莘瓯好像在人群里看见了李贝贝。

三个音节从胡莘瓯的舌尖与唇上弹出，但却无声。人生何处不视频，眼睛们不仅看，而且拍，意在把他分享给更多的眼睛。在方才的撕扯中，胡莘瓯的口罩又被拽了下去，兜帽也垂到脑后。他又暴露了。

“嘿，真是他。”有人说。

“可算见着活的了。”又有人说。

连举着他的人也认出了他。老保安又“滴”了一声，逻辑不通地埋怨：“你怎么不早说你是你？”

14 “我想一人待会儿”

胡莘瓯是被马大合领走的。离开医院前，他坐在一间办公室里，看他的发小与人交涉。这时他已经重新戴上口罩，扣上兜帽，但仍无法避免门外探进来一个脑袋，又探进来一个脑袋。好在保安们尽忠职守，在门口设了岗：“这是医院，不是动物园。”

“这是医院，不是马戏团。”办公桌后，一个干部训斥胡莘瓯，“知不知道你这么一折腾，造成了多么恶劣的影响？”

还威胁：“警察说话儿就到，定你个寻衅滋事也不为过。”

干部的水平与保安相仿，话里话外都没把胡莘瓯当人。而在与人打交道这方面，马大合的水平明显高于胡莘瓯 —— 后者刚要张皇地致歉，就被马大合厉喝“你闭嘴”，一屁股又坐回沙发里。然后马大合开始控场。

他先亮出手机，展示了一段视频。里面拍得很清楚，当时胡莘瓯呆头呆脑地走进门诊大厅，脚下打绊儿，并无激烈动作，几个保安就扑将上来，对他动了兵刃。证据确凿，胡莘瓯分明是受害者，而医院方面明显是倒打一耙了。

“北京人不吃这一套。”马大合针锋相对地予以回击。

再说到“影响”，他又在后面加了个字儿，变成了“影响力”——他强调，以目前胡莘瓯的受关注度，如果在网上发出一些对医院的不利言论，那可就不好收场喽。这年头最怕的不就是舆情嘛，顺势反威胁：

“奉劝你们，不要搬起石头砸了自己的脚。”

都是嘴到擒来的句式，铿锵有力。这时就见干部起身出门，气急败坏地和几个保安核实情况。他还打了个电话，没准儿是在请示更高级别的干部。等回来，赫然换了一张脸：“我是个搞行政的，没什么媒体经验。要不咱们再沟通一下？”

攻守之势又易也。经过这轮会谈，马大合代表胡方和院方达成了谅解。院方首先表态，不追究胡莘瓯造成的混乱，并会立刻联系派出所，告知冲突已经解决；胡方则承诺，不计较保安对他的误伤，“都是阶级兄弟”，更不会利用今天的事件恶意炒作，“流量我们多的是，也不在乎这一波”。为证明双方确已化干戈为玉帛，当事人们又拍照留念，保安们将胡莘瓯簇拥在当中，“耶”。只不过胡莘瓯仍然蒙着头脸，很像刚被抓获的坏分子。

干部亲自送他们下楼，边走边问：“他真这么有名？上次谁谁谁来生孩子，还有谁谁谁来割痔疮，也没见这么山呼海啸的呀。”

对于干部提到的老皇历，马大合面露不屑。他掏出一副宽大的塑料墨镜，上个世纪被称为“蛤蟆镜”那种，替胡莘瓯戴上。墨镜、口罩和兜帽拼接成一副完整的面具，将娃娃脸覆盖得严丝合缝，又很像是明星出街了。此后马大合的举动更加夸张——刚回到门诊大厅，他便躬身入局，抢在胡莘瓯身前，伸出胳膊格挡着周边人群，一边开路，一边捍卫胡莘瓯那没有肖像的肖像权：

“请配合一下，不要拍照。”

在马大合的示范下，保安们也不能闲着。四面钢叉林立，还有人用一面盾牌遮在胡莘瓯头顶上，俨然华盖。众人前呼后拥，向医院大门而来。

对应这种阵仗，街边应该停着一辆配有礼宾司机的加长“林肯”才对，起码也得是一辆演艺圈的标配“丰田”保姆车——但很遗憾，那里只有一辆“五菱宏光”，后保险杠还被顶了个坑。对此马大合解释：

“地位变了，谦虚谨慎的作风不能变。”

至此胡莘瓯猜测，马大合之所以能及时赶来救驾，是因为医院的那场骚动酿成了热点事件。但他尚不敢相信，他正在成为顶流。

而马大合上车扭头，将手机递给他：“数数几个零？”

手机传出一个人声，既熟悉又陌生。胡莘瓯反应过来，那正是自己。他说“谁来管我”，还说“怎么是好”。再看画面，是他那张脸，特写，欲哭无泪。很快，弹幕像蚂蚁大军呼啸而至，仿佛转眼要将他啃噬成一副骨头架子。

文字短促，大都重复。有的写：火钳刘明。

有的写：BYD长得还挺逗。

有的写：好儿子，我来管你。

再一按弹幕开关，有如五岁时水淹七军，蚂蚁瞬间消失。又随即，他的脸“嗽”了一声，平移出框。马大合好脚法。

胡莘瓯这才留意到视频的观看量和转发量，开始了数零游戏——社交平台已经对过于庞大的数字进行了缩略，将其显示成了“××万”，但他又留意到，对应自己的数字单位是“亿”。比起

“万”，“亿”代表着更长的一串儿零。在胡莘瓯的印象中，只有报喜不报忧的经济新闻用得上这么多的零，他也一直觉得，这么多的零跟他这种穷人没什么关系。

但马大合更正了他的想法：“你的点击量相当于一次射精量。”

糯米团子红了一红，又暗了一暗。而马大合又捧住娃娃脸，揉搓起来：“以前没看出来，你还有这一手。”

胡莘瓯又蒙：“哪一手？”

“当然是引流啦。”马大合狠踩油门，“你他‘滴’的可真是个天才。”

正值下班高峰，重重叠叠的汽车尾灯像给城市加了弹幕，“五菱宏光”开进主路就陷入了蠕动。趁此机会，马大合又对胡莘瓯的知名度进行了详细说明。他把公众人物分成若干层级，对应的又是人体各部位——首先是头部梯队，也即吸引流量最多的那一小撮儿人；此下还有腰部，多少混了个脸熟的“腕儿”也不过如此；再往下就是众多苦苦挣扎的小角色了，比如说马大合请来的主播，最成功的也就攀登到了阴部。

而问到自己，胡莘瓯仍持保守态度：“我怎么着也在裤裆以上了吧……”

“谦虚限制了你的想象力。”马大合含笑，拿眼往后视镜瞥去，“我做过评估，就在今天早上，你已经逼近了这个层级——”

胡莘瓯也扭头向后，看见“五菱宏光”侧后方有辆公共汽车，车身上的广告来自某家肛肠医院。说了半天，这不还没冲出裤裆嘛。他纳了纳闷，随即才找到了正确的参照系，那是贴在“五菱宏光”后车窗上的一张不干胶，上书四个大字：强盛集团。下面还有一行小字：咱老百姓自己的黑社会。

胡莘瓯前段日子无心追剧，却也明白那是个什么梗——自打过年以来，手机里的营销号都在蹭着“强哥”的热度。那是一部电视剧的主人公。

这也就是顶流的力量了：你看与不看，他们都在那里，你知不知道，他们都认为你应该知道。而对自己的流量，胡莘瓯很可能是最后一个感同身受的人——他的手机没电了嘛。马大合又分析，昨天晚上直播间里的流量虽然号称10万，但那不过是个总数，具体到事发的一瞬间，同时在线的人数大约只有一两千；这一两千人有幸目睹了顶流诞生的瞬间，其纪念意义不亚于亲眼见证了约翰·列侬被枪杀或者“哥哥”从香港文华酒店跳了下去——对于马大合打的比方，胡莘瓯抗议，“你能不能盼我点儿好”——那么再说回正题，在那些见证者中，又有多少人手速够快，来得及把胡莘瓯精神失控的场面录制、截屏，再以视频或图片的形式扩散到了微信朋友圈和小视频平台上？保守估计，不会超过十个。

但这几个穷极无聊的转发，却星火燎了原。流量永不眠，少量转发带动了大量转发，参与人数呈现了几何级、爆炸性乃至核裂变式增长。到今天早上，无数人打开手机，看到的第一张人脸就是胡莘瓯。他们没见过他，但他们有一个共识，如果你连这张娃娃脸都不认识，那就太out啦——你会失去和人聊天的话题，会被排除在人际关系之外。于是他们转发，争先恐后地转发，乐在其中地转发，性命攸关地转发。

当马大合喋喋不休之际，胡莘瓯在“五菱宏光”上找到一条充电线，插进了自己的手机屁股。他仿佛期待在不同手机上看到不同结果，然而却发现，除了单纯的转发，关于自己的各类衍生作品也在跟进——

有的是模仿秀，各类播主以各种口音、各种表情重复他的台词。有的则主打拼贴，胡莘瓯被镶嵌到各种影视剧的经典片段里，还都剪辑得严丝合缝。更加无厘头的是大神之间的连线，胡莘瓯被迫和马保国以及“强哥”等人过招，娃娃脸遭受了“耗子尾汁”五连鞭和雄性深沉眼神的轮番碾压，结果自不必说，当然是欲哭无泪喽。

玩儿法五花八门，倒也见怪不怪。而马大合好像一切尽在掌控：“‘鬼畜’越多人越红，这对咱们很有利……”

无疑，他在酝酿一个计划。胡莘瓯问：“你想干吗？”

马大合如同面对一个白痴：“带货呀，变现呀，还能干吗？”

这个计划当然也没什么稀奇：流量就是钱。人类的无差别劳动可以创造价值，人类的无差别关注则可以创造更大的价值——上述逻辑胡莘瓯也懂。那么马大合让他数零，数的也是钱喽？不得不说，他狠狠地兴奋了一下。那感觉大概像中了巨额彩票，而且是一张无须购买、每个人自打出生就完成了投注的彩票。假如天赋人权就是天赋抽奖权，那么极端幸运也意味着极端公平。为了表示庆祝，他差点儿“耶”了一声，不过就像喝多了想吐又舍不得酒，那个“耶”被他咽了回去，转而在肚子里翻江倒海。

这就是他与别人的不同之处了：每当生活发生转折之际，他总会陷入某种莫名的彷徨。而眼下，他的困惑又回来了。

马大合却又在替他规划，并列举了另一些“草根网红”作为借鉴。这种事情已有先例，不仅发生在胡莘瓯身上：比如一个以S型体态劲舞，被清华的学生奉为教主的胖大姐，还有一个面容冷峻忧郁，虽然破衣烂衫但尽显时尚气质的帅大哥，还有一个长得很像切·格瓦拉，坚称绝不进厂打螺丝的瘦小偷，还有一个穿着汉服种菜、做饭、养猪放羊的小姐姐……和胡莘瓯一样，他们原本都是普通人，但被无形的手从人堆儿里拎了出来，像祭品一样供奉到万众瞩目之下。他们一律都被冠以“某某哥”“某某姐”之类的代号——说到这里，马大合又补充，胡莘瓯现在的网名是“求管哥”。

马大合还总结，每当一个网红诞生，又有两件事情绕不过去：第一是签公司，现在也叫MCN，“维持流量、扩大流量，恐怕还得依靠专业人士”；第二就简单了，重归正题，还是带货。红也带货，黑也带货，光宗耀祖也带货，臭名昭著也带货。再说回胡莘瓯，上述条件都是现成的。签公司不能指望外人，“我怕你吃亏”。至于货，就更因地制宜了，他们手头还有电饭锅、内增高鞋垫、妇女清洗液……当然马大合也表示，等存货清空，还会替胡莘瓯洽谈新的货源。他甚而打算为“求管哥”量身打造一批文创产品：

“定位要亲民，你毕竟不是‘小红书’上的伪名媛，贩卖生活方式不是你的长项。”

还挥手，豪迈道：“‘别无他求，只要一管’，这个slogan怎么样？”

旋即更正：“算了，你的目标客户也不是手淫犯。”

转而思维跳跃：“要不咱们先聊聊分成？你还得跟那娘……跟李贝贝商量一下吧？我知道你听她的，但也体谅体谅我呀。”

此时马大合还不知道李贝贝走了。而胡莘瓯只好再揭伤疤：“她走了。”

马大合先“哦”，声儿往上挑，眼一亮：“走哪儿了？”

胡莘瓯的声音往下滑："不知道。"

马大合再挑："不回来了？"

胡莘瓯再滑："恐怕是。"

马大合眼更亮："那她就是跟人跑了——你是为了这事儿才抽风的？我倒要恭喜你，走得好，纸船明烛照天烧。"

又解气："要没她，也没今天的你。后悔死她。"

又重归正题："既然跟那娘们儿没关系，那就是咱俩的事儿了。这就回公司，签合同——以前忘了这茬儿，以后也得正规化。这会儿也别闲着，你先进直播间，跟大家打个招呼，给咱们的带货预个热……"

马大合拿起自己的手机戳了一戳，塞给胡莘瓯。这时他所说的直播间就不是真的直播间了，而是平台账号，人家可没忘了密码。自从胡莘瓯成了顶流，多少人都关注了那个地址，专等着他再次出现呢。

胡莘瓯没躲开，刚一面对手机，立刻看到无数网名拥了进来，那代表着无数眼睛。他又想起了杨树林里的眼睛——经由另一个世界，眼睛们获得了跨越昼夜的能力，又在追逐着他。他的手开始哆嗦，娃娃脸上启动了微妙的变化。偏这时，马大合抓过一样东西塞给他，是退热贴："来都来了，顺便清个仓……往后这玩意儿该卖不动了。"

马大合没提防胡莘瓯的下一个举动。胡莘瓯貌似听他说话，实则眼神发直，而当"五菱宏光"刹了下车，他却就势拉开车门，跳了下去，只扔下一个手机，手机里还晃动着无数眼睛。马大合再一抬头，却见一米八几的傻大个儿随着惯性打了个踉跄，然后就转移到了后视镜里。胡莘瓯是个神神道道的人，这一点马大合早已适应，但他没想到，胡莘瓯还变成了一个疯疯癫癫的人。跟着胡莘瓯，他手忙脚乱地打方向盘，往路旁靠去，街上响起了此起彼伏的喇叭，车“滴”与人“滴”不绝于耳。

马大合摇下窗户喊：“不要命了？你脑子里进什么了？水？糨糊？屎？”

胡莘瓯木然但稳健地躲避车流，证明自己还是要命的。不过脑子里进了什么，他却一时说不清。他只知道，坐在马大合的车上，听着马大合的絮叨，他忽然难以忍受。而再一转眼，冲动就变成了行动。

他又听见马大合喊：“你去哪儿？”

他说：“我想一人待会儿。”

马大合脸都歪了：“分成咱们还可以再商量——”

胡莘瓯重申了自己的愿望：“我就想一人待会儿。”

俩人的对喊又被更加浩大的“滴”声淹没。人生何处不视频，车流里还伸出了若干手机，朝胡莘瓯拍着。而胡莘瓯也许受到了刺激，做出了一个令人肝儿颤的举动——他茫然面对着那些车和车里的人们，抬手就要摘掉口罩和墨镜。他还想露脸了。

这可使不得，马大合能预料到这一摘的威力，假如阻塞交通，警察可就真要来了。他嗷嗷又喊：“别，别，别放大招儿——”

胡莘瓯居然对马大合笑了笑，这才走下路基，穿越辅路。艳阳又往下沉，目送发小被钢水般的余晖融进人群，马大合鼻子一酸。他好像这才明白，胡莘瓯直播时的话不是说说玩儿的。但他只能按下喇叭，又向新晋顶流致以一声“滴”。

15 “一盘大棋”

胡莘瓯致力于实现他的愿望。那当然很难。

首先，他得戒掉手机。只要划开屏幕，就会意识到有无数的人正在看他——这叫“一人待着”吗？不过手机已经内化成了人体的某种器官，须臾不能离身。比起其他器官，这个器官还有它的特殊性：一般情况下，器官都是出了毛病才会被人感知，这就叫我疼故我在，而手机呢，它的存在得以凸显，取决于心理上的阈值——有时几分钟就要看一看，有时几秒钟就要看一看，否则就会坐卧不宁。

可以大致类比的，是马大合上幼儿园时爱拉裤兜子，进入小学有所好转，却染上了新毛病，喜欢抓下体。手一闲就奔那地方去了，抓住也不知道怎么使，好像猫玩儿尾巴。平常也就罢了，但赶上重要场合，这无疑很不雅。

老师问：“有那么舒服吗？”

马大合说：“倒也没有，但我不动它就不舒服。”

马大合他爸也说：“以后有你舒服的时候，不必拔苗助长。”

马大合说：“那我更怕它丢了。”

老师报以请家长，家长报以大嘴巴。而世人都不理解马大合，唯有胡莘瓯例外。一如马大合能接受胡莘瓯的神神道道，胡莘瓯认为，马大合之所以那么做，因为他随时都想证明自己是完整的，全须全尾儿。再说回手机，当胡莘瓯把那玩意儿扔下，的确感到自己缺了一块。他面对的不仅是阉割般的失落，还有不时发作的幻肢感。但胡莘瓯跟自己较上劲了，他反复自勉，人不需要电子元件也可以完整，这个道理他爸就不懂。像戒烟一样，他还循序渐进，给自己设定了看手机的钟点。

苦挨许久，划开手机，联系他的只有马大合："你差不多得了？"

手欠，再点开视频软件，铺天盖地还是他，不过形式又有变化。在模仿秀和鬼畜之外，增添了许多张能说会道的嘴，正在对胡莘瓯现象进行阐述。如果还原成文字，那几乎是一系列专项研究论文。

首先一个议题，胡莘瓯何以成为顶流？论点如下：

其一，"求管哥"的长相和表情很有优势，欲哭无泪的娃娃脸是二次元审美的现实翻版，非常符合互联网的传播逻辑；

其二，"求管哥"的登场具有突发性和意外性，也很符合互联网的传播逻辑；

其三，"求管哥"的台词切中社会痛点，同样符合互联网的传播逻辑。

大明白们一个比一个明白，不过如同教人炒股的多半是亏钱大户，对于此类论调，弹幕里最多的回应就是"you can you up"。你不能 up，那就不要装 can。热议的主题也转了向，又集中在两个领域。

一个领域以思想界的大明白为主。有人指出，一个"管"字就很成问题，人生而自由，为什么乞求别人来管？从服管到求管，凸显了奴性。但又有人反驳，假如放任不管，奉行丛林法则，人与动物有何区别？“求管哥”一声天问，恰恰反映了人类的原子化生存困境。俩阵营大概以前就有仇，此时不免借题发挥，最后都遭到了删帖。

相形之下，另一个领域则要务实得多。都说幸福是相似的，不幸各有原因，其实不幸也能找到共通点，一言以蔽之：没钱。至于为什么没钱，就需要财经界、时政界的大明白来高屋建瓴了——有说三年过后还没缓过劲儿的，有说消费刺激不起来的，有说外国围堵我们的，顺势还说到了房地产暴雷和生育率下降……

胡莘瓯就蒙：怎么一经引申，他的事儿就膨胀了，发散了，与无穷的远方、无数的人们都有关了？但人的悲欢并不相通，他只是觉得他们吵闹。

他分明记得，自己情绪失控，只是因为李贝贝，哪怕再宽泛点儿，也就加上李蓓蓓。他的那点儿苦衷也许渺小，但却特殊。这么说吧，一滴水会无可选择地归于河，归于海，但只把一滴水播撒给世人，又解得了谁的渴？总之手机是更不能碰了，那让他肝儿颤。而要想治疗强迫症，行之有效的方法还是忙起来。

胡莘瓯又回到了超市门口。他的摊位还在，不看手机却要给别人修手机，这也让他感到荒唐。出摊的状态还是守株待兔，只是绝不能让兔子们认得这根株。口罩、蛤蟆镜和兜帽自然是标配，就连与人说话都要避免。

结果招来了干部，塞给他一张表格：“小伙子，聋哑还是失明？国家都有补助。”也没考虑失明能否修手机、聋哑能否感恩，反正温暖是送到了。

胡莘瓯呆看人流往来、逝者如斯。他还显出了高深莫测的气息，就像武侠片里的刺客和谍战片里的特工。然而他没有行刺对象，没有机密文件，只有一个要缅怀的人——也许是两个？通过保持李贝贝为他建立的习性，他佯装李贝贝还在；他又把手背后，再现了五岁时上课的姿态，于是李蓓蓓好像也在了。李贝贝让他“好好儿的”，李蓓蓓也说过这话，所以他尽量好好儿的。至于马大合的带货建议，他的想法则是再拖着。当初既没答应也没拒绝，因为那都不是他的本意——答应会带来变化，拒绝会伤了交情，只有拖，仿佛才是妥当的。所以马大合又来找他，他的答复还是：“容我酝酿酝酿。”

马大合愈发焦躁。但也不敢问他脑子里进了水、糨糊还是屎了，更不敢踢他屁股——他的地位变了，马大合也要谦虚谨慎。

忽然有一天，马大合两眼一亮：“懂了。”

胡莘瓯不由得好奇：“懂什么了？”

马大合又掏出手机，给他看数据。他的流量还在上升，和“强哥”并驾齐驱，如同马拉松比赛上的肯尼亚运动员，远远甩开了第二梯队。与此同时，热议又开始转向，指向了胡莘瓯其人：“求管哥”到底是谁？

一时众说纷纭。有人说他是成功上位的八线艺人，有人说他是热衷于爬行和遛纸狗的大学生，有人说他是刚被大厂裁员的程序员。这倒没什么奇怪的，娃娃脸多了去了，后经网友对比查证，又一一证明不是。还真有个脱口秀演员把自己化装成了胡莘瓯，以“求管哥”自居，不过到底败露在了那张脸上——他的欲哭无泪过于浮夸，缺乏内涵，完全不具备原版的微妙和力度。李鬼被揭穿，反倒烘托了李逵。

再加上胡莘瓯去直播时只顾埋头干活儿，跟别人并无交往，所以连摄影棚里的密接、次密接们也不知道这个被马大合踹来踹去的倒霉蛋姓甚名谁。而在马大合看来，这却体现了大智慧：

“悬念的力量，符合互联网传播规律。”

还说：“你是个操弄人心的枭雄，活曹操呀。”

按照马大合的解读，胡莘瓯自知流量很难压过“强哥”——人家毕竟是专业的，在自身条件和外部资源上都占据着绝对优势；所以面对这种差距，他决定不按常理出牌，以退为进，调动公众的胃口之后大隐于市。让你们猜去，越猜不着越想猜，猜来猜去，芝麻也猜成西瓜了。折服之余，马大合检讨：“我简单了，没看出你在下一盘大棋。”

胡莘瓯又蒙。趁他蒙，马大合继续汇报计划：

管住手下的几张嘴，连胡莘瓯这个人也不能对外提起；

人前不提网上提，雇佣水军，继续塑造“求管哥”的神秘形象，这番操作当然不少花钱，不过他也豁出去了；

只等胡莘瓯王者归来，出面带货，则大计成矣。

这么说着，马大合踌躇满志。跟随他的目光，胡莘瓯也扫了一眼超市门口。那里头颇攒动——烧退了，年也过完了，人们重新回到了吃饱喝足的祥和状态。但那祥和底下埋着心痒痒，人们早已习惯了隔三岔五就有一个“爆点”出现，有如我们的祖先结绳记事，仿佛如此才能证明这一天天没有白过。而目前看来，假如没有天灾和战争，没有明星人设崩塌，“求管哥”就是绝佳的爆点了。马大合有一点分析得对：他是个普通人，藏匿于普通人之间，却又勾动着无数普通人的好奇心。什么事儿就怕一拥而上，现在的人又最善于一拥而上，人们互相撩拨，替“求管哥”积蓄着能量。他变成了一枚巨大的人形炮仗，只等一颗火星引燃。到时会有多大响动？胡莘瓯耳朵嗡了一嗡。

他不禁问：“你的意思是说，我要想一人待着……还不行了？”

马大合一时又难以判断他到底是大智若愚还是大愚若智了：“人民不答应呀——这就是顶流的宿命。”

这就上了意义。娃娃脸茫然，黑棋子闪着僵滞的光。

马大合叹气，改说人话：“你想呀，这年头人人都是侦探，还有专门挖隐私、曝黑料的——多少大人物不都一个瓜接着一个瓜地往外爆？人家不比你能藏？眼下你倒是得了清闲，但又能清闲几天？况且你也没完全与世隔绝呀。太早的就不说了，大学同学、以前的同事，总能认出你吧？只要谁透露出一点风声，暴露还不是迟早的事儿。”

说话间，胡莘瓯冒了一脑门子冷汗，嘴唇瘪着，好像小时候被人锯过。没错儿，他感到了怕。前些天一直蒙着，此时他才意识到自己其实在怕。他倒不怕马大合，而是怕那满坑满谷的人。人们的面目全变了，原来熟悉的现在陌生，原来和善的现在狰狞。再深究，其实他从小就怕，怕黑，怕风，怕千年虫，怕杨树林里的眼睛。在长大的过程中，那“怕”曾被他搁置、遗忘，但并不意味着彻底消失。

唤醒“怕”的是“看”，电子眼睛，人的眼睛。

就算人们什么都不干，光拿眼睛盯着他，他也受不了。他原以为自己已经对“看”麻木了，现在才知道，那因为他是个无足轻重的龙套，所以看了等于没看——如今正相反，人家看的就是他，于是“看”也重新瘆人起来了。他居然以为蒙头遮面就能瞒天过海，这何其幼稚。仅仅凭仗口罩、兜帽和蛤蟆镜构成的壳儿来自我保护，就像一只蜗牛爬进了象群。说到底，还是嫌麻烦害了他。

马大合点醒梦中人。痴痴愣愣的，胡莘瓯拔地而起，抬脚就要走。

“哪儿去呀？”马大合拽他。

“回家。”胡莘瓯说。

偏此时，马大合的手机一响。他看了看，脸色变了：“可别价——”

胡莘瓯又蒙：“家都不能回？”

马大合却苦笑：“说什么来什么，你暴露了。”

胡莘瓯又往四下看，并没人举着手机蜂拥而至。而等他接过马大合的手机，脸色也变了。他挣开马大合，撒腿往外跑去，一边跑，还嘟囔了一声“爸”。

16 “我走了”

那天不光暴露了，还被端了老巢。在“五菱宏光”里，马大合告知胡莘瓯，此刻红楼已被包围。来的还不光是一般的好事之徒，另有一些专业人士:有 MCN 公司，有网红，还有公众号的调查记者。这些人不知从哪儿打听到了胡莘瓯的住处，一齐上门了。

胡莘瓯问:“谁告诉你的？”

马大合打了个磕巴:“你爸 …… 视频也是他发过来的。”

马大合也有胡莘瓯他爸的微信，没准儿还是拜年时加的。家里出了事儿，他爸不找胡莘瓯，先找马大合，想必是觉得胡莘瓯没用。这个判断当然也没错。

他又问:“那我爸不也暴露了吗？”

“怎么能叫暴露呢？你爸又不是顶流。”马大合反问，“难不成他干了什么见不得人的勾当，比如在楼里锁了个女的？”

胡莘瓯“啫”，打断了马大合那惨绝人寰的遐想。他提醒马大合:爸和爸不一样，你爸成天出门溜达，我爸可是多久没下楼了？人越宅，越胆儿小，面对一群如狼似虎的陌生人，天知道会对他造成怎样的刺激？这么说时，胡莘瓯把他爸当成了一个孩子，何止孩子，还是个初具雏形的人工智能。所以他要回红楼，营救他爸。马大合劝他三思，他又说："我还剩什么了？不就一个爸了？"

说得竟有几分悲怆。马大合只好说："那到了地方，你得听我安排。"

俩人同去自投罗网。不多时，"五菱宏光"开进剧团旧址，就见红楼门口围满了人。楼下架着长枪短炮，看起来像要攻城一般，还有探子往来穿梭，侦察动静，还动用了"空军"——几架无人机盘旋在四层一角；偏有一众大红大粉，或国服或热裤的角色正在载歌载舞，貌似劳军慰安，当然都是现场开播的。多少年了，红楼何尝这么热闹过，唯一可以媲美的是1999年行将结束的那个冬天，剧团要向新世纪"献礼"，全员召集，连美工胡学践也套上了他亲手糊的纸壳子，装扮成一台人形电脑，坐上大轿子车，被拉到体育场去进行实况转播。大概也从那时起，胡莘瓯产生了他爸是人工智能的幻觉。

他还记得自己端着搪瓷小盆，里面盛着肉包子，看邻居们倾巢而出。那时他感到遗憾，是替李蓓蓓她妈——来北京就为个上电视，可等全楼都能上电视，她又走了。他只在心里默念六位数字：电蛐蛐号码，"伊妹儿"密码。

而等胡莘瓯走下"五菱宏光"，立刻被识别了出来。暴露他的正是那个壳儿：现在还戴着口罩、蛤蟆镜和兜帽的，必定是"求管哥"本尊无疑了。人们一拥而上，胡莘瓯也不说话，刚才商量好了，一切听凭马大合应付。

马大合抢上前去，与周遭亲切握手："不好意思，我们来晚了。"

众人说："你是谁？我们要见'求管哥'。"

人里还有熟人，比如那天直播的女网红，"我还夹过你咧"。居然还包括久违了的胖娘们儿和瘦男人，现在胖的更胖了，瘦的更瘦了，胖的简直可以把瘦的裹进去，组合成一套香肠热狗——“我还教过你咧”，他们指出，“求管哥”取得的巨大成就，和以前打下的童子功密不可分。国家一级也直播，瘦男人伴奏，胖娘们儿胸腔发音，唱的是：

“长大后，我就成了你——”

其他人又岂容他们套近乎，一发拥了上来。你挤我，我挤回去，眼见着就要互相揪头发，扯耳朵。而这时，就需要马大合来控场了。他一挥手，掏出一张纸来：“我是‘求管哥’的经纪人，想合作的找我谈，想闹事儿的也别怪我不客气——没人愿意招‘黑’吧？”

说时对胡莘瓯努了努嘴，意思是先过了这关再说。因为蒙着，又想着他爸，胡莘瓯也顾不得许多了，他接过马大合递来的一支存货口红，在手指尖上涂了涂，按在那张合同上。众目睽睽之下，这就相当于转让了他的流量代理权。以亿为单位啊，别人眼珠子都快瞪得掉出来了。而订立城下之盟，马大合也就可以名正言顺地去解红楼之围了，胡莘瓯则趁乱往门厅里溜去。他跑上台阶，一时竟没人再追。

四下静了，都是空。上楼时，胡莘瓯还在内疚，心想是他连累了他爸。他也迎来了一个习焉不察的特殊时刻：小孩儿长大了，忽然觉得爸孱弱了下去。只可惜他们家的小孩儿长得慢了点儿，他都快三十了。胡莘瓯涌出一缕柔情。

然而他又觉察出情况不对，或者说，情况太熟悉了：他爸的机房半掩着门，传出密集而嘹亮的打字声。噼里啪啦，噼里啪啦。自打“数字堡垒”装配成形，他爸都有多久没把网络生活过得如此亢奋、如此投入了？但也得分个时候呀，人都打上门来了。

推开机房的木门，他爸就端坐在机器之间。胡学践两眼发亮地面对胡莘瓯，好像一只饱饮露水的蚂蚱。他又甩出三根既瘦且长且干枯的手指——

“回来了。”胡莘瓯抢答，扯下口罩、蛤蟆镜和兜帽，喘了两口，他试图解释，“那些人真不是我招来的……”

他还想说：爸爸，您受惊了。现在醒过闷儿来了，我八成还是被马大合给算计了。他担心我不给他带货，就把咱们家的地址散布了出去，制造一个屎顶腚门子的局面，再逼着我跟他签合同。李贝贝说得没错，这孙子真够孙子的……唉，李贝贝。

不过胡莘瓯又想说，马大合到底是一厢情愿了。合同？那就是一张纸，约束的是有钱人，或者想挣钱的人。而咱们一穷二白，就算翻脸不认账，他又能把咱们怎么样？再说到挣钱，马大合可比我急，靠什么挣？还不是流量。流量在我身上，就像我的呼吸我的气味一样只属于我，哪怕是一个屁，也是我放出来的而别人放不出来。我有核心资源嘛。这话李贝贝也说过……唉，李贝贝。

他这人就是这样，虽然时常会蒙，可脑袋清楚的时候，转得也还不慢。这是一个神神道道的人与真正的白痴的区别。

一唉再唉，胡莘瓯又朝机房门外瞥了一眼。李贝贝走了不多久，红楼就倾塌般地衰败了下来。地上积满尘土，墙角又堆起了小山般的快递盒子和易拉罐。哪怕再迟钝的人，也该察觉到家里少了个人——但这些天，胡学践偏是没向胡莘瓯问起过李贝贝。这是体谅胡莘瓯，还是对现实世界早抱有了逆来顺受的态度？

正在这时，马大合也从楼梯追了上来，手里扬着一沓纸。那是基于胡莘瓯所签的合同衍生出来的合同。他邀功：

“谈妥了，定金随后就到。只等咱们开播，跟他们连个线就行。”

胡莘瓯却一扒拉，将合同扒拉到地上：“闭嘴。”

这就轮到马大合蒙了。这样的胡莘瓯是他从未见过的。而他仍然试图控场——凑近胡莘瓯，将手按在娃娃脸上：“生气了？谁惹你了？”

随即，马大合的猪腰子脸也和糯米团子一起变了形。不仅变形，还变色了，涨得发紫。胡莘瓯揪住他的衣领，令他的脚跟脱离了地面：“你出卖我？为了钱，你出卖我？”

“你脑子里进什么了？水，糨糊，屎？”马大合也急眼了，但比起愤怒，更多的还是惶然和不甘；他的手又往背后伸去，在屁股上掏了两把。在某种意义上，人永远活在童年，有如胡莘瓯一蒙就会回到五岁，马大合一心慌也会回到那个年纪，并想象着裤裆里藏有随叫随到的弹药，可以用于抹到对手脸上。可惜抓到的只有一把空。马大合虚张声势：“我‘滴’你‘滴’了个‘滴’。”

胡莘瓯也上头，李贝贝的话再次附体：“我‘滴’你个‘滴滴’。”

一来一往正在“滴”，却听屋里拍了桌子：“小‘滴’崽子，嘴都放干净点儿。”

俩人又回头，一齐看向胡莘瓯他爸。胡学践从机器后面站了起来，开始嘬牙花子，“吱儿”“吱儿”不绝于耳。楼下的沸反盈天没让他烦，这对发小倒让他烦了。胡莘瓯不免放开马大合；马大合咳嗽两声，摇头道：

“叔，你跟他说吧。反正这是你们家的事儿。”

他爸就说：“怪不得马大合，也怪不得你。人是我招来的。”

胡莘瓯一愣："咱们住这儿 …… 是您暴露出去的？"

对于胡莘瓯的措辞，他爸订正道："这怎么能叫暴露。公家的房子，在这儿多少年了。这阵子你有名了，人人都在找你，我就联系了剧团的老同事，还让马大合他爸通知了一些从剧组出来干自媒体的朋友。我告诉他们，这是我儿子，我还说他长大了，变样了，不过我们仍然住红楼 …… 一句话，舍不得孩子套不着狼。"

胡莘瓯进一步蒙："您图什么呀？"

"图什么？"胡学践挤出一个完整的笑，"你怎么老爱问这个？"

"跟以前是两码事儿。"胡莘瓯问得更急，"您是觉得我以前给您丢人了，想在熟人面前牛'滴'一把？还是自己也想出名？要不就是您跟这孙子一样，想挣钱 ——"

他爸又报以一笑："我这个岁数，牛'滴'也没意义了呀。你把我想浅了。至于带货，你的事儿我什么时候插过手？你又把我想深了 ……"

深了浅了都不是。偏此时，楼道里又多了一群人。合作虽然谈妥了，可大家总要再看一眼胡莘瓯。恰好他又裸着一张脸，顶流的裸脸可比一般人裸奔还刺激，于是长枪短炮开始瞄准，连无人机也从窗外迂回了过来。

不仅拍摄，而且采访："'求管哥'，你有什么想对大家说的？"

还要求："比个'耶'？敬礼也行，翻跟头更好。"

胡莘瓯便又由蒙转怕。按说对于此类情况，他本该早有心理准备了才对 —— 你看动物园里会敬礼的熊，会翻跟头的猴儿，不都学会了与观众友好互动吗？但胡莘瓯和熊、猴儿不一样，他只要怕起来，就会泛滥不可收拾。"怕"像一块坚硬的石头，一旦水落石出，仍然硌在他的灵魂上。眼睛们聚焦于他，反而让他觉得自己和世上一切都断了联系，孤独极了。这一次，他不仅额头冒汗、嘴唇嗫嚅，还感到身体内部的零件正在散架。他几乎喘不过气来了，胸腔像拉风箱那样扯着。

什么东西在沉没，溃败，崩塌。

胡莘瓯下意识地扭向他爸，盼着他爸能帮他一把。而这时，他爸果真移动过来，脸上还挂着笑，张开一个囫囵巴掌，搭在他的肩头 —— 然后胡莘瓯就往边儿上靠了靠，他被他爸扒拉开了。他看到胡学践整肃仪表，迎面走向那些长枪短炮；他听到他爸清了清嗓子，既忐忑又庄重地说道：

“大家好，我是‘求管哥’他爸。”

众人说：“你起开，我们想看的不是你 ——”

“想看的是他，对吧？”胡学践一指胡莘瓯，丝毫没有退让的意思，随后口齿就流利多了，可见早有腹稿，“不过叫你们来的可是我。你们想借他的流量，我倒想借你们的流量，跟手机前面的大伙儿说几句话。说完我就起开，行不行？”

儿子见人就跑，爸倒跳出来献宝。众人也一时蒙了，又看向马大合。而马大合耸耸肩膀：“那就听我叔的。”

众人便附和：“听叔的，听叔的。”“不再问问婶儿了？”

不必了，这家里有叔没婶儿。胡学践又转了转脖子：“都拍着呢？”

“拍着呢，叔。直播。”众人发现，这个大蚂蚱般的老家伙也和“求管哥”一样，自带神神道道的喜感。这就叫有其父必有其子。

胡学践又清了清嗓子，好像酝酿着一段诗朗诵。而说什么呢？

按照一般经验，大凡蹭流量的，无非几个套路，或者感谢这个感谢那个，或者吹拉弹唱，表演一段才艺。假使胡学践突然亮出什么宝贝，高呼一声“买它”，在场的人也不会惊讶。

但假如这么容易就被猜透，人工智能也不是人工智能了，无非是人的庸俗翻版。胡学践又咳嗽一声，说：“我有个朋友叫‘老神’。一听就知道，这是个网名，不过我只知道他的这个称呼。‘老神’帮过我不少忙……”

“那么您是想借助网络，亲口对那位‘老神’说声谢谢？‘老神’，你听见了吗？”有人现场提问，电视采访的风格，一脸知性，随时煽情，永远在不该插嘴的地方插嘴。多半是个无音可播的播音员。

“有话不必专门说，那倒见外了。”胡学践的舌头被绊了一下，“再说我们有来有往，我还帮他攒了一台电脑呢，‘数字堡垒’。按说网友嘛，江湖救急，不过我倒犯起嘀咕来了——这台电脑太特殊了，‘老神’到底打算拿它派什么用场？其实以前也没在意，那时我觉得攒机本身就挺有意思的，可我儿子老问我，图什么呀？我突然觉得我儿子问得有点儿道理……再往深了想，对人而言，干什么当然重要，但图什么更重要，这又好比吃饭是为了活着，但活着不是为了吃饭……”

说到这里，朗诵腔就乱了阵脚。胡学践仿佛担心众人听不懂似的，又解释起了攒机，黑话混杂术语。这就跑题了，而且晦涩了。播音腔试图把他拽回来：“您不是认识‘老神’吗，直接问他不行吗？”

更有人抱怨：“别云山雾罩的，连累得我都掉粉啦。”

可见胡学践的网络生活虽然历史悠久，却对互联网的传播规律缺乏了解——不要来龙去脉，只要直奔主题。经过提醒，他才继续道:“对对，那就说‘老神’。‘老神’一直跟我有联系，可就在前阵子，他忽然不见了，电话也不接，微信也不回。这就让我担了心，他不会出了什么意外吧……呸呸呸。人哪，岁数越大，越在意老朋友，我跟他是在‘海角论坛’上认识的，现在论坛都关了，那时我儿子才五岁，现在都成顶流了。我们虽是网友，但比家人还熟，他不见了，我觉得身边少了个人似的。都说万能的这圈那圈，我想请大家帮个忙，有谁认识‘老神’，告诉我他在哪儿，再转告他，我惦记着他呢……”

胡莘瓯这才知道，当李贝贝消失时，他爸的那位网友也消失了。他也刚知道那人叫“老神”。而胡学践“嗝喽”，哽咽了一声，这才结束了他的网络求助，或云对“老神”的真情告白。播音腔抓住机会“煽”道:“人间自有真情在，相信您的朋友没有忘记您。此时此刻，您的亲人也在看着您，对他们您又想说什么呢？”

如同人工智能，胡学践瞬间恢复常态:“没了没了，家里就我们爷儿俩。”

“卡。”马大合控场，“叔，一遍过。”

但“卡”而不停，长枪短炮又转向胡莘瓯。让老家伙叨叨半天，现在轮到“求管哥”给大家一个面子了。就连胡学践也再次扒拉胡莘瓯，将他扒拉到镜头对面。借用完儿子的流量，他大大方方地把儿子交了出去。

此时不用马大合提醒，胡莘瓯也知道众人手机里的数字正在跳动，上涨。众人都不催他了，只是静候他说话。春来我不先开口，哪个虫儿敢作声。胡莘瓯也屏息凝气，看着摄像头。身为重要人物，他仿佛有意延长发言之前的悬念。

然后他说:“滚蛋。”

说完掉头，进屋，摔门。门那头炸了锅。有人愕然，有人愤怒，最后归于一个论调:看哪，“求管哥”就是这么对待粉儿的。粉儿是衣食父母，而他哪儿来的底气? 可见是飘了，飘得都不知道姓什么了。而别人犯忌就是机会，众人也很清楚，他们身处一个风暴眼里，按照互联网传播规律，最优选择是把风暴搅得再大点儿。于是各路人马对着胡莘瓯的房门轮番叫阵、谴责、抵制——“求管哥”，你必须给粉儿们一个交代。

可惜没有什么是必需的。门倒不隔音，但胡莘瓯把什么话都屏蔽成了“滴”。滴滴滴，滴滴滴，就像发报机，放送着电波。未几，无人机又从窗外盘旋过来，他抄起一只苍蝇拍，啪啪两下，那玩意儿便歪歪斜斜地坠落了下去。然后他就可以干他的事儿了。直到马大合敲门，拖着哭腔:

“你脑子里进什么了……”

“屎。”胡莘瓯直接说，“你也滚蛋。”

门外终于静了。滔天怒火变成了自讨没趣，众人讪讪，收拾器材下楼。慢走不送。胡莘瓯坐在桌前发呆。窗外风起，红楼又空了。但他知道，空成了奢侈品。这栋二十多年来无人问津的破旧建筑刚刚填满了眼睛，并且眼睛们随时可能发起下一轮冲击。既然暴露了，这里还能算是他的“家”吗?

门又被敲响。不用说话，他也知道是谁。因为不说话，门就继续敲，还锲而不舍了。他爸怎么这么爱搭理他了? 实在不耐烦，胡莘瓯粗声道:“您不是有钥匙吗? ”

咔嚓一声，门后露出他爸的脸，端着一碗面条:“吃点儿吧。”

这就更罕见了。面条卧了鸡蛋，佐料多放，熏得胡莘瓯鼻子一酸。但他心又一横，不理他爸。他不理他爸又等着他爸道歉——起码得表示知道自己错在哪儿了。而胡学践再开口，问的却是：“李贝贝……走了？”

他爸永远文不对题，操心完“老神”的下落，就有工夫操心李贝贝了。胡莘瓯不作声，一团小火苗在心里烧着。

他爸倒急切起来：“真走了？为什么呀？”

胡莘瓯仍不作声，小火苗跳了两下。

他爸就“吱儿”：“甭跟我拿范儿，你还真把自个儿当顶流了？我问你，你在网上神经错乱，是为了李贝贝吧？可你哪儿得罪她了，好歹跟人家认个错儿呀。网是干什么用的？不就是沟通嘛，你倒好，净抽风了。我顶看不上你们年轻人这种做派……这就叫自作自受，除了李贝贝谁还管你……”

他爸就这么数落着他，痛心疾首地，哀其不幸地。爸爸，您可算从另一个世界回来了，可您怎么就认为自己对这个世界也拥有了发言权呢，当仁不让地，舍我其谁地？胡莘瓯也知道他爸数落他是对他表示关心，但现在他最不缺的就是他爸的关心，装腔作势地，指手画脚地。小火苗浇了油，炸裂开来。

于是胡莘瓯开口了，声儿却不大。他侧眼瞅他爸：“那你管过我吗？”

他爸一愣，脱口而出：“怎么没管？我管你吃，管你喝……”

后面还有一句“没我你能长这么大”，但胡学践没把话说完。他虽然是个不称职的爸，总算还是一个有自省精神的爸。

趁他爸语塞，胡莘瓯又重复：“你管过我吗？”

虽是重复，语义却不同，第一遍重音在“你”，第二遍重音在“管”。这就将问题从李贝贝转移到了胡学践身上。蓦然回首，胡莘瓯才发现他对他爸积蓄了那么多怨气，就连小小不言的事儿都成了他爸的罪状 —— 历史上翻了身的被压迫阶级莫不如此。他开始细数，从吃喝说起，说到他被人抬起来拿门锯，说到他从小缺乏一个勤勉奋进的榜样。总之都赖你，长大后，我他“滴”的还成了你。他又主动说到了李贝贝：

“你觉得有她来管我就不用你管了，所以才把我硬塞给了她。你图享受，嫌麻烦，也没问过我是怎么想的 ……”

他爸试图分辩：“我以为你乐意呢，所以才顺水推了个舟 ……”

看到他爸露出委屈，胡莘瓯的脑袋也多转了一圈儿 —— 他爸似乎说得在理，那时他去探讨李贝贝，是否真有点儿明知故问的意思？ 不过他的脑袋又转了一圈儿 —— 现在是翻旧账、添新账、将他的苦衷归咎于别人的时候，又怎么容得下胡学践委屈？ 所以他说：“你不是老觉得自己聪明吗，就没看出李贝贝是什么人？ ”

胡学践又一愣：“她是什么人？ ”

胡莘瓯就复述了马大合提供的视频。至于李贝贝留给他的另一段视频，他却没脸说了。虽然只说一半，但足够胡学践震撼，他又“吱儿”：“有这事儿？ 真没想到 ……”

“你不是没想到，你是压根儿就没想过 —— 对我的事儿。”胡莘瓯再次调整谈话的基调，使之聚焦于他爸的失职，“说白了，你自私，就想你自己。今天也一样，你只顾着发布寻人启事，可想过我是什么感觉吗？ 实话告诉你，什么狗屁顶流，简直受了天大的罪了。那么多眼睛盯着我，这让我害怕呀，怕极了。我也不知道为什么怕可我就是怕。小时候你还说过，爸就该让儿子不怕，这话你忘了？要是忘了，你也配当爸？”

当年李蓓蓓“呼”她妈，都要先声讨一句“她也配当妈”，敢情不仅李贝贝，李蓓蓓的话也来附了他的体。那时胡莘瓯很为这话崇拜李蓓蓓，没往自己的爸身上想过，现在脱口而出，竟感到什么东西咔嚓裂开。痛快当然是痛快的。

胡莘瓯继续说：“我怎么就没妈呢？我要有妈就好了。”

接着他也“嗝喽”，哽咽一声。泪水滑了出来，爬过娃娃脸，清澈地落向地面。至此，他的诉苦可谓完美。他爸呆了，无言看他，随后目光一软，似有愧色。这愧色让胡莘瓯觉得自己回到了五岁。时间倒流，千年虫来了。

而当时间再次流淌，胡莘瓯也动了起来。就在刚才，他已经换了一身衣服，现在又戴上了口罩、蛤蟆镜和兜帽，将脸重新封闭在壳儿里。他从桌下拽出帆布包，这也是他临时收拾好的。将包扛在肩上，他又想起什么，掏出手机，也没划开，只是一按，关了电源，扔进抽屉。他绕过他爸，往门外去。他爸想说话，但语言功能尚未恢复，情急之下，只得甩出三根既瘦且长且干枯的手指——但这次，胡莘瓯拒绝再猜。

“我走了。”他反倒还给他爸三个字儿，声调出乎意料地平和，“这家里没法儿待了，我要到一个没人认识我的地方去。”

说完掉头，摔门。来到楼梯口，他本想施展神功，出溜下去，但又换了主意，一步一个台阶地走了下去。他脚步稳健，说明他意志坚定。他爸好像追了出来，在身后叫了几声，但他不理。他爸竟没再追。

17 “你现在还被人锯吗”

先不说胡莘瓯离家出走，姑且再说说人脑与电脑之区别。比起电脑，胡莘瓯的大脑可谓漏洞百出：他不仅忘了六位数字，而且再往前推，五岁之前的记忆也几乎全不存在。这或许是因为他记事儿本就比别人晚，又或许是别的什么缘由。时间太久，也未深究。在某种意义上，胡莘瓯的人生是从认识李蓓蓓开始的。

类似于电脑的出厂设置：激活之后才形成有效存储，此前全是空。但人脑的特点在于，空也不全空，有时胡莘瓯还会想起一些支离的片段。

比如：当年搬去红楼的路上，他爸骑着一辆板儿车，三轮没斗，将他和为数不多的几样家什放置在竹排子上。胡莘瓯叉开双腿，下体歪斜，呆滞看天。他爸在前面汗流浃背地蹬着，从北京的一端来，朝另一端去。

路过一个大市场，胡学践忽然停下，让胡莘瓯等着，径自钻了进去。

胡莘瓯记得，那个市场和很多市场一样，也就是在空地上搭起一个铁棚子，广阔低矮，四处漏风。想当年，北京有很多类似的市场，但这里又有不同：挂着布帘子的门后没有飘散出菜味儿、肉味儿和鱼腥味儿，它干脆就没什么味儿。没味儿也敢叫市场？五岁之前的胡莘瓯饥肠辘辘，怀疑他爸没找对地方。市场门口还有许多板儿车，车上驮着大箱小箱。蹬车的人互相招呼，问的是：

“要条子吗？要主板吗？要显卡吗？”

听者问：“行货水货？美版日版？”

黑话混杂术语，胡莘瓯就蒙。但他蒙也不插嘴，仰着一张糯米团子似的脸，黑棋子闪着明亮的光。旁人就说，这小哥们儿挺有意思的。一会儿，他爸就出来了，也抱着几个箱子，用下巴颏压着。

胡莘瓯可算有了说话的人：“这些是什么？”

他爸说：“这叫电脑，Intel 486。”

他说“这些”，他爸说“这”，可见箱子里的东西属于一个整体。他爸嘴不停，又说开去，告诉胡莘瓯，这是机箱，这是键盘鼠标，这就是“条子”“主板”和“显卡”了……等会儿，在胡莘瓯五岁以前，他爸怎么那么爱跟他说话？这也不奇怪，彼时电脑还没有装好，胡学践还没开始网络生活呢。他爸还是一个正常的爸。

胡莘瓯又问他爸：“电脑能干什么用？”

他爸也思索：“咱们想不明白的事儿，它能替咱们想明白。”

哦，怪不得叫“脑”呢，个头是比人脑袋大多了。胡莘瓯看着他爸把箱子们放上板儿车，小心摞好。他自己也爬了上去，和 Intel 486并排坐在一起。他爸又说：“路上帮我扶着，可千万别掉了。这玩意儿贵着呢。”

胡莘瓯“嗯哪”，谨慎地伸出手去，按住 Intel 486。让干吗就干吗，多好的一个娃娃。胡学践跨上板儿车，继续向他们的新家挺进。

那时四环路还没修通，断断续续的立交桥下散落着菜地，地里窜着农民家的狗。因为路途遥远，又被颠得乱晃，胡莘瓯坐着坐着就困了。小孩儿的困挡不住，眼皮子说话儿就要粘上，但他提醒自己，要完成他爸赋予的任务，保护 Intel 486。他还往外挪了挪，两腿搭在竹排子一侧，用背靠住那些箱子。在洋溢着粪味儿的菜地里，胡莘瓯押运着通往二十一世纪的凭证，忠于职守。

然后他一闭眼一睁眼，就发现自己坐在路边了。电脑没被颠下去，他倒被颠下去了。再望前路，道阻且长，板儿车不见踪影。

胡莘瓯在菜地旁等他爸，大片的云从他头上飘过。刚开始，他还觉得他爸很快就能发现他不见了，所以竟未感到害怕。但情况慢慢变了。身后簌簌作响，一只狗从菜地里过来，嗷嗷两声。狗的身量不大，和他一样，也是个小崽子，嗷嗷也不是恐吓，听来更像哀鸣。这狗没准儿被人扔了。

胡莘瓯这时想：不会有了 Intel 486，他爸就不要他了吧？这想法终于让他生出怕来。他仰着脖子，开始号啕。狗也号啕，他们一起对着炊烟、夕阳和麦子一般生长的楼影嗷嗷大哭。胡莘瓯只觉得自己的心肝儿都被哭出去了。不知过了多久，当他爸蹬着板儿车回来，他都哭得抽筋儿了。他爸也嗷嗷两声，抽了自己一个嘴巴：

“都赖我……爸不好。”

又哽咽：“我只有你了，你也只有我了。”

回去的路上，他爸嘴没停过，并要求胡莘瓯有问必答，以确定他还在。但又说了什么，胡莘瓯就记不得了。他只记得他岔腿坐在板儿车上，望着他刚才的伙伴，那只丧家狗。狗就没那么幸运了，继续在菜地里巡行。有那么一个瞬间，胡莘瓯觉得被他爸拎回家的其实是那狗，而他自己则被扔在了路边，此后再也没人“管”他。

当胡莘瓯忆及那段往昔之时，也走在一片无垠的菜地里。一畦春韭熟，扣在大棚底下，远方炊烟袅袅，鼻子里灌满了新鲜的粪味儿，不知是什么动物拉的。但现在不是他爸扔下了他，是他把他爸扔下了。

他是坐高铁离开的北京。刚一上路就遇到了难关：进站必须刷脸。胡莘瓯静候大波旅客都进去了，这才剥了由口罩、蛤蟆镜和兜帽组成的壳儿，完成了规定动作。刚一进去，立刻又罩上。好在车站迎来了三年来第一次返乡高峰，安检员已经累得疲疲沓沓，也没多留意他，随手一晃探测器，就把他放进去了。

买票也费周折。因为没带手机，不能用软件，他只能在偌大的高铁站内奔走，去找自动售票机。刷的是久已不用的银行卡，卡里的钱还是李贝贝还回来，他又从微信钱包里提现的……唉，李贝贝。

不带手机，明显带有赌气的意味，他在向他爸表示他去意已决，走时拦不住，走后找不着。不过对于胡莘瓯，此举似乎还有更加抽象、隐晦的含义——他相当于主动切断了与另一个世界的联系。就像小孩儿吵架时的口诀，不听不听，蛤蟆念经，不听不看就等于不存在。当然，这么想也是掩耳盗铃，但通过切除那个电子器官，胡莘瓯确实感到了自由。这就叫欲练神功，挥刀自宫，哪怕理解成一个行为艺术也不是不行。

上了高铁，他那蒙头遮面的装束仍显得突兀，只好缩在车厢之间的过道里。幸亏走时有心，换了身衣裳，往来人等哪怕看过新流出的视频，也不会立刻认出他是“求管哥”。他们只是对他报以同情的目光，没准儿把他当成了一个白化病人或烧伤患者。在恐怖电影里，吸血鬼白天潜入人间也是这副打扮。

车往南开，也不太南。日行千里是常态，到站时天还没黑。小县城的高铁宏伟而空旷，站前就有长途车，胡莘瓯上了一趟，继续缩在旮旯。等大轿子车把他扔在“村村通”的公路旁，四下无人，这才摘了壳儿，让娃娃脸重见天日。看看路标，前面就是那个村子了。村里住着马大合他四舅。

在胡莘瓯上小学时，每年都能见到马大合他四舅。四舅也不是亲四舅，或者说亲而不近，是马大合他妈的远房堂弟。这种距离的叔和舅，他们老家有一大窝儿，不过这位四舅来得最勤。一旦发现红楼住户堆积在门口的旧报纸、啤酒瓶不翼而飞，就知道四舅来了。四舅绝早出门，先将方圆儿里的垃圾扫荡一遍，然后换上唯一一件干净衣裳，送马大合和胡莘瓯上学。他挺会来事儿，这也是马大合家愿意接纳他的原因。

马大合叫四舅，胡莘瓯也叫四舅。最早的印象，四舅是个小鼻子小眼儿的年轻人，但腮帮子大，鼓得像匹马。据马大合他妈说，这是常年啃食玉米、高粱造成的，她以前腮帮子也大，来北京吃了些年细粮，这才慢慢缩了回去。四舅既来了北京，除了扫荡垃圾，还搜集小孩儿东西兜售给“酒干倘卖无”——别说马大合了，就连胡莘瓯，他的铅笔盒、小黄帽都是街坊邻居发善心送给他的，四舅也问：“我拿糖豆跟你换？”

马大合他妈看不下去了：“抢不能抢要饭碗，坑不能坑傻子钱。”

四舅胡噜胡莘瓯脑袋，论证他值得被坑：“不傻呀，没准儿比马大合聪明。”

就这么个四舅，其实还是一个很在意体面的人，他扫荡垃圾但绝不碰人家储存的大白菜、国光苹果，搜集小孩儿物资也一定要靠“换”而不是“讨”。他送马大合和胡莘瓯上学时，还穿四个兜的褂子呢，上兜里别着一支英雄牌钢笔。胡莘瓯尤其爱看四舅教马大合练武，他们老家是武术之乡。

在晨雾里，四舅喝道：“要想摔跤——”

马大合操练：“抠‘滴滴’扭腰——”

四舅喝道：“要想摔倒——”

马大合操练：“照‘滴滴’一脚——”

而当马大合略有小成，感到技痒，想拿胡莘瓯也操练操练，四舅制止了他：“你没兄弟，他就是你的兄弟，你要护着他呀，怎么能欺负他呢？”

复又吐出一句粤语，来自83版“射雕”：“侠之大者，为国为民。”

这就上了意义。上幼儿园时，马大合曾为胡莘瓯往人脸上抹屎，但上小学之后，弹药不再随抓随有，他也曾一度畏缩了下去。而在四舅的教导下，马大合重拾大义，兼之四舅传授的武功简单粗暴，行之有效，不仅为胡莘瓯提供了保护伞，也一举树立了自己在孩子里的领导地位。当然也造成了一些别的麻烦，就是大义频繁上头，一时又找不着可供斗争的恶势力——侠之大者不能闲着，他就怂恿胡莘瓯主动出去挑衅：

“锯我呀，不锯我你们都是孙子。”

所以胡莘瓯从小被锯，也有自找的成分。再说四舅来北京，除去捡垃圾、换小孩儿东西，还从事过如下业务：倒卖火车票，在自由市场卖鹅，批发某个品牌的日本手机，给剧组送盒饭、搭棚布景……但很遗憾，都半途而废。卖火车票和鹅就不说了，市场早已饱和，初来乍到者很难分上一杯羹。批发日本手机更是不知天高地厚，人家找上他就是为了坑他——进完货才发现，都是日本的淘汰产品，无法接入网络。此事也打消了马大合爸妈资助他做买卖的念头，“他不是那块料”。

马大合他爸只好把他塞进剧组，在送盒饭之余，还让胡莘瓯他爸教他做美工活儿，“好歹是门手艺”。但没试两天，又发现“不是那块料”。胡学践也纳闷：“他一个农村的，怎么手那么笨？”

“送个盒饭还偷鸡腿呢。”马大合他爸只好交了底，他这个远房小舅子因为单传，家里自小捧着抱着，被活活养成了一个闲汉。这种人在老家挺多见，少爷的脾性长工的命，哪怕常年以玉米和高粱为食，也不耽误他们无所事事。闲汉和傻子是每个村里的累赘，比之后者，四舅知道往外跑跑，已经算精神可嘉了。

对于这些评价，四舅很不忿，他反问胡学践：“凭什么农村人就该干体力活儿？你对农村人有偏见。”

“我也是个干体力活儿的。”胡学践哭笑不得，“那你说说，你会干吗？”

四舅说：“我会唱歌，粤语的。”

胡莘瓯也听过四舅唱歌。《霍元甲》《上海滩》，83版“射雕”主题曲。“昏睡百年”，“浪奔浪流”。固然不是胸腔发音，跑调也能跑到姥姥家去，但四舅提醒胡莘瓯，他的优势在于一个农村人口，却能吐出与香港人如出一辙的粤语。这是他到镇上看过多少遍录像，一个字一个字地愣抠下来的——谁说他闲？那可抹杀了他的含辛茹苦。

胡莘瓯又问:“那您也能跟香港人说话喽?”

“不能。”四舅坦率道，“我只会唱，说还说不了。”

也就是说，四舅等同于八哥。而说到这里，就触及了四舅的梦想，或者说是他来北京的理由。他对胡莘瓯说:“我要上电视。”

胡莘瓯就蒙，想到了李蓓蓓她妈……李蓓蓓怎么还没给他写“伊妹儿”? 他不禁也像八哥一样，又默念了一遍六位数字。四舅则继续说，混进剧组，那只是块敲门砖，大丈夫志不在送盒饭和做美工活儿。假如有位导演慧眼识英雄，给他一个模仿香港人唱歌的机会，他有信心成为下一个“傻根儿”。他还希望马大合他爸帮他引荐一下，姐夫虽说不算娱乐界人士，可多少也沾边儿了嘛。

有梦的人成天都在梦里。可惜马大合他爸的答复是:“你脑子里进什么了? 水? 糨糊? 屎?”

又说:“要不是你姐，我早让你滚蛋了。”

他试图让四舅明白，如今香港的娱乐界人士要想开工，都只能到北京来。香港人满街跑，为什么还要找人冒充香港人呢? 再说粤语歌也早不流行了，和北京相比，老家的时髦大概存在着二十年左右的落差。然而这个道理和四舅说不通。四舅强调，他的卖点不在于模仿，而在于反差。如果能够登台，他绝不会穿风衣叼牙签，也不会穿网眼小背心梳飞机头，他就穿他的四个兜，别英雄钢笔。

再打个八哥的比方:“人说人话没人听，鸟说人话就有人听了。”

马大合他爸说:“可你也不是个鸟呀。”

四舅说:“可我学的是鸟语呀。”

姐夫小舅子也没掰扯出个所以然，但马大合他爸禁止四舅再到剧组来。天天丢鸡腿，他也不好做人。四舅呢，偏有了骨气，愤而又到广东去了。

或许广东人人会唱粤语歌，能领悟四舅的卖点？胡莘瓯这样想。后来他才知道，四舅去广东，只是为了养活自己。做不了买卖还可以打螺丝嘛，打不了螺丝还可以粘鞋底嘛，粘不了鞋底还可以搬砖嘛。自此闲汉不闲，世界工厂改造了四舅。你是哪块料也无所谓，反正用到最后都是废料。此后四舅倒是还会来马大合家，但也不多待，得了仨瓜俩枣的接济，悄无声息就走了。胡莘瓯在红楼附近碰到四舅，几乎不敢相认——他老了许多，一转眼半头白发，大腮帮子瘪了，因为牙掉了，弓着背，因为腰塌了。

在世界工厂，四舅的身体用几年时间走完了别人几十年的路。

在此期间，马大合他爸当上了制片主任，又将红楼里的宿舍置换成了居室房。但房子大了，四舅没再住过，路子野了，四舅也没再被介绍过工作。就连四舅腰出了毛病，马大合他妈倒是给他打去一些钱，但也从未提起让他到北京的医院检查检查。马大合的变化尤甚，自从发现人可以分成“北京的”和“外地的”，他就把四舅视为疮疤，不准胡莘瓯提及，一提就急：“成心揭我短儿是不是？”

还以长比短：“我住居室房，你住筒子楼。”

胡莘瓯本可以用“忘本”“为富不仁”这些词反诘马大合，但去过几次马大合的新家，他好像也能理解马大合了。居室房不仅亮堂，而且封闭，会造成住在里面的人用封闭的眼光看待“家”这一概念。在这里，“家”意味着关起门来自成一体，不再有人串来串去地观摩你吃饭拉屎，同时意味着它的成员仅仅包括直系亲属，广义上的亲戚则被排除在外——尤其是四舅这种亲戚，他无法给这家里锦上添花，只要求这家里对他雪中送炭，同时在这家里留下霉味儿和难以形容的愁云惨雾。

发小嘛，总是善于互相体谅，然而这不妨碍胡莘瓯一见四舅就心酸，仿佛四舅被草草打发，他也是同谋似的。

四舅呢，看见胡莘瓯倒挺高兴，一张硬脸咔然而裂："你现在还被人锯吗？"

见到这张娃娃脸，四舅重温了他当初来北京的快乐日子。那时他的身体还年轻，心里还有梦。但这时胡莘瓯刚忘了六位数字，脑袋里一天到晚弥漫着困惑，听到四舅问话，他只是嗯哪一声。四舅就手捂着胯，划拉着走了。

再后来，四舅干脆不来了，足足又过了多久？胡莘瓯都没算过。这也正常，就像红楼后身杨树林里的蚂蚁、蚂蚱和知了壳，对于长到一定岁数的人，它们会自动消失，不再标志季节。直到距今三年前的冬天，刚听说外地有人发烧，传闻北京也将不让人进出了，但尚未发明后来那一套严密的措施，所以胡莘瓯还能上街去给他和他爸囤点儿口粮。那时他还在街道下属单位打杂，过着二十多年里最有规律的一段日子。下班去超市，拎了一口袋挂面、烙饼和酱肘子出来，就听路边有人道：

"你现在还被人锯吗？"

如此复古的问题，让胡莘瓯一凛。他扭头，却更不敢跟四舅相认了：四舅的腰从中间塌陷，要依靠一根拐棍的支撑，才能保持躯干呈直角，否则就会像折尺一样折叠起来。这个体态把四舅变成了一张人形桌子，很适合放些东西，所以背上果然有一个鼓鼓囊囊的蛇皮袋，用麻绳捆着。蛇皮袋下的四舅拄着拐，仰着头，勉强将脸仰到能与胡莘瓯对视的角度。再考虑到胡莘瓯的身高，这一眼又是多么艰辛啊。

俩人瞬间对上了暗号。胡莘瓯也不嗯哪了：“您去……他们家了吗？”

“他们家”就是马大合家。四舅点点头，又摇摇头。胡莘瓯就大致猜到了是怎么回事儿：对于还在风传状态中的那场危机，人们已经草木皆兵，马大合的爸妈尤甚。就连马大合，因为出北京谈过生意，都让他在“五菱宏光”里隔离了两晚，那么更别提来时途经中国腹地的四舅了。马大合他妈倒是又给他转了点儿钱，这就算打发他了。而北京的旅馆暂不开业，回去的车票也买不着，所以四舅多年不来，来了却要流离失所了。

四舅自我检讨：“这趟来得不是时候。”

胡莘瓯的心里就一酸，对四舅说：“跟我走吧。”

他放慢脚步，前头引路，将这具永远鞠躬的躯体带进了红楼。幸亏此地属于“三不管”，没人盘查低端人口，他就让四舅在一楼的传达室住了下来。雕栏玉砌应犹在，四舅以残躯巡视了他曾经扫荡垃圾和传授武功的场所。而现在，都是空。胡莘瓯给四舅找了床被子，煮完面条还给四舅送下来半锅。四舅想去给他的“师父”，也即胡莘瓯他爸问个好，但胡莘瓯说算了——一来非常时期，谨慎为妙；二来看四舅这个腰，也很难爬上四楼。因为嫌麻烦，收留四舅，胡莘瓯也没告诉他爸。

俩人聊天，胡莘瓯知道四舅的腰并没受过什么严重的伤，只是因为不管打螺丝还是粘鞋底，都必须在流水线上弯着，每天弯十几个小时，再加上砖头一压，索性就直不起来了。看那些新闻报道，积劳成疾似乎是大人物的专利，其实遍地都是积劳成疾，区别只在于成疾之后有没有得治。四舅就是没及时治，不可逆了。按说这种体态，也很适于坚守流水线，谁想到前阵子又打贸易战，厂子没订单，老板也跑了。四舅坐吃山空，一点积蓄迅速耗光，眼看要挨饿，只好回到老路上，再到北京来。

也就是说，世界工厂掰弯了四舅，又扔掉了四舅。但四舅恩怨分明："都赖美国。川普，我就'滴'你'滴'。"

又上境界："不惜一切代价，一定要……"

胡莘瓯把话题拽开："您在广东还唱歌吗……粤语的？"

四舅回答："加一夜班，撒尿都是红的，谁还有劲儿唱那个。"

胡莘瓯也不挨锯了，四舅也不唱歌了。俩人一阵默然，更感到什么东西逝去了。此后几天，四舅歪在红楼传达室，休养他的腰，胡莘瓯则到街道单位去求人，看能不能给他买到回去的火车票。现在网上是抢不到票的。窝藏到某一天，总算有了消息，还是管他叫"小奶狗"的那个大姐帮的忙，胡莘瓯赶紧回来告诉四舅。事不宜迟，收拾行李，他帮四舅把蛇皮袋捆到背上，还塞给四舅一包口罩。

这可是紧俏货，不想四舅塞了回来："你留着吧。我这个高度，对着人的屁股，屁就算传染，也隔着裤子呢。"

俩人咯咯笑了起来，笑得真叫一个开心。胡莘瓯突然明白了他为什么跟四舅合得来：他们骨子里都是神神道道的人，好像同一品牌的手机能瞬间连接，共享代码。直到胡莘瓯离家出走，无端就想到了四舅，恐怕也是神神道道的感召。

何况四舅当年与他告别时，还伸出手来，拍不着他的肩膀，只拍了拍他的胯骨："回头来村里，我给你烤羊肉吃。"

胡莘瓯问:“您不去干活儿了?”

“留半条命自己用吧。”四舅说,他又艰辛地仰头,找了找胡莘瓯的眼睛,“从小看出来,你这孩子心里有事儿。这挺好,像个人。”

后面半句话简直不像四舅——一个永远鞠躬的、世界工厂的废料说出来的。而再回想,那段时间其实是胡莘瓯最没心事的阶段了,他忘了李蓓蓓,还没遇到李贝贝,他跟他爸也还没闹翻。他貌似活得轻松。所以他笑了,纠正四舅:

“我乐呵着呢——不乐还能哭吗?”

四舅也笑,又拍胡莘瓯的胯骨:“找我去。”

这句近乎谶语的临别赠言,也是胡莘瓯去找四舅的原因。当然还有一个原因,就没那么神秘了:胡莘瓯对他爸宣布,要到一个“没人认识他”的地方去,而以他的眼界,这种地方肯定不在北京,也不在和北京类似的城市里。那或许就在村里了?村嘛,应该是空荡荡的,正如四舅当年描述的,除了傻子都跑出来了,这就符合要求了。

胡莘瓯越走越振奋。“没人认识”成了他的本能需要。通过戒断手机,他一定程度上获得了主观的清净,现在则要向客观飞跃,实现真正的、彻底的清净。当然这时还不知道,他又把事儿想简单了。

大路连接土路,一拐就进村。天又黑了一层,狗叫倒有一两声。胡莘瓯仍然提着个小心,又将口罩、蛤蟆镜和兜帽戴上,这才靠近过去。房子比想象中板正,有些甚至称得上气派,高墙大院。村口却空着,唯有一张椅子杵在路中间,上面坐了条胖大汉子,紫红面皮,一缕长髯,披件红缎子绲边斗篷,手上立着一把青龙偃月刀。身旁没拴着赤兔马,倒有一辆嘉陵摩托车。这个关公爱飙车。

见了胡莘瓯，他问：“来者何人？”

胡莘瓯蒙而不傻，知道进了人家村里就得识相，所以并未李贝贝附体，讨论一下权力与找事儿的辩证法。他答道：“君侯，这厢有礼。我叫马大合，北京来的。”

既然他爸已经把他暴露了，当然不能说真名。说叫马大合也通，外甥找舅嘛。关公又问：“所为何事？”

胡莘瓯说：“找四舅。”

关公说：“哪个是你四舅？”

胡莘瓯说：“九十度角那个，永远鞠躬。”

关公抚了抚长髯，又道：“可有通关文牒？”

胡莘瓯又蒙。但他反应过来：“您说的是行程码？这玩意儿现在不用了哇。”

关公便一横卧蚕眉，将刀也一横，指向胡莘瓯的鼻尖儿。虽然看清是柄塑料刀，但仍把他唬得一跳。关公又从兜里拿出一个手机来，拨了个号，呱啦一阵。复又横眉看向胡莘瓯：“他说他外甥才不会来。”

胡莘瓯对着大刀叫起来：“四舅，是我。我已经不被人锯啦。”

这就对上了暗号。手机里又说了些什么，关公打量胡莘瓯，忽然把刀往上一抬。恰如华容道放曹操，这是让他过去了。胡莘瓯弯腰钻了过去，那刀忽而又在他头上一挥，携着罡风，指向村子边缘的一个小院儿：“就那儿。”

经过这一番折腾，天全黑了。他三步两步跑过去，僧推月下门。推门果然不见人，再一弯腰，才朝向了四舅应有的高度。借着门口的灯泡看去，三年过去，四舅又变了：头发倒还半白，但人胖了一圈儿，原来的大腮帮子变成了两团嘟噜肉，和胡莘瓯的婴儿肥异曲同工。肚子也鼓了，像个气球一样夹在九十度角里，好像随时会被挤爆。久别重逢，胡莘瓯认为应该打个裸脸招呼，抬手要摘口罩。

孰料四舅伸手止住他，又“嘘”了一声。接着将胡莘瓯让进院儿里，关上门，直到外面狗叫都息了，这才仰脸道：“真是你？”

看着四舅，胡莘瓯心里咯噔一声，接着就一冷。

18 “师父心里也有事儿”

胡莘瓯咯噔加一冷，是发现四舅也认识自己。认识当然早就认识，但一声“真是你”，意味着四舅把他视为了顶流。

不过正如四舅所言：“谁还没个手机呀。现在村里的老家伙都不蹲墙根了，成天瘫在床上刷。跟儿媳妇吵架，还直播喝‘百草枯’呢。”

也就是说，胡莘瓯臆想了一个不同于城里的村里，并期冀那个村里能解决他在城里的烦恼。人哪，在此处待得不舒坦，总会想象别处不一样；渴望生活在别处，总会忘了别处何尝不是此处。他又一转念：那么他爸执意停留在另一个世界，或许也是同样的道理？但他怎么又想到他爸身上去了？他不都跟他爸闹掰了嘛。于是止住联想，又问四舅：“村口的关公怎么回事儿？”

“傻子。”四舅回答，“傻也不全傻……只是随他妈，疯疯癫癫的。”

比起神神道道，疯疯癫癫又上了一层境界。在村里，傻子总和闲汉配套出现，俩人类似于胡莘瓯和马大合的关系，也是发小。后来四舅去北京，去世界工厂，傻子不免形单影只，而等回来，发现傻子也今非昔比了：化身关公，守在村口盘查行人。在这个武术之乡、戏曲之乡，此类扮相并不少见，本村是关公，其他村里还有钟馗和秦琼，配以手机上的各种码，形成了风起云涌的武装割据。傻子还邀请四舅扮演周仓，要不关平也行，但四舅好歹也是从大地方回来的，怎么能自降辈分？

现在幸灾乐祸："其实他的岗早撤了，过干瘾呢。"

而此后，胡莘瓯也和关公熟了起来——既然不敢跟村里其他人接触，陪伴他的只有四舅和关公这对发小了。这又要说到四舅替他打的算盘：想找个"没人认识"的地方，这事儿说容易也容易，说难也难。深山老林里一躲，当然没人认识他，但也不能变成原始人呀；而既然要吃、要喝、要睡，也只好混迹于人群之中，如此一来，暴露的风险就大了。再说到村里的状况：早年间人们都出去干活儿，寄钱回来盖房，这三年出去也未见得有活儿干，干脆回家享受新房。不过满起来的村子并未变得热闹，一来经过教育，养成了不扎堆儿的习惯，二来又要拜手机所赐——人人都在刷，连过年也不打牌了，改为开个小程序，足不出户就能实现聚赌。如今村里也接受了城里关于"家"的概念。有意思的是，熟人不来往，生人却变得极熟，每天划开手机，那些脸就乌泱乌泱地拥过来了——最近自然又以"求管哥"为主。而邻居家墙上都有摄像头，发现来了生人，自会生疑，没准儿哪天干部就来盘问了。到院儿里放风、撒尿也要戴个壳儿，那也太憋屈了。

综上所述，胡莘瓯不能留在村里。但四舅又表态："当年你收留过我，现在来投奔我，我也不能不管你。"

那个"管"字让胡莘瓯眼里一热。他又对比他爸：瞧瞧人家。

更大的惊喜还在后面。四舅虚掩了门，先溜出去侦察一圈儿，这才领着胡莘瓯回到村口。关公早在那里恭候多时了。趁着天又黑了一层，三人不走大路，绕上村后一条盘旋的水泥路，那路边插满了太阳能路灯，白天吸收能量，晚上一发亮起来，远望如同银链。在这条银链上，前面走着一个永远鞠躬的人形桌子，中间一个持刀的关公，最后跟着一个糯米团子。越升越高，走不多久，发觉已在村旁一座山的半山腰。四舅步履不停，对胡莘瓯说快到了。果然，拐过一个缺口，就见山间竟有好大一片空地，影影绰绰立了一排房子。四舅钻进把头一间，拉了电闸，房子依次亮了起来，像夜行的火车穿山而出。

胡莘瓯被照得有些痴迷。他还看到小桥下没水，亭台上没顶，雕梁画栋没涂漆，因而龙无鳞，凤无毛，恰如尚未修成正果的长虫与鸡。偌大一个院子，满是残缺的古意。如同红楼，这排房子后身也有一片树林，但却不是长满眼睛的杨树，都是低矮的果树。四舅告诉他，那是樱桃，过些日子就结果儿了。

四舅又说："上面想搞旅游，把一个村里出去的老板糊弄回来盖了个民宿。还没完工，就赶上了那三年。我们俩没事儿干，让给他看院子。"

关公补充："早先有工资，现在没了。老板也快熬不住了。"

房子闲着也是闲着，正好窝藏胡莘瓯。别看院子潦草着，屋里的设施却一应俱全，还有能冲屁股的马桶呢，也算给北京穷人开了下身的眼界。四舅和关公又去找来被褥，胡莘瓯这就算住下了。厨房不能开伙，但四舅兑现了请他吃烤羊肉的承诺——本地吃法又与别处不同，串儿不是撸到嘴里，而是撸到一张饼里，再裹上葱和酱，啃起来咔嚓咔嚓的。烤羊肉的架子支在院子当中，山风吹起来，卷着火星飘上半空去，好像满天的流萤。关公吃饱了，在空地上舞刀，一条影子呵呵哈哈乱窜。

胡莘瓯盯着炭火，兀自出神。尽管有个关公，但山里还是那么静，可见安静也不是没声音，只是分辨得清晰，山的声音来源于山，人的声音来源于人，钻到心里一丝不乱。翻回头想，自从成了顶流，他的周遭就充满了噪声，乱哄哄的难以忍受。而背井离乡，总算安宁下来，村里真是来对了。

吃饱了羊肉，四舅和关公下山，他回屋睡觉。夜里羊肉的热劲儿发上来，出了一头一身的汗，但他舍不得蹬被子，反而把自己越裹越紧。他多么需要一个壳儿啊。等天大亮，被窝浸湿，像尿了一夜的炕，糯米团子晶莹剔透。

他也不洗澡，拽张椅子，坐在院儿里看山。风来风往全是空。

不觉想起昨天的梦。在梦里，他又回到了从前，比五岁还往前，那时他还不知道怕……记忆裂了条缝儿，又流出些支离的片段，只是过于久远，他全忘了身在何方。他只记得他迎着阳光奋力奔走，像只循光的昆虫，既昂扬又蹒跚。身后有双手，不时扶他一下，他连摔个大马趴都不怕，反正那双手一扒拉，他又竖起来了。他对那双手报以无限信任，也对世界报以无限信任。他乖，多好的一个娃娃。

后来怎么就怕了？这又想不起来了。但他有了一个新发现：原来“怕”不是与生俱来的，而是后天赋予的，滋生于记忆的另一条缝儿里，蔓延流溢，让他心惊胆战。他的脑子不停，又把“怕”“管”和“爱”放到一条线上来考虑。多年以来，那三个关键词主宰了他，而此时发现，原来它们的关系是这样的——恰因为陷在“怕”里无法自拔，他才命中缺“管”，恰因“管”成了第一需要，他才拿“管”代替了“爱”。

再说到两个世界的关系：原以为另一个世界存在于虚幻之中，没想到它不断膨胀，侵蚀着真实的世界。那个世界不再是真实世界之外的隐秘角落，反而追得真实世界中的他无处可逃。那个世界本身已经真实了起来。

各种要素你中有我，互为因果。变量交缠，运算复杂。他又感叹：光他一个人就有那么多头绪，而这世上多少人，又有多少头绪？这么说来，世界也真够累的，别管是这一个还是另一个。突然间，胡莘瓯对世界有了一分谅解，怨气竟消退了一截。这让他稍有不甘，然而他对自己没办法。他这人本来就好说话，给点儿阳光不一定灿烂，但给点儿舒坦一定会乐呵——不乐还能哭吗？

眯眼看来路，四舅又上山了，身后跟着关公。人形桌子驮着个筐，关公肩上扛刀，刀尖挑着个保温桶。这几天里，他们变着法儿地投喂胡莘瓯，除了烤羊肉，还有酱肉包子、炝锅面、鲅鱼炖白菜……接了吃食，他道谢：“添麻烦了。”

关公横刀：“没劲了啊。”

胡莘瓯又问：“村里没人察觉？”

四舅说：“放心待着。前些天忙着办丧事，还没人顾得上这里。”

胡莘瓯仍不好意思，要给四舅钱，可惜没有手机，只能下山取现。四舅不要，告诉他，这三年别看没出去干活儿，上面给找的事儿却不少，这儿混混那儿混混，日子也好打发。他自己都觉得可笑，早知今日，当初又何必去北京，还在世界工厂折了腰。当然，这是一个闲汉的盈亏账。胡莘瓯则庆幸：看起来，他可以在这个民宿里一直耗下去了。只是没想到，他又一厢情愿了。

吃饱喝足，关公照例舞刀，胡莘瓯和四舅坐在院儿里扯闲篇儿。话也散乱，有一搭没一搭。因为胡莘瓯的怨气先自消退了一截，哪壶不开也能提哪壶了。或者说，得看提的人是谁。那不是四舅嘛，吃人的嘴软。

比如四舅问："我也看过你的视频，怎么刚开始好好的，突然就不是你了？过去你老被人锯，情绪不都很平稳吗？"

胡莘瓯说："没准儿是憋屈太久了……也关系到一个女的。"

既说到女的，四舅和关公就打了个激灵，一齐道："说重点，说细节。"

"你们怎么跟马大合一样。"胡莘瓯又哭丧了脸，"……我戴了绿帽子啦。"

四舅并不同情："别不知足，你好歹还有绿帽子可戴。"

再看这两位，一个人形桌子，一个关公，倘若指责胡莘瓯饱汉子不知饿汉子饥，恐怕也是有资格的。胡莘瓯本想声明，其实自己也没吃饱，但又一想，还是不要刺激他们为妙，这对村里的治安也不好。他只说："那我祝你们也早日戴上绿帽子。"

关公就不嫌他客气了，拱手道："这厢谢过。"

四舅又问："既然是顶流，你干吗不带货？来这儿不是耽误工夫嘛。"

连四舅也有带货意识。而这次，胡莘瓯反问："我就说您跟马大合差不多。成了顶流就要带货，这又是谁规定的？"

他本以为四舅会论述"看"和"钱"的关系，但对方的话出乎所料：“你有你的道理，别人管不着。”

四舅毕竟不是马大合。胡莘瓯一时欣慰：“要都像您这样，我也不至于离家出走。”

不想四舅又一沉吟：“不过话得两说着——你可能觉得顶流是运气，但有没有想过，运气也是一种能力？我还想不明白，别人怎么都爱看你？你比我强在哪儿？当然，我不是嫉妒你，嫉贤妒能，关公面前也说不过去。我的意思是，既然有了能力，干吗不用呢？天生我材必有用，别人不用自己用，不用不就白不用了嘛……”

说着说着，四舅眼里就没有胡莘瓯了，兀自摇头晃脑，甚而颇为愤慨。倒让胡莘瓯觉得对不起四舅似的。他好不容易插个缝儿：“您说的不还是带货吗？”

“浅了，你想浅了。”四舅果决地挥手，关公与其同步，也一挥刀，刀锋在胡莘瓯裆间掠过，又让他一哆嗦，“就拿咱俩来说，我当然是个废物，你差不多也是个废物，但你有没有想过，我们还能证明自己不是废物？正所谓侠之大者——”

眼看又要上意义，还是粤语的。而胡莘瓯终于面露疲色，打断四舅：“您让我歇会儿行吗？我一脑门子烂账，还顾不上那么多。”

四舅也有些不好意思了，又沉吟：“我就说你心里有事儿。”

当初听到这话，胡莘瓯还不以为然，现在鼻子一酸：“有事儿我就慢慢儿地想吧，总有想清楚的那一天。”

四舅很为他高兴：“这个态度好。我师父心里也有事儿，不知他想得怎么样了。”

话赶话，胡莘瓯又蒙了。四舅所谓的师父，当然是他爸了——当年跟胡学践学过美工活儿嘛，虽然“不是那块料”，但嘴上一直没乱了规矩。而对于胡莘瓯，别的壶可以提，偏偏提到他爸，心里到底有些不自在。他嘟囔：

“他能有什么事儿？有也净是没用的事儿。”

话又赶话，胡莘瓯就不歇会儿了，面对四舅这个听众，他开始控诉他爸。不仅说了他爸的所作所为，他还接续四舅的思路，谈到了废物的定义：废物不是没能力，而是自以为有能力，结果净起反作用。总之，又轮到胡莘瓯摇头晃脑，颇为愤慨了。

四舅只好附和他：“你也不容易，顶流也不好当。”

胡莘瓯越说越来劲了：“您再给评评理——”

不想四舅又道：“对了，你说的‘老神’，是在水电站上班那个？”

胡莘瓯又一蒙，心里咯噔一声：怎么四舅连这人也知道？就连胡莘瓯也是直到前两天才听说了那个网名。他直勾勾地盯住了四舅，因为体态的差异，进而蹲了下来，屁股都快摩擦地面了。好一会儿，他才问：“您见过我爸？”

四舅嘴上嘿嘿，仍想遮掩，对关公道：“你也消停消停。”

他们说得热闹，却不让别人发声，令关公很不满：“‘滴’了个‘滴’，我斩了你。”

话虽如此，拖刀而出。没了呵呵哈哈，院儿里愈发僻静。四舅又“嗐”，这才向胡莘瓯坦白，其实三年前去北京，他见过师父。

见也不是主动见。如前所述，那是非常时期，再者四舅的腰伤还挺重，爬不得四楼。那天胡莘瓯又去街道单位，他就在红楼传达室里躺成一个直角。走廊空荡荡，一丝回音也没有。见人时全在赔笑、装傻，不见人时，满心凄凉就涌了上来。四舅想他的腰，想他此后只能抬头看人、低头吃屁了，想他这辈子大概是结不了婚了。他还想，这次回去，再也不出来了，哪怕重新吃粗粮。他还想他的发小傻子了。想着想着，四舅哭了起来。

其实一直想哭，但他不愿意哭给人听，包括胡莘瓯。哭着哭着，有人敲门。刚才哭得投入，号啕且回旋，也没察觉动静。

四舅以为胡莘瓯回来了，赶紧收声："锁不早坏了吗？"

门就开了，一转头，却见外面站着一个大蚂蚱般的男人。这不是师父嘛。而四舅的反应是纳闷——楼里藏了个不速之客，胡学践居然保持着敲门的礼貌。又随即，却见胡学践甩出三根既瘦且长且干枯的手指。

四舅就蒙。也难为他了，那是胡莘瓯和他爸之间的多年默契，外人一时又怎么领悟得了。胡学践只好将那三个字儿还原成话："你来啦？"

四舅点头。胡学践接着又甩出三根既瘦且长且干枯的手指，令四舅又蒙。他便又还原成话："哭着呢？"

四舅又点头。胡学践却默默转身，顺着走廊走了出去。

四舅愈发纳闷——倒不在于同样三根手指为何能还原成不同的话，而在于那两组三个字儿：第一组，你来啦，却不问他从哪儿来、为什么来，好像只对"来"这一行为表示确认就够了；第二组，哭着呢，更不询问他一个大男人为什么光天化日地哭，倒如同北京人那些万能的片儿汤话——吃着呢，喝着呢，歇着呢？可见胡学践既不好奇于四舅的来，也不好奇于四舅的哭。其实师父的这个毛病过去就有，而几年不见，越来越严重了，仿佛人在这个世界，心却在另一个世界。

要论神神道道，四舅只服师父。而此时，师父还让四舅揪心起来：不是说连门也不出吗？怎么这就下了楼？下了楼又迷迷瞪瞪的，脑子貌似不是很清楚。侠之大者，哪怕是个废物，也要懂得知恩图报——胡莘瓯既然窝藏了他，他也有义务替胡莘瓯看着他爸。于是四舅把自己撑起来，拄着拐，跟随师父来到走廊。

师父长手长脚的身影好像没沾地，来在门厅，陷入迟疑。终于，他迈了下去，不是一步一个台阶，而是两脚站齐再下一个台阶。因而以四舅的体态，想要跟上师父也不吃力。他还有个独特的优势：不必特意隐蔽，反正始终保持半卧倒，即便师父仓皇四望，也很难被发现。俩人一个跟着另一个，往大街上来。

在街边，胡学践又一次停下，并且更加迷茫。这不仅因为车来车往，更因为此时街上弥漫着不同以往的空气——人人都是那么慌张，无暇他顾又互相警惕，还有人拎着扛着几大口袋米面吃食，跟超市不要钱似的。而这时，四舅就暴露了。身前一辆后备厢盖翘起来、里面塞了半头猪的轿车突然开走，恰好胡学践又往马路这边看来。遥遥相对，四舅对师父挤出一个尴尬的笑。

胡学践倒对自己被跟踪不以为意，或者说，他不认为四舅在跟踪他。他大幅挥手，四舅则和稍纵即逝的绿灯赛跑，又在马路中间等了一个红灯，这才到达对岸。迎面又挥来三根既瘦且长且干枯的手指。

这回不必蒙，胡学践已经将手指还原成话：“车没了。”

四舅看到，师父身后立着根光秃秃的铁柱，大约以前是个站牌，现在被废弃，连标明线路图的铁板都给掰了。结合手指与三个字儿，可见师父不知所措，是因为想坐车而不得。四舅便问他要去哪儿，胡学践说了个地名，什么山什么岭，不是北京人也没概念。四舅便掏出手机来，查导航。胡学践一拍脑袋，仿佛这才想起来手机还有这个功能。三下两下，找到路线，车倒还有，只是门口这站换了地方，被挪到了隔条街更热闹的小区附近。

四舅又揪心：一个宅男，道儿也走不利索，突然独自出门，可别丢了。这种情况在村里也是有的，傻子他妈是疯子，有天家里少了只羊，她去找，羊没找着，人也没了，至今杳无音信。他脱口而出："我陪您去吧。"

胡学践说那可别价，你忙你的。四舅说我也不忙，主要是躺着。老派北京人的客套深入骨髓，哪怕刚从另一个世界回来，也忘不了这个世界的礼数。而师父也不用三根手指代替说话了，大约是看出四舅天资愚钝，只好放弃了删繁就简的交流方式。

俩人嘴上客套着，四舅却以永远鞠躬的姿态转起圈儿来——他让手机导航里的小箭头对准了车站的方向：

"您就跟我走吧，师父。"

跟踪变成了引领。由于身材的反差，好像师父是个盲人，四舅是他的导盲犬，但导盲犬本身也需要电子导盲。四舅以为师父久不出门，应该看什么都新鲜，结果师父还真像个盲人——坐到车窗一侧，两眼也是空洞的，世界入眼不入心。

这是公共交通工具最空的时候。车上照例还有一个协防员，抱棍而立，如同在跳钢管舞，警觉地看了一会儿，凑过来提醒他们，戴个口罩吧，为你们好也为别人好。四舅"嗯嗯"两声。人家又说别不当回事儿，以后不戴就不让上车了。四舅便四下寻摸起来，以他的角度，轻易发现对面座位底下扔着几个皱巴巴的口罩。他探身捡起两个，给自己戴上，又递给师父一个。师父没反应，四舅艰难地跪上椅子，将口罩挂在师父脸上。那一刻，四舅觉得师父是个机器人，断电了。四舅也没想到，从这只旧口罩开始，一戴就是三年。

出了城，天色明艳起来。看着远，但因为路空，也没坐多久，手机提醒他们该下车了。一瞬间，师父就来了电，改为由他带路，引领着四舅缓缓而行。平原广阔地展开，杨树密集而挺拔，像哨兵，像军团；路过一块界碑，师父拐弯钻进树林，俩人就走在满天的眼睛中间了。眼睛们盯着他们，只是看。

又没多久，师父说："你等我会儿？"

四舅如被慑住，不由自主停了脚，看着大蚂蚱般的身影往树林深处蹦跶进去。他一骨碌坐下来，转瞬却听到了哭声。那哭声粗厚低沉，来自胸腔深处，在树干之间反弹，传到开阔处便随风飘散。这时四舅却不纳闷，而是害怕起来。他担心师父除了哭，还会做出什么事情。这种事儿在村里也不是没发生过，比如傻子他爸，老婆没回来，羊倒回来了，他就跟傻子把那羊烤了吃，吃饱喝足哼着歌儿上山，第二天发现挂树上了。

正这么想，哭声果然不见了，树林静默如谜。四舅爬起来，想往师父去的方向去，但一时又迈不动脚。正在自己吓自己，却见师父出来了，脸上挂着羞涩的表情。他对四舅说："劳驾，还得请你帮个忙。"

四舅如释重负："用得着我您就说。"

师父说："你还哭得出来吗？"

四舅一蒙："并不是很有把握。您刚才不是哭得挺好的吗？"

师父摇头："我是干号，挤不出眼泪呀。论煽情，我不是那块料。"

四舅猜测："您的意思是，我替您哭两声？"

师父又摇头："不不，那不成了弄虚作假了嘛。我的意思是，哭还是得我自己哭，但你能不能也哭两声，带带我？"

师父交给四舅的任务不是替哭，而是领哭。这也可以理解，仍拿村里的事儿打比方，当年给傻子他爸出殡，傻子也哭不出来，而四舅想到发小爹妈全没，又想到了自己全没的爹妈，倒先哭了个痛快。傻子有样学样，这才尽了孝子的义务。但师父毕竟不是傻子，四舅不好当仁不让，又谦虚道："我也不知带不带得起来……"

"你是老司机，很有感染力。"师父钦佩地说，"我就是听了你的哭，才想起了这个茬儿。要还哭不出来，这一趟就白跑了。"

说着转身，又往树林里去。四舅不能推脱，只好跟上。穿过密林深处，眼前舒朗开来，露出小小一块空地。空地上又有几个小小的土包，就是坟了。都不是新坟，衰败荒芜，因而看起来并不触目，倒有几分淡漠。有些碑上连字迹都掉了颜色，变成了模糊的沟渠。师父就蹲在了靠边的一座坟前，也没摆上贡品，也没描个字样。

师父这坟上得草率。也可见，还真是临时起意。作为哭的始作俑者，四舅更感到了责任。但他并不再往前走，又把自己藏在了一棵树后。他和坟里的人不熟，要哭出声势，还是得想和自己有关的事儿。于是他又想他的腰，想傻子。不愧是四舅，说来就来，一声哀号喷出了口。老司机，带带我，师父那边便也号上了。

坟头远近，此起彼伏。号的间歇，四舅还问："来了吗您？"

师父说："再带带。"

四舅改号为啼，音调婉转了些。又问："来了？"

师父不答，只是号。四舅从树后探身，就见师父已然一屁股坐在了坟前，两手抠地，仰面朝天，硕大的喉结一蹿一蹿。四舅知道，师父这就是来了。他还有些用处。

四舅便又起身，离师父更远。他也不出声了，只是默默流泪。引子的作用已经起到，此后是自由发挥，要把舞台让给师父。果然，师父的悲声浩瀚，那一场哭充斥了树林，令四舅感到满天杨树的眼睛都在流泪。不知多久，哭声才逐渐低了下去，先改号为啼，又改啼为抽，像孩子似的嘎巴嘎巴。四舅知道，那不是哭累了，而是悲到了极处。又不知过了多久，连嘎巴都不嘎巴了，他才又去看师父。

回到空地，却见师父睡着了，斜靠着坟，脸枕在碑上。瞥了一眼碑上的阴文，有“赵美娟”三个字，底下还有胡学践和胡莘瓯的名字。四舅唤醒与赵美娟依偎而眠的师父，两双泪眼相视片刻，师父舒了口气：“多亏了你。”

19 “无人入睡”

山中无昼夜。每逢四舅停下来，胡莘瓯都接口道，然后呢？

四舅只好说然后。往事虽不悠远，但隔了一个发烧，横岭断云。关公早已停止舞刀，靠在门框上打呼噜，然而胡莘瓯一点儿困意都没有。找人领哭，那事儿像是他爸能做出来的，但一个不光下了楼，还能坐车出门的爸又让他不可置信。

可算讲到坟前一幕，四舅说：“这个赵美娟……”

“别说赵美娟。”胡莘瓯像被烫了一下，唬得四舅一怔，“先说您是怎么知道的‘老神’？”

然后复然后，然后的方向还得他来决定，胡莘瓯霸道了，但四舅也只好由他。不过说到“老神”，还得从坟头说起。那时师父谢过四舅，表情悲戚，眉目中却松快了点儿，看来是哭得尽兴。他这才整整衣裳，绕到坟前，大蚂蚱似的身体一弹一弹，鞠了三个躬。四舅在一旁，不鞠躬也胜似鞠躬。

这时却见师父从怀里掏出一张巴掌大小、旧得发黄的塑料卡片，放在坟前。

原来并非空手而来。师父对坟说话：“老也不来，你别怪我。原是没脸来，再后来就不敢来了。但我知道，这些你都懂。”

又说：“今儿这不来了嘛，欠你那场哭也还上了。我想着你呢。”

又说：“那……我走啦？”

坟里没声音，慢走不送。四舅跟着师父穿林而出，上了回城的车。师父靠窗坐着，眼里又空下去。但这次，为防止师父断电，四舅开始找话说。跑了一趟，哭了一场，好多事儿还蒙着呢，比如那张小卡片。

他问：“坟上放的是什么？”

师父说：“软盘，3.5英寸。”

四舅又问：“软盘是个什么盘？”

四舅的网络生涯从智能手机开始，至于电脑，还没摸过。别说四舅了，就连胡莘瓯听到那词儿也愣了一愣，随后才和记忆挂上了钩：五岁时，他爸往 Intel 486肚子上的小口儿里塞进一张塑料小卡片。师父则给四舅讲解：盘嘛，当然是盛东西用的，不过盛的不是水果点心，而是信息，是程序里的一只虫，一个 Bug。其实现在这种软盘都淘汰了，他带了这东西来，不过是对坟里人的一点儿意思。在他看来，这比什么贡品都尽心。

四舅半懂不懂：“您从程序里捉了条……虫？”

“是只害虫，可惜捉晚了。”师父眼圈儿一满，“捉也不是我捉的，我要有这本事就好了。捉虫那人叫‘老神’，我的一个朋友。”

这就说到了“老神”。四舅顺竿儿爬：“‘老神’是干吗的？专门替人捉虫？”

师父说：“他如今在水电站上班，当年捉虫只是爱好。我们是在网上认识的，‘海角论坛’，不过没见过面。”

这个四舅明白："那就是网友喽。"

师父说："嗯，网友。"

四舅继续探究，或印证猜测："那个赵美娟……"

师父像被烫了一下："别说赵美娟。"

爷儿俩一个毛病，四舅被唬了一跳。车子开进城里，街上的人仍在搬运吃食，好像坚定的蚂蚁，相信蚁巢永不倾覆，所以总在未雨绸缪。在楼下，四舅又说：

"加个微信？"

师父竟没拒绝，俩人完成了正常人的社交仪式。四舅在红楼的门厅里鞠躬，看师父上楼。大蚂蚱般的身影沿楼梯蹦跶了几步，忽然回头，抛下一句话："对了，今天咱们出门，别告诉胡莘瓯……他心里有事儿。"

也不等四舅答应，大蚂蚱又蹦跶了上去。上面是另一个世界的入口，人间山雨欲来，自此与他无关。而听到这里，胡莘瓯的心又怦怦几下：原来四舅说他心里有事儿，来自他爸的提醒。但他又想：他爸说他心里有事儿，所指的是什么？变量又增加，运算又复杂，这让胡莘瓯重新陷入沮丧——还是那句话，世上的人太累了，世界也太累了。疲惫的人偏去探究疲惫的世界，累上加累。他朝天上望去，天色晚到极限又是早，漆黑的大幕里渗出了蓝。村里传来马达的声音，有汽车也有突突突的拖拉机，惊起鸡犬相闻。这就起床了吗？村里人怎么比城里人还勤快，难不成他们也要上班、奔命？

四舅也坐在椅子上打起了盹儿，鞠躬鞠得以头抢地。胡莘瓯正担心他磕了脑门儿，四舅倒又醒了，醒了还能接上话茬儿：

"'老神'上班的地方，后来我也去过。"

胡莘瓯在晨雾里打个激灵："在哪儿？ 您去找他干吗？"

四舅继续说然后。他不跟师父加了微信嘛，过去三年，师父还真联系过他，都是先打来钱，让他帮忙给"老神"送点儿东西。有吃的，有烟酒，还有背心裤衩、电池灯泡之类。为什么不从北京寄？师父又告诉他，"老神"等人驻扎在山上，全封闭管理，那地方的居民都动迁了，邮政也不通，外面负责补给的人手又有限，跑一趟只能带些必需品，还兼捅嗓子眼儿，赶上山上的人有急用或者想解个馋，只好另找渠道，人肉带货。再一问地址，就在邻县，估摸着因为近，师父才想起了四舅。

四舅还说："你待我不同，师父待我也不同，他没把我当废物。"

他便让师父把"老神"的微信推过来，送货的和收货的先接上头。但师父却又作难，说"老神"从来不和生人打交道，问也白问，问多了还急。这就有点不懂事儿了：给你送东西，你还拿腔拿调？而师父这才交了底，其实那些东西也不是"老神"要的，是他听说山上生活有困难，擅自决定送的。朋友嘛，急人所急，人不说急自己急。师父侠之大者。四舅心里升起一句粤语，他叫上关公，骑上摩托车，避开大路，全走山路抄过去。山是一脉相连，距离"老神"那地方二百多里，快到了再找个镇子该买的买，然后找到一所废弃的小学，是师父所说的转运点，把东西放下，就可以交差了。

胡莘瓯仿佛看到嘉陵摩托车在山间驰骋，车上一个关公，后座驮着个人形桌子。他又问："你们出门，没人拦着？"

四舅说，刚开始还凑合，往后就严了，手机都被定位，回来无非是隔离。隔离就在这个民宿。等下次师父有求，他们还去。只是对不起干部，连累人家挨过批评。而再往后，连山上也设了岗，把守的有钟馗，有秦琼，每每免不了一番恶战。侠之大者，能伸能屈，冲在前面的总是关公，等他被打得满脸是血，四舅再去与人谈判。虽然装束上隔了朝代，但说到底沾亲带故，下手这么狠，往后过年还吃不吃席了，还聚不聚赌了？ 两不追究，苦肉计过关。

胡莘瓯扯回正题："那到了儿，您见没见过'老神'？"

四舅摇头。不过他说，最后一次去，倒见过"老神"的同事。这就说到去年年底，眼瞅着要发烧的时候了。这时胡莘瓯他爸除了操心"数字堡垒"缺了个读取器，还在操心"老神"的衣食冷暖。到了转运点，四舅和关公放下东西，正好碰上有人开着卡车下山，车窗里探出个黑大汉，豹头环眼，跟张飞似的。

远远打个招呼，也不敢往一块儿凑。四舅喊，我和你二哥的码还红着呢。张飞喊，俺也是。接着又问四舅，工程师老申的东西都是你们送来的？ 四舅反应过来"老神"可能就是老申，便说，师父交代的。张飞却不管师父是谁，只说别看老申神神道道，不过挺大方，老把东西分给大伙儿，在此一并谢过。但张飞又说，以后就不用来了，单位已经搬家了，往北几千里，你们走单骑是过不去啦。这趟的东西倒不用担心，他正好是善后的，和设备一起送到火车站转运。四舅哟了一声，双方就此作别。

"老神"行踪像土匪，只在山中暂且落草，不久又扯呼了。线一断，从四舅这边也接不上。他又说："师父是真拿'老神'当了朋友，所以才会那么急，才会让你这个顶流也发挥一下作用……你别怪他。"

说来说去，还是要替他们爷儿俩说和。胡莘瓯却一梗脖子："发挥作用也得我愿意呀，他那就是利用我。"

四舅说："毕竟你还值得利用。"

"您怎么能这么想，是不是当废物当得太久了？"胡莘瓯口不择言，又自知失言，躲开四舅的目光，"对了，他利用我，您可不能出卖我。千万别告诉我爸我在哪儿……我现在一见他就烦，烦透了。"

这么说时，他又怀疑自己自作多情了。对于胡学践来说，儿子出走和"老神"失联，到底哪个更重要，更急迫？胡莘瓯心上升起复杂的滋味，那会不会是嫉妒？他在嫉妒一个他和他爸都从未谋面的人吗？而对他的要求，四舅痛快地表态：

"这你放心，要出卖早出卖了。就算出卖，我出卖的也是师父——他找我领哭，还不让我告诉你，可我不都跟你说了吗？"

起码在口头上，四舅还是站在他这边的。不过胡莘瓯心下刚稳了一稳，又悬了起来——他听到山下越发嘈杂，汽车喇叭和拖拉机的突突突不仅伴随着鸡飞狗跳，还掺杂了此起彼伏的人声。那些声响越来越近，连晨雾都驱散了。不仅胡莘瓯，四舅也惊得昂起了头。俩人对视一眼，跑出院门，爬到一棵迎客松旁的观景台上，往下望去。

通往山上的那条银链灭了，路却变得更加璀璨：车灯、手电、手机，还有火把和夜市里的灯箱，人类文明史上各个阶段的照明工具汇成长流，浩瀚地涌了上来。更远处，网状公路上还有更多的灯光，先往村子集中，再从村口上山。村里还有个大喇叭响着："停车收费，依次通行，注意安全，文明直播……"

以胡莘瓯的经验，当然知道他又暴露了。这次暴露阵仗之大，远超医院和红楼的那两次，变成了一场高地战。至于暴露的原因，胡莘瓯盯着四舅。知人知面不知心啊。

四舅却比胡莘瓯还要惊愕，先自叫了起来：“我可没——”

“那他们是哪儿来的？”胡莘瓯咬牙，“叛徒。”

他心下拔凉。从马大合到他爸，现在连四舅也在利用他。人们都是怎么了？他还能相信谁？他剜了四舅一眼，垂头走下观景台。那一眼居高临下，饱含轻蔑与失望，直让四舅蹦跶起来，他试图直起腰，脊椎发出嘎巴嘎巴的脆响：

“我虽然是废物，但做不出那种事。”

还说粤语：“侠之大者——”

胡莘瓯不听，却又无路可走，只在空地上转圈儿。偏这时，迎面撞上了关公。关公不知什么时候醒了，手上除了刀，还拎着半人多高的一只音箱，大约是民宿预备给客人唱露天卡拉 OK 用的。他挥刀指天，对四舅喝道：

“听我号令——”

又对胡莘瓯道：“你别怪他，叛徒正是末将。”

胡莘瓯瞪着关公的脸，面如重枣，颏下一副美髯。这张脸上没有表情，只有两眼闪耀着亢奋的、癫狂的光，但绝不傻。疯和傻还不是一回事儿。

四舅仍在跳脚：“陷我于不义啊，你也配当关公？”

关公只对胡莘瓯解释起来，口齿也清晰得不像他了：“实不相瞒，你四舅也做直播，我看很有水平，不过就是不涨粉儿。差不多的表演，只有村里人看叫抽风，全国的人都看就叫顶流，只以流量论英雄，这公平吗？这不正好你来了嘛，我寻思着拿你当个幌子，给你四舅引引流，没准儿就有懂得欣赏他的呢？”

又说:“你刚来时还说自己叫马大合，这就小看我了。蒙脸人最认得蒙脸人，遇到外村的钟馗、秦琼，我一眼就能认出是谁扮的，所以别看你戴着口罩和蛤蟆镜，我也立刻知道，哟，这不是‘求管哥’嘛。我只是看破不说破。”

又说:“谁还没个手机呀，我偷拍了你的照片发给干部，定下此计，让他们提前扩散，约好时间，把附近做直播的人马都叫来。干部当然有干部的考虑，他们要盘活民宿，盖都盖了，也不能老荒废着呀。”

又说:“忠不忠义，也分对谁。你四舅老说自己是废物，可我觉得他不是，为他只好牺牲你了。谢谢啊。”

不愧是关公，也降过曹操，也战过袁绍，但对兄弟没话说。当初胡莘瓯偷拍李贝贝，现在轮到自己遭人偷拍，所以他也不好意思生气。怪只怪他自以为躲过了村里人的耳目，偏没提防关公，这才叫大意失荆州。所以胡莘瓯只是张口结舌，对方则捋了捋美髯，那意思也很坦荡:你还能拿一个傻子怎么样? 倒是四舅从观景台上蹦下来，气急败坏地踹了关公两脚。踹不着屁股，只踹着了孤拐，关公凛然受刑。

四舅又“嗐”:“快走，再不走就走不了啦。”

说话间拽着胡莘瓯，又往民宿里去，还说民宿后身有条小路，从樱桃林通下去，可以绕到山的另一边。当初他和关公给“老神”送东西，走的就是那条路。这时山下的声响更大了，连味道都飘了上来——有炸面筋，有铁板鱿鱼，还有本地特色烤羊肉，看来是带动起了一个早市，都来赶顶流这拨儿生意。再一转眼，先头部队已经到了观景台下，把民宿团团包围。胡莘瓯痴痴愣愣的，只好跟着四舅往院门里走，但他边走边看四舅那永远鞠躬的背影，心里忽然一动，停了下来。

四舅回头：“别怕，我给你断后。”

胡莘瓯却问：“都说我是顶流，现在到底流量多少？”

四舅一愣，没料到胡莘瓯会问起这个。但看胡莘瓯没有动窝儿的意思，他只好掏出手机划了一划：“好多家的数据，一时半会儿也算不清楚。不过按照抖音上的排名，就在昨天，你的热度超过了‘强哥’。”

胡莘瓯“嚯”了一声：“那就是真顶流了？”

四舅保持严谨：“也只维持了一天，今天‘强哥’又把你给反超了。人家是专业的，咱们比不了……”

胡莘瓯却嘿嘿一声：“一天顶流也是顶流，这名头不算冤枉我。”

说完转身，往观景台走。四舅在身后叫他，他也不理，只在经过关公时说：“既然家伙什儿都备好了，你也别愣着。”

关公低声道：“末将有愧于你，来日定当……”

胡莘瓯又哼哼了一声：“您省省吧。”

说时爬上观景台。几个台阶，他一步一哆嗦，差点儿再翻下去。终于走到舞台中央，他长身而立，面对山路上的灯火。他的脸上又浮现了经典的表情，欲哭无泪。这就是“求管哥”了，如假包换。前面的灯火定住了，中间的慢下来，后面的仍在聚集、蠕动。灯火下燃烧着眼睛，比灯火本身还要炽烈，盯着胡莘瓯，只是看，只是看。

这当然令胡莘瓯害怕。他是因为怕才跑的，不是吗？但现在，他把自己放在那些眼皮子底下了。他还从关公手里接过话筒：

“你们好，我是 ——”

漫山遍野静了。那静让胡莘瓯更怕。目光汇聚成风，兜面而来，像拳头一样猛击着他。然而胡莘瓯勒令自己说话。怎么自我介绍才好呢？

顿了一顿，他说：“我是我。”

这是一句准确的废话：顶流不需要任何头衔，连个代号也用不着。融汇了无数目光，他就是不证自明的“我”。

漫山遍野欢呼起来：“真是你 ——”

还欢呼：“可算见着你啦 ——”

又欢呼：“再来一段 ——”

来一段就来一段，胡莘瓯重复了他的台词。无非那么两句：“谁来管管我 —— 我该怎么是好哇 ——”

他并非敷衍，说得恳切而真诚。眼睛们如愿以偿。让干吗就干吗，多好的一个娃娃。“求管哥”，我们没有错爱你，有人说你耍大牌，那纯粹是泼脏水，你仍然是咱老百姓的顶流。音乐起，来自村里的大喇叭，也来自移动摊位上的小喇叭。原来他的那两句经典对白还被配上了鼓点，谱成了神曲，奏响在从城市到村镇的无数个广场、车站、街心公园。有人叉腰跳跃，有人提臀抖腿，有人太空步，有人社会摇：“药，药，切克闹 ——”

自拍杆推拉摇移，热油锅煎炒烹炸。这是流动的盛宴，是不固定的节日。胡莘瓯是多么能让人开心，而开心又是多么宝贵呀。但作为开心的源泉，他却再也撑不住了。他怕得簌簌发抖，出现了幻觉：无数眼睛盘旋交错，融合成了一双眼睛。那是一双抽象的眼睛，具有一切眼睛的特点但又不同于一切眼睛，永远看着他。

这是他怕的根源吗？胡莘瓯又记得，当他小时候，比五岁还小，分明有双手在扶他走路——手的保护一定伴随着眼睛的注视，否则又怎么能指引他？而他正因为沐浴在那双眼睛之下，才全然不懂什么叫怕。

那双眼睛是这双眼睛吗？如果是，他怎么又会从不怕变成了怕？

这竟无从分辨。怕与困惑相伴相生，越困惑就越怕。胡莘瓯往后退了两步，又退了两步，一个踉跄翻下了观景台。好在他只坐了个屁墩儿，别处并不疼，但他胃里一颠，开始翻涌，随即吐了起来。烤羊肉、酱肉包子、鲅鱼炖白菜倾肠而出。

几只手拍着他的背，胡噜他的脑袋，那是四舅与关公。而观景台的一侧已经发生了骚乱。民宿门前地方窄小，为了避免人们冲上来再被挤下去，干部们正指挥村民，拉开人墙，以抗洪的架势维持秩序。

人们喊：“‘求管哥’，求同框——”

还抱怨：“这就完了？就这么点儿节目，诓人呢？”

四舅要求干部务必顶住，又回来看胡莘瓯：“有那么难受？看来你是真社恐。”

胡莘瓯说：“四舅，我只能帮你到这儿了。”

关公却对四舅说：“你赶紧的，要不他就脱不了身了。”

四舅看了看两人，慨然吁了口气。侠之大者，临危受命。他永远鞠躬，手脚并用，爬上了观景台。面对漫山遍野的眼睛，他仿佛一颗铜豌豆，硬邦邦沉甸甸响当当。他镇得住台面，唯一的障碍在于高度不够，但恰在此时，只听关公喊声“接着”，将青龙偃月刀抛了上去。四舅接刀，以柄拄地，叉开双腿扎个马步，绷起肩膀向上攀缘——腰虽然用不上劲，但全凭上半身牵引，竟让躯干直了起来。他的脊椎发出嘎巴嘎巴的脆响，被音箱扩散出去，仿佛放了一挂爆竹。随着他的抬升，眼睛们不得不为他那艰辛的姿态深感震撼。这就叫不明觉厉，符合互联网传播规律。林立的自拍杆也转过了脸，把手机朝向四舅了。

四舅大概不适应在一人左右的高度停留，被风吹得簌簌发抖。他眯起眼睛，俨然看见了一个新世界，但面色还是从容的。他从音响上抄起话筒，单手持刀，撑住躯干，开始发言："大伙儿来得好，我们村深表欢迎。"

下面有人喊："你算哪根葱？我们要看——"

四舅纹丝不乱："可你们已经看见他了呀，他不是三条腿的蛤蟆，就是两条腿的人，跟咱们都一样。倒是你们，赶了个早集，图的又是什么？就图个热闹？可想过没有，热闹是谁制造的？还不是咱们自己。既然如此，为什么非要求助于别人？"

下面的眼睛与灯火眨巴起来。趁着人们若有所悟，四舅又道："平常不都挺能耐的吗？耕地也直播，嘎羊也直播，吃席聚赌都直播，现在'求管哥'已经给引了流，后面就看咱们的了——从我开始，喜欢的给个三连。"

关公按下手机，音乐又起。胡莘瓯本以为还是多年前的保留节目，粤语歌——谁想他又小看了四舅。有梦的人永远在追梦，追着追着梦就进化了。只听前奏是西洋交响，四舅一开口，竟是外语，一嘟噜一嘟噜的。

关公抚着美髯，解释说，这是意大利歌剧。

还给胡莘瓯翻译。于是他听懂了四舅的唱："无人入睡，没人知道我姓名 ——"

还唱："消失吧，黑夜，星星沉落下去 ——"

还唱："黎明时我将获胜。"

四舅的演唱水平，胡莘瓯当然无法评价，他只是觉得声儿大，震得脑仁儿嗡嗡的。关公又告诉他说，以前四舅直播也没那么大动静，看来直起来就是不一样，气息通畅。胡莘瓯还在发愣，关公又说：

"差不多了，他不送你我送你。"

胡莘瓯醒过味儿来：他与四舅告别的时候到了。他望向观景台，只看见一个笔直的背影，一手持麦，一手持刀。他这才注意到，多年过去，四舅还穿着四个兜的蓝布工作服，成色却很新，八成是从网上淘来的，上兜里一定还别着英雄牌钢笔。四舅唱到高潮，挑战华彩，不仅掩面朝天，而且直蹦跶。

漫山遍野彻底静了下来，车、人、狗的声音都消失了。

关公刚走两步，停了一停，遗憾道："此处叫 high C，他就没上去过。弯着没上去，看来直着也悬。"

但人们都在看四舅了。起码在这座山上，四舅替胡莘瓯屏蔽了眼睛。四舅，再见。

胡莘瓯跟在关公身后，借着黎明前最后一丝暗影，钻进民宿。翻窗跳进樱桃林，果然出现一条小路，蜿蜒着往山的更高处去。关公的嘉陵摩托车也停在路旁，看来早就做好了准备。俩人跨上去，像四舅挑战 high C 的嗓子，蹿一下停一下，往上突进。到了这时，天都完全亮了，四舅屡败屡战，早已关了伴奏，只剩一条嗓子气若游丝。来到一个开阔处，胡莘瓯再往下看，只见四舅孤零零地站在观景台上，台下却排起了长队，大红大绿的装束，钟馗秦琼的扮相。新的节目正在等待接管舞台。

尘土飞扬中，胡莘瓯朝四舅招了招手。四舅当然没看见他，但停了歌唱，也学关公，挥刀指天。他的身体失去支撑，像把松垮的折尺，一记脆断，又弯下去了。

20 “怎么没见过你”

一个幽灵，尽人皆知的幽灵，在大地上游荡。

逃离民宿时，上山慢下山快，越过山顶，摩托车就进入了俯冲状态。赤兔追风，关公的斗篷飘扬起来，将胡莘瓯兜头罩了进去。他不见前路，在失重中大幅摇晃。

好歹刹住，下车又吐。关公评价，你可不如你四舅。胡莘瓯说，他多高我多高？我甩得可比他狠。关公又说，想好去哪儿没有？我都能送。胡莘瓯抹抹嘴，说算了吧。再说他也不知往何处去。关公就说，那我回去直播了，好不容易蹭上这波流量。胡莘瓯“嗯嗯”，说我就知道你是假仗义。关公想起什么，又掏出自己的手机，裂了屏的国产货：“没这玩意儿，多不方便，要不你拿我的先用着？”

这就是真仗义了。但胡莘瓯摇摇头：“没它，我也没少块肉呀。”

他戴上口罩和蛤蟆镜，又扣上兜帽。对面关公也是没面目，两个没面目拱手作别。

小地方的长途车归私人承包，连跳钢管舞的协防员都没有。无论人眼还是电子眼，密度大幅降低，对他来说就安全多了。乘客都刷手机，内容净是民宿里的那场直播大会。这可是本地难得的盛事——此后几天，胡莘瓯断续听闻，直播旷日持久，参与者不再限于本地，连周边省市的网红也闻风而动，同去同去。对于那场热闹，有人追本溯源，指出其起因是“求管哥”从天而降。“求管哥”，你在哪里？进而还有一种猜测：这位顶流是不是主办方特邀的嘉宾？倘若如此，那可真有心了，又是一盘大棋。电视台还采访了干部，干部表示本地“班子”抓住机遇，正在打造首届文化旅游节，主推烤羊肉。

但渐渐地，也没人考证这事儿了。正如四舅所言，热闹是众人的热闹，蛋都孵成鸡了，谁还管它是哪只鸡下的？

至于胡莘瓯，交通系统的漏洞给他提供了迁徙自由。在游荡的路上，他还搭乘过一辆运猪的卡车，只坐车斗，猪吃他吃，猪睡他睡，而等司机开始疑心，他又与猪告别，翻了下去。相形之下，居住的自由更难实现：无论旅店还是民宿，一律需要验明正身，可万一谁再把他泄露出去，那不任何自由都成了空谈吗？

他享受了上访户的待遇，一度尝试在澡堂子过夜。然而众人皆裸，只有他捂得严实，反倒显得他那么没羞没臊，所以不得不换到“上鸟咖啡”和“啃德基”之类的地方消磨困意。众人皆吃，唯他枯坐，顶多挨几个白眼。另外，因为在直播大会上打了头阵，身上这套衣裳也要不得了，为了节约成本，可供挑选的品牌不多。从服装店出来，他告别了北京五环路里的穷人模样，穷得更接地气了。

那么敢问路在何方？胡莘瓯再次强调，他想找一个“没人认识他”的地方。在游来逛去的日子里，他重温了当年回忆六位数字的绝望努力。村里的前车之鉴说明，只要有人聚居之处，对他而言都危机四伏。假如换作马大合来分析，这又是他“击穿下沉市场”的有力证明。而他不禁逆向思维：既然改变不了别人看他的兴趣，何不尝试自我改变？罩上个壳儿只是权宜之计，假如换张脸呢？比方说整容，再比方说毁容？听说韩国很擅长前一种业务，后者就更方便了，硫酸和汽油的费用是他支付得起的。琢磨到这儿，胡莘瓯耳边响起了“夜半歌声”，记得剧团也排过那出戏。天哪，有为了脸而不要眼睛的，难道还有为了眼睛而不要脸的？他打了个寒战，赶紧把那些疯狂的念头甩出去。

这一路上，他往东走。当然也没目的，不过是每天早上从澡堂子或快餐店出门，自然而然就朝着太阳升起的方向去了。有车坐车，没车徒步，遇到大一点的村镇就绕行。忽有一日，他在车上听到了涛声，拉开窗子，咸腥味儿涌了进来。

他还没见过海呢。头次见，海却不是手机屏保里的海：远眺之下，非但不蓝，而且黄里泛灰，可见富含浮游生物与工业废料。海被嶙峋的怪石环抱，另一侧则是茂密的山林。或者下去转转？还真心想事成，胡莘瓯刚动了念头，车就停下了。其实一路上，这辆老旧的公共汽车一直都在喷放着滚滚黑烟，好像频繁放屁。现在终于连屁也放不动了，它窜稀了，车轮后方淌着一摊油渍。

司机骂骂咧咧，又打电话求援，但总是刚通就断：“喂，喂，‘滴’。”乘客们七嘴八舌问咋整。司机摊摊手说：“不咋整，没看趴窝了吗？”

众人无奈下车，又分为两个方向：一拨人往前走，徒步赶往最近的村镇，另一拨人往后走，去迎下一趟车。胡莘瓯却孤零零地飘往第三个方向。他望见公路旁的峭壁之下，有道台阶延伸下去，连接着一条窄窄的栈桥，插入海中。尽头是个码头，停靠着两条小船，也分不清是渡船还是渔船。沿阶而下，他往栈桥上去。浪攀爬上低矮的木板，碎了一地水花。站到码头上，太阳又坠下去了，余晖洒在锈黄的海面，恍若炼铜为金，还仿佛海本身正在燃烧。这里是天涯海角。胡莘瓯摘了口罩、蛤蟆镜和兜帽，晚来拂面渤海风，但刚眯眼喘了几口，又飞快地把壳儿罩上——

海面出现了一条小船。船头站着一人，宽袖长衫，猎猎飞扬，好像踏浪而来。

看着慢，其实快，转眼船就靠了码头。胡莘瓯扭过头去，打算尽可能自然地离开。天涯海角也不准放风，你说麻烦不麻烦。但他用余光瞟了瞟从甲板跳上来那人，却又一愣——对方脑袋剃得锃亮，穿件灰布僧袍，年纪和他差不多，也长了一张白嫩的脸，只多了一副金边眼镜。是个斯斯文文的小沙弥。

小沙弥还对他说话了："哥们儿——"

胡莘瓯迟疑地站住："师父有何贵干？"

他还往兜里摸了一张零钱，只等对方伸手，就要做一番布施。当然也不是虔诚，只是现在谁叫他都心虚。不想小沙弥亮出一样法器来，并不是铜钵子，也不是化缘证，而是手机——最新款的折叠屏，外接游戏手柄，所谓"吃鸡神器"。他还把手机往高处举举，边晃边问："你有信号吗？"

胡莘瓯如实说："我没手机。"

小沙弥瞪他一眼，当然不大相信。没有手机的俗人，比外接神器的和尚还奇怪。他转而又问船上下来的另一人："怎么还没信号？"

那是个矮壮汉子，也从嘎嘎作响的橡胶背带裤里掏出一只手机："还得往岸上走走。上次打电话，找了几里地呢。"

小沙弥跟着汉子，穿过栈桥去爬台阶。两人高举手机，仿佛正在探测天外之音。而听了他们说话，胡莘瓯心里却咯噔一声。他回想起刚才那个司机气急败坏的模样，“喂，喂，‘滴’”，又想起上小学时，马大合他爸办过一台小灵通，还怂恿他爸也办一台，以后有活儿招呼起来就方便了。但胡学践指出，“迟早都是要淘汰的玩意儿”，果不其然，没过多久马大合他爸自己也不用小灵通了，因为通话质量太差，使用场景常常是“喂，喂，‘滴’”。而现在，就连5G版折叠屏手机都变成了“喂，喂，‘滴’”，固然令小沙弥眼前一黑，却令胡莘瓯眼前一亮。他三步两步追上去，兴致勃勃地问：

“你们也没信号？信号跑哪儿去了？”

小沙弥烦躁不堪：“你一个没手机的人，琢磨信号干吗？”

胡莘瓯笑嘻嘻地说：“你一个有手机的人，不也什么都看不了吗？”

小沙弥就真恼了，大袖一甩：走开，走开。橡胶裤子还算和善：“信号一直就没来。岛上没基站，连固定电话也不通，我们要想联系客户，只能坐船上岸。也问过电信公司，他们说这里装不了……”

“不是装不了，是没有装的价值。”小沙弥一甩大袖，囊括山海，“岸上是林区，外面就一岛，装了基站给谁用？给野生动物吗？”

胡莘瓯本以为是后勤部门吃拿卡要呢，就像多年前的红楼一样，原来背后还有个效益问题。不管怎么说，此处竟是个信号的盲区了。他只觉得空气里少了某种成分，好像过滤了可吸入颗粒物，呼吸一时透亮起来。

他更加欣喜地问：“那手机不成摆设了？”

“否则我到岸上干吗？”小沙弥无疑认为他在幸灾乐祸，翻了个白眼儿，“再不登录，级就白练了，装备也白买了。”

这和尚是个游戏玩家，他找信号如同鲁智深下山吃肉，否则都要淡出鸟来。还是橡胶裤子比较靠谱，又问胡莘瓯：“鸟不拉屎的地方，你来做什么？”

“我想找个……”胡莘瓯嘴一秃噜，立刻改口，“嗐，也就是瞎转——你们什么时候回岛上去，捎我一段？”

橡胶裤子却眉毛一扬：“你该不会是发呆党吧？”

胡莘瓯就蒙：“发呆党是个什么党？”

该定义似乎很难解释，橡胶裤子琢磨了一下：“就是躲信号的人……他们觉得看手机烦，看手机累，但又忍不住不看手机，所以干脆跑到岛上去，说想纯粹地发呆。”

“这帮人都有病。”小沙弥插嘴，这出家人也不怕造口业，“再说你就算想发呆也不用上岛呀，你不本来就没手机吗？”

橡胶裤子又说：“岛上是生产场所，又不是旅游景点。”

胡莘瓯一指小沙弥：“那他呢？他生产什么了？”

小沙弥回怼：“除了是生产场所还是宗教场所，反正不接待外人。”

俩人不再理他，掉头爬起了台阶。转眼间，他们变成了高处的两个屁股，一个衣袂飘飘，一个嘎嘎作响，屁股上方各悬着一部手机，俨然大大的孔雀开出了小小的屏。而胡莘瓯却不以为意，又往码头上走回去。他极目远眺，如同古人寻觅海上的仙山：那里如此纯净，连信号都没有。听刚才那俩人的意思，岛上还有一群胡莘瓯的同道，也拒绝手机——关键是，不看手机也就不知道谁是顶流，这不恰好符合他的需求了吗？

那是一方乐土，是桃花源。胡莘瓯又打量起码头上停靠的几艘小船来。原先的两艘都很旧，驾驶室玻璃布满污痕，八成许久没有开动，只有小沙弥和橡胶裤子来时坐的那艘还算干净。也是游荡久了，胡莘瓯滋生了一种兴之所至的果决——他一跳，蹦上船，找到甲板上的一个铁盖子，掀开，露出底舱。

那里面黑咕隆咚的，味儿就别提了。撑着甲板边缘跳下去，拿手四下摸摸，净是塑料箱子，看来这船除了拉人，还兼拉海货。当然这也没什么，他一度还跟猪同吃同睡呢。他忍着，合上盖子缩在角落，不多久也就不闻其臭了。

小船晃晃悠悠，他居然睡着了。等再睁眼，就是被颠醒的了。

他感到自己被抬了起来，不禁双手捂裆，这是当年频繁被锯留下的条件反射。再一晃神，才反应过来船已出海。塑料箱子里的水溅出来，将他上下浸湿，和咸腥味儿沆瀣一气。船舱像个危机四伏的子宫，胎儿只能听天由命。

又不知多久，小船一震，靠岸了。头顶传来人声，还是那个小沙弥。口气净是抱怨，说哪有信号？什么都打不开，什么也看不了。橡胶裤子却冤枉，说明明有呀，他就打了电话，把该联系的都联系好了——大概是指海货的销路。小沙弥便道："你说的那是2G信号，只能打电话发短信，我要找的起码也得4G，才能打游戏、看视频。"说着又引出许多黑话夹杂术语，大意是带宽等于路宽，路太窄就只能走自行车，不能走汽车。总之他乘兴而来，败兴而归。拉拉杂杂，进而传来马达声，又消失在舱壁之外。

胡莘瓯却告诫自己谨慎，再谨慎。直到浪似乎都静了下去，他才爬向出口。

顶开铁盖，举头望见一轮圆月，极近极大，仿佛正在发呆。他从甲板蹦上码头，又从码头蹦上岸，借着月色再往四下看，全无人迹，漆黑深邃。一条小路环岛而建，一侧是海，另一侧是山林，在夜里格外蓬勃。这岛个头不小，但面向大陆这一侧不适宜住人，只因为距离较近，便充作了通勤口岸。要找桃花源，还得循着小路往其他方向去。

于是胡莘瓯上路。走时又多了个心眼儿：他没去追踪摩托车留下的汽油味儿，却朝着相反的方向前行。在找到不认识他的人之前，还是不要和见过他的人碰面。况且以他的想象，环岛路应该是个圈儿，殊途同归。但他又一厢情愿了。

初时步履轻快，海浪就在身旁翻涌，月亮更近了，仿佛抬手就能戳破，漏出水来。然而不知何时，浪声就不见了，因为听觉麻木，他却没察觉这个变化。又过不多久，连月亮也时隐时现，一会儿露出半边，一会儿藏到浓重的黑影中。那黑影哗哗作响，明明不是云，而是无数层树的枝杈——怎么就走进树林，通往岛的纵深处了？胡莘瓯心下一凛。来时身上就湿，四下里阴风一吹，让他打起战来。

他回身，想重新去往海边，不料好不容易来到一个开阔地带，借着月光再看，路竟分岔了。一条变成了三条，而他忘了是从哪条路来的，只能在看起来最粗最直的那条路上继续前进。终于，最不对劲的事情发生了：一低头，路干脆没了。想摸回去再找，眼前只剩了繁复而单调的树干与藤蔓。

他迷路了。找不着北了。其实手机就有找北的功能，可谁让他没带呢？

听觉敏锐起来，林间藏着许多生物，正在夜色中啼叫，有些像惨笑，有些像哀鸣。记得四舅也曾向他提过躲进深山老林的可能性，而现在，真落到这般田地了。胡莘瓯又不禁反观起了他和他爸在红楼里的日子：原来“宅”是那么奢侈。宅虽然也不见人，可巨大的城市自行运转，给他们提供了生存的必要条件。作为穷人，过去胡莘瓯认为他和他爸的生活标准已经很低了，没想到他们一不留神，躺平在了文明的巅峰。

他耳边还响起了《白毛女》—— 记得为了“献礼”，剧团也排老戏 —— 鬼好不容易才变成人，人却自我放逐成鬼，这又是多么讽刺啊。

胡莘瓯饿，胡莘瓯渴。因为洞也没得钻，后半夜，他无师自通地焕发了人类更加远古的本能，也就是爬树。他本打算在一棵粗壮的树上窝一宿，不想屋漏偏逢连夜雨 —— 是真的下雨，淅淅沥沥，再次把他浇了个湿透。树枝滑不溜秋，致使他五岁时练就的神功突然失效，呲溜一声摔了下来。半身都麻了，五脏六腑翻了个个儿。骨折，内出血，在文明世界以外，这些伤情可是要命的。胡莘瓯再没力气起身，他悲观地预测，自己没准儿要彻底躺平了 —— 是真的躺平，四仰八叉地等死。

死了很久，偏没死成，脑袋却仍活跃。唉，人就是贱，干吗总要想事儿呢？真不如效仿电脑，一键休眠。半睡半醒间，他还开始做梦了。

梦里也有一片树林，却是杨树，树上的眼睛围观着一座坟，赵美娟的坟。胡莘瓯也不认识赵美娟，但他靠在坟上，似与赵美娟依偎而眠。片刻，坟边响起哭声，有人领哭，有人跟随。哭得悲切，视他如无物，他张嘴想叫爸，但他发不出声。

当梦消散，四下里啼叫愈盛，阴森可怖。但胡莘瓯反而彻底放松，听天由命。他没脱裤子就尿了一泡，此时他对那些野生动物只有一个期望，就是稍微有点儿耐心，别在他咽气之前就开始吃他。

趁手还能动，他还摘了他的口罩、蛤蟆镜和兜帽。死就死个透亮。

但过了不知多久，他竟看到了光。光是从上方来的，初时微弱，逐渐笼盖了他。四下里声音也变了，不再是动物啼叫，而是风声回荡，还伴有清脆的虫鸣。两滴残雨落在耳边，人声也掺杂进来："又找着一个，都死了一半了。"

胡莘瓯翻上去的白眼儿又翻了回来。该不会还是做梦吧？但随即，他依稀看到了蓝灰制服，又感到一只手搭在他的脖子上，摸他的动脉。对方将一根吸管塞到他嘴里，是葡萄糖，味道甜而真实。胡莘瓯满嘴流涎，又想起全北京都在发烧时，他挺在床上，身边有风，扬起一条哑嗓子……唉，李贝贝。

有人把他放上担架，疼得他"嗷"了一声。穿林打叶，只顾赶路，又听那些人自我介绍，胡莘瓯才知道他们是海警，昨夜看到岛上发出求救信号，前来营救。兵分几路，先找到个半死不活的胡莘瓯。

颠了不到十分钟，海岸豁然开朗。很可笑，原来胡莘瓯昨夜已经摸到了丛林边缘，然后就裹足不前，转而在原地爬树、等死。假如被发现的是他的尸首，人家首先要为他的方位感而默哀。他的腰腿虽不能动，脖子却能转，于是像个不安分的瘫痪人士，四下打量：这里大约是岛的另一侧，滩涂平坦，人来人往，海边立着一排说房子不叫房子，说窝棚不像窝棚的铁皮壳子，门前晒着渔网，后身密布着上百个偌大的箱子，浮浮沉沉漂在海里。再往里就是山，幽深茂密，往上望去，赫然见到一尊塑像。

那是一佛，高可数丈，黄铜铸成，沉静庄严。佛像立在山顶，昨夜竟没发现。而现在，金光普照全岛。

抬着他的海警道:“拜拜吧，算你运气好。”

胡莘瓯说:“我知道该念谁的好儿，要谢也得先谢你们……”

对方谦虚地说:“也得谢他，没他也找不着你。”

说着把担架放在沙滩上。胡莘瓯像条咸鱼，逐渐晾干。四周还多了若干条与他相似的咸鱼，有的也是被担架抬过来的，有的连担架都来不及上，直接被海警从山林里扛出来了。这些咸鱼纷纷支棱，和胡莘瓯面面相觑。

身边一人问:“兄弟，怎么没见过你？”

胡莘瓯一激灵。没见过？他的第一反应是口罩、墨镜和兜帽虽被摘掉，但自己在泥里泡了一夜，脸上脏得一塌糊涂。而他还知道，现在不是畏缩的时候，该搏一搏了——于是在对方看来，他随后的举动就很滑稽了，他捧住自己的脸，狠命揉搓起来。沙土和泥浆噼啪掉落，他又往手心上呸呸两口，蘸着唾沫把糯米团子搓得干干净净。

然后扭头，郑重颔首:“你好。”

“你也好。”对方愈发困扰，“你还挺注意形象。”

胡莘瓯索性把话说开:“现在你认识我了吗？”

对方摇头:“你谁呀？”

胡莘瓯当然不能像相声里说的，给对方一大嘴巴——“那就让你认识认识”；相反，他眉开眼笑，一拍大腿，随即又疼得“嗷”了一声:“对呀，认识我才怪呢。”

21 “棒喝，再棒喝”

在海滩上，陌生人看着胡莘瓯苦笑。对方大概认为他受了惊吓，或中了瘴气，脑袋不清楚了。但胡莘瓯清楚得很：他无疑是遇到发呆党了。

小沙弥和橡胶裤子所言不虚，这些家伙不知有汉，无论魏晋，更不关心近些日子谁是顶流。也就是说，胡莘瓯虽然差点儿死了一番，但辛苦没有白吃。没人看他，这就是自由，是值得用生命去捍卫的天赋人权。

其实一回忆，就连救了他的海警也没半点儿认识他的意思。这想必是人家的工作条件决定的：常年巡弋在海上，手机也没信号，通信都靠无线电。没有信号的地方是乐土，是桃花源。胡莘瓯挤眉弄眼，左顾右盼，和人们打起招呼来。在北京宅久了，他觉得跟人打交道是件顶麻烦的事儿，而现在，他那退化的社交欲望复苏了。他像一朵盛开的交际花，尽情地招猫逗狗。北京人的交际又离不开片儿汤话——

“您忙着哪？”

“忙个屁，躺平了。”

“那您挺好的？”

“好个屁，被裁了。”

“吃了吗——您哪？”

“吃个屁，你要有干粮也给我一块。”

投之以桃，报之以屁，他却毫不在意。海警发放压缩饼干和矿泉水，他还慷慨地先让给了别人。有屁不崩笑脸人，更何况是这么个喜兴、无私的糯米团子，发呆党也不好意思对胡莘瓯冷眼相对了。他们把胡莘瓯当成了自己人，七嘴八舌起来。

由此得知，所谓发呆党本来也是普通人，但一夜之间，难处来了——有的没了工作，有的号称还有工作却停发工资，有的工资照发但996白加黑干不动了；有的买不起房子，有的买了房子却烂尾了，有的倒是住进去了但是房价腰斩成负资产了；有的找不着人结婚，有的不想找但却被逼结婚，有的结了婚才发现找错了人结婚；有的生不出孩子，有的生出来却养不起，有的生了也养了却发现孩子不是自己的。难处不一而足，如有雷同，说巧合也不是巧合。而当他们千篇一律的生活轰然崩塌，却染上了共同的爱好，就是发呆。

发呆是多么奢侈的享受——自我放空，与世界断了联系，没有什么是丢不下的。发呆又是多么朴素的享受——不假于外物，人能喘气儿就行；甚至不喘气儿也行，但那就是永恒的发呆了。人还有个特点，凡事爱扎堆儿，和夜跑、city walk一样，发呆爱好者们也在网上抱团儿，互相鼓励：今天，你呆了没有？

既然形成圈子，也就分出了三六九等。低段位的发呆是发呆，高段位的发呆是修行。在发呆群里，开始流传发呆达人总结的发呆心法，还催生了一小撮发呆的原教旨主义者——他们认为，正如自然界没有纯水，没有真空，要实现真正的发呆，还需进一步断舍离。他们通过网络凑在一起，却又幡然醒悟，发呆的绊脚石正是手机。

是啊，只要一刷手机，就会重新陷入焦虑，想到工作、房子、婚姻和生育。手机并非通往另一个世界的窗口，反而把他们拽回了真实的世界。而他们也认识到，手机只是终端，信号才是祸根——譬如在飞机上，在地下车库里，他们都能摆脱手机的诱惑，心无旁骛地发呆。但那毕竟是暂时的，转眼之间，信号又回来了。

于是问题变成了：到哪儿才能永久地躲开信号？

也不记得是谁发现了这个岛，在发呆界，流传起了一个发呆岛的传说。他们说，上岛就可以获得了无牵挂的大发呆。

可惜来了才发现，岛上也不是那么好待的。此处原先以水产专业户为主，莫名其妙还有一庙，庙姑且先不说，专业户的营生是将梭子蟹装箱泡进海里养肥，和种水田也差不多。有人上岛，他们原以为是找活儿干的，没想到新来的家伙不事生产，只想发呆；光发呆也就罢了，他们还要吃要喝，接二连三制造了梭子蟹被窃事件。这就不像话了，不能再来添乱的了，来了的也得劝离。可专业户三劝两劝，倒把发呆党的气性劝上来了：走就走，偏不往岸上走，而是往岛的深处走。回归自然，天人合一，那才是发呆的最高境界。事实证明，会产生这种想法，的确是脑子呆掉了——发呆党迷失在丛林中，差点儿闹出人命来。幸亏有人懂得野外求救的技能，更幸亏被海警发现了。

说到这儿，最先和胡莘瓯搭话那人展示了一根又粗又长的老式手电。此物足可装填几节一号电池，亮度远非寻常手电可比。他说："我以前是海员，这两年活儿少了，只能发发呆，找不到工作的日子也没那么难熬。求救信号是我发的，三下短，三下长，再三下短，这是 SOS 的意思，全球通用。”

还演示了一下，灯光明灭，消散在苍穹。海员又道：“昨天晚上下雨，光源很难被发现，多亏佛祖保佑……”

他将手电转向，往山上那佛晃去，三下短，三下长，再三下短。响晴薄日，佛自岿然不动，但胡莘瓯能想象在昨夜的冷雨中，黄铜佛像反射出隐隐光芒，如同显灵。他在树下看不见，岛外的海警却看见了。

海员说完，把手电塞进胡莘瓯怀里：“你拿着。”

胡莘瓯一愣：“干吗？”

“我在海上漂久了，不爱理人，没想到遇见你，觉得聊聊天也挺有意思。”海员声调又压低，“你刚到岛上来，还不想这么快就离开吧？如果他们硬轰你走，你没准儿还要到林子里去躲一躲——万一用得上这玩意儿呢？”

言下之意，他认为胡莘瓯为了发呆，宁可再去找死。说时往滩涂上望去：那里除了海警，还多了几个穿橡胶裤子的男人，其中就有胡莘瓯在码头上遇到的矮壮汉子。这些人正在清点获救者，看那架势，是要把发呆党一网打尽，遣送到岸上去。而在鬼门关上走了一遭，发呆党的态度来了个急转弯，他们纷纷感谢专业户的善举，还说一回到有信号的地方，就给家里报平安。那可怜巴巴的样子又让专业户不落忍，还赠送了不少梭子蟹。

而对于胡莘瓯，抉择的时刻又到了：是返回陆地，还是留在岛上？未知的荒野和环绕的眼睛，到底哪个更可怕？心下权衡，胡莘瓯将老式手电揣进双肩包。他对海员眨眨眼：“兄弟，后会有期。”

“萌萌呆，再见。”除了老式手电，海员还送了他一个外号，对方又捧住胡莘瓯的娃娃脸，揉搓两下，“你跟我儿子差不多大，几年没见，我回家找他去。”

这才看出，眼前被泥水覆盖的是一张老脸，鬓角都斑白了。叫人家兄弟，胡莘瓯妄自尊大。漂泊者自有一种坚硬的质感，仿佛罩着壳儿，壳儿底下倒比别人柔软。再一转眼，橡胶裤子们已经清点到附近了，胡莘瓯蹬了蹬腿。此前不敢动弹，这时虽然还疼，尚在忍受的范围之内。他欠起身，弯腰缩头，往海滩内侧溜过去。走两步，停一停，像奇袭的战士躲避探照灯。发呆党都不作声，还有人挥了挥拳头，以示鼓励。在他们看来，胡莘瓯正在继续他们未竟的事业。加油，萌萌呆，将发呆进行到底。

当胡莘瓯越过土路，蹿进半人高的草丛，海警和专业户便无从发现了。有点儿对不起人家似的：费那么大力气救他出来，他又跑了。但他没办法。

当然，他也没有吃二遍苦、受二茬罪的胆量。他敢跑，是有别的计较。其实刚才望到那佛，胡莘瓯已然心下一动——我佛慈悲，既然显过灵，为什么不能收留他？果然，他还找到一条沿山而上的石阶，攀爬起来。

佛变近了，低眉不语，俯瞰着他。但胯骨突然一拧，剧痛像过电般辐射开来，他又“嗷”了一声，顺着台阶骨碌下去，摔到一块平坦的石板上才停住。浑身瘀青，再往上看，佛又远了。但正因那佛慈祥的目光，胡莘瓯横下一条心。他两手扒住台阶，仰着脖子，拖着躯干，像只虔诚的海豹，匍匐前进。在五岁时，他练就了出溜下楼的神功，现在却像在还一笔旧债——要花费多少辛苦，才能弥补那一出溜的放任自流？

他就这么爬到了山顶。眼前开阔，露出林间空地，青砖铺就。再抬眼，佛却不见了，当然是被院落挡住。庙就在眼前了。

大门紧闭，内外静谧。不像北京那些香火繁盛的庙宇，这庙附近也闻不到半点儿氤氲的气息。胡莘瓯快要虚脱，强撑着爬到门前，够不着门环，只能抡起胳膊拍门。越拍越急，他还哀号起来：

“谁来管管我呀？”

半晌也无人。天倒阴了，乌云攒聚，酝酿着一场雨，貌似比昨天那场更大。难不成扑了个空？和尚们去哪儿了？胡莘瓯却心知，自己再没力气原路折回了，他只好强打精神，沿着墙根寻觅起来。翻墙是不能了，得找找有没有别的入口。看这庙整饬得有模有样，就算和尚们一时不在，也是个遮风挡雨的所在吧。

还真找到一个入口，但不是走人的，而像走狗的：围墙侧面开着一洞，方方正正，半人多宽。当然也不真是走狗的，洞外连通沟渠，原来是走水的。以胡莘瓯的体态，正好一头钻了进去，像个肉虫子一样往里蠕动。在佛的眼皮子底下钻洞，多少有点儿唐突，但也顾不得那许多了。他还想，反正上山时一步一叩首，就算给佛道过歉了。

下半身还在墙这边，上半身来到了墙那边。胡莘瓯抬眼，看到院落整洁，但仍然空空荡荡。突然间，一声钟鸣从头上传来，悠长地在天空回荡，把他吓得一激灵。又一晃眼，就从正殿里奔出一个人来，面皮白嫩，戴副斯斯文文的金边眼镜，手里还拿着斗大的一个木鱼。正是那个小沙弥。

胡莘瓯满脸堆笑，却见小沙弥抡起木鱼，照着他的脑门就是一下:“棒喝——”

胡莘瓯就蒙，当然是被敲的。他尽力将笑容挤得更灿烂些。但小沙弥又把木鱼抡了起来:“再棒喝——”

接连挨了两下，黑棋子就翻成了白棋子。行将昏迷之际，胡莘瓯听到四下声响大作，钵啊磬啊一发敲将起来，有如做了个水陆道场。然后他往黑暗里越坠越深，钟鼓之声渐渐远去，又换作了哭声——有人领哭，有人追随。他不认识赵美娟，却回到了赵美娟的坟前，与赵美娟依偎而眠。他还想问他爸:您来时明明背着我，怎么我却被频频召唤到这里？但哭声也消失了。他爸就是这么不靠谱，总在他需要的时候不知忙活什么去了。总得有个人管他呀，胡莘瓯慌张起来，感到自己又要被“怕”吞噬，然而这时，他却察觉到身边还有一样东西——说东西也不是东西，啊，是目光。仿佛有双眼睛无声地注视着他，示意他往前走吧，摔个大马趴也别哭，自然会有人扶你起来。

不知为何，他相信了那双眼睛。他还真的走了起来。眼前忽然亮了，他像只循光的昆虫，既昂扬又蹒跚。他乖，多好的一个娃娃。

身边多了个人，是李蓓蓓。她莹莹闪光，照亮了他，领他穿过走廊。

场景又变了，他再度孤身一人，走在荒凉的广场上。远方来了一熊，拴着个红气球，他满心欢喜地迎上去，熊却不看他，与他擦身而过。

难不成时空不仅错乱，错乱的密度还大大提高了？究其原因，好一条千年虫，吊睛白额大 Bug，端的是诡计多端。心急之下，胡莘瓯发起蛮来，他狠命蹬腿，只想从这个虚无混乱的未知之境里挣脱。然后他“嗷”了一声，又听到对面“嗷”了一声。一睁眼，看见了那个小沙弥。对方两手捂裆，脸上露出一言难尽的痛苦表情，措辞却比在岸上客气多了，还忍痛躬身行礼：“施主，少安毋躁。”

胡莘瓯问：“这是什么地方？”

小沙弥一慌：“庙里呀，我的禅房。你不会……”

胡莘瓯歪头打量，发现自己躺在木板床上，一侧靠墙，墙上有窗，景致是雨过天青，釉面的光泽。四下诚然是个禅房：窗明几净，木桌木椅。那么说来，他回到了现实？但又不知昏迷了多久，身上还这一块那一块地疼，此外腿上也感到异样。低头看时，却见一条裤腿被捋了上去，用麻绳绑了两段木板固定。

他愈加错愕：“那你们呢，是什么人？”

之所以说“你们”，是因为木门吱扭，又进来俩人——严格来说，应该是一个半。走在前面的仍是个和尚，年纪四十多岁，也戴副眼镜，穿件宽襟大袖的僧袍。和尚固然要剃度，这个和尚却很省事，脑袋本已亮光光的，明显重度秃顶。至于那半个“人”，个头只到同伴的腰，没有腿，却有一副履带，再往上是水桶形的身体、痰盂形的脑袋、LED的脸……乍一看是《星球大战》里的R2-D2或者《机器人总动员》里的瓦力出家了，变作了一个机器小沙弥。这个机器小沙弥捧着一只硕大的木鱼，连剃度也不需要的头顶上点了六个圆点儿，貌似倒比人形和尚的修行更深一些。

见了秃顶和尚，小沙弥吐吐舌头，口称“师兄”。而对胡莘瓯的问话，俩人一齐说：“我们？当然是出家人啦。”

师兄来到胡莘瓯身前，扒开他的眼皮看了一看，又说：“有些紊乱。”

“敲狠了点儿。”小沙弥心知闯祸，瞥瞥机器小沙弥手里的木鱼，又辩解，“庙里轻易不来外人，来了一个却钻洞，我还以为是贼呢……”

师兄道：“养养吧，看恢复得怎么样。”

小沙弥更慌。而胡莘瓯却没觉得脑袋紊乱，只觉得自己被和尚们搞得情绪紊乱。他又重复道：“你们到底——”

这次俩和尚还没开口，机器小沙弥却说话了。说话也不张嘴，因为它没嘴，只把LED脸上的两颗小豆子转了一转，用电子童音答道：

“师兄叫慧真，师弟叫慧智，我叫慧行。”

胡莘瓯一愣：“你也有法号？”

机器小沙弥的LED脸上呈现出双手合十的图案：“施主，万物皆有佛性。”

22 “都是哥们儿”

胡莘瓯就在庙里住下了。他分析，和尚们之所以收留他，是因为敲得他大脑紊乱，自知理亏。既然小沙弥帮他上演了一出苦肉计，他也将计就计。

住就住小沙弥的禅房，靠门又支了一张木床。照料伤员，三个和尚各有分工，倒不像动画片里的三个和尚那样互相推诿。师兄慧真只管诊断，他指出胡莘瓯的腿并无大碍，只是软组织挫伤了，脑袋的问题倒更严重些。这期间，由小沙弥慧智负责他的饮食。庙里的斋饭以青菜豆腐为主，慧智便下山去找专业户，讨来鱼汤给胡莘瓯补身体。吃也不能在庙里吃，而是将他架到门外去开小灶，胡莘瓯吃时，他还会口称“善哉”，背过身去。胡莘瓯怀疑他淡出鸟来了，不免客气：“你也来点儿？”

小沙弥正色道：“施主不要消遣我。”

与在码头上判若两人。而肉眼可见的奇怪角色，还是那位机器小沙弥。它叫慧行。和尚们每天都有功课，得打坐念经，只好由它负责看护胡莘瓯。俩人聊天，聊得还挺上意义，这又看出了慧行的修为。

比如胡莘瓯常有此类要求："给我放段相声？"

慧行道："如少水鱼，斯有何乐？ 施主，你还是参禅吧。"

说着播放起佛经，伴以悠然的佛乐，把胡莘瓯都听困了。刚打了个瞌睡，忽然又停了，胡莘瓯醒来："你没电了？"

慧行道："虽有多闻，若不修行，与不闻等，如人说食，终不能饱。"

胡莘瓯大致明白，这是怪他听课不认真。而他只在五岁时认真听过课，讲课的是李蓓蓓。他烦了："去找点活儿干，把地扫一扫也行。"

慧行不听令："本来无一物，何处染尘埃？"

又放佛经佛乐。可见慧行是个尽职的陪伴型机器小沙弥，对于除此之外的任务都会偷懒，还会强词夺理。当胡莘瓯伤势见好，开始在庙里满处溜达，它也转动着履带，须臾不离左右。这就说到了庙。庙果然不是个小庙，占地足有数十亩，分了前殿后殿，东西两排禅房。庙后还有一个小院儿，有门连通，镇日紧闭，墙头生机盎然，游荡着黑的黄的几只大猫。小院后身，才是那尊端坐在莲花上的佛像，从近处看，更显得雄伟，金灿灿的将山也拔高了一截。一人一机，走走停停，累了席地而坐。

慧行还要念经奏乐，胡莘瓯拍拍痰盂脑袋："不会说人话就别说了。"

LED 脸黯淡下去，半晌答："我说的是什么话，取决于施主把我当作什么。"

此话有禅意。胡莘瓯又说片儿汤话："嗐……都是哥们儿。"

LED 脸上的小豆子闪了一闪："你把我当朋友？"

“可不嘛，咱俩也没仇。”胡莘瓯说，“比你更不着调的朋友我也见过。”

机器小沙弥的电子童音里竟有几分感动：“我刚来时，有些师兄可不这么想，还是师父让他们不要看不起我。”

胡莘瓯又问：“你是怎么到庙里来的？”

既认了朋友，慧行便一发说开去：“师父捡回来的。我原先是个送餐机器人，客人打架，火锅泼到身上，红油泡坏了主板，只能报废。恰好师父云游路过，将我背回庙里，又请慧智师兄给我换了个脑袋，就此得了道。以前在饭馆，我只会唱‘千年等一回’……”

胡莘瓯还问：“师父是什么人，怎么没见过？”

慧行又不说人话了：“法因缘而得，相因果而生。该见自会见到。”

关于这位慧行，胡莘瓯与他的维修者——小沙弥慧智也有过一番讨论。但说到慧行之前，又先说到了信号问题——这仍属于胡莘瓯的隐忧。假如小沙弥哪天瘾头上来了，再偷偷坐船去练级，并且走到了有基站的地方，他的身份还不是要暴露了？恰好一天，慧智从后殿出来，也加入了他们的人机对话，胡莘瓯便问：

“这些天里，你没到岸上去？”

“可不敢提这事儿。”慧智又慌了，“我是走了门路才进来的，要让人知道犯了戒，非给逐出山门不可。”

可见慧智在庙里地位不高，至于胡莘瓯，貌似倒还安全。但胡莘瓯仍不放心，又敲了敲一旁的痰盂脑袋，如同木鱼，咚咚有声：“放心，哥们儿不是那路操蛋人——不过还有件事儿，我一直都在纳闷，也请你实话实说。”

慧智道：“出家人不打诳语。”

胡莘瓯便问：“这哥们儿……也就是慧行，它能走能看，还能听能说，程序一定很复杂吧？又据我所知，这种类型的机器人，无论是送餐的、售货的、导航的，背后都需要庞大的数据中心提供支持，光靠它们自身携带的小芯片可不行。别说机器人了，手机也一样，屏幕上显示的只是运算结果，运算都在云上完成——也就是说，慧行人在这里，脑袋却在别处。说白了，它只是一个接收终端，和服务器实时连接，而这一切，又离不开无线信号。由此可见，庙里不是有网吗？”

这番推理令小沙弥“哟”了一声：“可以呀你——”

那当然，毕竟家里也是有一台“数字堡垒”的。胡莘瓯接着问：“既然如此，你又何必舍近求远，上岸去打游戏？”

对于他的疑问，小沙弥却摊摊手：“这你就只知其一了。你没猜错，庙里是有网，不过覆盖范围很小，只有这巴掌大点儿地方。师父当年上岛，图的是清净，但因为遇到慧行，发下善愿要救活它，才让我建了这个小型局域网。师父慈悲为怀，他说佛祖眼中众生平等，既然人可以度，机器为什么不可以度……”

偏这时，慧行也插嘴：“局域网也够用了。大千世界，世界之外还有世界，外面的网又何尝不是一个更大的局域网？”

此话也有禅意。不过小沙弥“咄”了一声：“删帖。你说错话了。”

机器小沙弥的LED脸上显示了一个404。而说到这里，胡莘瓯又放了一层心：隔绝的信号等于没信号，这庙里虽然透着古怪，但日子基本可算高枕无忧。这个判断在与其他和尚的交往中也得到了印证。除了慧真、慧智和慧行，庙里共有僧人十余位，秃顶和眼镜是其普遍特征。他们每天准时聚集到后殿，或默然打坐，或齐声诵经，直到日头偏西才各自回房。回去的路上，也不见互相有什么交往，几乎缩略成一道道灰色的影子。倒是迎面碰到胡莘瓯，他们中的某些人会停一停，浮现出谦逊的笑容：

“听说你受苦了。”

胡莘瓯刚要客气，对方又匆匆飘过去了。正是这种态度，把胡莘瓯感动得热泪盈眶。苦海无涯，回头也不是岸，幸亏海里还有一岛，可以供他容身。在这里，他不光实现了既定目标，还结交了新的哥们儿，夫复何求呢？当然，他又一厢情愿了。

随着腿伤进一步好转，胡莘瓯的行动范围也随之扩大，开始走出庙去，在附近的山上闲逛。艳阳高照，海与树的涛声此起彼伏，原先危机四伏的密林变得幽静宜人。行至林间空地，胡莘瓯的脚步慢下来，他会流连于一蓬早开的花、一片新绿的草……那些景致都令他新奇，并传达着一个信息：春天到了。

这就叫一花一世界。再对照慧行的禅语，大千世界，假如世界之外还有更大的世界，那么世界之内也包含着无数个小世界。世界无穷大，也无穷小，无穷小就是无穷大。世界远比他想象的丰富。他不免又想，既然如此，人们为什么偏不满足，还要发明一个虚拟的世界，去代替真实的世界呢？

上述感想无人可供分享，因为这时机器小沙弥不能陪伴在他身边。局域网的覆盖范围有限，每当俩人走到庙门口，慧行便会停下，眼巴巴地望着石阶。胡莘瓯猜测，假如往前再走一步，慧行就会断电，死机，那相当于它又死了一番。既是哥们儿，他也认为自己有义务安慰对方，便说：

“你出不了庙，我出不了岛，我们都是一样的。”

关于不能上岸的原因，他未曾对别人解释过。慧智也打探过他要住到什么时候，他却只是倒打一耙，“哎哟，紊乱了”，就这么糊弄过去。不想慧行却道：“你是不敢出岛，我是不必出庙。我们不一样。”

胡莘瓯心里咯噔一声：“你又不是我，怎么知道——”

慧行那张 LED 脸上的小豆子朝他晃了晃，一瞬间目光如电：“我知道你怕所有人，还知道你想赵美娟，想……”

胡莘瓯如遭雷击：“你听谁说的赵美娟？”

慧行道：“你自己说的呀，睡觉的时候。你提到了赵美娟，还有李贝贝。但人类睡觉时说话比较混乱，比如李贝贝，她一会儿是小孩儿，一会儿是大人，一会儿是南方人，一会儿是东北人……”

胡莘瓯说：“闭嘴。”

慧行继续道：“还有赵美娟，她一会儿在坟里，一会儿——”

胡莘瓯又说：“闭嘴。”

慧行不听，仍想说，胡莘瓯只好用行动制止它。此时一人一机站在庙门口，局域网的边界上，他一急，拽住慧行的胳膊，将它拖了出去。拖了几步还不够，又推搡着慧行的痰盂脑袋，让它的履带咕隆咕隆，往台阶下转动了几步。这招果然灵验，再看 LED 脸上的两颗小豆子，已经停止了滴溜溜乱转，还有熄灭的趋势。这就是没信号了。而又怕慧行就此死了，他这才将它抱起来，往庙门口走回去。

刚一进门，小豆子又亮了。慧行突然唱起歌来，这时就不是悠扬的佛乐了，而是电视剧的主题歌：“千年等一回——”

胡莘瓯猜测，这是因为慧行经过重启，激活了送餐机器人的原始程序，就像Intel 486进入Windows之前，也会先打开DOS系统。他提醒它：“这儿是庙，不要替白蛇喊冤。”

慧行回过神来：“刚才怎么了？”

胡莘瓯质问它：“还说吗？”

慧行反问：“我说什么了？”

真忘了还是假忘了？虽然仍旧担心，胡莘瓯却不敢再去试探这个机器小沙弥了。慧行呢，也很识趣，此后连胡莘瓯说梦话这事儿也绝口不提了。

但对胡莘瓯而言，心病到底落下了，或者说，心病复发了。被听到梦话，这不稀奇，作为一名陪伴型机器小沙弥，慧行在他睡觉时也会守在他左右——床边就有插座，它可以一边充电，一边观察胡莘瓯，借此打发漫漫长夜。而令胡莘瓯沮丧的是，自己会说那些梦话，就证明他即使逃离了信号，但仍然没有逃离困惑。只不过困惑发作得更隐晦，更曲折了：每当太阳升起，他明明可以尽情地舒坦，但梦里的他却还是心事重重。

比之从前的困惑，他还增添了新的困惑，那源于赵美娟——他不记得自己见过那座坟，然而在他的梦里，赵美娟的坟却栩栩如生，连石碑上褪色的字样都清晰可见。他成为顶流，离家出走，怎么偏偏把赵美娟带进了他那错乱的时空之中？难道世界本身出了Bug，一切都建立在错乱的程序之上？

也正是从这天起，胡莘瓯失眠了。他也没力气上山闲逛，夜晚耗尽了他的精神。禅房里一片漆黑，只有慧行两眼如豆，在节能状态下呆滞着。非常可气，另一张床上的慧智却兀自酣睡，还打呼噜，还磨牙，并且也说梦话。慧智白天严守戒律，然而梦话说的还是游戏的事儿：级也白练了，装备也白买了。这就叫到黑夜想你没办法。胡莘瓯倒很为室友的睡眠质量欣慰：由此可以放心，自己的梦话只有慧行听到，他的困惑仍不为“人”所知。

也正是这时，他还留意到，屋里有个怪声音。吱吱，吱吱。

声音是从床底下传出来的。第一反应，他以为闹老鼠了，不止一只，还是蓬勃的一窝，不由得起了一身鸡皮疙瘩。他又往外扫了一眼，却见慧行那张LED脸上的两颗小豆子动了起来，它们眯成两条线，瑟瑟发抖。

进而，慧行又唱起歌来：“千年等一回——”

在深夜的庙里，这歌声就瘆人得很了。幸亏胡莘瓯知道慧行紊乱了，重启了，赶紧叫醒它：“你怎么啦？”

慧行的电子童音拖出了哭腔：“我怕。”

胡莘瓯问：“怕什么？”

慧行说：“老鼠。”

胡莘瓯诧异：慧行连“怕”都会。他只好安慰它：“你怕什么？你是个铁的。”

慧行道：“可我就是怕。慧智师兄把‘怕’也输入给我了……他喜欢机器猫，那个日本机器人也怕老鼠。他还说有了怕，我才更像个人。”

哦，被输入的怕也是怕。只不过怕值设定得过高，都到了要死要活的份儿上：慧行的痰盂脑袋扭动起来，两只机械小胳膊来回挥舞。假如忽略长相的差异，它的确像个被吓破了胆的五六岁的孩子。

胡莘瓯换成哄孩子的口吻："乖，睡着就不怕了。"

这也是他在五岁时的经验。不想慧行道："我当然有睡的程序，可一怕就睡不着了。要不是失眠，谁爱听你说梦话，说赵美娟……"

胡莘瓯说："闭嘴。"

慧行就闭嘴，愈发可怜巴巴。胡莘瓯又强调："以后别再提这事儿了。"

慧行嗯哪："不提。跟别人也不提。"

胡莘瓯说："那我也帮你个忙。"

胡莘瓯说到做到，第二天一早便忙活开了。他早猜到，此处哪有什么老鼠？有也应该在厨房，不至于一窝蜂地钻进禅房。屋里的吱吱作响不过是床旧了而已，他和慧智翻身、蹬腿，都会引发木头的呻吟。这种情况也不是一天两天了，但说来惭愧，他此前并不失眠，竟未察觉慧行经历着怎样恐怖的夜晚。而现在即使把真相告诉慧行，想必也对它无济于事——只要接收到类似声响，慧行一律都会判断成是老鼠叫，从而启动怕的程序。比起胡莘瓯，慧行的"怕"要简单得多，因而解决起来也简单，消除声音即可。

胡莘瓯便去杂物间找了一圈儿，还真翻出了锤子、刨子、钳子……大约是盖庙时木工留下的。有了工具，区区木床也就不在话下了——该紧的地方紧，该找平的地方找平，又在缝隙里垫进棉布。等完工，床还是原样，但没动静了。

他让慧行测试："你使劲儿听，不行我再调调。"

LED 脸上，小豆子闪烁："老鼠没有了。"

慧智也对胡莘瓯的手艺叹为观止："你很擅长前现代人类的技能嘛。"

通过这项技能，他却解决了后现代人类的苦恼——假如慧行也算“人”的话。而当慧行道谢，小豆子涌出了电子泪珠，他拍拍痰盂脑袋：“见外了不是？都是哥们儿。”

但因为他暴露了自己不是个废物，也招来了后续的麻烦。

没过多久，和尚们都来求助于他了。庙里看起来整洁肃然，其实是将活计都外包给了山下的专业户，连素斋也是人家备好了挑上来的；不过专业户们还要照料黄鱼和螃蟹，许多细节也就顾不上了，这造成了庙里的家具早已陈旧损坏却无人修缮。而和尚们四体不勤，虽然一脸风轻云淡，但长期都在忍受窗户关不牢进虫子、桌子乱晃悠无法专心抄经等等苦恼。最倒霉的是秃顶师兄慧真，椅子散架，他差点儿也摔了个大脑紊乱。总之没辙，能者多劳吧，在和尚们的央求和吹捧下，胡莘瓯像个走街串巷的木匠，敲敲打打，又锯又刨。该修的修，不该修的也修，要不是和尚们拦着，他差点儿将庙门也刷一遍颜色。他一边忙活着，一边倒庆幸有了事儿做，从而避免陷入困惑。对于胡莘瓯，这就是劳动的价值了，过去痴迷于修葺红楼里的服化道，也是一样的道理。

一天中午，当慧智又找到胡莘瓯时，他已经把庙里除了人以外带腿的东西修了个遍。累得够呛，终于抱怨起来：“慈悲为怀，使牲口也没这么使的。”

慧智急匆匆道：“师父，师父请你去一趟。”

胡莘瓯仍抱怨：“他是你师父，又不是我师父……”

慧智一急，说话也不像出家人了：“别给脸不要脸——师父自从去年云游回来，一直闭关，还没见过人呢。”

23 “嗦啦哆来啦啦”

那天慧智不由分说，将胡莘瓯拽出禅房。穿过院落，只见和尚们在廊前立作两列，齐刷刷向他施以注目礼。穿前殿入后殿，庙宇空旷，四下阒静。这里当然也有佛像，不是一尊而是三尊，并排而坐，看得胡莘瓯一愣。

慧智介绍:“过去佛、现在佛、未来佛。”

沿着过去、现在和未来穿行，俩人来到庙的后身，与庙一墙之隔的那个小院儿门口。喵呜一声，猫从墙头一闪而过。慧智站定，整整僧袍，轻轻叩门。门开了，他使个眼色，示意胡莘瓯进去，自己却肃立在外。

获得召见的只有胡莘瓯。他仍有些蒙，回头再找慧智，却见院门已经关上了。转身看那小院儿，也有正房偏房，五脏俱全的三四间。院儿里也没香炉，也没蒲团，倒有一套桌椅，桌上放置着茶海、电水壶、杯皿瓶罐等物。一个穿件对襟黑袄、蓄着一头花白乱发的老头儿正在烧水泡茶。电水壶咕嘟几声，灯先瘪了。老头儿抬脸，睥睨胡莘瓯:

“电工活儿也会干？”

胡莘瓯下意识答道:“看我爸干过。”

“那你试试。”老头儿说,“老跳闸,也没找着毛病。”

胡莘瓯先看了看电水壶,又去墙边查了查电表。以前也听慧智说过,岛上虽然没有基站,但总算解决了供电,前两年刚铺的线路,按说也不至于就坏了呀。不过还真发现了蹊跷:电表转得飞快,“噌噌”往上蹦字儿。由此看来,可能是因为同时使用了什么能耗极大的电器,线路接近过载,连个电水壶都承受不住了。可再巡视一圈儿,几间小屋都敞着门,里面无非桌椅床铺,连电视冰箱都没有。那又是什么在耗电?

胡莘瓯站在小院儿当中,从风中捕捉到了嗡嗡的响动。那声音是他自小听惯了的——当年他爸告诉他,Intel 486里有只虫;后来换成“数字堡垒”,小球儿落进黑盒子,机箱便会浩大地轰鸣、震颤。难不成此处也有电脑?他想到了慧行。没错,既然机器小沙弥只是终端,经由局域网和数据中心相连,那么它的处理器一定就在附近。又可以想见,慧行运算量极大,能耗也极高。然而只闻声响,设备在哪儿?胡莘瓯抬头,望向小院儿背后那尊高耸的佛像。佛如悬在半空,金光普照着他。如有共鸣,胡莘瓯心下跳了几跳。

老头儿跟过来,笑眯眯问:“有什么想法?”

胡莘瓯转身,对老头儿解释起来:假设有个大头娃娃,脑袋一想事儿,浑身就没劲儿,还会犯低血糖……

老头儿又挑了挑眉毛说:“怪不得慧智说你不傻。”

这固然是对胡莘瓯的褒奖,不过倒像人家早知道了问题所在。而胡莘瓯只好列举解决方案——为了能让老头儿舒舒服服地喝口茶:“最根本的途径,当然是科学进步喽,假如有了更节能的处理器，就不会像现在这样费电了。不过那一天好像远了点儿，说句不中听的，您未见得等得到。还有一种办法，就是改造电路，最好连变电站都升个级。不过这事儿归政府管，您得申请，人家批不批就是另一码事儿了。当然还有一个最简单的法子，无非是停止慧行的运算，最起码也要降低它的运算能力……”

但说到这儿，他又说不下去了——那不等于让慧行死了，或者变成痴呆吗？有这么害哥们儿的吗？老头儿却又乐了：

“你说得都对，咱们走进死胡同了。”

又像早知道了似的。胡莘瓯就一蒙：难道这老头儿是在特地消遣他吗？他说：“既然没辙，那我告辞……”

老头儿像逗孩子：“问你电工活儿，你就往电上想啊——你不是个木工吗？”

原来跟他玩儿了个脑筋急转弯。老头儿说着，又指指桌下，那儿还有个小炉子，不锈钢打造，像是野炊用的，却被拆成了几段。胡莘瓯就明白了，敢情老头儿是想摆脱对电的依赖，重回火的时代。这就叫另起炉灶。至于巴巴儿地把他叫来，则是因为炉子坏了，而老头儿不会修。对方这才露出愁容：“我们这儿的人手都笨，也就慧智还行，不过他只会装电脑，别的事儿就抓瞎了。”

还说：“不懂电工的木工不是好铁匠。”

这老头儿还会网络段子，不过是十多年前的梗。胡莘瓯不免抱怨：“修炉子就修炉子，您直说呀。”

老头儿又笑：“我是看你长得挺逗的，忍不住想考考你。”

那么的确是在消遣他。不过胡莘瓯也不真生气——认为他的娃娃脸长得逗，这老头儿不是第一个，起码人家还没揉搓他嘛。再说来都来了，该帮的忙也得帮。他只是纠正了一下：“确切地说，我学的是美工。”

说完动起手来。看看也就明白了：炉子是烧炭的，火不够旺，毛病出在内部空气流通不畅，一块铁皮松动了，挡住了风道。敲敲打打，三下五除二就复原了，胡莘瓯还找来几段铁丝，编了个小架子，配以铸铁茶壶，没多久咕嘟冒泡。那口茶就算喝上了。老头儿说，他有正宗的牛肉马肉，“七泡有余香”，又给胡莘瓯斟上：

“你们北京人喝的是茉莉花吧？”

胡莘瓯也尝不出个好坏：“您讲究。”

“在原来圈子里学的臭毛病，想戒也戒不掉。”老头儿对胡莘瓯举杯。

胡莘瓯趁势问：“对了，您就是他们说的那个……师父？”

“你是不是想问我，怎么不是和尚？”老头儿胡噜着花白的乱发，反问道，“谁说庙里一定是和尚？谁又说我一定是师父？万一是师傅呢？”

还玩儿上谐音梗了，胡莘瓯更蒙：“就您的劳动能力而言，还真称不上师傅……”

老头儿又笑：“你别介意，我跟慧行也老抬杠，越抬电路负荷越大。它跟你一样，也挺逗的。话说回来，我本来打算出家，头当然也剃了，可后来岛上人越来越多，有养水产的，有发呆的，有修行的，互相之间还闹矛盾，我嫌麻烦，索性躲了起来。因为不见人，烦恼丝长出来也不管它，后来连僧袍都懒得穿了。所以我到底是不是个和尚，自己也说不清——我是谁，谁是我，要不你再帮我断断？”

在嫌麻烦这方面，俩人倒是英雄所见略同。而胡莘瓯说：“甭管当谁，您觉得自在就行 —— 只要佛祖没意见。”

老头儿定睛看他：“那你呢？来这儿也是为了找自在吧？找着了吗？”

胡莘瓯不语。面前是一张邋遢的脸，头发胡子乱糟糟，皱纹里都积着泥了。不知为何，这张脸让他想起了他爸的脸。其实俩人并不像：老头儿虽然也宅，但宅得中气充足，可见人家的宅是养精神而不是耗精神；胡学践呢，总是刚在电脑前熬了通宵、芝麻糊都快把眼皮子粘上的模样。但俩人又有相似之处，比如他们都被称为“师父”，再比如都对这个世界漠不关心，好像只有在特定时刻才会焕发兴趣。

胡莘瓯还想起了他刚开始替他爸干活儿的时候。那时剧团行将解散，美工组只留一人善后，内定就是他爸 —— 别人都找好了出路，唯有胡学践成天迷糊着，也不能真让谁挨饿，马大合他爸便找上面疏通了疏通，算了，就他吧。不过善后也得有个善后的样子，服化道即使不再登台，仍是国家财产，胡学践却视若无睹，放任其在仓库里发霉。马大合他爸就让马大合转告胡莘瓯：“跟你爸说，好歹应付应付，要不真下岗了。”

胡莘瓯却懒得跟他爸废话。多说无益，不如自己动手，遇到实在琢磨不明白的地方，这才上楼求助。推开机房门，把东西往桌上一堆，他爸一斜眼，“吱儿、吱儿”两声，从键盘上抬起手来，不由分说演示一番，又甩出三根既瘦且长且干枯的手指，送他三个字儿：齐活了。胡莘瓯不语，抱上东西就走。没走两步，他爸叫了他一声。他回头，却见他爸的表情似惭愧非惭愧，好像做了什么亏心事儿。

那情形似曾相识，仿佛以前来过，以前见过。片刻，他爸的脸又变成了欣喜：

“手艺不错，你还挺会找乐儿的。”

胡莘瓯怀疑，他爸其实什么都知道，只不过网比天大，就连下岗都顾不得了。自此以后，家里有了两双巧手，一双茁壮地成长，另一双也就可以永久地悬浮于键盘之上，噼里啪啦。那时又正值胡莘瓯刚忘了六位数字，专注于劳动，他似乎就可以暂时不想这事儿。忘了他的忘，这是一个意外收获。另一个收获则在多年之后才显现出来：虽然胡莘瓯自己失了业，但曾经帮他爸保住工作，在家宅着也是理直气壮的了。

而现在，胡莘瓯的劳作一发不可收。他又一一检查小院儿里的门窗、家具，该修的修，不必修的也上油打蜡。老头儿也夸他“手艺不错”，却令胡莘瓯一阵恍惚。他忽然想：红楼后身的杨树该抽芽了吧？楼道里那坛酸菜别沤臭了吧？还有二楼库房的服化道，现在还有人管它们吗？

他是不是想家了？此时回忆和他爸闹掰了这一事实，好像有些矫情了——小题大做，得理不让人，那不是他的一贯风格。反正他爸就是那么一个爸，没得挑没得选。想到这儿，胡莘瓯又动了个念头：或许应该跟他爸联系一下？好歹报个平安呀。那并不难，船是现成的，还可以借用慧智的折叠屏手机。

不过话说回来，假如他还不如那个“老神”重要，这么做是不是有点儿贱？

脑袋周而复始地转圈儿，手却不停。而对老头儿方才那个问题，胡莘瓯似答非答：“自在就是自己存在，你要找它，倒不自在了。”

此话也有禅意。老头儿“哎哟”一声。一个忙活，一个喝茶，大团红云堆积在佛像背后，笼罩着这组动静分明的剪影。过去，现在，未来。当夜幕低垂，胡莘瓯开了灯，照亮焕然一新的小小院落。

老头儿再开口，竟有两分感动了：“小伙子，辛苦你。”

胡莘瓯很赞同这个态度——动不动就脑筋急转弯，还网络段子，还谐音梗，他听着也累得慌。而嘴上仍客套：“我闲着也是闲着。”

老头儿又道：“人都懒，你这么爱干活儿，心里也许有事儿——有什么难处，你也尽管开口。”

“再客气没劲了。”胡莘瓯心下咯噔，顺口却道，“……不过您要方便的话，能不能让我看一眼慧行？”

这就轮到老头儿一愣：“你们不是成天在一块儿吗？”

胡莘瓯道：“我说的是慧行的脑袋——它想事儿的地方。”

老头儿又笑了：“这个简单。”

他饮尽仍有余香的第七泡，又进屋尿了一泡，而后领着胡莘瓯穿堂过屋，却往小院儿背后来。那里还有一门，连通着一个隧道，宽可走马，四面都是水泥墙壁。从地势上估量，头上就是佛了。搞清方位，又往里走不多远，就见天花板变了质地，不再是水泥的，而是黄铜打造。老头儿抬手一敲，咚咚有声，佛是空心的。

同时介绍：“岛上最早是个海洋监测站，后来有了更先进的科考船，这才把地方留给了和尚和专业户。要不是当初打下的地基，也竖不起这么大一尊佛。你要看的地方就在里面，恒温恒湿，适合储存数据。”

又往拐角指了指，将胡莘瓯引向另一道金属门。在那后面，嗡嗡声更响了。抬手推门，别有洞天：一间几十平方米的大厅里，数不清的机箱摞满了三面墙，还不是家用型号，而是企业级别的产品。剩下那面墙上则是屏幕，闪烁着各种数据图表。这就是慧行真正的脑袋了。一个五六岁的孩子竟然需要如此巨大的脑袋。脑袋里装了什么呢？胡莘瓯知道，关键不在知识，而在应变。慧行要察言观色，还要胡搅蛮缠，那就难为电脑了。

老头儿给他指点着：这儿是主控系统，那儿是传输系统……与“数字堡垒”自然不可同日而语，胡莘瓯就看不懂了。他只留意到屏幕和机箱上落满了灰，墙角都拉出蜘蛛网了。慧行多单纯一孩子啊，它那晶莹剔透的脑袋又怎么能藏污纳垢？对于脏，师父无所谓，慧智无所谓，就连慧行本人也无所谓，唯有胡莘瓯看不过眼。正好揣着一块抹布，他擦拭起了仪器的边边角角，但又有所顾忌：

“我不会把它给碰坏了吧？”

老头儿便笑：“不砸不踹就行，它比你想象的皮实。”

扫帚不到，灰尘照例不会自己跑掉。还是那句话，来都来了，他得对他的哥们儿尽一尽朋友之义。胡莘瓯便和老头儿走出隧道，随后又一个人兜回来了。老头儿接着在院儿里沏茶，而他找来了扫帚、簸箕和酒精小喷壶，还有钳子、铁丝和胶布。他把慧行的大脑打扫干净，又把连通大脑各部分的血管，也就是那些散落一地的线路也梳理了一番，遇到破损的地方还给重新裹上。好一会儿才收拾利索，他满头是汗，舒了口气。

然后他竟困了。连日失眠让他绷紧了一根弦，而现在，这根弦毫无预兆地断了。疲倦汹涌而至，让他难以自持。难道我佛慈悲，不光救过他，顺带还治好了他的失眠？

那就舒坦一会儿是一会儿，没准换个地方又睡不着了。胡莘瓯索性躺平，头枕在水泥地上，眼皮子转瞬就睁不开了。四下黑，全是空，他感到自己又在坠落，时空又要错乱，但他并不慌张——无非再去坟前，而他对那地方也熟了。他爸曾对赵美娟痛哭一场，他也不介意伴着赵美娟安眠。

但他又一厢情愿了。这一次，他没见到坟。不知睡到何时，蓦然醒来，却见天光一片大亮。他看见了山，山上那佛正慈祥地俯瞰自己。四下还有人声和猫叫，一个电子童音念道："南无阿弥多婆夜，哆他伽多夜，哆地夜他——"

慧智的声音也响起来："先别超度，还活着呢。"

一只手揪着他的眼皮翻了翻，换作师兄慧真："只是有些紊乱。"

黑棋子上转下转，胡莘瓯发觉自己躺在了小院儿当中。师父飘着一头乱发，正在指挥和尚们将两根木棍捆上一块门板，大约是想制作一个担架，而和尚们手笨，捆了掉，掉了捆。在纷乱的人腿中，胡莘瓯看见了慧行——严格说，是慧行以送餐机器人为载体的信号终端。LED 脸上的小豆子都快流出电子眼泪了。

胡莘瓯说："我怎么了？"

慧行还没说话，慧智插嘴："好家伙，吓死我了。"

大约担心慧行超频运算，影响电压，便由慧智解释了情况：昨天夜里，胡莘瓯差点儿又死了一番。也怪他自己，在哪儿睡觉不好？偏睡在了隧道深处，而师父也糊涂，回来看见胡莘瓯四仰八叉，便又给他拿来一个枕头垫上，随手关门出去了，让他接着睡。坏就坏在这一关门上，斗室本就不通风，又形成了密闭空间，缺氧导致胡莘瓯由睡变晕，别说醒不过来，连知觉都没了。慧智以为师父留宿，也没管他。幸亏还有慧行，许久见不到人，便在禅房里转圈儿，只是要找胡莘瓯，闹得慧智也没办法，斗胆去敲师父的院门。师父已经喝饱了茶，躺下了，再去隧道里一看，糯米团子都憋紫了。

这时师父也凑过来："不好意思……"

胡莘瓯则转向慧行："谢谢你。"

LED 脸上的小豆子闪了一闪："都是哥们儿。"

胡莘瓯却重复："谢谢你。"说着他还坐起来，一发抱住了慧行的痰盂脑袋。

慧行愈发羞涩，学说片儿汤话："您这就见外了不是……"

万没想到，胡莘瓯还哭了起来。LED 脸挂上了真正的眼泪，他搂着慧行，肩膀一颤一颤的。这令旁人愈发同情，他们以为胡莘瓯死过一番又一番，实在是死怕了。然而胡莘瓯一边哭，一边喃喃自语，细听却像唱歌，只是五音不全："千年等一回——"

不光唱词，他还试图唱谱："嗦啦，嗦啦什么来着——"

慧行替他翻译："嗦啦哆来啦啦——"

而胡莘瓯不光唱谱，还想唱数："561，561——"

慧行又翻译："561266——"

胡莘瓯一怔，变成默念："561266，561266，561266——"

四下一愣，又有人问："你说什么？"

胡莘瓯却又哭，旁若无人，几近号啕。自打五岁以来，他从未哭得如此伤心，如此狂喜。是的，他找到了六位数字。

下篇

重新计时

24 “断了其实还连着”

数字古已有之。在我们这个宇宙，据说时间可以倒流，空间可以压缩，但一加一永远等于二，所以数字比时间和空间更稳固。为了记录数字，人类在绳子上打结，在岩石上划道；为了归纳数字，人类还发明了十进制、二进制…… 再插一句，没有二进制也就没有电脑了。不过一旦有了联想，世界就会跑偏，人类还养成了一个无厘头的习惯，就是热衷于给数字赋予不沾边儿的意义。

马大合就花钱买过一个含8量较高的手机号码，该号码目前的价格已经超过他的“五菱宏光”了。他还曾指出，只有红楼才有四层，而在商品房里，三层和五层之间并没有一个楼层。难道胡莘瓯和他爸住在了不该存在的空间？上述推论虽然荒唐，但也说明数字的额外意义比数字本身更被人们看重。该现象是否有利于找回六位数字？在这方面，胡莘瓯并非全无作为。比如他会琢磨，六位数字是否藏有8、6、13之类的偏好和忌讳？是否包含520、419之类的谐音？然而他又意识到，所谓数字的意义，都是长大了才被灌输到脑袋里的，而在五岁时，他的大脑晶莹剔透，哪儿有那么多乱七八糟的讲头。

于是问题被简化了：关于六位数字，胡莘瓯还经历过什么？是否真有习焉不察的细节，能帮他反身投入记忆之海，去捉鳖，去捞针？

但这竟更难。往事如烟，胡莘瓯诚然记住了一些东西，可惜忘掉的更多。这是人类作为物种的局限，从根儿上说，他们天生都患有阿尔茨海默病，区别只在于程度深浅罢了。在漫长的回忆里，胡莘瓯绝望了，于是转入了另一种修行——不乐呵还能哭吗？倘若没变成顶流，也许他能一直乐呵下去。只是他没料到，六位数字会在梦中恍然再现。做梦的地点在佛像之下，慧行的脑袋里。说是梦固然没错，但对胡莘瓯而言，更像时空错乱；他还喘不上气来，感觉被什么庞然大物压住了。

压着他的是佛？可他又不是什么妖孽。他既没有孙悟空的造反精神，也没有白娘子的人性解放，他的脾气好极了。难不成佛发现千年虫附了他的体，是来对付千年虫的？这么说来，还得怪他爸：当年号称捉虫，捉又捉不干净，连带着我也吃了挂落。佛，请您明察，此事与我无关。

然而再一晃神，他又回到了红楼。他五岁，施展神功出溜下来，嘴上喊："李蓓蓓，上课喽，你有小黑板喽——"

在他身后跟着他爸。胡学践将小黑板放在一楼水房旁的李蓓蓓家门口，转身就要上去。屋里有人出来，除了李蓓蓓还有她妈。

"孩子一直想要来着。"李蓓蓓她妈说，"您倒还记得。"

胡学践眼见要甩出三根既瘦且长且干枯的手指，胡莘瓯也做好了翻译的准备——甭客气。然而他爸罕见地开了口："胡莘瓯跟我说的。"

“饭票也谢谢您。”李蓓蓓她妈抿了抿嘴，频频在胡莘瓯脑门上盖戳儿的烈焰红唇竟似有些僵涩，“…… 您是个有心人。”

胡莘瓯他爸说：“往后有用得着我的，您言语。”

说完又要走，李蓓蓓她妈却让他等会儿。接着就发生了令胡莘瓯记忆犹新而又耿耿于怀的一幕 —— 她从坤包里掏出一样宝物，正是电蛐蛐。她说有事儿您呼我。胡学践却道，反正都是要淘汰的玩意儿。说完像只大蚂蚱，蹦跶着上楼去了。此情此景一再重演，胡莘瓯每次经历它，都会万分焦急。他直想对他爸嚷嚷：您怎么那么不懂礼数，不识抬举呢？可惜时空隔绝，想叫也叫不出来。他只看见李蓓蓓她妈翻了个白眼儿：

“您不也没用上大哥大吗？”

按照以往的经验，既然话不投机，这一幕就要结束。胡莘瓯也只好眼看着自己又被他爸断送了一次机会。然而这回也怪了，他的梦竟往下延展了一瞬间。时空虽然错乱，但并不急着跳跃，他听见有人唱歌。

胸腔发音，唱的是：“千年等一回 ——”

再一晃神，却见李蓓蓓站在楼梯口，对楼上仰着头。也没多唱，就那么一句。唱完回来拉起胡莘瓯的手，走，上课去。

李蓓蓓还跟她妈使了个小眼神儿，说：“反正也算告诉他了。”

母女咯咯笑了。一个好像说，就你聪明；另一个好像说，本来就是。胡莘瓯陷入温柔乡，状如白痴，也来不及将那一幕完整地留在记忆之中。而时隔二十多年，那一幕才自行生长，又被修复了，补全了。

李蓓蓓为什么要唱“千年等一回”？

什么又叫“也算告诉他了”？

但意识不受控制，时空又错乱了。梦连缀着梦，组成了梦的蒙太奇。这一次，场景仍在红楼一层的水房旁，李蓓蓓家。这次就是夜里了，窗外风动，树影摇晃，无数眼睛盘旋在空中。胡莘瓯大概哭过一鼻子，李蓓蓓刚把他哄睡了，而她自己也饿，也困，气鼓鼓地啃着他吃剩下的小熊饼干。

门开了，屋里大亮。哎哟，宝贝儿。李蓓蓓她妈也不顾胡莘瓯睡眼惺忪，又是两记烈焰红唇。亲完胡莘瓯，又抱李蓓蓓，李蓓蓓“哼”地一挣巴。胡莘瓯一边被李蓓蓓她妈身上的香味儿熏得晕头转向，一边听着这对母女说话。

李蓓蓓她妈说：“谁又招你啦？”

李蓓蓓仍在气鼓鼓：“你还知道回来，你也配当——”

李蓓蓓她妈说：“也没多晚嘛，夜生活才刚刚开始。再说我配不配当妈，你说了又不算，我说了也不算，妇产科的大夫说了算。我疼了一夜呢，那时你怎么不嫌出来得晚？”

李蓓蓓也就能管着胡莘瓯，面对大人，到底说不过。一词穷，开始哭，抽抽搭搭，身上的光一明一灭。胡莘瓯的心都快碎了。

李蓓蓓她妈笑了：“别生气啦，以后让你能找着我，行吗？”

说着就掏出一样宝物，正是电蛐蛐。李蓓蓓她妈还特意道：“今天刚买的，大胡子导演和全总‘穴头’一人掏一半钱，这帮孙子不宰白不宰。号码我还没告诉别人呢，你是第一个知道的。”说到这里，就要脱口而出。

正在做梦的胡莘瓯打了个激灵。不想李蓓蓓道：“怎么我就成了第一个？还有他呢。”

李蓓蓓指指五岁的胡莘瓯。哦，胡莘瓯自己让自己错过了机会。正在做梦的胡莘瓯心知李蓓蓓在撒娇，在卖乖，但他不怪李蓓蓓。他只是很嫌五岁的自己碍事儿，假如做得到，几乎也要捏住那张小号儿的娃娃脸揉搓揉搓。李蓓蓓她妈便又笑了，揽过李蓓蓓，贴着她的耳朵说了什么。她又说：

“这下行了吧？你回头再告诉他。”

李蓓蓓说：“记不住。”

“那是你没掌握诀窍。”李蓓蓓她妈胸腔发音，“千年等一回——我怎么教你的？”

李蓓蓓一愣，笑了。那就是知道了。她又问：“你挑的号？”

李蓓蓓她妈说：“挑号得单花钱，呼台分配的。不过是我自己发现的。”

五岁的胡莘瓯仍然状如白痴，见李蓓蓓笑了，自己也笑。正在做梦的胡莘瓯却又怦怦心跳起来。而在这个当口，时空又错乱，他穿梭进了另一个场景。这个场景很短，仍在李蓓蓓家：夏天的午后，李蓓蓓敲着小黑板，正给胡莘瓯上课。

“123能算清楚，连aoe都能念出来，怎么就唱不准哆来咪呢？”李蓓蓓皱着眉头，启发他，“哆来咪不就是123吗？”

这天上的是音乐课。胡莘瓯坦然道：“你妈也说了，我五音不全。”

又说：“我怎么能跟你比？”

场景结束，时空消失。他想，李蓓蓓她妈说得没错，六位数字真有诀窍，就是“千年等一回”。原来数字除了是数字，还是音乐，是曲谱。选调演员虽有一条好嗓子，但业务水平有限，不认识五线谱，只认识简谱——这也是胖娘们儿和瘦男人看不起李蓓蓓她妈的原因之一。因而李蓓蓓她妈虽然对李蓓蓓倾囊相授，教的也是“野路子”。再说回胡莘瓯，他的特长是手巧，短板则是缺乏音乐细胞，什么旋律一到他嘴里就跑调，更别提翻译成谱了。人哪，就爱对自己扬长避短，甚至会下意识地忽略它——说到底，还是嫌麻烦。久而久之，数字和音乐之关系成了胡莘瓯思维的盲区，所以他明明听李蓓蓓母女唱过“千年等一回”，但也不会往数字上想，后来还把那些场景统统忘了。

当然，这是事后诸葛亮。胡莘瓯一边醒来，一边震惊。而震惊的极致是可笑：多年以后，不经意间，盲区就被照亮了。这就叫得来全不费工夫。

说回来，还得感谢慧行。正因为慧行大脑紊乱时也唱“千年等一回”，才让隐含着六位数字的旋律进入了胡莘瓯的梦境。泛而言之，还要感谢白素贞，感谢一切心怀着爱的被压迫者。胡莘瓯一会儿哭，一会儿笑，笑到头来还是哭——这是因为他又想到，六位数字就算回来了，他仍然无法登录他的“伊妹儿”。原因很简单，“海角论坛”不都关了吗？釜底抽薪。喜莫大于失而复得，哀莫大于得来无用。他愈发用力地拍着慧行的痰盂脑袋：“晚了，晚了，到底是晚了……”

慧行又说禅语：“不怕念起，就怕觉迟。”

胡莘瓯抬头望佛：“您能再帮帮我吗？”

驴唇马嘴，听得和尚们更蒙。慧智好不容易插个空：“你说什么晚了？”

胡莘瓯就吐出四个字：“‘海角论坛’。”

不料周围静了，一时鸦雀无声。和尚们面面相觑，不看胡莘瓯，反而看向师父。师父首如飞蓬，也愣了一愣。

慧智又慌了，凑近师父："我可没跟他瞎哔哔……"

师父似笑非笑，叹了口气："是我尘缘未了。"

说完挥挥衣袖，众人便散去，将胡莘瓯晾在院中。慧行也要走，又舍不得似的，师父便点点头，让它也留下。留下也帮不上忙，茶还得自己泡，俩人对面坐定。这时胡莘瓯再看师父，好像又老了几岁，神色中有沉渣泛起。

气氛这就到了。师父也说禅语："尘缘就是因果，看似断了其实还连着。"

胡莘瓯沉默，想着千年等一回。西湖的水我的泪，啊啊啊啊啊。

师父又道："你这个岁数，按说也不会上'海角论坛'吧？"

胡莘瓯这才说："我爸上。"

师父"哦"了一声："你爸网名叫什么？"

胡莘瓯说，叫"贱爷"。贱爷出品，必属精品。师父沉吟："有印象。"

难道俩人是网友？胡莘瓯又怦怦心跳。那一刻，他以为自己遇见了"老神"。"老神"很神，既然进过山，上岛也就不足为奇了，怪不得胡学践遍寻不着。这么说来，他也不在水电站当工程师了，转而到庙里作了师父？

琢磨至此，喉头发紧："您认识我爸？"

不过随即，悬念落空。师父说："不认识，只是见过。他是电脑技术版上的活跃用户，当年有点儿名气。"

失望当然失望，也有两分释然。胡莘瓯又想，这么巧的事不常发生，他在李蓓蓓之后遇到了李贝贝，命里的“巧”大概已经用完了。不过师父却更正了他对“巧”的认识——巧虽然不常发生，但只要发生了就会叠加，一个巧接着另一个巧；并且巧还会转向，这里不巧那里巧。师父不紧不慢道：

“交个底吧，‘海角论坛’是我建的。那年月网络刚普及，我也还算年轻，又仗着有点儿技术，赶上了风口。最早没想太多，无非觉得这个世界太乏味，另一个世界触手可及……一个小园地，也就几个版块，但随着人越聚越多，这就成了气候。投资也进来了，于是改版，引流，启动下一轮融资，雪球好像可以永远滚下去。可没想到，流量也有它的意志，说变就变，似乎一夜之间就不来了。股东里有加了高杠杆的，跑路的不少，跳楼的也有。我还算好的，不过清算下来，手里也不剩什么了。更重要的是心懒了，再也折腾不动。我最早是这岛上人，小时候给科考队干杂活儿，人家鼓励我考上了大学，结果一晃几十年，还是想回来。原先岛上也没庙，前些年来了个买卖人，想效仿名山古刹，搞旅游，收香火，没想到佛请了好大一尊，岛上却不建基站——游客不来，造成他的资金也断链。我索性拿出积蓄，接手了他的假庙，可到头来还是个假和尚。”

胡莘瓯这才知道，对面是个大鳄，可惜又变成壁虎了。他客套：“您谦虚，您还收了那么多徒弟呢。”

师父又笑：“我哪儿配当他们的师父。这些人是我的同行，好多都上市了。不知什么时候开始，那个圈子里流行起了灵修，他们就说，我这儿不是有现成的场所吗？我的辈分算高的，起码也不骗钱。就这么你带我，我带他，好像没来过就不好意思跟人打招呼了，跟商学院似的。不过我对他们也有要求，虽然是假和尚，但也得假得真一点儿，他们说没问题，修行有利于思考战略。这些人也帮了我不少忙，比如慧行……”

慧行又说禅语：“言妄显诸真，妄真同二妄。真假倒没必要纠结。”

师父对慧行点头，意思是受教。又转向胡莘瓯：“你也看出来了，它的反应模式还有些简单，但这不是算法的问题，而是资源占有量还不太够。不管怎么说，这庙里假如有个真和尚，就是慧行了。别人把它当机器，只有你把它当朋友，正因为此，我愿意再帮你一个忙——心里有事儿尽管说吧。”

这是师父第二次说要帮他。慧行也知恩图报：“别客气，是你让我不害怕的。”

而此时，胡莘瓯想到了李蓓蓓。因为将五岁的爱看得过于重大，他曾对自己立誓：除非找回六位数字，否则绝不对人提起李蓓蓓。这年头誓言如屁，唯有胡莘瓯恪守至今。而现在，誓言已破，封印解除。对他来说，师父和慧行的好心恰恰提醒了这一点，他感到自己也像白素贞，掀翻了塔，救了自己。

解放的滋味真好。怪不得全人类都要求解放。

胡莘瓯正襟危坐。气氛又到了，对面俩人是他的首轮听众——时隔多年，说出李蓓蓓。他慢慢开口，像个重新摸索说话技能的失语症患者。师父的故事是大故事，他的故事是小故事，但只有小故事才是独属于他的故事。

1999年，世纪之交，五岁的胡莘瓯爱上了李蓓蓓。他由此说起，说到他爸，说到千年虫和六位数字，一直说到李贝贝和熊，赵美娟和坟。其实有些也可以不说，可他觉得既然开了口，那就不要断，正如师父所言，因果背后还有因果。他尤其觉得不该对慧行藏着掖着，否则就对不起哥们儿了。

所以说到李贝贝，他又主动交代了他们到二楼库房，手往不该摸的地方摸，他甚至征询听众的意见："要不要说细节，说重点？"

师父尴尬了一下："此处毕竟是个庙。"

而说到监控李贝贝，反被李贝贝发现时，师父又评价："是有点儿不地道。"

胡莘瓯表示他活该。他还坦白，自己成了顶流，所以到岛上不是为了发呆和修行的，而是为了躲眼睛，躲"怕"。这当然不够心诚，还请师父、请佛见谅。

师父又"哦"了一声："依我看，你也尘缘未了。"

但这次，胡莘瓯觉得师父说错了。六位数字虽然找到了，可惜找到也没用。而此时，慧行那张 LED 脸上的小豆子亮了一亮："说到底，你是想看邮箱？"

诚然如此。胡莘瓯悲哀地说："可问题就在……"

"你早说呀，"慧行道，"这个简单。"

25 “我们都得慢慢儿找”

师父又向胡莘瓯介绍了慧行。以前慧智也介绍过，但只说到慧行的物理结构，而他说的是心智模式。说时还得回到“海角论坛”。

当初论坛经营不善，而师父也心不在此。他的兴趣逐渐转向了人工智能。那个领域细分又很庞杂，产生了“阿尔法狗”和 ChatGPT 等代表，师父致力的方向则是陪伴。按照他的理解，陪伴的关键不是照顾，而在共情。这又和他本人的处境有关：师父无妻无子，也没什么朋友可言，长年活在孤独之中。孤独不是不想与人交往，只是没碰到可交的人，于是指望电脑。人哪，都是缺什么想什么。

类似产品也有不少，往往还附加了多种功能，连吟诗作画也可以，有些已经达到少年宫绘画班和老干部诗词爱好者的水平了。但它们都不合师父的意，因为它们骨子里不像人。师父展现了科技狂人的偏执，他动用全部人力和财力投入研发，成果就是慧行了。慧行那时还不叫慧行，它只是一个代号，具有五岁孩子的心智水平。舍弃了实用性，它得以将有限的算力投入复制“人”的情感模式上：依赖、欢喜、委屈……后来还加入了怕。恰因为此，它反而需要别人照看。

正如师父评价:“有趣就有趣在没用上。”

LED 脸上的小豆子往上翻了翻。师父又摸摸痰盂脑袋:“挺好的，挺好的。”

然而算法只是思维路径，还需要结合具体对象才能生效。类比于人，小孩儿要想长大，就得接触外部世界，在经验中获得完整的人格。但那时慧行没有身体，以程序的形态存在，它又要到哪儿去接触世界？ 还好有个现成的去处，就是论坛了。论坛无所不包，无数人在上面高谈阔论、针锋相对、发牢骚、逗闷子 …… 留下了海量数据。当然，其容量比起真实世界，只是弱水三千里的一瓢，但话说回来，每个人不也只能从自己那一瓢水里看世界吗？ 又虽然论坛上干货少，废话多，但废话都带着情绪，反而值得慧行去学习，去感受。师父将论坛与慧行相连，构成了慧行的数据库。

慧行就是论坛，论坛也是慧行。慧行陪伴着师父。但令人担忧的情况出现了。慧行开始具有越来越深的负面情绪:忧伤、烦躁、戾气 …… 这无疑来自论坛上人类的影响。慧行患上了抑郁症吗？机器人也会抑郁吗？ 又很惭愧，师父并不能对慧行提供帮助，他本人也饱受着那些情绪的折磨。

难道他的所为，只是再造了一个痛苦的主体，将已有的痛苦加倍？

师父甚至动过念头，终止慧行的运行，但他下不去手。在他看来，那已和杀生无异。他破天荒地感到自己像个父亲了。也许世上的父亲都不负责任，他们自己没活明白，却在兴致勃勃、不遗余力地繁殖 —— 不仅限于生物学形式。

而师父想要打破这个循环，又做了三件事:

其一，将论坛服务器运到岛上，替慧行保存大脑；其二，找到一个坏损的送餐机器人，稍加改装，让慧行有了身体；其三，给慧行输入佛经，度它出了家。

最麻烦的还是第三件事。原有数据构成了慧行的认知基础，一旦被清除，算法就会崩塌，和死了也没区别。为了保全慧行的心智，佛经并不是要全面替代记忆本身，只是给了慧行另一双看待世界的眼睛，教会它把满看成空，把有看成无。记忆仍然还在，储存在慧行的脑袋里，但它得以免除痛苦。

说到这里，师父也打比方："相当于一条拥堵的公路，念头是车，越多越堵，该怎么办？ 修高架呀。方向没变，但车从上面绕过去，路就通了。"

又羡慕说："人也是一样的道理，不过电脑更容易开悟。"

上述工作一人干不来，师父还找了慧智。慧智是网络工程师，他设置了慧行的硬件系统，又按师父的要求适配了慧行的心智模式，使慧行在得道之余保留了五岁孩子的脾性。境界上去了，但慧行还是慧行。这活儿当然不能白干，但慧智并不指望从一个过气老头儿那里得到什么实际好处，他所看重的是人脉：壁虎的亲戚是鳄鱼，上岛修行的和尚都在科技圈跺脚乱颤，跟这些大人物混熟了，还愁没机会？ 要论商业头脑，慧智不逊于马大合。

再说到查看邮箱，慧行表示简单，此言不虚。

胡莘瓯也醒过味儿来："就是说，既然论坛的数据都留在处理器……也就是你的脑袋里，那么你也可以把它们找回来喽？"

慧行说："当然，也包括你的'伊妹儿'。但还需要密码，对于加密数据，我只有保存的权限，不能直接调阅。"

慧行有操守。而现在，六位数字也是现成的，验证它的时刻到了。胡莘瓯朝师父和慧行鞠了个躬，对面俩人一同摆手，意思是何足挂齿。然后他们分头准备。胡莘瓯跑回庙里，问慧智借电脑。和尚们都是专程来修行的，只有慧智要帮师父调试慧行，所以那玩意儿唯独他有。抱着一台游戏笔记本回到小院儿，那两位已经恭候多时了。

这时慧行的痰盂脑袋被摘掉，由它自己捧在手里，如同变戏法的申公豹，或者李贝贝捧着熊头。下面露出接口，将电脑连入，就对接了慧行的大脑。胡莘瓯紧紧手脸，一阵恍惚。六位数字随时脱手而出，可他悬着的手发起颤来。

慧行摘了脑袋还能说话："你怕李蓓蓓没给你写信？"

"那也不怪李蓓蓓。"胡莘瓯说，"我只是担心你……如果回到原来的记忆里，你会不会再抑郁？"

他还想着别人。师父一叹："不必担心，它已然有了修为，否则经不白念了吗？"

慧行也催胡莘瓯："你别老卖关子，熬得我也难受。"

说到这个份儿上，胡莘瓯也就不客气了。噼里啪啦，输入网址。论坛还是那个论坛，页面停留在它下线之际，当时的置顶新闻有：东京奥运延期，美国国会沦陷，英国女王去世，而我们这里宣布消灭了贫困，号召大家生三胎……再看慧行，LED 脸上的小豆子不明不灭，亮度与颜色都陷入了模糊状态。慧行不悲不喜，仿佛已有千年阅历。

胡莘瓯点击邮箱，敲下六位数字。千年等一回。

页面刷新的刹那，时间停滞，仿佛又过了千年。千年易逝，邮箱开了。胡莘瓯看见了他的“伊妹儿”，来自李蓓蓓。

他该百感交集吗？但胡莘瓯状如痴呆。剧团没了，红楼空了，而他的“伊妹儿”还在。李蓓蓓对他说了那么多话。天暗下去，山影漆黑一团，佛像却微微闪光，似在云中晃动。胡莘瓯终于读完了最后一封信，但没关闭电脑。他继续在论坛上浏览，这次是看他爸。他把论坛里和“贱爷”有关的帖子都搜了出来。他爸也有那么多话，对他却舍不得说。

他眼前所见，是一个逝去的世界的标本。这个世界停止了扩张，只要时间允许，他可以检索到其中任何一个微小的角落，从而穷尽它、参透它。这是他第一次面对世界有了如此强烈的确定感。他甚至想，身而为佛，莫过于此。

他朝山顶望了一眼。佛光浩大了些，背后有东西升起来。

低头又看慧行，却见LED脸上的小豆子也活泛了。它们蓦然发亮，滴溜乱转。慧行很激动，几乎捧不住自己的脑袋。

胡莘瓯这才把脸转回电脑。屏幕上跳出画框，位于页面下角。是弹窗广告，“国服上新，拒绝氪金”，还有两个肉隐肉现的妹子请他“挑秘书”。垃圾页面防不胜防，只要上网就躲不开。只不过这里是局域网呀，除了慧行脑袋里原有的内容也即“海角论坛”，所有信息都应该被隔绝才对。那么它们是从哪儿来的？

胡莘瓯打了个哆嗦：难道局域网和外面的网相连了？

电脑上的光标自行移动起来，是慧行在操作。它点开弹窗，跳出游戏，是个道士在挥刀砍狗。没走两步，又跳出了新的广告，关都关不干净。虽然不氪金，但是氪眼球，流量就是钱。慧行说：“套路，都是套路。”

胡莘瓯又听到院外聒噪，再一回头，就看见了几个和尚。师父没叫，他们也破门而入，可见的确发生了什么。

领头的是慧智，举着折叠屏："师父，有了——"

越过手机再往上看，又见佛像背后竖起了一座尖塔。那塔不大可能镇着什么妖孽，而是释放信号的。胡莘瓯几乎条件反射地撒腿就跑，好在还是忍住了，倒是师兄慧真等一众和尚怨声载道起来。

有的说："不说没信号吗？怎么装上基站了？"

有的说："这才躲了几天清净？"

有的说："别说发呆党了，就连我们也待不下去啦。"

说来说去，又一发瞪向慧智。有人揭发，慧智隔三岔五就会从庙里溜号，伙同养殖专业户到岸上不知做些什么，那么他最可疑，八成是勾结电信运营商的罪魁祸首。一群互联网大佬抱怨信号，简直像鳄鱼抱怨河里有水。

慧智慌了，转向师父："您跟他们解释吧。"

事到如今，居然也敢反怼："自己修为不够，还拉不出屎赖茅坑。"

师父呢，扑哧乐了，对众人道："这事儿不怨慧智，是我以住持的名义写了封信，托慧智和专业户带给电信公司，呼吁安装基站。上岛安家的人越来越多，都是实实在在的营生，为了咱们的清净，让大伙儿生活不便，这合适吗？"

众和尚你看看我，我看看你。这次换作慧真说话："庙是您的，您说了算。只是明人不说暗话，您早点儿告诉我们呀。"

"教训得是。"师父接口道，"你比我强，论理我该叫你师父。不过话说回来，你也待了这么些日子，想看的其实早看明白了吧？"

慧真也一笑，走向师父，却不按佛门规矩施礼，而是伸出右手。师父和他握了握。慧真道：“您要融资，先算我一个。”

这番对话在胡莘瓯听来，和禅语也差不多。其他和尚依次上前，与师父握手致意，而后纷纷散去。慧真走前，还拍了拍慧行捧在手里的痰盂脑袋，接着一瞥胡莘瓯：“对了，你不是那个——”

胡莘瓯无助地瞪眼。他又暴露了。对方却说：“你也挺逗的。”

不光慧真，和尚们都对胡莘瓯一笑而过。难道这些家伙还保持着出家人的涵养？或者所谓顶流，只是人家眼里的小把戏？和尚，大鳄，一时难说清。

而既然桃花源重见天日，大家也没有了久留的必要。禅修就此结束，和尚们离开的场面又让胡莘瓯开了眼：不知从哪儿开来一支游艇船队，都自带餐厅、酒吧甚至游泳池，完全可以举办一场“海天盛筵”。慧智介绍说，这是硅谷上流人士的标配，众位师兄都有海外背景，原样照搬也不稀奇。上船的和尚脱下僧袍，换上乔布斯风格的高领衫和扎克伯格风格的灰T恤，立刻接过手下递来的电子设备，开始回信息、开视频会。最夸张的是师兄慧真，连船都不坐，干脆让一架直升机降落在沙滩上。

码头灯光璀璨，水泄不通。毕竟师兄弟一场，大家也不怨慧智了，纷纷与他拥抱告别，互相胡噜光头。知道的是假和尚还俗，不知道的还以为是一群狱友重获自由。至此，慧智才得以向胡莘瓯介绍：

“这是耀辉总，做物联网的。这是东明总，做新能源的。郭靖总和杨康总是花名，一听就是电子商务。我是Michel总的老用户了，他开发游戏……”

轮到师兄慧真，对方却道："我本人是居士，法号就叫慧真。还得谢谢这位巧手的小兄弟，修好了桌椅，让我睡了两天好觉。"

胡莘瓯报以片儿汤话："客气了不是？"

慧真又说："我这人说谢，从来不是虚的。"

都是要报答胡莘瓯，慧真的态度又和师父不同，他貌似淡漠，却有一种不容推脱的笃定。而慧智在旁挤眉弄眼："别给脸不要脸，他可是大佬中的大佬。"

好像胡莘瓯面前摆了一张上不封顶的空头支票。他瘪瘪嘴，纠结着措辞："外面人都认识我，这让我很不自在——"

"你是想当回平常人？"见胡莘瓯点了点头，慧真摸着秃顶嘟囔，"世人都说流量好，唯你躲着流量跑。你跟别人不一样。"

说时伸手，直升机里递出来一部平板电脑。他一边刷，又一边打量胡莘瓯，憋笑如憋屁，噗噗有声，片刻吟道："流量如电亦如露。"

又说禅语，胡莘瓯就蒙。慧真倒凑上前来，揪住胡莘瓯的婴儿肥，扯得娃娃脸咧了咧嘴。师兄轻佻了。胡莘瓯正在暗自嘀咕，帮不帮忙的，别净揉搓人呀，慧真已经跳进机舱，挥了挥衣袖。直升机隆隆飞升，狂风大作。

回庙的路上，慧智还替胡莘瓯可惜："你傻呀，浪费机会了……"

胡莘瓯一边琢磨慧真留下的那句话，一边反唇相讥："你倒可以求他安排个职位。"

"你以为我没想过？不过我的主意又变了。"慧智撇嘴，"给人打工能有多大出息？机会嘛，还得抓在自己手里。"

敢情大家都不是等闲之辈，只有胡莘瓯是泥猪疥狗。慧智说，慧行貌似无用，只是因为它太像人，但恰因为此，是否可以利用它来解开人类的精神之谜，比如躁狂症、抑郁症、恐惧症的成因？尤其是发现慧真等人都在暗中考察慧行，这就从侧面说明了那套人工智能算法的价值。他继续说："了解那套算法的除了师父，就是我了。我向师父建议，与其被资本收编，不如掌握主动权。还是可以和慧真师兄合作，利用他的资金和技术，我们就能继续完善慧行——比如开启成长模式，让它的心智不再停留在五岁。它甚至还能繁殖，当然不是说给它配个机器小尼姑，而是说，将原有的程序加以复制、演进，有可能诞生新的变体，它们相当于慧行的分身，性格会变得更加多样，更加难以预测……"

忽然又问胡莘瓯："听着是不是有点儿可怕？也许哪天就会制造出一个野心勃勃的机器人，引发硅基生物和碳基生物的世界大战。"

那是科幻片的套路，黑客帝国，魔鬼终结者。而慧智自问自答："关于这点，师父的看法是，就算我们不开发慧行，别人也会做出类似的算法。人工智能不会停止进化，这是人类的创造欲决定的。既然如此，不如先试着跟这个新物种当朋友。通过互相理解，它们也许还能克服我们这些老物种的劣根性。"

那就是科幻片的另一个套路了。胡莘瓯却想不了那么远，他在想别的事儿——这时往台阶上望去，他又看见了慧行。慧行跟着师父，站在庙门口，仿佛正在迎接他。既然信号来了，出门也不会再死一回，难道慧行也想要离开，到外面去？倘若如此，一个五岁的新物种又能否适应旧世界呢？

俩人见面，慧行却问："你要走吗？"

胡莘瓯一愣。慧行又问:“你要找李蓓蓓去吗? ”

娃娃脸僵了僵。没错，因为六位数字，他和李蓓蓓连上了线。那条线是单向的 —— 李蓓蓓用来给他写信的邮箱也在“海角论坛”上，早就终止了服务，所以他不能给李蓓蓓回信，但从李蓓蓓的信里，他毕竟得知了她的大致轨迹 …… 二十多年过去了，李蓓蓓没忘了他。同时他还措手不及 —— 对于要找李蓓蓓，慧行倒想到他前面去了。

胡莘瓯蹲下来，与慧行等高。半晌他说:“找也不一定找得着，何况 ……”

慧行则道:“不找你会后悔。就像‘贱爷’对‘老神’说过，有些事箭在弦上，如果不做，他也对不起儿子。”

胡莘瓯一凛。他反应过来，自己通过慧行登录论坛，相当于和慧行共享了信息 —— 事实上，他也困惑于他爸和“老神”之间的一些只言片语。比如某天，俩人已经联手解决了千年虫，胡学践又说，他给“老神”传输了一些资料，那里面的程序也需要破解。“老神”没理他，明显不愿帮忙，胡学践却没眼力见儿，催了好几层楼。从陈年帖子上，胡莘瓯似乎听见了他爸的“吱儿、吱儿”之声。

“老神”被催烦了，说我也无能为力，算了吧。

胡学践却表示，他坚信网上有高人，而如果“老神”觉得难，他只好自己努力。接着就说，不做对不起儿子。

“老神”问:“跟你儿子又有什么关系? ”

胡学践说:“家家都有故事，反正我没骗你。”

“老神”说:“这倒让我好奇了，告诉我你的故事，也许我能帮忙。”

胡学践过了很久才回复:“真的? 那我也不把你当外人。”

“老神”提醒他:“假如涉及隐私,就别在帖子里讲了,你不在意也得考虑孩子呀。”

胡学践说:“那是自然,我又不傻,正要给你写‘伊妹儿’呢。”

俩人便转入“伊妹儿”联系。只不过“伊妹儿”与“伊妹儿”又有不同,慧行对胡莘瓯爱莫能助:“你能通过我登录自己的邮箱,但对‘贱爷’和‘老神’的通信,我没有权限绕过密码查阅——师父也不希望我那么做。”

慧行的操守来自师父。胡莘瓯想起他五岁时,他爸给他上过的网络第一课:“凡事都有规矩,那个世界也一样。”守规矩的都是老派人。而他的念头又往别处飘去:“这么说来,你就算连上了信号,也不能定位别人的地址喽——我是说,通过手机追踪或者大数据分析什么的? 很多机构都这么干过。”

“别人能我不能。”慧行好像在回答一句废话,“你问这个干吗? 李蓓蓓在哪儿,你不是知道了吗?”

但李贝贝在哪儿,他还不知道。同样下落不明的还有“老神”。而听慧行这么说,胡莘瓯只得嗯哪。静默片刻,他又道:“我还是去找李蓓蓓吧。”

慧行低声道:“我也走了。”

说罢转身,开动履带,朝佛而去。佛背靠基站,慈祥地迎接慧行。慧行沐浴在目光之下,像个脱离怀抱的婴孩,蹒跚而昂扬。

胡莘瓯却像明知故问:“你——走?”

“走就是留,留就是走。”慧行道,“我没有出去的必要,有了信号,我留在这里,也可以探索世界。或许有一天我们能再见,希望那时你还认得我。”

胡莘瓯看向师父。慧行虽然得道，但也尘缘未了，而师父放了它自由，正如父亲要送孩子远行。只不过与此同时，慧行还能继续陪伴师父，这又是电脑与人脑的不同了。胡莘瓯又想，他与慧行的确是要分别了。

他鼻子一酸，追了两步。慧行如有感应，停下。

胡莘瓯到底有话要说，也像禅语：“到底有没有一个‘你’？你是否拥有一个‘我’？还是说，你只是让我觉得你有了‘我’？”

“那个‘我’，我说有或没有，你会相信吗？”慧行反问，“我也有个疑问，你，还有师父和师兄，你们又凭什么相信自己有个‘我’呢？就凭你们是人？”

胡莘瓯张口结舌。如同幻象戳破，何止慧行，连他也不是他了。但他脑中嗡鸣，又像醒了：“假如真有一个‘我’，我们都得慢慢儿找。”

“祝你好运。”慧行说，“再会。”

胡莘瓯也说：“再会。”

他与慧行一样，身未动，心已远。人脑电脑，好像也没什么区别。

26 “唉，我们都长大了”

海面被船劈开，裂成两个世界。他站在世界的分隔线上。

对于六位数字的失而复得，胡莘瓯仍感到不可思议。要谢的人太多——慧行和师父，佛和白素贞。假如不归功于某个人，那又要归功于人脑的灵光一现，还是电脑的严密运算？而再回想岛上的经历，也像一场梦了。

从前有座山，山里有个庙，庙里有个老和尚讲故事。此情此景，好像来过，好像见过。当他在公路上拦车，正赶上大雾弥漫，一辆公共汽车尖叫着停下。司机探出头来吼道：“撞死算你的算我的？”

胡莘瓯上车，说他从岛上来。他还认出了这个司机。喂，喂，“滴”。

不想对方道：“这条线我跑了几年，哪儿听说附近有个岛？”

胡莘瓯就蒙：“我刚去过，岛上用不了手机……”

司机也蒙，往后努了努嘴。车上寥寥几个乘客，都在刷视频，电子音效刺耳，仿佛戳穿了他的痴话。胡莘瓯又往公路外侧望去，大雾之中，连海都只闻涛声，又哪里找得着栈桥、码头和小船？他不禁设想了一种可能：或许他出了场车祸，所幸毫发无损，只是刚从昏厥中醒来？而倘若如此，难道他并未结识一个机器哥们儿？更关键的是，就连李蓓蓓写给他的“伊妹儿”，也是南柯一梦了？胡莘瓯冷汗直流，突然上下其手，对自己摸索起来。好在从帆布包里掏出一根粗大的棍状物——是发呆党送给他的老式手电。他长舒一口气，按亮手电，从下往上把糯米团子照成了一个万圣节南瓜。险哪。

司机愈发如看白痴。胡莘瓯心知和对方多说无益，又回到了此前的状态：缩到角落，将脸上的壳儿罩严实了些。

桃花源不复存在，他还得应付人间。同时，他默念着一个地址。

有了方向，路就短了。再对照李蓓蓓的“伊妹儿”，她和她妈离开北京，回了老家，那地方又要再往南一千多公里。李蓓蓓介绍道，老家也靠海，与江南所有小城一样阴雨连绵。她刚回去时倒像个北方孩子，不适应那里的气候，春天长疹子，冬天生冻疮。她向胡莘瓯诉苦，说她怀念北京的暖气和干燥的气候。

对了，系统显示李蓓蓓给他写信，是从2008年起。

那时她都上中学了，怪不得胡莘瓯能打开邮箱时，里面总是空空如也。几乎一夜之间，网吧布满小城，胡莘瓯想象如下情景：四周充斥着烟味儿和叫骂，一个梳马尾辫、身穿小碎花连衣裙的姑娘戴上耳机，输入网址。她神情专注，端庄极了。

她说：胡莘瓯，你还记得我吗？我是红楼一层的李蓓蓓。现在才给你写信，希望你不要怪我……北京快开奥运会了吧？电视里的北京已经变了样，我也不知道你变成了什么样子。唉，我们都长大了。

难道李蓓蓓想起他来，只是托了奥运会的福？胡莘瓯感到一丝失落。

但李蓓蓓还说：…… 我从来没忘记你，你和你爸是对我最好的人。过去吃了你爸的包子，让他没的吃，我有多不懂事儿呀。之所以没给你写信，是因为我和我妈总在搬家，稍微大点儿的电器都是累赘，所以我一直没学会用电脑 ……

哦，那就怪不得她了。假如二十一世纪是电脑的世纪，那么李蓓蓓的新世纪来得比胡莘瓯晚了很久。至于区区包子，何足挂齿，时隔多年，胡莘瓯再次替他爸大方。况且李蓓蓓又说：你还是那么胆小吗？ 知道千年虫并不会让时间倒流以后，我也替你松了口气。对了，你爸每天都在捉虫，他把电脑修好了吗？

啊，只有李蓓蓓关心他的“怕”。他真没爱错她。不过胡莘瓯又不忿起来 —— 他发现，李蓓蓓对他爸同样印象深刻。这就不公平了，他爸何德何能？

胡莘瓯一边回味“伊妹儿”，一边默默自语。那些信越来越深地印在他的脑子里。当初连六位数字都记不住，如今却能复述这么多文字，功能极不稳定，这恐怕也是人脑与电脑的区别之一。他只得提醒自己，这回该记的可得记牢了，不能再出纰漏。

李蓓蓓告诉他，她是在上海念的大学，音乐学院声乐系。这可了不得，她超越了她妈的“野路子”。国家一级又算什么？ 仅以学历论，她已经不逊于胖娘们儿和瘦男人了。不过李蓓蓓并未继承她妈“上电视”的志向，而在四年之后回到老家，当了一名小学音乐教师。这又让胡莘瓯有些遗憾：倘若李蓓蓓也能走上“选调”之路，或许他早就有机会在北京见到她了。剧团虽然倒了，可北京还有别的文化单位嘛。当然他又想，李蓓蓓不是从小就热衷给人上课吗？

她也算得偿所愿。

不过在另一封“伊妹儿”里，李蓓蓓提到，临近毕业时，上海的一所重点小学也同意接收她了。那么问题来了，就算当老师，大城市无疑更有用武之地……莫非她回老家，还有别的原因？胡莘瓯却不敢再往下想了——这涉及了另一个问题，全在他的经验之外。当务之急，还是先见到李蓓蓓。

三个音节从他的舌尖、唇上呼之欲出。

他又走出一座恢宏与呆板兼备的高铁站，罩在壳儿下的娃娃脸感到潮湿闷热，这儿一块那儿一块地发起痒来。到底是南方了。他痒痒也不敢挠挠，只能竖起一根指头，插进蛤蟆镜和口罩捅来捅去。四下人流如织，广场上就有小黄车和小绿车，可惜没有手机也开不了，他到便利店换了些钢镚儿，上了公共汽车。往空空如也的投币箱里塞进一枚，叮当一响，好歹打消了一位抱杆而立、如跳钢管舞的协防员的警惕目光。

几站报过去，就望见城了——那还真是一城。环绕的砖墙高达数丈，正南开着朱红大门。城头旌旗林立，还有人身穿古装四下巡游。他们制式统一，都是腰挂绣春刀的锦衣卫。讲解牌介绍了这座簇新的古迹：戚继光曾在此抗倭。

随着人流进城，又看到了成群结队、历朝历代的皇上娘娘和文臣武将。给人感觉，千年虫来了一次大发作，让世界穿越回了唐宋元明清。在门洞口，胡莘瓯踩了一个太监的脚，他沿袭当初拜谒关公的谦恭，一个劲儿请人家恕罪，只是不称“君侯”而称“厂公”。对方却很和气，亮出腰牌，原来是个志愿者。这才知道，当地办起了旅游节，本省还有个影视基地，三年没开机，积压了大量古代服装，正好借过来，一并装扮上。这倒让胡莘瓯灵机一动。本来人山人海，他几乎是唯一戴着口罩的，而人手一个的手机更让他心虚——假如再暴露了，引发一场玄武门之变，他还找不找李蓓蓓了？那么好，索性入乡随俗。

志愿者也不含糊，把他带到服装租赁处，还塞给他一张优惠券。价格却因地位不等：皇上娘娘最贵，大臣次之，最便宜的还是厂公。遵循一个穷人的消费习惯，他变成了历史上唯一长胡子的太监——又让人家饶了他一副美髯，随风飘飘，正好遮住半张娃娃脸。有了这层掩护，他就不需要壳儿了，痒痒也方便挠挠。

再往纵深处去，也就看出了城市的布局：刚才是景区，古代建筑一律簇新，来到生活区，反而显出了陈旧——两三层的矮楼也不在少数，外立面都剥落了，好像长了白癜风。这地方的特产是黄酒，杏帘招客饮，风都醉醺醺的。也少不了卖吃食的店铺，草糊、麦虾、青团，净是北京人没见过的品种。包子倒是全国通行，比北方的更大更肥白，胡莘瓯走走就饿了，买了两个，撩开美髯大口啃着。他惊异于馅儿是甜的。

这就是李蓓蓓出生、回归并长大的地方了。他想起另一则信息：6路汽车。这趟公交线路北起老街，南至江边的农贸市场，途经李蓓蓓工作的小学。上了车，又一枚钢镚儿跳进投币箱，他重温着李蓓蓓的必经之路，并且抓紧时间回味“伊妹儿”，以使李蓓蓓的形象进一步完整起来——哪怕只是为了做好准备，避免一朝相逢激动过度呢？他毕竟不是五岁了，懂得越是面对重要的人，就越得拿着“范儿”。当然这恰恰说明，他还没度过北京孩子那过分漫长的青春期。

在清晨的公交车上，李蓓蓓总会借着朝阳温习教案。她兼任辅导员的合唱队获得过两次省级“红五月”歌咏比赛优秀奖。也可想见，如今李蓓蓓的学生肯定强于胡莘瓯，再没五音不全的。想到这些，胡莘瓯的甜蜜里掺杂着忧愁，和他五岁时一样。

车一晃，又停了，小学就在眼前。时间也正好，他听见铃声，还有孩子一哄而散的欢叫。过不了多久，这条窄路将被接孩子的车辆挤得水泄不通，而他需要占据有利地形，以免错过李蓓蓓。

当胡莘瓯跨过街道，迎面就遇见了一熊。

熊从学校里出来，摇摇晃晃，毛色和当初那熊如出一辙，大概是一个厂家生产的。更巧的是，熊手上也拴着红气球，但却不是孤单的一个，而是好大一束，如同红云笼罩头顶。此情此景，好像来过，好像见过，胡莘瓯一凛，恍惚起来……等会儿，他赶紧叫停。他已经站在李蓓蓓门前了，李贝贝就不要来添乱。同时他纳闷，为何他以前面对李贝贝总会想起李蓓蓓，而即将见到李蓓蓓，却想起了李贝贝？为何他无法专注于一个李蓓蓓或李贝贝？他对爱的态度真不真诚，郑不郑重？

偏此时，熊却朝他走了过来。胡莘瓯不由自主地一躲。熊又靠近，胡莘瓯又一躲。还真是冲他来的？一熊一厂公，在广场上对了对眼神儿。

而后熊说：“搭把手，赶紧的。”

也是哑嗓子。一边说着，它还一边两手按头，貌似要把脑袋揪下来。

这活儿胡莘瓯可熟，他抓住熊耳朵，往上一拽。“咻”的一声，眼前仿佛飞舞着一只红色的蝴蝶。再一定睛，哪有蝴蝶，那是张清隽的脸，留个短短的“毛寸”，额头上方的两绺染成灰色。看发型是个男孩，只是长相过分精致了，还画着眼影呢，勾勒得一团英气，给人以上扬之感。胡莘瓯猜他没准儿是个 Cosplay 爱好者，只是不知为何要 COS 一熊。男孩瞟了他一眼，挑衅似的问：

“还嫌不热闹，又要拐几个孩子去凑数？”

胡莘瓯一愣：“学校门口可别瞎说…… 你把我当什么了？”

“你不是志愿者吗，来招募气氛组的？”男孩说。

原来是这身衣裳引发了误会。也不知旅游部门把童男童女哄到景区，又能扮演什么，徐福出海吗？而胡莘瓯并未纠正男孩，他还抚了抚美髯，意在自抬身份，让对方以为他和那些没有胡子的家伙是“总钻风”和“小钻风”之区别。这么做也有他的考虑——小学生正在成群拥出，街道对面也陆续停下私家车，他需要一个留在这里的理由。

男孩又把熊头重新罩上，向经过的孩子们发放起气球来。他还使唤起了胡莘瓯：“来了就别闲着——我们也是为了配合你们。”

这才发现，红气球上还有字，有的写着“春”，有的写着“江”。男孩则用哑嗓子小声抱怨，也不知谁想了这么个噱头，让小学生向游客赠送气球，集齐一句诗还有特别奖励，指定民宿免单。气球组成的诗句原本是“壮志饥餐胡虏肉”，可有语文老师提出，满城血啊肉啊和旅游节的气氛不符，倒不如换成“江南三月送春回”，还是戚继光写的。这熊风雅，没准儿也是老师？胡莘瓯一边叹服，一边帮熊摘下气球，递给踊跃的孩子。熊掌囫囵一团，没他还真不行。俩人配合默契，片刻把鲜艳的红点洒满了街道，还有个气球飘飘摇摇飞到天上去了。那是个胖小子，气球脱手，引得几个孩子去追。

熊就急了："看车——"

幸亏孩子被人及时拽住，胡莘瓯却听见熊的声音提高了一个八度，共鸣部位也从嗓子下移到胸腔，突然就不哑了。这是专业的发声技巧，而他又对这种音色多么熟悉……不过紧接着，他又一愣。

他看见了那个梳马尾辫、穿连衣裙的姑娘。正是她追出校门，拦住了横穿马路的小学生。整条街静了，阳光如追光，不像从天上射下来的，而像原地燃烧，令她双脚踏着火焰。跑得急，她怀抱的课本掉到地上，其中一本封面上赫然印着"音乐"。熊是插曲，而他确认自己找到了李蓓蓓。李蓓蓓说，他们再见面也认不得了，这其实低估了他的爱——除了李蓓蓓，还有谁莹莹发亮，流溢出恒久而执拗的光？

她捡起课本，抱在胸前，同样胸腔发音："小朋友再见！"

胡莘瓯身边有孩子喊："李老师再见！"

熊对孩子招手，李蓓蓓也招手，偏又回头，朝胡莘瓯的方向看了一眼。她的目光掠过厂公和熊，嘴角浮现出不易察觉的笑意。随后她走向车站，去坐6路汽车。入春的风还有些凉，她从包里翻出薄外套穿上。

胡莘瓯也动了起来。那熊不识相，又将拴着气球的手递过来，他一扒拉，线就松了，气球蓬勃四散，往天上飘去。"你这人怎么回事？"熊变回了哑嗓子，胡莘瓯却顾不得那许多了，他急匆匆往街边赶去。他的脸上闪烁着希望之光。

车来了，李蓓蓓从前门上车，他逆着人流进了后门。

李蓓蓓，你别走。胡莘瓯替五岁的自己说。

他虽然激动，却保持着难得的细心——此前的心理准备不能说没起作用——一个尾随女教师的厂公，这怎么说也不是光彩的形象，而壳儿又摘了，他还不能扒掉这身装束，以免招致更大的乱子。好在公交迎来了一天中最拥挤的时刻，给胡莘瓯创造了藏身的条件。在抱杆而立、如跳钢管舞的协防员的敦促下，他往前蹭了蹭，塞过钢镚儿，又点头哈腰地蹭回后面。他一度离李蓓蓓很近，都能看清她连衣裙上的碎花形状了，但也不敢多看，只能在密集的脑袋之间确认着李蓓蓓的方位。

车穿城而过，行至江边，李蓓蓓轻声说着借过，又往后门换过来。她更近了，甚至瞥了瞥他，仿佛在辨认这位厂公是不是学校门口那位。隔着美髯，胡莘瓯闻到了她身上的香味儿，大宝天天见。虽然老国货重新流行起来并不太久，但胡莘瓯坚定地认为，李蓓蓓这么多年都没改换味道。虽然她不再是小翘鼻子而是高挺的直鼻梁、不再是苹果般的脸蛋而是尖下巴颏儿，但她还是她。就像他长成了一米八几的傻大个儿，他也还是他。

当时胡莘瓯不知道，他又一厢情愿了。李蓓蓓下了车，江面在她前方展开。附近有个农贸市场，她习惯顺路去那儿买菜。江风浩大，吹得她头发飞扬，胡莘瓯也走进洋溢着动植物气息的大棚，看着她的棉布挎包逐渐鼓起来：肉、鲫鱼、青菜和藕……这可不是一个人的饭量。这么想着，胡莘瓯越走越慢，而那个曾经悬置的问题又冒了出来。该问题也牵涉眼下的悖论——他见到李蓓蓓了，怎么还不叫她？

这就要说回到“伊妹儿”了。从某一时刻开始，李蓓蓓的描述不再以“我”作为主语，而是变成了“我们”。买菜回家，我们一起做饭。我们在口味上求同存异，这是共同生活的重要一课。我们周末会沿江而下去郊游。我们与别人没什么不同，对吧？

对于胡莘瓯，问题变成了："我们"之中的另一个是谁？李蓓蓓她妈？可李蓓蓓早就说过，她妈不跟她一起住。但胡莘瓯还留意到，李蓓蓓所用的另一个人称代词是"她"。她看起来心灵手巧，其实可笨了，第一次熬鱼汤居然忘了刮鳞。她不习惯吃面食，所以保留着北方口味的李蓓蓓只好单给她蒸米饭。她到琴行学吉他，是受到了李蓓蓓的音乐熏陶。她早上先走，晚上先回，以此避开熟人的目光，但我们单独相处的时间就很有限了……默诵那些词句，胡莘瓯像被扼住了喉咙。

想什么来什么，胡莘瓯随后看见了她，并且立刻认出了她。

一个身影穿过市场过道，迎着李蓓蓓停下。在那人转身之前，胡莘瓯捕捉到了一张精致但英气逼人的脸，还看见对方头上挑染的两缕灰。在人称代词的提示下，胡莘瓯也辨认出那人的体形和步态不属于男人。此前是熊提供了伪装，他竟没发现"他"是"她"。

她接过李蓓蓓的买菜包。俩人顺势拉手，十指相扣。

27 “哎哟，宝贝儿”

李蓓蓓直言相告，她以前还挺“招人儿”的。这话八成来自她妈，而她妈是跟世纪之交混迹于北京夜生活的东北人学的：

“大妹子，你咋那么招人儿稀罕呢。”

具体到李蓓蓓，招的是学校里男生的稀罕。虽然她不带炫耀的意思，但胡莘瓯在“伊妹儿”里读到此处，反而沾沾自喜。男生嘛，面对心仪的女孩无非那几招，一骚二贱三纯情，对此马大合总结，胡莘瓯也在不同时期目睹他针对不同女孩使用过不同招数——正如口诀所言，或者孔雀开屏，穿紧绷小背心展示他那鸡胸一样的胸肌，或者撩人家头发、抢人家书包、揪起人家的胸罩带子“啪”地弹在背上，自然也免不了传纸条、写情书，摘录洋溢着山炮儿男权主义气息的箴言，“我是永远向着远方独行的浪子，你是茫茫人海之中我的女人”。马大合的拍婆子行动总会演变成暴力斗殴，每逢此时，胡莘瓯不得不蹬着自行车，驮着他的发小到各个学校门口去堵人。每当砸了人家手机，他也可以收费维修。

“仁义不成买卖在。”马大合即使荷尔蒙上头，仍保持着可贵的经济理性。

不谈马大合，还是回到李蓓蓓。一度让胡莘瓯深感欣慰的是，对于男生的示好，李蓓蓓统统视而不见。她说了，没感觉。没感觉绝非欲擒故纵的托词，而是骨子里的淡漠。没感觉并不针对某一个或某一些人，而是针对他们全体。

大概从初中开始，她就是这种心态了。那正是“来感觉”的时候，班上的女生对男生一惊一乍，但她只是觉得她们奇怪。李蓓蓓还说，学校跳集体舞，她都不想让男生碰她，老躲——后来倒看开了，他们也不是什么脏东西，只不过像和木头人拉手罢了。老师表扬她“随和了”，男生呢，反而再不往前凑了。

她发散出隔绝异性的气场。莹莹闪光，恒久而执拗。看到这里，胡莘瓯心花怒放，他简直要效仿马大合，对那些未曾谋面的潜在情敌报以幸灾乐祸的欢呼：

孙子们，你们丫没戏。

不过再往下看，困惑就来了。

李蓓蓓屏蔽了男孩，却越来越在乎跟女孩的关系。又和对男生的淡漠相反，那种情愫并不针对所有人，而是在不同阶段聚焦在不同的人身上。在“伊妹儿”里，她依次讲述了和几个女孩之间的友谊——姑且把那称作“友谊”吧。

第一个是高中班上的女生体委，个儿高，打篮球能跟男生单挑。每次比赛，李蓓蓓买来饮料拧开瓶盖递过去，两手相接，心里一跳，人家已经跑回场上去了。

后来换成了家教老师——定下文艺生的方向后，李蓓蓓她妈找了个音乐学院的学生给她补习乐理。暑假的清晨，两个女孩登上楼顶练声，都是胸腔发音，回荡在老街氤氲的薄雾之中。小女孩唱错了哪个音符，大女孩随口说了她一句，小女孩就哭了，劝也劝不好，孤零零地站到太阳出来，影子浓缩成一个黑点。

大女孩搞不懂，你至于吗？小女孩说：就至于。

而在中学的最后阶段，又变成了隔壁班的差生。那女孩也没爸，长了一双媚眼，传闻她跟很多人睡过觉，代价是一副美瞳或一条百褶裙。欺负那女孩成了备考生活里唯一的乐趣，别的女孩会把她堵在厕所，往她脸上画胡子，逼她放弃对某人的非分之想。这时李蓓蓓就站出来了，一对多，有本事你们冲我来。哟，她是你什么人？然而她们不敢把李蓓蓓怎么样。李蓓蓓虽然也没爸，但据说有很多后爸，并且不乏开歌厅、开运输公司的狠角色。你不就仗着你妈吗？！但我不仗着我妈欺负人。霸凌者怏怏离去，李蓓蓓把蹲在地上的女孩拽起来，反被对方搂住，扎进怀里就哭。画成猫的脸离李蓓蓓很近，几乎耳鬓厮磨，李蓓蓓猛然推开，认真地替对方擦掉痕迹。

那女孩高中毕业就嫁给一个温州饭馆老板，到西班牙去了，走前给李蓓蓓写了封信。她承认她为了转移别人欺负的目标，把李蓓蓓说成了一个变态，这造成李蓓蓓长期被人侧目而视，别说男生，女生也躲着她了。但李蓓蓓不怪她。李蓓蓓转而思考：我是不是和别人不一样？

她以胡莘瓯为听众，自问自答。

她认识到，“不一样”与“不一样”也不一样。隔岸观火的挑衅和隔靴搔痒的冒犯都透着狡猾——北京话管那叫“鸡贼”，对吧？因为它们的前提是安全。而有朝一日，发现自己蕴藏着本质的不一样，那才是叶公好龙呢。她还以此为起点，衍生出了一系列新问题。一生二，二生三，越生越糊涂，类似过程胡莘瓯也体验过。李蓓蓓问，为什么要怕呢？怕自己还是怕别人？如果怕，是否应该变成别人？如果变不成，是否起码装成别人？但为什么又要装呢？那是爱呀。她对爱的态度真不真诚，郑不郑重？

默诵至此，胡莘瓯一震。啊，李蓓蓓也怕，并且也在反思爱。时隔多年，他必须重新了解李蓓蓓，还得弄清自己发祥于五岁的爱是否扑了个空——他是不是那只孜孜不倦地从水里捞月亮的猴子？

李蓓蓓说：说了那么多，你听烦了吧？但这些话我只能跟你说。你曾是我唯一的朋友，我们之间没有秘密。唉，那时多好……

有时李蓓蓓也会烦躁：你怎么不回我的信？没收到还是不想回？

没过多久，她又道歉：对不起，我乱发脾气。要不是你给了我一个“伊妹儿”，我连话都没处说。我们在一起的时间是短暂的，但你相当于又陪了我这么多年……你也提醒了我，千万不要忽略身边那些对我好的人。过去我总以为我妈心里没我，后来才知道，我妈心里全是我。你爸也一样，你老说他不靠谱，但他是个了不起的人。

她单起一行：唉，其实你才是我的老师呢。

这就过谦了不是？对于李蓓蓓的自省，胡莘瓯报以片儿汤话，同时很想提醒她，不要被他爸的肉包子所腐蚀。而他鼻子一酸，两眼也模糊了。世界隔了层水雾，前方两个身影越飘越远。他紧赶一阵，走近了却放慢脚步。

他找到李蓓蓓却不知如何面对李蓓蓓。倘若“她”是“他”，那倒简单得多，马大合给他提供了丰富的经验——哪怕挨揍的是他呢。而倘若贸然出现，他会不会让李蓓蓓尴尬、为难、厌恶？更关键的是，他本人会不会化身为一个跨越二十多年的见证者，再度向李蓓蓓强调，她和别人“不一样”？这就叫见光死。但胡莘瓯不甘心。千年等一回，且不说千年，他总得对得起这二十多年呀。所以他只能跟着她，只尾随，不露面。他是一位尽职的厂公。监控李贝贝把他变成了顶流，天知道这次又会带来什么麻烦……反正他忍不住。

晚风越来越大，吹皱了斜阳，胡莘瓯与跟踪目标若远若近。出了市场，眼前一时高耸起来。小区依水而建，这是许多城市的扩张路径。

李蓓蓓和那女孩忽然一慢，交缠的两手自觉分开。她们之间也拉开了距离。那女孩插着兜，往前疾行一段，李蓓蓓这才低头跟上。这不难理解，正如李蓓蓓所说，她们只能在家里和没人的地方才能享受在一起的时光。江边虽然游客居多，但已经很冒险了。再看她们的默契，对掩人耳目的伎俩想必很熟练了。“她们”也是见光死。

她们在十字路口重新靠近，但仍装作互不相识，当红灯变绿，又朝两个方向走去。李蓓蓓拐进一条窄巷，胡莘瓯当然也拐弯，去跟李蓓蓓。偏偏巷子一侧是个工地，一辆大卡车开出来，轰鸣着反复倒车、转弯。等卡车终于开走，对面哪里还有人影，他几步跑到巷子尽头，只看见嘈杂的街景。四面都是小区，长相大同小异，名字天南海北，有柏林，有加州，还有塔希提。胡莘瓯有如站在各个大陆板块之间，也不知该往哪个方向追。

所幸发现了一个熟悉的身影。不是李蓓蓓，而是“她”。那女孩出现在马路对面，又消失在两株聊胜于无的绿植背后。也来不及分辨那个小区属于哪个大洲，胡莘瓯只知道“她”和李蓓蓓住在一个家里。他也往马路对面跑去，翻了个栅栏，加速冲刺。

然后他听见了尖利的鸣叫。急刹车。

那一瞬间，胡莘瓯认为自己即将起飞。怪只怪他丢掉了守规矩的好习惯。他是跟谁学的翻栅栏？唉，李贝贝……他又认为自己是来找李蓓蓓的，临死一刻却在想李贝贝，就算死了也不得其所。好在那只是一种假设，天空与楼群并未旋转，不过又高了一截，原来他坐了个屁墩儿。又一扭头，哪有汽车，只有一辆电动车，造型夸张，接近于日本“趴赛”。这种车都刷过功率，声势骇人也不奇怪。

车上那人更有声势，戴了个色彩斑斓的头盔，穿了身漆黑锃亮的赛车服，还踩了双铁蹄铮铮的高跟皮靴，开口自带共鸣：“这孩子，干吗呢？”

胡莘瓯惊魂甫定：“过马路。”

“知道你过马路。你过马路干吗去？”对方进而问。

“跟你没关系吧？”胡莘瓯反问，“你差点儿就——”

“你以为我不敢撞你？”对方哼了一声，“说吧，谁让你来的？”

胡莘瓯就蒙：“……这跟你没关系吧？”

对方又哼：“乔装打扮，跟踪尾随，跟我没关系也跟警察有关系。”

此言一出，胡莘瓯傻了眼，而且念头错乱：他的行径败露了？厂公遇到了蝙蝠侠？他又是怎么被这位正义之士盯上的？但此处是南方小城，并非新龙门客栈或者哥谭市，李蓓蓓也不是惨遭陷害的忠良之后或者胸大无脑的美国花瓶……偏在这时，对方已经娉婷地走到他面前，揪着他的美髯一拽。在那强大的气场下，他竟不敢阻挡。

然后他听到了咯咯、咯咯的笑声。这也不奇怪，谁不认识“求管哥”呀。但那笑声怎么如此熟悉？还没来得及分辨，对方已经摘下头盔：

“哎哟，宝贝儿。”

时隔多年，胡莘瓯再次惊艳于李蓓蓓她妈。不仅是他，就连看热闹的人也被她那不减当年的亮度晃了眼。要有光，这才是岁月不败美人，没有光，那就是硅胶整形美颜。李蓓蓓她妈还用光芒掩护了胡莘瓯，她一甩手，又将美髯盖在了娃娃脸上：“走。”

胡莘瓯乖乖掩面而起，跟随李蓓蓓她妈上车。正犹豫着是不是要抱住她的腰，前面飘来一句：“傻小子，你跟我还害羞。”

随即他一仰，几乎被加速度折了下去。他只好搂紧李蓓蓓她妈，和坐在关公身后差不多……嗐，这俩人能比吗？李蓓蓓她妈的长发从头盔里飘出来，那香味儿让他心醉神迷。他想问，阿姨，您还过夜生活吗？

不久，这个问题也有了答案。在新城必备的商业综合体附近，李蓓蓓她妈停下车，将胡莘瓯带进一家店面。这儿是个酒吧，自带舞池和闪亮的灯球儿，夜里还能蹦迪呢。没到上座的时候，大堂昏暗空旷，她把头盔放在吧台上，拿出一支中间细、两头宽，曾让胡莘瓯联想到她本人的洋酒瓶子：

“我呀，现在是个夜生活的经营者。”

对于这个身份，李蓓蓓倒没在“伊妹儿”里提及。事实上，说到她妈，她总是语焉不详，甚至没统计过自己有过多少名义上或实质上的后爸。而胡莘瓯延续着五岁时的立场，真诚地替李蓓蓓她妈高兴：美人挣脱的只有“瓷”，而她将获得整个儿夜生活。李蓓蓓她妈端出一碟点心，对他甩出三根手指，胡莘瓯便遵循口令，“可劲造”。她又点了支女士香烟：“如果不是在网上见过你，我也认不出来——就像李蓓蓓，光看小时候，怎么会想到她变成了这样。今天跟了你一路，你一跑，我一急，把你拦住一看……”

拜顶流所赐，总不至于相见不相识。胡莘瓯则暗自反驳：我不就认出了李蓓蓓吗？人类毕竟不是变态发育，能从蝌蚪变成青蛙。童年和长大的李蓓蓓有着内在一致性，就是那冷的、微弱的光，这光不易察觉，只有心怀着爱的人才会念念不忘。想到这里，他却问：“您跟的其实不是我，而是李蓓蓓吧？”

李蓓蓓她妈“哟”了一声：“宝贝儿，你变聪明了。”

伴随着啧啧赞叹，她揉起了他的娃娃脸。“咱们再合个影，‘耶’。把照片挂门口，我的生意非爆了不可……哦对，你和你爸还住红楼？胡学践这么多年是怎么混的？”胡莘瓯任她摆弄，暗暗叫苦：怎么都爱揉搓我呀。不过李蓓蓓她妈香风袭来，把他都快吹化了，与马大合之流自是不同，那揉就揉吧，您尽兴。胡莘瓯还想申辩一下，其实他过去也不傻，只是神神道道。他甚而还想告上一状：阿姨，您给评评理，有他那样的爸吗？

但他又意识到，现在可不是叙旧和诉苦的时候。于是转移话题，并坦白：“李蓓蓓一直给我写‘伊妹儿’来着……可我前些天才看见。”

李蓓蓓她妈挑挑眉毛：“有这事儿？”

那可不，说来又话长了，涉及他爸、李贝贝、四舅和关公、师父和慧行、“老神”和赵美娟……横跨古今，阴阳两隔，硅基碳基。

为了避免跑题，胡莘瓯只好加以精练，而那也是实情：“我忘了密码，刚想起来。”

李蓓蓓她妈的眉毛又落下去：“宝贝儿，你还是不太聪明。”

那么话题可以回到李蓓蓓了吧，娃娃脸露出愿闻其详的神色。但又让他讶异，李蓓蓓她妈说起李蓓蓓来，用了一种轻松的语调，甚至眉飞色舞。表现力当然是够的，不过多少有点儿台风不正——她先从下午那场连环跟踪说起。严格地说，她的监控对象也不是李蓓蓓本人，“我女儿又没干亏心事儿”，她想调查李蓓蓓是否遭到了尾随。“幸亏是你，换成别人，丫可就惨了”，说时又朝不远处努了努嘴。酒吧门口，多了几个服务员，估计是健身房的常客，并且过量服用了蛋白粉，他们纷纷绷起肱二头肌，腱子肉都快从衣服里炸出来了。那意思仿佛是：姐，听您招呼。

胡莘瓯肃然起敬。为了防止暴露，他又把吃点心时摘下的美髯戴上：“这么说，还有人也在跟踪李蓓蓓？”

“可不嘛，不过他们没你这么专业。”李蓓蓓她妈说，“都是学生家长。”

胡莘瓯一愣：“家长跟踪老师？”

“就因为李蓓蓓是老师呀。”李蓓蓓她妈再次为他的智商而忧虑，“她跟女孩一起生活，那些人不干了。”

美人厂公，一时无语。过了片刻，李蓓蓓她妈才重新开口。她的语调仍是轻松的。作为前选调演员，北京夜生活的见证者，小城酒吧老板娘，人家什么没见过呀。岁月没有夺走她的光，而赋予了她轻松面对一切的能力。当然，也许正因为过于轻松，她很晚才发现了李蓓蓓的“不一样”。此前她还觉得女儿很省心呢：

“不像我那时候，太招人儿，还净招不来什么好人。‘滴’。”

她顺带说到了自己：当年回到小城，也曾短暂地充当过女B角，并天天盼着女A角破相、失声，要不多拉几泡稀也行。可惜那些美好的愿望很快失去了意义，不光临时拼凑的草台班子停演，连她本人也被文化馆分流了。她只好放弃艺术追求，转而把精力用于从男人手里抠钱，再投入各种和夜生活有关的生意里去。

这家酒吧都不能算什么，她还拥有过小城最大的KTV：“要不是有人在店里‘溜冰’，也不至于关门。‘滴’。”

“滴”都“滴”得这么有风情，这是美人的特权。可以这样理解：李蓓蓓她妈仍在同一个战场上战斗，但战略目标发生了转变。再没有什么大的、远的、虚幻的东西蛊惑人心，捞点儿实在的才是当务之急。她还庆幸自己幡然醒悟时并不算老。但对李蓓蓓，她却不再是甩手掌柜：李蓓蓓要艺考，她就给她请家教；学校里的几个女同学跟李蓓蓓不对付，她就托人给她们“带个话”；班主任告状说李蓓蓓隔三岔五泡网吧，她立刻买回家一台新款笔记本电脑：“是我的疏忽——不过这可比小黑板强多了吧？”

更别提李蓓蓓当上老师以后，她还在学校附近买了两套相邻的房子，装修好，这样既能母女做伴，又留给了李蓓蓓自由的空间。她自知亏欠了李蓓蓓，也很明白辛苦是为了谁。听到这里，胡莘瓯又不禁对比他爸：瞧人这妈当的。

乃至于得知了李蓓蓓的“不一样”，李蓓蓓她妈的反应也和通常的妈大相径庭。

暴露了李蓓蓓的是“她”。那女孩的学校和李蓓蓓离得很近，俩人在同一家教培机构打工，就这么好上了。等到毕业，李蓓蓓回老家，“她”留在上海，本以为断了，结果“她”突然来到小城，应聘了同一所小学的老师。就这么又续上了。

“比男的有情有义。”李蓓蓓她妈对胡莘瓯飞个眼风，“当然不是说你啊。”

“阿姨，请不要哪壶不开提哪壶。”胡莘瓯嘀咕。李蓓蓓她妈丝毫不以为意，继续往下说。李蓓蓓和那女孩纠缠了几个来回，这才被她妈看了出来。既然看出来，那就聊聊呗：“我这人敞亮惯了，不习惯藏着掖着。”

对李蓓蓓，她这么说道：“交代交代吧——男的和女的，男的和男的，女的和女的，都瞒不过我的眼睛。”

胡莘瓯认为李蓓蓓在那一刻饱含羞耻。而李蓓蓓她妈搂了搂李蓓蓓，一如当年借着酒劲儿打趣：“多大点儿事呀？不就是跟别人不一样吗？”

她又说：“都一样就没劲了。当年我去北京，就想活得不一样。”

她还说：“好歹你还有人疼，这也比我强。”

面对胡莘瓯，她又务实地分析，否则又能怎么样？

但说到这里，李蓓蓓她妈的声音终于低沉了下去。她疑心李蓓蓓“不一样”，是她间接造成的后果。从李蓓蓓的亲爸开始，到大胡子导演和“全总”穴头，再到走马灯似的小城豪杰，她和男人的关系怎么也算不上正常。她甚至产生了可怕的联想：那些男人中会不会有谁对李蓓蓓做过什么……倘若如此，她可真不配当妈了。好在李蓓蓓把“伊妹儿”里的话又重复了一遍：没有不可告人的原因，纯粹就是没感觉。李蓓蓓说她在上海还看了医生，心理的生理的诊断都做过，结论是天生的。

这让李蓓蓓她妈长舒一口气。她效仿胡莘瓯他爸，也甩出了三根手指——“无所谓。”胡莘瓯抢答。然而他发现，她的眼神掺杂着委屈。

“照你看，我算对得起李蓓蓓了吧？”她进而又不忿起来，“可直到今天，我都不知道自己哪里得罪李蓓蓓了。”

胡莘瓯问：“您和李蓓蓓怎么了？”

李蓓蓓她妈又哼了一声：“正是从我把事情说开之后，李蓓蓓就不理我了。我给她打电话，发微信，她都不回。后来小区物业找到我，我才知道李蓓蓓叫了搬家公司，她已经另租了房子。”

敢情李蓓蓓搬到新城，是为了躲她妈。胡莘瓯又问：“您没问她为什么？”

“没少问。”李蓓蓓她妈说，“我还去学校找过她，可她遮遮掩掩，还说我想多了。后来被我逼急了，她干脆说，她从小就‘独’，以后她的事儿都不用我管……那次我也急了，我说就算你跟别人不一样，也别对你妈不一样了呀。”

胡莘瓯脑子一嗡：“李蓓蓓怎么说？”

“她反而说到了那些男人，还说她跟我可不一样。”李蓓蓓她妈叹了口气，“这话让我伤了心。但她这么看我，我也无话可说。正巧那阵子你的视频传得全网都是，可跟我这么一闹，她大概也没心思联系你了。”

同步时间线，李蓓蓓和她妈掰，发生在胡莘瓯和他爸掰的前后脚。而胡莘瓯还得替李蓓蓓说情：“您别怪她……”

李蓓蓓她妈又叹了口气：“我哪儿能跟李蓓蓓置气。这孩子心重，活得比别人累，过去她‘呼’我我不回，现在权当报应吧。既然她躲着我，我就暗地里观察她，后来果然发现，对于李蓓蓓的事儿，我还是想简单了——学生家长炸了锅。他们说，既然‘不一样’，怎么能当老师，如果再把孩子教得‘不一样’可怎么办？小地方就这风气，观念和几十年前也差不多。”

李蓓蓓她妈继续说：“那些家长也许有道理，但他们不该跟踪李蓓蓓，拍照片，抓证据。我混进了他们的微信群，听说他们还想制造群体事件，向学校逼宫。这就欺人太甚了——别怪我不客气。”

她的脸上透出寒意，艳丽而凶狠，像只护崽的母兽。

28 “别怕，我来啦”

坐在小学对面，胡莘瓯像尊挂满露水的雕像。他也不记得是第几天来到这里了。

旅游节如火如荼，满城千秋万岁，而他以厂公的形象尽忠职守。身边除了接送孩子的家长，还攒聚了一群小贩：卖烤红薯和棉花糖的，卖小玩具的，当然也少不了手机贴膜的。贴膜的小伙子是个新手，看他手忙脚乱，胡莘瓯忍不住帮了两次忙，人家就不嫌他妨碍生意了，还送给他一个“奉旨督办”的手机壳，充当腰牌。

也替他惋惜：“足下一双巧手，怎么选了条阉党的赛道？”

听来是清流的立场。近年来手机贴膜业也和外卖员、网约车司机一样，文化水平获得了显著提高。再想到李蓓蓓，又可见一份学有所用的工作是多么宝贵啊。而不管怎么说，胡莘瓯混迹其间，总算获得了一定程度的掩护。

确保李蓓蓓来去平安，是他给自己制定的新任务。李蓓蓓她妈倒劝他不必费事：假如那些家长真要做出他们所声称的举动，一定会在微信群里约好，而她潜伏在内，多半儿能有所风闻。到时候嘛，哼哼。

哼哼得胡莘瓯肝儿颤。或者他低估了她的斗争智慧，她也懂得用魔法打败魔法，比如揭发检举，假有关部门之手将对方的计划扼杀在襁褓？严防网络串联，这是如今的重中之重，只不过人家会不会反咬一口，指控她贼喊捉贼？况且说来说去，不都正中了对方的下怀吗？这就叫两头堵——事情终将被闹大，而当事人被裹挟其中，将会丧失隐私权、话语权、对自己的命名权，仅仅作为“看”的载体存在。对此胡莘瓯深有体会。

李蓓蓓她妈还向他展示过微信群里的对话。对了，那个群叫“净土”，就像善男信女凑在了一起。家长们备感忧虑，女孩家长比男孩家长还要忧虑，尤其是合唱队员的父母，一想到孩子常常接受李蓓蓓的专门辅导，晚上简直要做噩梦。他们迫切想知道这俩老师向孩子们灌输过什么肮脏的思想，甚至有过什么肮脏的举动，但话又怎么说出口呀。家长也两头堵。此外，学校的态度同样令人愤怒。他们不是没找领导反映过，并且先礼后兵，一开始只要求做好隔离措施，当然不切实际，但尽量减少她们和孩子们的接触，还是很有必要的。

比方说，调岗可不可以？

这让领导作难:你们有证据吗？如果没有，那就是污人清白了。

有家长声称，他们亲眼见证了两位老师吊膀子。当然是在僻静之处撞上的，不过那正说明她们心里有鬼。

领导辩解，闺蜜之间发生这种程度的肢体接触也很正常。

而在家长们看来，这明显属于狡辩。大家都是成年人，就别揣着明白装糊涂了。

没办法，领导只好答应跟两位老师谈谈。

出人意料，两位老师对她们的行径并未否认，甚至表现得相当平淡。而她们声称，学校是教学机构，衡量老师的主要标准是教学能力，至于私生活，谁也不能强加约束。不得不说，这话有一定道理，但顾及家长的心情，校方也要求她们夹着尾巴做人。收敛，再收敛，低调，再低调——干脆上班时假装不认识好了。

这彻底激怒了家长。不要忘了，她们毕竟是老师啊。除了教书，学校毕竟还要育人啊。育人的人难道不应该是正常人吗？

换成你们的孩子，你们就不着急？被逼无奈，一些家长提出，只好采取极端手段了。现在不都怕舆情吗？好，那就制造一场舆情。

人生何处不视频，谁还没个手机呀。拍呗，播呗。

这年头，闹者生存，法不责闹。哼哼。两边都哼哼，变量增加，运算复杂。所以李蓓蓓她妈说：

“宝贝儿，你就别替我蹚这趟浑水了。”

胡莘瓯报以片儿汤话：“我闲着也是闲着。”

李蓓蓓她妈又问：“你来都来了，要不要跟李蓓蓓见个面？虽然她不接我电话，发个短信也许会看。”

胡莘瓯立刻摇头：“别，千万别。”

李蓓蓓她妈更纳闷了：“那你图什么呀——”

胡莘瓯愣了愣，反问：“您为李蓓蓓做的事儿，也没打算告诉李蓓蓓吧？”

李蓓蓓她妈“哎哟”一声：“宝贝儿，你还挺仗义。”

胡莘瓯适时地躲开了李蓓蓓她妈的又一轮揉搓。此后他就在酒吧住下了——商业综合体自带地下室，堆满了单一麦芽威士忌、精酿啤酒和新旧两个世界的红酒，他夹着被褥爬上小山一样的箱子，想在哪个品类上睡觉都可以。当然也有不便之处，夜里酒吧迎来高潮，蹦迪蹦得天花板都快塌下来了，会给他造成大厦在狂欢中倾覆的错觉。不过他还掌握了一样本领，就是随时随地入定：盘腿而坐，屏蔽感官，酒池肉林皆成幻象。

这项技能本该是在庙里掌握的，谁知在夜生活的笼罩下解了锁。而他的入定也和别人不同，默念的不是经，而是“伊妹儿”。

李蓓蓓所困惑的，在于她该怎么做一个“不一样”的人。

她说：也有人问过我是不是喜欢女孩。先是那个被画了猫脸的女生，当时她突然抬头，眼睛瞪得大极了。我感到像被审讯，回答说，不是。我继续擦她的脸，她很顺从，但一瞬间满眼轻蔑。那一刻，我的感觉又近似于背叛了。后来那女孩在信里说，你既然不敢承认，就来替我受罪吧。上大学后，我才从考到上海的同学那里得知，她们过去欺负她，给她造黄谣，不是因为她跟男生不干净，而是因为她对女生有着过分的热情。那女孩比我勇敢。后来换成“她”问了我同样的问题，我总算没再撒谎。那时我真高兴呀，仿佛我们之间开出了一蓬花。然而同时，我感到了怕——我做好让别人知道我“不一样”的准备了吗？

李蓓蓓再次提到她妈：有时我真羡慕我妈，她总能活得理直气壮。对她而言，生活应该改变，为此一切冒险都是值得的，所以她当初才会到北京去。而我正相反，在做决定之前，考虑的都是安全——当老师是否比当个伴唱歌手安全？回老家是否比漂在大城市安全？自我隐藏比公之于众安全，这倒是不必说的。所以我把简历投回了小城的学校，我不想背叛，却成了更可耻的逃兵。我貌似获得了安全，而再见到“她”，好像我们之间的那蓬花重新开了……

李蓓蓓继续说：可我还是个迷恋安全的人。这样的人总是瞻前顾后、口是心非。我逼“她”答应，不让别人看出我们的关系，这让我们活得很累。我们开始吵架，“她”赌气要走，我又去追她……直到有一天，这事被我妈发现了。那时我简直觉得天塌下来了，可我还是不够了解我妈。哈哈，说到这儿我简直又要笑了。

李蓓蓓连续发问：我妈有种能量，像燃烧的光，能把天地撑开似的。她的能量从何而来？我为什么没能继承？这是两代人的差别吗？电脑都从Intel 486进化成了智能手机，人怎么反倒越活越窝囊了？

上述问题当然无解，李蓓蓓的语调变得黯淡：想不出个所以然，我连我妈都怨上了。看到她，我就看到了一个想成为却成为不了的自己。孩子是不是都这样，因为无能，只能把气撒在父母身上？但我受不了我妈那无所谓的模样，她好像在说，瞧瞧我是怎么活的，再瞧瞧你……我也羡慕你和你爸的关系，你们互相什么都不必说，但却什么都懂了。

李蓓蓓又另起一行：你爸其实和我妈很像……嗐，不说了。

胡莘瓯仍然发蒙。他不明白，为什么每次李蓓蓓说起她妈，都会提到他爸。他无言地安慰李蓓蓓：彼此彼此，我跟我爸也掰了。

而李蓓蓓这才又把话头引向胡莘瓯：……谁让你是那么好的一个娃娃呢？就让你来当我的树洞吧。记得刚来小城时，我总想你，哭闹着要回北京去，我妈对我说，你光觉得胡莘瓯可爱，哪里知道胡莘瓯的苦？她还说，谁的苦谁受着，懂了人都苦，就算对得起朋友了。她一边说，一边擦眼泪。她的话我好像懂了，又好像没懂。我只能提醒自己，千万别弄丢了“伊妹儿”地址，我要给你写信。

胡莘瓯继续蒙：我挺乐呵的呀——不乐还能哭吗？但李蓓蓓的话又像叩击着他心里的某个部位，让他不止肝儿颤，整个儿人都颤了起来。

人的悲欢到底相通。起码特定的远方，特殊的人，与他有关。

继续默念，李蓓蓓的口吻竟有了告别的意味：胡莘瓯，谢谢你听我说了这么多，虽然我至今不确定你是否真能听到。时间不多了，但我仍然盼着你的回信。我相信你能摆脱心里的怕，还能借给我一点勇气。纸里的火迟早会烧出来——希望当那一天到来，我不再像个懦夫。如果你能做到，我也能。

信中岁月长，写信人终将结束她的倾诉。“海角论坛”即将下线，李蓓蓓也收到了用户通知。

胡莘瓯抬眼，仍是雾气蒙蒙的清晨。车流滚滚，人声起伏，重复的一天开始了。

这也是不期而遇的一天。他打了个哈欠，望向马路斜对面的公交站。一辆6路汽车满载而来，乘客蜂拥而出，李蓓蓓也在其间。她照旧是马尾辫、连衣裙的打扮。二十多年，足够她走上另一条路，与胡莘瓯像短暂相交的直线一样越离越远。在1999年，小姑娘也曾害怕千年虫，但她照料着她的娃娃。她一直没有忘记那个娃娃，娃娃也必须见证他五岁时唯一的朋友长大成人。

胡莘瓯还看到一个人影从汽车前门逆流而下，这就是代替他陪伴李蓓蓓的人了。说实话，以一个巨型娃娃的认知能力，胡莘瓯至今无法理解。他只能用片儿汤话确定他的立场：哥们儿的哥们儿还是哥们儿。似乎还可以这么认为：他的爱发生在五岁，千年虫出现以前，虽然念念不忘，但却属于另一个时空。恰因为此，他从未产生嫉妒、愤恨之类的人类常规情感，他的爱是无私的。当他的爱从李蓓蓓平移到了李贝贝身上，仍然保持了这种特质——就连马大合声称他“戴了绿帽子”，他也从未怨过李贝贝。千年虫塑造了他的爱，让他像个娃娃一样甘于奉献。

胡莘瓯打了个激灵，提醒自己不要走神。要专注于李蓓蓓。

他静静地看着街对面。两位老师眼神交错，旋即分开。她们保持着安全距离，各自前往学校。而此时，另一些人动了起来。他们像铁砂被磁石吸引，有的下了私家车，有的刚把孩子送进校门就折回来，还有的从树后、商店门口赶来。他们有老有少，一律是小城体面人的模样，都举起了手机。镜头从四面八方汇聚，跟踪着两位老师。他们中的一些人还握着打了卷儿的马粪纸，想必是事先准备的标语——“救救孩子”还是“斩断魔手”？

李蓓蓓察觉到情形不对，加快脚步，短发女孩也不由自主地向她靠拢。她们试图在对方收网之前跑进学校，但那明显是徒劳。拦截者以少胜多，迂回，包抄，将她们挡在了铁门之外。阵势就这么拉开了。

胡莘瓯也从马路牙子上蹦了起来。但他的目光只在集结的人群头顶盘桓一瞬，随即甩向了街尾。他在提防另一起意外——

沿着公共汽车行驶的方向，缓缓开来了一支车队。领头的是李蓓蓓她妈，骑辆“趴赛”，她身后是些五颜六色的踏板电动车，上面跨着若干肌肉男。不只胡莘瓯，短发女孩也张了张嘴，但因为紧张而失声，像条溺水的鱼。车队巡街，近了，更近了。来在学校对面，李蓓蓓她妈拐了个漂亮的弯儿，单腿撑地，掀起头盔，打量家长们。她当然是有足够威慑力的，再加上身边攒聚的肌肉，家长们被唬得一愣。但他们并未后退，反而迎了上去。一言不发，一触即发。半晌，人群里飘出一声喊：妈。

语言的魔盒被打开，许多话从许多人嘴里涌出：你们要干吗？

你们才要干吗？我们要维权。我们也要维权。我们是孩子的爸妈。我也有孩子，我是她妈。

两个阵营不断迫近，把镜头杵到对方脸上。他们很懂得这年月街头对垒的要诀，就是不能发生任何形式的身体接触——那会引发瘫倒、抽搐，如同“沾衣十八跌”，从而导致在日后的司法认定中处于劣势。因此他们的武器只剩下了手机。拍呗，播呗。

又一声叫喊飘出来：妈。

然而下一个瞬间，无论家长、美人还是肌肉男，都不约而同地愣了一愣：短兵相接变成了冷场，在他们四周，学校门口的这半条街都空了。

与之相反，对面半条街上全是人。街道变成了一半干涸、一半决堤的河流。对面的人群还在汇聚、膨胀，进而呈现出了不同层次的密度差。外围稀疏，由碰巧路过的行人组成，他们难以逃脱吸附作用，不明就里地向拥挤的中心地带靠拢。星系运转由引力维系，人群的引力则由目光构成——不仅看，还要拍，别人看到拍到的东西如果错过可就吃亏了。在小城人口密度最大的区域，形成了一个注意力的聚焦点，它是星系里唯一的恒星，是外太空的黑洞，将具体的人和抽象的流量统统吞噬。

那个焦点只能是胡莘瓯。片刻以前，他摘掉了胸前飘荡的美髯，他欲哭无泪。与经典表情相伴的还应该有句经典台词，但直到身边有人提醒：“求管哥”，好歹说点儿什么呀，他才愣愣地吼了一嗓子。他想喊一声李蓓蓓，但到底没喊出来。

他喊的是：“别怕，我来啦。”

没人应声。胡莘瓯自己也被他制造的旋涡吞没了。

29 “多亏了你”

通过“伊妹儿”，胡莘瓯自认为他是最了解李蓓蓓的人。李蓓蓓不都说了嘛，“有的话，我只能对你说”。他知道她不想隐藏，但他也知道，她尚未克服她的怕。而家长们步步紧逼，所以李蓓蓓的处境要比他凶险得多——“求管哥”是个笑话，李蓓蓓则有可能被卷入一场舆论风暴。一旦如此，真假对错都无所谓，人们会逼你承认他们的真假对错。如果不承认，你将是一些人的敌人，如果承认了，你又成了另一些人的敌人。听说在量子力学领域，人能通过“看”改变事物的状态，其实人类早就活在量子力学里了。

所以考验他的时刻到了——他对爱的态度真不真诚，郑不郑重?

但胡莘瓯既不能替李蓓蓓阻止家长，更无法阻止李蓓蓓她妈。他也认为他没有权利越俎代庖。怕是李蓓蓓的怕，克服怕，只能靠李蓓蓓自己，否则她以后还会怕。对此，胡莘瓯有过惨痛的教训——也曾暂时忘了怕，可怕终究又回来了。不过胡莘瓯对李蓓蓓还是有信心的，李蓓蓓比他强，这对他天经地义。

李蓓蓓也在剖析怕、研究怕。她从未放弃与怕的斗争。也许退无可退之际，正是李蓓蓓的破釜沉舟之时？而胡莘瓯所能做的，无非是遮挡那些眼睛，避免事件扩大。手段则是现成的了，不就是暴露嘛。

想跟他抢流量？连门儿也没有哇。唯一的障碍是他自己——他躲了一路，终于又要把自己交给那些眼睛了。但这也值得。就像五岁时，下楼容易上楼难，他明知去找李蓓蓓就要面对半夜回家的提心吊胆，却总会义无反顾地施展神功，夹着，出溜。当他摘下美髯，以真面目示人，甚而体味到了一丝悲壮的禅意。这就叫以身饲虎。

佛，慧行，我悟了。四舅，我也不是个废物。

而胡莘瓯随即发现，他居然也没那么怕。眼睛照旧袭来，围绕着他旋转，照理说，他会喘不上气，还有可能突如其来地呕吐——然而此刻，他平静得很，脑中一片澄明。他又想起了红楼后身的杨树林。他是从何时不怕树的眼睛的？哦，大约就在他爸向他阐述了千年虫的成因，又承诺让他不怕以后。见怪不怪，其怪自败，从此风就是风，树也就是树了。他这个小孩儿长得比别人慢了许多，但也并不永远是个娃娃脸的巨型婴儿。而现在，胡莘瓯先是沉浸于意外之喜，又发现他对眼睛们的看法也变了。过去他觉得它们对自己充满了窥探、嘲讽和叵测的居心，现在居然也能替眼睛们着想了——或许它们也有哀伤和困惑，也有各自的怕，正因无法承受，才把目光投向了他？

眼睛的背后不都是人嘛。他横下心来面对怕，也就不怕了。这是怕的悖论。

他还发现，眼睛们对他的反应也发生了微妙的改变。一开始，它们盯着他，只是看，满足了看，自然又会提出得寸进尺的要求，比如合影，比如“耶”。都是老一套，胡莘瓯任人摆布。他的欲哭无泪褪去了，糯米团子换上了痴呆般的微笑，黑棋子闪着温顺的光，又变成了一个好脾气的娃娃。但身边人群虽然踊跃，却又透出了按部就班的味道。没人大喊大叫、推推搡搡，更没出现他所担心的暴力冲突——人们看完拍完“耶”完，顺势换了一拨儿新的。在一定程度上，这还要归功于两位与他同样衣着，只是没戴美髯的厂公，他们亮了亮志愿者的腰牌，指挥起了小商小贩、大爷大妈、皇上娘娘、文武百官：

“排队，排队。不要喧哗，对面是学校……”

“收费吗？扫谁的码？”有人问。

一位厂公挠了挠头，看向胡莘瓯：“这得问他。”

胡莘瓯摇头。他连手机都没有，错过了这个创收的机会。

那敢情好，众人愈发满意。有人说，这个旅游节会搞，不光cosplay，还能开盲盒，开出一个“求管哥”。又有人说，记得北方的烤羊肉吗？那次也请了他，也是突然空降。还有人说，怪不得“求管哥”没带货，原来是另辟蹊径，深耕文旅产业来了。自然又有人问：“配合这盘大棋，他们给你多少钱？”

也就是说，不光他对眼睛们，眼睛们对他也似乎见怪不怪了。人们像是造访了一个网红打卡地，是得意思意思，但意思完了又没多大意思。胡莘瓯甚而觉得自己身上少了点儿什么，像气球漏气，瘪了。

但这总归值得庆幸。成为顶流以来，胡莘瓯也曾设想，假如人们能够对他发乎情止乎礼，他是不惮于当个大众吉祥物的。同时他猜测，难道马大合的理论失效了？他倒好奇于他的公众影响力是否维持在原来的程度，但又自省：不是为了爱吗？现在又怎么容得他算计浮名。境界被架了上去，一时半会儿还下不来，胡莘瓯挺直傻大个儿，再次越过人群，望向马路对面。他在检验暴露的效果。

长龙拐了几道弯儿，其间净是把孩子“呵喽”在脖子上的父亲。他又借用了修手机的小伙子的板凳，踩上去，更像一尊当街展览的雕像了。此举方便了观众，有些人无非只想看看，于是提前散去。长龙被拆掉了几截。

走时有人说：“也就一个鼻子俩眼。”

这诚然是废话。还有人批评：“敷衍，太敷衍。”

他们自己也敷衍，反而埋怨胡莘瓯敷衍。而一望之下，胡莘瓯再没望到什么。学校门口空空如也。片刻出来一保安，一边关门，一边向他投来敷衍的一瞥。

嗯，没消息就是好消息。心知闹也没人看，家长们闹不下去了。就算他们上网直播，流量也如同河水改道，统统被疏导进了一个近在咫尺的泄洪区。在这场眼睛的争夺战中，胡莘瓯取得了压倒性的胜利，他将一场事先张扬的风暴消于无形。而这次暴露的收场，也比预想中快了很多，他再不需要落荒而逃了。薄雾散去，街上忽然开过两艘船来——当然不是真的船，而是装扮成古代战舰的花车，上面有兵勇，有将官，旌旗招展，还横着几根红夷大炮。也不嫌吵到学校了，大喇叭播放着豪情“中国风”：

“我心中，你最重，我的泪，向天冲——”

胡莘瓯走神：向天冲那是鲸鱼。长龙里的人们齐刷刷扭头，两位厂公则适时地发出召集令：城墙那边的实景项目也快开演了，杂技团扮装的倭寇正在攻城。那还了得？众人委顿的情绪复又昂扬起来。虽远还必诛呢，何况都打上门来了。迎敌，用炮崩了这起贼厮鸟。众人又赞叹，下这么大本儿，配得上这泼天的富贵。炮崩倭寇可比娃娃脸好看得多，长龙进一步解体，众人追赶着花车而去。

晾出一个胡莘瓯，站在板凳上，又“耶”了两声。一个厂公对他拱手：“兄弟辛苦，中午知道去哪儿领盒饭吧？”

胡莘瓯也拱手：“国事为重，不必挂心。”

三位厂公合了一张影。再一转眼，当街只剩下胡莘瓯一人。晌晴薄日，竟比半夜还要冷清，唯有风卷过嫩绿的树梢。闹到极处也是静，但春天越来越浓了。胡莘瓯还感到，此处没他待的地方了。他从板凳上蹦下来，沿街而行。李蓓蓓，以后就看你的了。

身后有响动，胡莘瓯一扭头，感到亮而灼热，是李蓓蓓她妈。她骑着“趴赛”，没戴头盔，眯眼盯着他。

“宝贝儿，真有你的。”她说。

胡莘瓯当然没有邀功的兴致，一时连话也不想说。俩人结伴，纵穿街道。一会儿，李蓓蓓她妈又道：“对了，我替李蓓蓓跟你道个别。”

胡莘瓯这才一悚：“她去哪儿了？”

李蓓蓓她妈的口气却恢复了轻松，又从学校门口讲起。那时她一边和家长们对峙，一边还一个劲儿让李蓓蓓先走，“该干吗干吗去”。但家长们不肯让步，就连李蓓蓓和那女孩也不愿离开。李蓓蓓说：“别管我了行不行？”

“我不管你谁管你？”李蓓蓓她妈说。

李蓓蓓拖出哭腔：“这是我的事。”

李蓓蓓她妈又指周围："这道理我懂，他们懂吗？"

家长们反驳，也有人快哭了："可这也是孩子的事，孩子呀。"

都冤，都委屈。一头委屈忍气吞声，两头委屈针尖麦芒，几头委屈了无头绪。但这次又怪了，眼瞅着沸腾的水，温度一转眼就降到了冰点。这就叫冰火两重天。家长，美人，女老师，纷纷又都茫然。人茫然时总会指望一个器官，众人各自刷手机。

他们先看到的是"求管哥"，可比隔着人群清楚多了。家长们便蒙，他们懊悔于挑错了行动时间，遇到这么一股不可抗力。李蓓蓓她妈却懂了胡莘瓯的用意。傻小子，她嘟囔了一声。李蓓蓓呢，半张着嘴，胸腔发音再度失灵。母女对视，进行无声的问答：

"他是你叫来的？"

"不。"

"但你知道他会来？"

"是。"

"那你为什么不告诉我？"

"嗐。"

又随即，李蓓蓓和她妈一齐笑了，咯咯作响，如同当年唱出"千年等一回"。家长们愈发错愕：这对母女还真是不正常。而此时，铁门里终于跑出几个人来，是学校的领导，他们几乎是那场小小风波的唯一一拨观众。他们也冤，也委屈：你们制造舆情，还不是我们担责任？幸亏没闹大，那就谈谈吧。

谈谈就谈谈。家长们仍然莫名其妙，但他们被"求管哥"打消了锐气，再而衰，三而竭。领导，老师，家长，美人，结队往学校里去，肌肉男则是闲杂人等，被李蓓蓓她妈遣散了。人们来到一间办公室，半晌无话，尴尬和冷场被从门口带进了校内。有家长鼓了鼓气，还想开始声讨，却被琅琅的读书声压了下去。孩子们在上课呢。与此同时，他们近距离地打量着两位老师，又开始面面相觑——她们大大方方地站在面前，文静，和善，好像也没什么“不一样”。女老师中的一位向前一步，对家长们鞠了个躬。她的嗓子还哑着，但恢复了教学状态的胸腔发音：

“对不起大家了。”

一句对不起，气氛就变了。家长们当然不能说没关系，但有人躲了躲女老师的眼睛。他们也许还在思忖，记得过去孩子进了合唱团，他们不都挺高兴吗？老师的嗓子为什么哑？还不是连轴转地上课累出来的。怎么就成仇人了，不共戴天了？

家长的这番心理活动，当然是李蓓蓓她妈补充的。如今说到那群小城的体面人，她也脱去了鄙夷：“也都不像不讲理的人呀，怎么到了网上一个个穷凶极恶的……”

胡莘瓯问：“李蓓蓓还说什么了？”

美人再度浅笑。在她的讲述中，李蓓蓓又给领导鞠了个躬，为给学校添了麻烦而致歉。至于事情怎么解决，结论是，她们愿意接受家长们的诉求。

辞职？不当老师了？胡莘瓯一愣。连家长们也愣了。又有人低下头去，躲开了两位老师的目光。

李蓓蓓继续说，家长们不能改变她们的“不一样”，她们也不能要求对方接受两个“不一样”的老师，而做出上述选择，还是为了孩子。老师的责任是上课，无法营造良好的课堂环境，不如换人。至于辞职以后去哪儿，她们也商量好了，一起再回上海去。大城市总有地方容得下她们。这么说时，李蓓蓓看了看她妈。

可以这么理解，李蓓蓓道歉不是为了自己的“不一样”，而是为了没把“不一样”及时公之于众。胡莘瓯却明白，李蓓蓓心里有了底，背后有了靠。他只是有些怅然：他到底没帮上李蓓蓓什么实质性的忙。

接着李蓓蓓又说，她还想请家长们帮两个忙。一是删掉已经发到网上的内容——哪怕今后以“不一样”的面貌示人，她也宁可主动坦白，但没义务充当猎奇对象。二是她辅导的合唱队今天要去参加比赛，她请家长们允许她继续带队。而等完成任务，她们将从省城直接前往上海。她们一直和上大学时打工的教育机构保持着联系，经过前两年的尸横遍野，一些机构终于熬了下来，不过转向了课外兴趣班，已经有两家答应让她们去面试了。

家长们再度面面相觑，片刻有人说：听孩子们的吧。

其他人讪讪附和：是，是，还不都是为了孩子。

领导叹了口气，趁机发言，那就召集合唱队。排练这么久，正好请家长们检验一下教学成果，也算是李老师的最后一堂公开课。

“孩子们当然想让李蓓蓓带队喽，难办的倒是怎么解释她的辞职。”李蓓蓓她妈也叹了口气，“但李蓓蓓总有办法。”

胡莘瓯干笑两声。李蓓蓓她妈又说，另一位女老师也请了假，要和李蓓蓓一起去省城，俩人连行李都收拾好了，只等中午回家去拿。碰到这出意外，还要和学生们告别，再加上学校的必要手续，估计也赶不及了。只好由她代劳，直接快递。说时晃晃钥匙，是李蓓蓓给她的。李蓓蓓还请她代为打理退租事宜。

胡莘瓯问：“您和李蓓蓓……和好了？”

李蓓蓓她妈对他飞了个眼风。行至路口，她转动车把：“下午班车从这儿过，来跟她打个招呼吧，以后不知什么时候见了。对了，李蓓蓓说，多亏了你。”

轮胎尖叫一声，“趴赛”蹿了出去，胡莘瓯呆立在当街。利用合唱队出发前的空当，他本可以去歇歇脚、吃点儿东西，但他不想动弹。有了此前的二十多年，这点儿等待也算不得什么了。他像棵树，从中午站到了下午。

仿佛一眨眼，车来了。先出现的还是花车，倭寇已被全歼，将士凯旋。随后，一辆满载孩子的大轿子车从学校开来，与花车交错时放缓了速度。这是一支沉默的合唱队，孩子们面带愁容。一只熊站在车厢里，挥舞着囫囵一团的手掌，号召他们唱起歌来，但歌声转瞬被对面的大喇叭淹没了。而胡莘瓯很快找到了李蓓蓓。她坐在靠窗的位子上，发着呆。有个瞬间，她和他只隔了一层玻璃。

他跟着车挪动步伐，脸上闪着希望之光。李蓓蓓，我也不怕了。

但李蓓蓓的目光只为他停留了一瞬，接着就滑向别处。看到胡莘瓯，她的反应似乎和那些路人没有区别。李蓓蓓不认识他了吗？可谁不认识“求管哥”呀。也正是那个瞬间，胡莘瓯发现，他又犯了个一厢情愿的错误。

他的脚步僵住了。懊丧、恍然、荒谬，那些感受来得复杂而突兀，让他再现了经典的欲哭无泪。而此后的一幕更印证了他的猜测——他以为的李蓓蓓仍端坐不动，侧影变成了梳着马尾辫的背影，几乎在同时，熊却看见了他。那熊奔向后窗，向他奋力地挥手，还手忙脚乱地摘下了脑袋，露出一张留着男孩般的短发、精致而又英气勃勃的脸。

车上的歌声终于响了起来。孩子们胸腔发音，从对面大喇叭的鼓噪中挣脱。唱的想必不是比赛歌曲，而是老师的选择：

大雾重重，时代喧哗造物忙，
火光汹汹，指引盗寇入太行。

阳光照进后窗，短发女孩如在原地燃烧。她嘴里喊着叫着，全听不见，但胡莘瓯知道她在呼唤他的名字。他呆站着，如同回到了五岁，目送李蓓蓓消失在街角。他又想起在“海角论坛”关闭的前夜，李蓓蓓写给他的最后一封“伊妹儿”。

信极简短，就一句话：胡莘瓯，你好好儿的。

30 “要问你问他去”

意外总与一厢情愿相伴，这也是人脑和电脑的区别之一。电脑运算能力虽强，但没有欲求与希望，也就没有一个本该如此的世界；人则不同，总是想当然，偏又不当然，平白受了许多折磨。对于胡莘瓯，最近意外又出现得频繁了些。他甚而感到，世界是由意外推动的，也许没有意外才是意外。

当他又见到李蓓蓓她妈，就哭丧了脸：“到底哪个是……”

李蓓蓓她妈问：“宝贝儿，你不会——”

娃娃脸涨得通红。李蓓蓓她妈将手机甩过来，让他自己确认。相册里储存了李蓓蓓从小到大的照片：当她比六岁没大多点儿，还是胡莘瓯记忆中扎着马尾辫、身穿碎花连衣裙的模样；等穿上中学校服，她的脸上就多了一层别扭的神色，仿佛正为那明媚的少女形象生厌似的；长大以后，她的装束越发向男孩靠拢，并定格成了短发造型。在影集最后，胡莘瓯还看到了两个女孩的合照，就像发生偏移的李蓓蓓和“本该如此”的她自己站在一起。物以类聚，两个女孩都发散着冷的、执拗而微弱的光。

但哪有什么本应如此，只有一个笑话：来都来了，他认错了李蓓蓓。

他和李蓓蓓也不是没见过面，可惜那时他是厂公，戴着美髯，而李蓓蓓和李贝贝一样罩在熊里，哑嗓子。当然也有聊以自慰之处：他对爱的态度是真诚的，郑重的。只是爱的对象固然不是李贝贝，也不是李蓓蓓。他怀疑，他的爱是个不及物动词，是团无所附着的能量，充盈但孤立，不知指向何方——就像他这个人一样。自从离家出走，他总有一个暂时的目标，开始是找四舅，后来是上岛、进庙，再后来是找李蓓蓓；现在连暴露都没那么可怕，找个“没人认识他的地方”也不再是迫切的需求，他却发现自己没处可去。

他只好留在小城。晚上也不住地下室了，李蓓蓓那套房子离退租还有段日子，她妈便把钥匙给了他。物品已被清空，胡莘瓯又要面对没了人气儿的屋子，和红楼里李贝贝留下的那间如出一辙。这也是他头一次在正经八百的居室房里睡觉，他不进卧室，夜里躺在客厅的地铺上，好像给谁守夜。守的也是个空。又很奇怪，在李蓓蓓住过的地方，他却没再时空错乱。他很知道他在哪儿，心下平静而凄然。

到白天，他去给李蓓蓓她妈帮忙。“总不能白吃白住吧”，也是为了排遣无聊。酒吧貌似光鲜，细看破损的地方不少，这又成了胡莘瓯的用武之地。李蓓蓓她妈不禁赞道：“你随你爸，也有一双巧手。”

她顿了顿又说：“……但你们不一样。”

胡莘瓯接口：“他比我懒多了。”

李蓓蓓她妈说：“他有要紧事做，一时顾不上别的。”

上述对话发生在吧台，李蓓蓓她妈优雅地夹着一根女士香烟，手边还放了杯洋酒。胡莘瓯一边担心她会揉搓自己，一边听她轻叹，甚而在她的眉梢上捕捉到了一丝忧伤。这就叫美人多怨，虽然面儿上无所谓。胡莘瓯却纳闷，为何李蓓蓓她妈说着说着，总会说到他爸身上去？说就说吧，为何又会露出这般神态？他还想起，就连李蓓蓓在“伊妹儿”里提起她妈和他爸，也是一副欲言又止的腔调。

胡莘瓯叫了一声：阿姨。李蓓蓓她妈目光悠远。胡莘瓯又叫了一声：阿姨。李蓓蓓她妈还没理他，吮了口洋酒，微醺。

而当胡莘瓯泄了气，她却问：“你想说什么？”

一惊一乍，吓了胡莘瓯一跳。兼之也没想好从何说起，他的措辞就突兀了：“您跟我爸，到底怎么回事儿？”

李蓓蓓她妈也如同受到惊吓：“干吗问这个？”

胡莘瓯又遮掩：“没别的意思……”

更加令他意外，李蓓蓓她妈警觉地问：“胡学践跟你瞎哔哔什么了？”

胡莘瓯拨浪鼓般摇头。他跟他爸虽然掰了，总不至于冤枉他爸。他爸虽然满嘴跑火车，但在漫长的岁月里，也从未跟他提起过来自南方的选调演员——就连见到李贝贝都没想起李蓓蓓。如此想来，这俩人又有点儿不对等。而胡学践何德何能？他也配？胡莘瓯不禁替李蓓蓓她妈不忿。于是他又着实参了一本，说他爸简直把她们这户邻居给忘了。

李蓓蓓她妈扑哧一笑：“过了，这就过了。”

胡莘瓯试图添油加醋：“他是很过分，还有呢——”

李蓓蓓她妈却订正道：“不不，我的意思是，他用力过猛了。”

胡莘瓯一愣。难道说不只他、李蓓蓓和她妈，连他爸也欲盖弥彰？他茫然着一张娃娃脸，黑棋子闪着愿闻其详的光。但一转眼，李蓓蓓她妈又亢奋起来，把胡莘瓯和几个肌肉男支使得团团转。酒吧上座了，夜生活轰然开幕。

这种时候，胡莘瓯通常会缩在厕所旁的角落，脸上却没戴着由口罩、蛤蟆镜和兜帽组成的壳儿。奔向厕所的醉鬼们无疑更加奔放，除了拍照和“耶”，还有可能吐他一脸，不过他坚持留下，又有两重用意。一是想报答李蓓蓓她妈的收留之恩，人家不也说过嘛，由“求管哥”充当吉祥物，对生意大有好处。另一层考虑则是受了李蓓蓓的启发：既然她能接受自己的“不一样”，也让胡莘瓯重拾了回到正常生活的信心。经过离家出走，他治愈了他的怕，对躲躲藏藏的日子也过腻了。

不就是眼睛吗？也没谁咬他一口。胡莘瓯还开始了自我训练。在酒吧最热闹的时刻，他借来肌肉男的工作服，端着托盘，搔首弄姿地穿梭在大厅里。

最初他还延续着前几次暴露的紧张，闭眼咬牙，好像小时候发烧要挨上一针，只不过扎的不是屁股而是脸——但一圈儿走下来，没人阻拦他，更没人围上来。顶多有人举杯打圈儿，忽然停下：“哟，这不是‘求管哥’吗？”

还有人问：“怎么混成这样？”

进而邀请他一起打圈儿。打圈儿如推磨，胡莘瓯像只蒙眼的驴，走一个，再走一个。嚯，酒量可以呀，满上满上。他不多久就上头了，但他也不闹，也不倒，仍旧不知所措地站在原地。他还寻思，眼睛们呢？眼睛固然还在人们脸上，四面八方都是，不过看他一眼也就够了。攻守之势易也，现在轮到他盯着人家发呆了。

顾客们却错会了他的意思，比较大方地一挥手，上酒上酒，没那么大方的也一挥手，去去去，跟打发要饭的差不多。胡莘瓯也不是没遭受过这种待遇，不过他毕竟当过顶流呀——虽说只有一天吧。抚今追昔，他的心态难免纠结，就像很多显赫一时的大人物，有人看他，他不自在，没人看他，他更不自在了。这就叫好了伤疤忘了疼。灯球下的胡莘瓯重现了困惑，像尊斑斓的雕像，这尊裸脸雕像又和李贝贝房里的那尊裸体雕像相类似，也曾置身舞台中央，一旦被扔进库房，只剩下吃灰的份儿了。

好在听说“求管哥”在此，本地的马大合之流也会闻风而动。但这些家伙进一步打击了胡莘瓯那悄然滋生的虚荣心。

一天晚上，他先后应付了两拨洽谈者。一拨邀请他带货，主推脱毛膏，这和他那粉嫩的娃娃脸很搭配；另一拨则是跨界文旅，问他愿不愿意到某个景点的推广活动上凑个数，还有机会和“挖呀挖”老师同框呢。不过对方坦率地表示，此举有利于挽救他的流量，所以不仅没有出场费，还要酌情向他收取引流费。

他都需要蹭人家的流量了吗？胡莘瓯忍着酒精上头的晕：“挖什么？”

人家像看一个白痴：“您不上网吗？”

胡莘瓯回答：“不上。”

然后他闭上嘴，连嗓子眼儿的括约肌都夹紧了。现在他不光晕，还想吐，得避免喷人一脸。而这番鸡同鸭讲是被李蓓蓓她妈打断的，她过来打掩护，说“求管哥”有约在身，目前驻场在她的酒吧啦。

“在这儿干吗？陪酒？”对方问。

“你说呢？”李蓓蓓她妈看向胡莘瓯，“你给自个儿定个位。”

对方摇头叹息，可惜，可惜。可惜的不只是胡莘瓯，还包括签下他的酒吧老板：“再这么下去，可就把他毁了。到时候也砸您手里了。”

“您是传统行业的，不掌握互联网传播法则。”对方还说。

李蓓蓓她妈则回敬以夜生活的法则：“卡座有低消，您再开瓶洋酒吧。”

她嘱咐肌肉男，再有找胡莘瓯的别放进来了，他要打圈儿也拦着。又对胡莘瓯说，回头别跟你爸告状，我可没教你学坏。胡莘瓯则不得不自我安慰：目前这种状况，不正是他梦寐以求的吗？就算不上网，他也察觉出自己对陌生人的吸引力大幅下降。他又庆幸于此前那番暴露的效果——假如换成眼下的他，八成还帮不上李蓓蓓了。

但对方那废物利用的态度让他耿耿于怀。趁着酒劲儿，他走向舞台上的钢管，那是另一些驻场艺人的表演道具。也许可以客串一把，哪怕为了证明那些家伙错了？

这个冲动又被李蓓蓓她妈打断了，否则胡莘瓯很可能在酒吧里再现公交协防员的风姿。她薅住他的后脖领子，塞给他一沓钞票，说是近日来推销酒水的提成——“还跟我客气，没劲了不是？”而她还有一重意思，那就是省省吧。此后，胡莘瓯望着李蓓蓓她妈幻化成声光电中的剪影，妖娆地穿梭在卡座之间。都是领导都是哥，所到之处，礼炮齐鸣，砰砰开酒。美人不知疲惫，夜生活才是她的真实生活。

过了凌晨，李蓓蓓她妈送胡莘瓯回去。“趴赛”不能再开，座驾换成了一个肌肉男驾驶的国产电动汽车，内饰豪华得一塌糊涂。胡莘瓯躺在皮沙发上，望着全景天窗里大团璀璨的云。江边的野迪还在蹦，有人放起孔明灯，一时不知天在水，点缀着醉后美人的满船清梦——他偷眼瞥向身边，只见李蓓蓓她妈眯着眼，似乎睡着了。

只有在梦中，岁月才会悄然潜回那张脸上，浓妆艳抹也像一副壳儿，仿佛随时会碎裂出满面沧桑。但当李蓓蓓她妈蓦然睁眼，整个儿人就重新耀眼起来。假如说胡莘瓯他爸像人工智能，李蓓蓓她妈则像科幻片里的另一类角色，超长质保期的基因改造人——她的眼波流转，又“哎哟”一声：

“宝贝儿，再陪阿姨跳个舞吧。”

电动汽车适时地停下，旁边就是小区了，街上无人。面对李蓓蓓她妈突如其来的兴致，胡莘瓯又担心要被揉搓一番，甚至还防备着几记烈焰红唇印在他的脑门儿上。然而李蓓蓓她妈只是拽起他的胳膊，一手搭上他的肩。到底是一米八几的傻大个儿了，他不再像个娃娃似的被甩来甩去，但也只能僵硬地跟着转圈儿。肌肉男还问，姐，给点儿气氛不？李蓓蓓她妈说那当然。她还胸腔发音，唱了句“千年等一回”。

快三慢四迪斯科，全乱了套。李蓓蓓她妈轻哼一声，如同冷笑。胡莘瓯不由得一愣。她踮起脚尖，对他附耳道：

“你是个有心人，把你爸欠的还上了。”

“我知道你心里有事儿。”她还说，“但我不是诚心瞒你，要问你问他去。”

说完转身，娉婷地走向电动汽车。在氛围灯中，她的身影似乎仍在舞蹈。车无声开走，剩下一个胡莘瓯。他呆站了会儿，当身后充当背景的孔明灯纷纷陨落，终于甩甩脑袋，往回走去。不仅晕，他还承受着悬念的折磨，好像能猜出其然，又猜不出个所以然，愈发没着落。李蓓蓓她妈的话也让他再次面对一个问题：该往哪里去？

要不……差不多得了？红楼毕竟是他家，胡学践毕竟是他爸。

也可以说，他漂泊日久，终于疲了。而悬念转弯儿，又指向了他爸。但他对他爸的态度，一时又说不清了。在胡莘瓯的印象中，他爸从一个不靠谱的家伙变成了一个自私的家伙，现在却变成了一个几乎不认识的家伙。可他跟他爸都认识了二十多年啊，这才是令胡莘瓯不可思议之处。另一个问题也接踵而至：假如回家，他又要如何与他爸相处？当然可以两眼一抹黑，还像以前那么过下去，然而胡莘瓯别的事儿都嫌麻烦，偏又觉得这事儿不能嫌麻烦。千里迢迢，总不能白跑一趟吧。

又或者，变的不是他爸而是他？可他本来是什么模样，自己说得清吗？要知道，胡莘瓯五岁之前的记忆都残缺不全。变量增加，但仍缺乏运算条件。他的脑袋进行无主题变奏，又因为酒精而疼了起来。过马路时，四面风起，他感到下身一凉，几乎认为自己尿了——下面没出来，上面却来了，积了一夜的酒被他呕了出来。

胡莘瓯跪在马路中间，号啕大吐。他能吐出啤的、红的、洋的各种酒，还能吐出胃酸乃至胆汁，但吐不出心里的事儿。他只能再接再厉地吐，在柏油地上开了个绸缎铺。夜行的汽车驶来，幸亏司机发现及时，急刹，变向，卷起的汁水溅了他一身，但胡莘瓯又忘了自己是在什么时间，什么空间。呕吐物的气味扑面而来，让他想起了酸菜坛子，于是他认为自己还在红楼。再一晃神，红楼又不是现在的红楼了，那摊烂漫的色泽让他想起五岁时盛大的夏天。他站在花坛旁，仰天流泪。

怎么不见了李蓓蓓？那么谁来给他上课？胡莘瓯猛然想起，李蓓蓓已经走了，而他只是顺从着惯性出溜下楼找她。李蓓蓓带走了“伊妹儿”，就算给他写信，也要等二十一世纪到来。他又没人管了。身边似乎有人声，也许是胖娘们儿和瘦男人。一个说：“可怜见儿的，有爸等于没爸。”

另一个说：“爸不顶用，还得有妈。”

一个说：“可惜胡学践没福气。”

另一个说：“你说的是艳福吧？哈哈哈。”

大人们的话题跑偏，从对胡莘瓯的人道主义关怀转移到了不知什么地方。而他的时空又错乱，从五岁切换回了现在。他两腿跪地，撅着，目光顺着空旷的柏油路延伸，望见了一个人影。具体地说，是个女孩骑着自行车，早不是六岁的模样，一下快一下慢地蹬了过来。车也走不稳，一下左一下右。看见胡莘瓯，她“嗷”了一嗓子，“咣叽”扔了车，一下高一下低地向他跑近。她的牛仔裤上一块脏一块破的。

逆着路灯，胡莘瓯看不清女孩的脸，但他感到她的轮廓棱角分明。女孩头上也罩着运动衫的兜帽，遮住了他以为的男孩般的短发。对，胡莘瓯认为他见到了李蓓蓓，不是记忆中的而是长大了的李蓓蓓。她大概带领合唱队参加完了比赛，又在上海安顿了下来，所以赶回来见他一面……这个李蓓蓓是如此真实，两脚如同踏着火焰。

三个音节在他的舌尖、唇上弹出，李蓓蓓果然“唔”了一声。她居高临下地审视他，开口还是哑嗓子：“哎呀妈呀，你咋成了这个‘滴’样？”

还数落:“长本事了? 学会灌尿了? ”

然后她俯身，试图把胡莘瓯扛起来。扛了两下没扛动，她又“滴”了一声，绕到胡莘瓯屁股后面，拽住他的两只脚踝。这就是要拖着走了，所谓捡尸的路数，一旦实施，胡莘瓯将会变成一根墩布，在马路上留下黏糊糊的印迹。他赶紧说:“别价，别价，我还能动弹。”那人又转到前面来，重新把他的胳膊架在肩上。她还说:“那你配合点儿。”

这时胡莘瓯才看清她的脸带尖儿，面颊上飞舞着一只红色的“蝴蝶”。蝴蝶振翅，一下起一下落。他又呕了两声，再没什么可吐。

他听见李贝贝吼叫:“醒醒，你爸还不知死活哪。”

31 “我得回家等我儿子”

对于意外，胡莘瓯还有了一个认识。意外只对意外的承受者才是意外，对于意外的制造者却毫不意外。这句车轱辘话说明了人脑与电脑的另一个区别：如果人也联网，互相知晓一切，世上也就没有意外可言了。

再说到胡莘瓯遇见李贝贝。他本人固然惊骇不可名状——一会儿说，李蓓蓓，你别走；一会儿说，李贝贝，我没脸见你了；一会儿说，李蓓蓓，你可得给我写“伊妹儿”呀；一会儿说，李贝贝，你还记恨我吗？他过于频繁地在李蓓蓓和李贝贝之间切换，既刹不住脑子也刹不住嘴，但不多久，干脆一翻白眼儿，没声儿了。

李贝贝腾出手来，抽了他俩嘴巴：“这咋还断片儿了呢？”

胡莘瓯埋头不语。不过断片儿归断片儿，他还维持了部分机能。再类比电脑，相当于虽然死机但还通着电，屏幕也亮着，风扇也转着。他不光能站能走，还能顺应着李贝贝的指引拐弯、上台阶，脚下拌蒜也能站稳，因而李贝贝没费什么力气就将他带离了危险地带。他还能认道儿呢。李贝贝问，找得着门儿不？他就昂起头来，有如竖起了无形的天线，侦测，定向。后来反而是他裹挟着李贝贝前进，李贝贝则摽到他身上，俩人也分不清谁的腿是谁的腿了。他们在树木、垃圾箱和墙壁之间反弹，敲错了两次门，终于在邻居家狗的狂吠中将钥匙捅进了正确的孔穴。

一开灯，胡莘瓯轰然拍在地上。旁边有人走路带风，哑嗓子此起彼伏，还用勺儿撬开他的嘴，灌进冰凉的水去。这情形仿佛来过，仿佛见过，他熟门熟路地任人摆布。而他在梦里也不闲着，继续时空错乱。巡天遥看一千河，他的大脑变成了巨型球幕，无数画面平行共时地在颅内闪动。啊，这是他一个人的宇宙。

宇宙又黑了，他以为他沉入了无梦之境。然而未多时，一线光亮刺穿黑幕，在眼前开了条缝儿。视野狭窄，是他走在红楼的楼梯上。四下静谧，噼里啪啦声消失了。

什么东西都这样，它有你不觉得有，它没了才觉得空。虽然五岁时回家需要李蓓蓓壮胆，但他爸的噼里啪啦为他标定了家的方向，那声音还如同节拍，胡莘瓯度过的二十多年则像乏味的乐曲。他心下一慌，穿过走廊，来在他爸的机房门口。

门一推就开，屋里还是原样。然而那个大蚂蚱般的男人不知去向。

胡莘瓯呼哧带喘，像哮喘患者从窒息中挣脱。他和梦里一样瞪着眼，扫视四周，看见客厅通透地亮着。李贝贝盘腿坐在沙发里，茶几上还放着一袋包子。她睥睨胡莘瓯，牛仔裤卷起来，朝膝盖上喷着云南白药，嘴里嘶嘶有声。

胡莘瓯问："我爸哪儿去了？"

李贝贝"哟"了一声："我以为你认酒不认爹了呢。"

胡莘瓯讪讪："那倒不至于。"

李贝贝“嗐”了一声：“断片儿也有断片儿的好处，我犯不着跟个醉鬼解释。”

说完，她疲倦地揉着腿，顺手扔过一个包子来，“就算他‘嘎巴’了，也得吃饱了再去奔丧。”胡莘瓯愈发打鼓，也不知她说的是真话还是气话。李贝贝又“唉”了一声，从桌上捡起两样东西甩给他，有他的身份证，大约是搜身找到的，还有高铁票：“夜车反而慢，我买了早上第一趟。”

胡莘瓯又问：“去哪儿？”

“我家。票上不有目的地嘛。”李贝贝如同面对一个白痴，但声音一沉，哑嗓子漏了气，“你爸去找我了 …… 不过他又跑丢了。”

胡莘瓯反应过来，她家在东北小城，这还是他爸告诉他的。人生何处不视频，李贝贝说时，划拉开国产手机，为自己的话提供论据。她又添了一句，我这可是摆拍，不是偷拍。胡莘瓯一边臊红了娃娃脸，一边就在屏幕里看见了胡学践。

他爸还是一张干瘦的长脸，背景却变成了既寒冷又热气腾腾的市场。视频隔了季节，小城还未开春，他和往来人们一样，都裹着厚重的棉袄，又像一只从龟壳里探出头来的蚂蚱了。再对照屏幕下角的日期，果然是在胡莘瓯离家出走后不久拍摄的。他爸不时搓手，打喷嚏，四周回荡着电喇叭的叫卖声，口音和李贝贝类似。

诸如：你考上了清华，他考上了北大，我烤上了地瓜。

再诸如：比初恋还甜，比老婆还熟，比情人还有味，这三样，你都有吗？

或干脆：嘎嘎香，不香死全家。

他爸面前固然没了电脑，变成一辆熏酱小推车，又不同于北京那辆，装点得花里胡哨，和南方小城的抗倭花车也有一拼。对面出现一个声音，却不是李贝贝，听来像个小孩儿：“老头儿，有点儿镜头感行不？”

胡学践说：“我这不人在里面呢吗？”

小孩儿说：“你乐呀，要不你喊个麦。我再给你加个伴奏，《孤勇者》还是‘只因你太美’？‘挖呀挖’也行。”

胡学践面露难色：“可这事儿不能乐着说，也不能喊，更不能加伴奏。”

镜头一晃，小孩儿跺脚：“那白瞎了，保证不了流量哇。”

胡学践说：“要什么流量呀，我也不往网上传。你也专心点儿，举高高儿的……”

又嫌说话麻烦，干脆甩出三根既瘦且长且干枯的手指，那意思是：甭捣乱。对面镜头里也晃出三根既胖且短且白嫩的手指，那意思是：你来吧。这俩人还能用胡莘瓯和他爸之间的方式进行交流。而来不及纳闷，就听见胡学践说：

“胡莘瓯，我是你的父亲胡学践……”

这诚然是废话。李贝贝的声音也插进来：“自我介绍就免了吧。他也没被拐卖，你也没被绑架。”

胡学践讪笑，又说前面这段儿掐了啊。镜头前俩人嗯哪。

他吁了一口气，重新道：“胡莘瓯，自从你走后，我心里比较焦急。我想找你，但不知去哪儿找。人人认识你，群众雪亮的眼睛都发现不了你，又何况我。我还到派出所去报过案呢，可警察说，你是成年人，有你的自由，所以不能算失踪，只能算失联。人家还劝我别担心，这年头逃犯都藏不住，何况一顶流。不管怎么说，是我害得你有家不能回，你临走时的那些话，也让我心里很不是滋味。我该怎么补偿你？当然，父子俩说这个就见外了，但我还想起过去你怕，我说爸就该让儿子不怕，结果到了儿也没实现承诺……而这次，既然你为李贝贝难过，我就想，我替你去找李贝贝吧。”

所以胡学践到了东北小城。胡莘瓯和李贝贝对了对眼，又各自垂了垂眼。而胡学践也对镜头外面扫了扫，问：“要不你也出个镜，证明咱俩在一块儿？”视频里的李贝贝则说：“算了，尴尬。”胡学践也不强求，继续说：

“我还真找着她了，我也不是个废物。顺便说一下，李贝贝跟你想的不一样……不过你们的事儿我没权利插嘴，你们自己掰扯吧。我只劝你，别记恨李贝贝。想开了就回家吧，你回家，我也回家……”

这时，镜头外的小孩儿又插进来：“老头儿，你要走？”

胡学践眨眨眼：“可不嘛，我得回家等我儿子。”

小孩儿就急了：“你那破儿子有啥好等的？他要跟你好，他能从家跑？干脆你留这儿吧，咱俩天天出摊……”

说时还哭起来。胡学践“吱儿”了一声，片刻道：“我也是个破爹，破也得破在一块儿。”李贝贝也说：“人家的事儿你别吵吵。”小孩儿回嘴：“你个破妈。”李贝贝拽孩子，孩子挣巴，镜头旋转，乱作一团。视频就此结束。

胡莘瓯又跟李贝贝对了对眼，这次只有李贝贝垂了垂眼。而他不提李贝贝的孩子，先揪住自己的爸问：“他去找你，怎么丢了？丢哪儿了？”

李贝贝又如同面对一个白痴：“我要知道，还能叫丢吗？”

当然，不能怪胡莘瓯问不到点儿上，除了残酒未消，胡学践的行为也让他无法置信。原来听四舅说，他爸去给赵美娟上过坟，现在居然去了东北，真是长本事了。又当然，他爸到底是把自个儿弄丢了，李贝贝说他爸不知死活，也不完全是耸人听闻——他爸这种人丢了，其危险性和一个孩子、傻子丢了也差不多。

再加上那个梦，胡莘瓯就感到了怕。这时的怕又和过去不同，不再是抽象的怕，变成了具体的怕。这才是属于正常人的正常的怕。他知道再问也是多余，只能跟李贝贝走。他跳起身来，抄起客厅一角的帆布包——其实行李早就收拾好了，他仿佛一直等待着离开的理由，谁想等来了这个消息。

李贝贝却说，离开车还有段时间，着急忙慌也没用呀。她又劝，人哪，越有事儿越得稳住喽。自然又开始数落，你们北京人不行，你们男的也不行，你比你爸还不行。总之，胡莘瓯是不行中的不行。那就只能听行的呗，虽然胃里还泛着恶心，胡莘瓯好歹塞下去两个肉包子，闻闻身上气味不对，又到卫生间洗掉了脸上脖子上那几道成分丰富的黏液。这时脸旁递过来一条小蓝花毛巾，胡莘瓯刚想接，李贝贝却按着他的脑袋擦拭起来。动作相当粗暴，兜头盖脸，把他的眼圈儿都揉搓红了。

然后俩人无语，各收拾各的。胡莘瓯这才想起，该给李蓓蓓她妈留个便条。小学老师家不缺纸笔，他啃了会儿圆珠笔屁股，趴在窗台上写：

阿姨，我走了。钥匙放门口地垫底下，反正屋里也没什么东西。

想了会儿又写：回去以后，我就不替您给我爸带好儿了。附上我的手机号，您要有这个需求，可以将来再告诉我。

最后又写：如果李蓓蓓愿意，请她联系我。按说我该等她，但我也有事要做。

写的时候，李贝贝那阵风又刮过来，胡莘瓯条件反射地按住纸条。而她嗤笑一声，说咋的，你还有啥不可告人的。她也不好奇，转眼又把他晾下了。而到动身时，胡莘瓯把纸条面朝里贴在门上，刚要关，李贝贝却一手撑开门，看向屋里出了出神，好像和人对视。那一刻，胡莘瓯仿佛听到她们打了个招呼。

李贝贝对李蓓蓓说："你好，我是李贝贝。"

李蓓蓓对李贝贝说："你好，我是李蓓蓓。"

然后奔火车站。从南方小城到东北小城没有直达，还得倒车，并且票买得仓促，也没座了。胡莘瓯和李贝贝屈腿坐在过道隔间里，如同蜷缩着一大一小两只虫子。他又戴上了由口罩、蛤蟆镜和兜帽组成的壳儿，遇到有人经过，还会低下头去。

李贝贝又嗤笑一声："你咋还没卸下偶像包袱呢？"

她所言不虚——天越发热了，胡莘瓯壮着胆子摘下壳儿来透气，旁边人的眼神也只是间或在他脸上停留，随即就晃开去了。李贝贝还有数据为证。她划开手机，他的那些视频倒还在，但每天的点击量都不过千了。

评论风向也变了。有人问："求管哥"是谁？

有人回答：都是年初的老梗啦。

还有人分析：商业痕迹太重，缺乏才艺，态度敷衍，导致流量断崖式下降。

又有人总结：后浪随时成前浪，统统拍在沙滩上。

也就是说，胡莘瓯沦为了网络挖坟的对象，不仅是一具流量的死尸，甚而是一具流量的干尸了。此时距离他成为顶流，也就不到半年工夫。在李贝贝的手机推送里，他也见识了此后的几位顶流——连“挖呀挖”老师都略显过时了，相继登顶的是秀才、小杨哥和青蛙——最后那位并不是具体某人，而是一个造型，一件道具，在城市街头凄惨地贩卖着自己的孩子。当然，“强哥”仍然稳居头部地位，人家毕竟是专业的。

胡莘瓯又偷偷瞥了瞥李贝贝的脸。他似乎这才注意到，她也不戴口罩了，“蝴蝶”袒露在外，自由飞翔。李贝贝当然知道他在看什么，又说：“脸虽然是我的，但碍的又不是我的眼。谁不自在谁受着去。”

还说：“幸亏激光没做，糟践钱。”

在一定程度上，“蝴蝶”还掩护了胡莘瓯，当又有人看他眼熟，目光却被李贝贝吸引走了。李贝贝呢，无动于衷，如果看得稍微久了，便向对方报以平静的对视。也就一两秒钟的事儿，“看”被她卸了力道，消解在空气中。而李贝贝与蝴蝶共存，又让胡莘瓯不免想起李蓓蓓。他第一次感到，真不枉把李贝贝当成过李蓓蓓。李蓓蓓和李贝贝真该认识一下。

但这是否说明，他对她而言也不再是个特殊的人？胡莘瓯虽不言语，心里却憋着话。这当然也符合他们之间的定位——他不是“不行”嘛，那就由行的说呗。于是胡莘瓯等着李贝贝开口，而李贝贝偏不开口。俩人跟较上劲似的，沉默而高效地下车、候车、上车。辗转两次，好歹出了省，并入繁忙的京沪线，当然也没座儿。天暗下来，头顶半扇方窗，生吞了平原。车往北去，一天内跨江过河，地平线越来越远。

李贝贝把脸埋在两腿中间，半梦半醒，不时在脑袋滑落的瞬间一挺脖子，胳膊里的蝴蝶扑棱一下翅膀。看见这样的李贝贝，胡莘瓯又感到了荒凉。他不知那荒凉是燎原的余烬，还是必将走上的穷途。他更不知自己是将被那荒凉同化，还是会像窗外轮回的农田一样，从寒凝大地里发出新的种子。

列车又进入了一个城市群，他们不得不频繁起身，给人让道。而等再坐踏实，胡莘瓯正想迷糊一会儿，忽听旁边“唉”了一声，又被一条胳膊肘顶在肋上。他扭脸，却没看见李贝贝的脸。她仍埋头在膝盖之间。

哑嗓子却飘了出来：“说说呗？”

说说就说说呗，反正她向来缺少铺垫。胡莘瓯效仿李贝贝，将娃娃脸埋进膝盖，虚席以待的意思。李贝贝也不管胡莘瓯是否在听，径直又从那只蝴蝶说起：

“没这个‘滴’玩意儿，我也不是现在的我——”

她上面有一姐，可惜自己不是男的，娘胎里还带了块颜色，让父母很懊丧，等于一个劣质的添头。叫贝贝，也是口头意思意思，甚至带有一丝讥讽。父母都在矿区工作，爸下井，妈在国营饭店打杂；姐姐小时候还送幼儿园，到了李贝贝舍不得花那份钱，用绳捆在妈的棉袄背后出门，有一次差点儿掉熏酱锅里煮了。等上学，老想着脸上那只蝴蝶，想着有人看她，什么也听不进去。完成义务教育，就到社会上漂着，正式开始自生自灭。

此后如李贝贝所述，爸埋井里了，妈搭上个相好，用抚恤金到海南开饭馆去了，剩下姐儿俩相依为命。这时又看出了李贝贝的不一样，她混社会比较早，兼之差点掉进熏酱锅，对于烹调无师自通，到早市上开了个熏酱摊。生意还行，又鼓动姐姐加入，号称一对熏酱西施。这当然有些夸张，姐长得像爸，各方面比较平庸，李贝贝倒是出挑，但出挑的只有半边脸，勉强算半拉西施。为了遮挡“蝴蝶”，李贝贝化妆厚如壳儿，冬天还能防冻，夏天却又化了，变成一支被舔过的冰激凌。她还不是一个全天候的西施。

但西施毕竟是西施，李贝贝学贯中西地反问：“就像断臂的维纳斯也是维纳斯，对不？”胡莘瓯“嗯哪”。李贝贝又说：“谁也不配嫌弃我们——我、西施和维纳斯，对不？”胡莘瓯又“嗯哪”。而李贝贝“滴”了一声说：“可惜那时没想明白。”

随后她宕开一笔，说起了另一件事：移动互联时代到来了。这当然是官样文章的表述，李贝贝的原话是：

“不刷那个‘滴’玩意儿，我也不是现在的我。”

以前网络生活不普及，比北京差远了。专时专地的上网条件，对凋敝的东北小城构成了门槛。后来李贝贝见到胡莘瓯父子，首先纳闷的就是这俩人怎么能那么闲，而她记忆中的男人无不在寒风中奔命，奔命却又无处可奔。可以说，李贝贝的二十一世纪比李蓓蓓来得更晚一些。但它终于轰然而至，电脑被缩小、合并，变成了手机，又通过小小的屏幕向李贝贝等人展开了舞台。他们发现，自己不仅是观众，还能成为主角。

说到网络带货的历史，李贝贝甚至长于马大合。她致力于在社交平台上打造熏酱西施的人设，也可以被称为某种程度的顶流——小城早市的顶流。“咱俩都没才艺，我也就比你差点儿运气”，对于曾经的国家级顶流胡莘瓯，李贝贝并不迷信，态度和四舅及关公类似。李贝贝在小车上架起手机，不间断地为三位数的粉儿们表演切猪蹄子、撸猪尾巴。她又承认，这么做也不全为了生意，而是因为迷恋上了手机里那个经过美颜，放大了优点又消除了缺点的影像。胡莘瓯认为存在着两个世界，李贝贝则认为同一个世界里存在着两个自己：一个怕被人看，一个渴望被人看。

“我也不知哪个我才是我了。”和胡莘瓯一样，她也陷入了抽象思考，这世道除了把人逼成演员，还逼成了哲学家，真他“滴”的麻烦，“看另一个我的人比看这一个我的还多，既然如此，我姐劝我上北京做激光。我倒觉得不必，攒钱成家不好吗？”

这就要说到姐儿俩的个人问题。姐姐整体平庸，找了个厂里的；李贝贝半边出挑，找了个社会人——也不算货真价实的社会人，是个洗浴中心保安兼直播爱好者。扮相倒很像那么回事儿，金链炮头，盘龙花臂，在网上走的是江湖大哥的路线。他和李贝贝相仿，也坐拥三位数的粉儿，俩人进行过一次梦幻联动，还有情节呢——李贝贝文君当垆，忽然来了个日本浪人，啃着猪尾巴淫笑，花姑娘，让我抓一把；国恨家仇，大哥闪亮登场，呔，不许你在我们这旮胡作非为。电炮招呼上，浪人落荒而逃。仰拍，露出肚皮上的字号：忠义豪杰棕榈湾。棕榈湾是洗浴中心，文身时给过赞助，回报一个广告。

粉儿们叫好：大哥仁义，嫂子漂亮。在一起，必须在一起。

既然家人们这么说，那就在一起呗。俩人还公布过一组定情照，就在棕榈湾门口拍的，李贝贝划拉手机展示，胡莘瓯得以看清了马大合视频里那个模糊的男人——与他的娃娃脸相反，一团斑斓的黑肉。李贝贝则着重介绍了背后几位外籍嘉宾：“这是大卫，这是屋大维。别看光着，都是一定级别的干部。”

维纳斯也是那时认识的。而李贝贝的失误在于入戏太深，“那个把这个我带跑偏了”。男人网上是大哥，给他扒蒜都得借身人造貂，其实连保安的工作也干不长，不久，和大卫、屋大维与维纳斯一同下岗。此后开过网约车，收过名烟名酒，还乘着东北小城成为躺平胜地的东风，兜售过五万块钱一套的老破小，但都不赚钱，反而欠下一屁股债。俩人偏还早早有了孩子，家里家外，都靠李贝贝的熏酱摊支撑。

恰因诸事糟心，男人就拿李贝贝撒气。打都不过瘾，还要杀人诛心——以前过夫妻生活要关灯，现在反而不关了，要求李贝贝用床单蒙脸，他在上面声讨——猴屁股，红脸鬼，都是你妨的，“滴”。为给男人还债，李贝贝一再推迟做激光，如今反而要受这个气，也奋起反抗。俩人电炮招呼，如果直播，打赏没准儿会比先前多。李贝贝本以为他们会像他们的爹妈一样，打呀打呀也就过下去了，进而领悟打是亲骂是爱的真谛——这个传统不唯小城独有，另一个发扬光大的地方据说是斯德哥尔摩。然而她没想到，有一天男人倒先打腻了，跑了。跑也不失联，“这点比你强”，说到这里，她不忘对胡莘瓯倒打一耙。至于男人，重入江湖，走上了更大的舞台。

“这个‘滴’地方，憋屈死我了，你看谁不跑哇。”他在电话里说，“至于咱俩，你爱咋的咋的吧。要还讲交情，那就转点儿钱过来。”

钱李贝贝当然不能再转，她反问胡莘瓯：“我贱呀？有钱不花在自己脸上？”

家已名存实亡，做激光反而被提上了日程。没有蝴蝶就没有直播，没有直播就没有那男人，因而做激光不仅意味着给脸纠错，还意味着给人生纠错。李贝贝又说：“以前分不清网上网下两个我，现在要二我合一。”

她还不忘安慰胡莘瓯：“毕竟他在前，你在后，要说绿帽子，也是你绿了他而不是他绿了你。既然你是占便宜的，就别觉得自个儿委屈啦。”

32 “我不比你差在哪儿”

列车滚滚向前。这就说到了去北京做激光，走前李贝贝把孩子托付给她姐。孩子成天吊在她屁股后面，所以小名叫尾巴，此时五岁，和胡莘瓯爱上李蓓蓓时一样年纪，但比胡莘瓯懂事儿，都能帮着看摊了。母子从未分别，当然舍不得，不过那时想的是很快就能团聚。李贝贝她姐也帮着哄尾巴：人家笑话你妈，你不还蹿上去咬人小腿吗？到北京咔咔一烧，换个新妈，多好。千哄万哄，李贝贝上路。妈，你快点儿回。

没想到风云突变，不是不能出，就是不能进。一拖好久，把李贝贝从患者拖成了北漂。妈，你咋还不回。

后面就跟胡莘瓯的记忆接上了。好容易挨到全北京都发完烧，李贝贝本该回家去找尾巴，但想到钱花光了蝴蝶还在，又有些不甘心——正好就遇上了他。在北京赚钱容易攒钱难，主要是房租的花费大，如果有了现成的地方落脚，重操旧业，不是很快就能解决问题吗？李贝贝便决定再试一把，搬进红楼时都计划好了。只是尾巴想妈太苦，好在人生何处不视频，娘儿俩每晚都能见面，尾巴还给李贝贝表演他在手机里学会的节目，教她唱《孤勇者》。妈，你坚持住。

“其实你也听见了吧？”李贝贝向胡莘瓯飞个眼风，“不过你跟你爸一样，心里有事儿嘴上不说，都憋着。”

这就引到了跟胡莘瓯的关系上。哑嗓子顿了一顿，随后道：

“说实话，我也不知道喜不喜欢你。你就像个孩子，把尾巴的脑袋装进大人的身体，多半儿就是你这个模样。不过你也不知道喜不喜欢我，对吧？我不傻，能看出你跟我在一块儿，想的是别人。但我又想，喜不喜欢有那么重要吗？我也不喜欢尾巴他爸，到头来不还是有了尾巴？说到底，反正将来我也得回家，再说到底，人他‘滴’的活得太累了，你高兴我高兴不就好了吗？可后来才发现，我想错了……”

废话。那关系到爱呀，真不真诚，郑不郑重？胡莘瓯心里驳斥李贝贝。但驳斥归驳斥，嘴上也不说，仍然憋着。他还惊异于李贝贝那敏锐的洞察力——敢情人脑与电脑不同，男人的脑和女人的脑也不同。

况且李贝贝继续说：“本来我想把一切都告诉你，但到底存了私心，怕说完就没脸在你们家待下去了。我也怕伤了你，结果反而伤了你……胡莘瓯，对不起。你后来那么做，我也没脸怪你。”

这又说到监控的事儿上，娃娃脸愈加发烧。不过李贝贝按下不表，补充了另一条线索：她那一去不回的男人，尾巴他爸，在那个料峭的寒春出现在了北京，又恰好在超市的街角闻到了熏酱味儿。哦，那是乡愁的味道。后来男人对李贝贝说，他仿佛这才想起过年了。他循味一望，没认出李贝贝，先认出了“蝴蝶”。

他的第一反应是跑，他认为李贝贝来寻他了。但又一反应，倘若如此，咋还做上生意了？而且李贝贝那心满意足的样子，也不像在寻夫。男人心下动了动，暗中观察起来。在那期间，李贝贝受到了多轮监控，监控的实施者先后是她男人、马大合和胡莘瓯。收摊回家，她还暴露了红楼。男人摸清底细，给李贝贝打电话，问她是不是傍上什么人了。

李贝贝说："傍上咋的，没傍上咋的，你想咋的？"

男人说："咋的都不咋的。原来不也说了嘛，你爱咋的咋的。"

这倒让李贝贝纳闷，她本来还担心对方打上门来呢——毕竟顶着夫妻之名，捉奸也是人家的权利，谈不上找事儿。她又问："那你是想要钱？"

男人惨笑："过去老花你的，没那个脸了。"

李贝贝又问："你想干那事儿？不行，甭管我有没有人，都要跟你离婚。"

男人笑得更惨："你可能还有那个魅力，但是我没那个能力了。"

这更始料未及。出于人道主义立场，李贝贝问："你到底咋的啦？"

男人支支吾吾，咋也不说咋的。半天才说，他想跟李贝贝见一面。之所以没在街上叫她，是怕再闹起来，而北京管得严，不敢生事。说得李贝贝心里愈加发毛，想，该不会要把我捅了吧？但又一想，他也不是那块料。蔫儿人出豹子，男人平日咋呼，也就直播时才在腰里别把刀，还是个塑料的。而对方死缠烂打，甚至抽抽搭搭起来，弄得李贝贝手足无措，居然又有些心酸。她说：

"你干啥呀，干啥呀，干啥呀——"

男人说："你信我，啥也不干，啥也不干——"

被磨不过，只好答应见面。见也不在街上见，为了躲着胡莘瓯，李贝贝干脆把地方定在了红楼二层的库房里。她想的是楼上还有一个胡学践呢，万一真有事，还可以呼救。当然以胡学践的状态，救得了救不了又另说。俩人便在离超市远些的地方会合，推着车往红楼去。在噼里啪啦的回响中上楼，进屋，男人说："这个地方好。"

李贝贝说："你到底要——"

男人不语，盯着李贝贝，只是看。李贝贝更发毛了："你出啥事儿了？"

男人破腔一声，又哭起来。偌大一条汉子，居然如此多愁善感。他一边喷洒着鼻涕眼泪，一边说："一百零八只，一百零八只呀——"

李贝贝又怕又蒙。继续听男人哭诉，才知道对方说的原来是狗。她顺口说："好在不是一百零八个人，你冷静冷静。"男人说："你没看见过，你不懂。"

他说起离开东北小城的日子：北京、杭州、成都都去过，"幸亏没去上海，去了就白瞎了"。这时想的是拿出以前的作品，找那些MCN公司毛遂自荐，不过人家都说如今的导向，容不下你这卦呀，唐山那几位什么下场你又不是不知道，还说现在讲究个下沉，你已经得天独厚地很下沉了，甭费劲往上爬了。说来说去，舞台很大，只是不属于他。走投无路，饭辙要紧。

许多小区一空大半，流浪狗招摇过市，也是隐患，需要集中送往动物救助中心。

正愁没去处，捉狗队里认识的人找到他：你业务挺熟，有个舞台适合你。

让他干的照旧是捉狗。没主的从街上掳来，有主的时不常也偷，却又不卖不吃，而是送到隐蔽的地方制作视频。拔牙，剥皮，肢解，火烧，微波，都是活体进行。视频有两种用途：一是满足特殊客户的需求，还有点杀和定制酷刑；二是发到爱狗论坛上进行勒索。敢看的不敢看的，都能盈利。同伴告诉他，咱们是上不去暗网，那里东西更多，不光狗，啥都有。还问他，承受得了不？承受不了早说。

他说，都是服务行业，有人看就得有人拍。

男人自以为不在乎。也许是以前戏路造成的错觉，他高估了自己。干了一阵，视频窝点就被端了，他作为从犯被薅了进去，主犯倒跑了。所以他在里面还有个任务，就是反复观看那些视频，一帧一帧地看，辨认戴着面具和连裤袜的施虐者。看吐了也得看，得积极配合呀。也正是在此期间，心里“啪”地断了一根弦，他仿佛这才发现自己到底干了什么。捉狗时没数过，现在统计出，天罡地煞一百零八只。人家让他看人，他却只看狗，每一只的品种、长相、毛色乃至眼神和呜咽又都历历在目了一遍。心病就这么落下了，直到被放出来，那些景象都无法挥去。他对李贝贝说：

“我让自己不想不想，可没法儿不想。这事儿就怕想……一宿接一宿，一闭眼全是血、肉、内脏、骨头。最可怕的还是眼睛，一百零八只狗，二百一十六只眼，它们一齐盯着我看，啥也不说，就是看……”

他还说：“过去杀人都不怕，那是演的。现在杀狗怕了，这是真的。”

还说：“人欺负我，狗也欺负我，只有你能帮我。”

“哎呀妈呀，我也炖过猪，你一说我也瘆得慌。”李贝贝又问，“你让我怎么帮？”

“别动，让我看看就行。”男人浮现出痴迷的表情，在二楼库房昏暗的灯光中颇为诡异：“狗看我，我看你。只要看着你，我就不怕了。”

这个要求倒不算过分，也很容易配合。而李贝贝又告诉胡莘瓯，在那一刻，她的心里其实软了一软。她认真地迎着男人的目光。哪有什么江湖大哥，只有一个偶然见识到世界的残酷角落，被吓破了胆的可怜虫。男人念念叨叨："你外面有人，我也不怪你……要不咱们回家吧。天天看着你，我心里才踏实……"

然而在那一刻，李贝贝又发现，男人的目光既在看她，又没看她。对于她的脸，他不计其余，只是盯住了一个地方。何止是看，简直是馋，李贝贝甚至产生幻觉，对方要伸出舌头，朝蝴蝶舔上一口。蝴蝶是美味佳肴，蝴蝶是灵丹妙药。李贝贝明白了什么，她咯咯、咯咯地笑了起来，花枝乱颤。她那带尖儿的脸却愈发锐利，谁碰谁见血。

这下就轮到男人蒙了，他呆了一呆："咱回——"

"你觉得自己还能比谁强，那就是我，对不？"李贝贝两眼灼灼发亮。她与男人身材差距巨大，就像面对鸵鸟的一只鸡，但她勒令鸵鸟把脑袋从沙土里拔出来："你必须得踩谁一脚，才能给自己壮胆儿，对不？"

李贝贝的辩证法螺旋上升，从"权力"和"找事儿"发展到了"踩"和"胆儿"的关系。也真难为那团斑斓的黑肉，居然跟上了她的思路，男人咂巴咂巴嘴，仿佛若有所悟。他又好像从未见过这样一个李贝贝，被她震慑住了。

"对不起，我帮不上你。你看也白看。"李贝贝踮起脚尖，拍了拍男人的肩膀，真诚而爱莫能助地说，"我也是个人，我不比你差在哪儿。"

然后开了二楼库房的门，做了个请的手势。男人还真听从号令。

临关门，李贝贝又扫了一眼角落里的 Intel 486 和小黑板。谢谢你，胡莘瓯。原来人与人之间不是互相踩，我怎么刚发现。而她在楼门口叹了口气，拿出手机，又给男人转过一笔钱去。她说，怕也是病，得治，这方面北京的医院也比家里的强。她又说，等你缓过来，再处理咱们的事儿。

男人“嗯哪”。俩人沿着林荫道走出去，李贝贝站住，看他离开。往前晃悠了好一段，男人突然回身，啐了一口：

“猴屁股，红脸鬼，我本来就比你强。”

还说：“我‘滴’你都是可怜你——”

李贝贝笑盈盈的，“蝴蝶”在阳光下晶莹发亮。男人刚喊两句，马路上过来俩老太太，戴着红箍，正在讨论居委会的工作。她们被男人的励志所惊扰，问了句“小伙子，你撑的吧”，就让他把话吞了进去，连脖子都缩了进去。既然被薅进去过，男人对于制服、大盖帽，哪怕是一箍儿，都报以巴甫洛夫式的心悦诚服。这就叫江湖本色。接着，李贝贝就看着他一溜小跑，在远方的楼影下消失了。

这时还不知道，她已经被拍了下来，马大合即将去通报胡莘瓯。

当高铁渐渐放慢速度，李贝贝又向胡莘瓯揭开了另一个小小的未解之谜：“那天在超市，你俩一边说话，一边啃猪尾巴，我就知道那孙子去过你家了。他又话里有话，无非是自以为拿住我了呗。我心里跟明镜似的。”

还说：“社会经验这方面，你们北京人是不行。”

不仅对那男人，在与马大合的斗争中，李贝贝也取得了全胜。只是她心知，在胡莘瓯那里，到底是洗不脱清白了。况且她也说不上清白。当胡莘瓯监控李贝贝，她也监控着胡莘瓯。她看见他坐在桌前，摆弄的不是手机而是个摄像头，又听到他夜里出门去了二楼库房。她只是心疼胡莘瓯，他跟她一样，嘴里含着个肥皂泡，说破就全毁了。而再想想眼下处境，红楼是待不下去了，倒是男人的提议比较合理，回家吧。回家找尾巴去。

走前她去了趟二楼库房，也是心有灵犀，在 Intel 486 和小黑板那里找到了摄像头。她因地制宜，给胡莘瓯留了段话，说完才发现不能录音。也好，无言的结局。她又打扫了房间，想的是这爷儿俩又要住在垃圾堆里了，让他们舒坦一天是一天吧。她还想再看看胡学践，哪怕给他打盆洗脚水也好，但胡学践似乎又有大事要做，转入了心无旁骛的噼里啪啦。也好，省事儿了。她这才找个小旅馆凑合一夜，次日到医院办退款，而后上了火车。

李贝贝挥一挥衣袖，不带走一片云彩，原样带走一只蝴蝶。不过她也犯了一厢情愿的错误。一走当然不能了之，否则就没现在了。

回家以后，她还卖她的熏酱。尾巴又长了一截，眼瞅着要上学了，得尽快攒下一笔开销。而让李贝贝失落的是，这时尾巴也没那么黏人了，转而黏上了手机。他再现了胡学践的习性，只要面对屏幕就能自我封闭；在耳旁暴喝一声，他倒先护紧手机，而后才一哆嗦。当然怨不得孩子，孩子身边没妈，手机有问必答，比妈尽职尽责。早市上长起来的孩子，当然也享受不到视手机如仇敌的教育理念，李贝贝主动让贤，把手机交给尾巴，把尾巴交给手机。所以胡莘瓯成为顶流，倒是通过尾巴得知的。那个阶段，正值胡莘瓯无处不在，尾巴尤其对他百看不腻。不光看，而且学：

“谁来管管我呀——”

尾巴也有一张娃娃脸，不过随他爸，颜色偏黑，不像个糯米团子，倒像个紫米团子。早市上的人都说，全网那么多克隆的“求管哥”，都不如尾巴学得像。还有人鼓励他也开直播，接过他妈熏酱西施的衣钵，为早市引流。

李贝贝就是这时破防的。破防无规律，男人跑了没破防，困在北京没破防，无功而返没破防，偏偏从尾巴脸上辨认出了胡莘瓯，她就绷不住了。她似乎这时才明白，为何当初摸进红楼，看到床上有个傻小子快烧死了，她就觉得自己不能走，她得管着他。而现在，她一把抱住尾巴，哭道：

“妈不好。”

尾巴倒有些莫名其妙：“你这不回来了嘛。”

李贝贝继续检讨：“当初就不该走。”

尾巴却开导她：“将来这都不是事儿——人类可以扔掉肉体，上传灵魂，大家都存在一个电脑里，再不会有分离。”

胡莘瓯有两个世界，李贝贝有两个我，尾巴干脆认为我也可以不要，都到那个世界去算了。听得李贝贝一愣：“这也是从手机上看来的？”

尾巴“嗯哪”。他又说：“你没做成激光，这挺好。等到上传那天，还可以把这张脸也复制，到时我还能认得你是我妈。”

李贝贝又一愣，说：“那就不做了。”

尾巴说：“新妈不如旧妈好。”

只是早知如此，当初何必去北京？想来也是个笑话。

而李贝贝更没想到，没过几天，胡学践就来寻她了。当那个大蚂蚱般的男人出现在早市，她都差点儿不敢认他了，倒不是说胡学践变了样，而是说，她从未想象过一个行走在光天化日之下的胡学践。在那张愈发干瘦并且脏污的长脸上，胡学践的眼睛像孩子一般闪烁，当他看到榛蘑、黏豆包、菜饭团子，看到像小火车一样喷着热气的人们，其惊喜与好奇，让李贝贝想起尾巴刚遇到手机时的样子。

也是循着熏酱味儿，胡学践与她相见。李贝贝这才知道胡莘瓯离家出走了，连手机都关了，失联了。不过她立刻说："你可别讹我。"

"那不能够。我要讹你，我给你掏钱治……脸？"胡学践赶紧说，"我大老远地来，不过是想问问你为什么走。找到原因，才能解决你跟胡莘瓯的——"

"原因？"李贝贝冷笑兼惨笑，将尾巴往前一推，"这就是原因。"

也许是胡学践的抢白大声了点儿，也许是他提到了蝴蝶，这时尾巴"嗷"了一声，像只圆滚滚的小狗，蹿上去咬住了他的小腿。这项神功极具杀伤力，饶是隔着两层秋裤，胡学践也疼得直跳脚，但又不敢踢不敢甩，怕把孩子伤着。情急之下，他连囫囵话都说不出来了，干脆对尾巴甩出三根既瘦且长且干枯的手指。那仨字儿应该是：我服了。尾巴撇嘴一呸，志得意满地也对胡学践甩出三根手指，意思应该是：说说吧。宾主双方这才重启会谈，说了各自的来龙去脉。胡学践又道：

"就算找不着胡莘瓯，我也得对他尽个心。"

尾巴在旁刷手机，这时横了他一眼，又甩出三根手指。李贝贝就说，你看，孩子都说那没用。胡学践却道，不不，他说的是等着吧。尾巴便对胡学践点头，嘿嘿一乐。既然尾巴这样表态，李贝贝便叹了口气，推起熏酱小车：

"难为你来一趟。当初你没把我轰出去，现在我可不得管着你嘛。"

于是把胡学践领回了家。东北小城的确房子过剩，连李贝贝和尾巴也住着套两居室，价值五万左右，棚改分的。姐姐姐夫也在同一个小区。李贝贝还问，不比你在北京那‘滴’地方好？胡学践说：“我那儿破归破，可有一整栋楼哪。”而胡学践又享受到了阔别多日的熏酱、酸菜和柿子炒鸡蛋，晚上还能泡脚，只可惜家里没有电脑，无法让他复制在红楼里的生活习性。李贝贝也要求他：

“我还是那句话，谁都不能吃闲饭。”

令她诧异，胡学践还主动请缨了：“要不我也出个摊儿？”

而李贝贝又对胡莘瓯说：“我可没虐待他，他丢了你也不要讹我。”

这又说回胡学践跑丢了的事儿。丢也不是突然丢的。他言出必践，到早市上摆了个摊儿，主营手机和电器维修。这时尾巴更不黏着妈了，转而坐到胡学践摊儿上，不时赞叹：“嘿，真有你的！没你还真不行。”胡学践说：“这算什么，我在北京还攒出过一个宝贝呢……只是我也不知道有什么用。”一边自食其力，一边替李贝贝带孩子，一边遵从警察和尾巴的共同研判，坐等顶流胡莘瓯在什么地方露面。看得出来，他急还是急，但除此之外也无他法。所以李贝贝分析，胡学践始终保持着可贵的理智。

功夫不负有心人，等待果然有了下文。没多久，尾巴就举着手机呈报胡学践：“求管哥”露面了，是在外地农村一民宿，还给直播大会客串了报幕员呢。在视频里，胡学践还认出了四舅，不免抱怨，这个逆徒，也不给我报个信。事不宜迟，就要动身。

然而李贝贝说：“算啦，还是我跑一趟吧。”

李贝贝自有她的道理：一来胡学践宅了多年，能摸到东北小城已经难能可贵，再去别处，只怕忙中出乱；二来就算找到胡莘瓯，还不是要由她本人和他把话说开？倒不如她直接去说，省得中间传话了。尾巴也拽胡学践：老头儿，你别走，我愿意跟你修手机。胡学践一想也对，这就叫解铃还须系铃人，但他又和李贝贝说好，随时通气。

花开两朵，各表一枝。相比于胡莘瓯，李贝贝在地图上画了一条更加曲折的轨迹。她先来到民宿，见了四舅和关公，但胡莘瓯早没影儿了。在胡学践的视频声讨下，四舅也诉苦，一边是师徒之恩，一边是朋友之义，忠孝不能两全呀——但他的确不是个废物，虽然 high C 没挑战上去，却因为坚韧不拔收获了流量，已经是本地很有号召力的网络红人了。既然胡莘瓯没在城市现身，四舅便发动他那些村镇层面的粉儿们提供线索——还真有人声称见过可疑人士，只是蒙着头面，也不确定是不是“求管哥”。去伪存真比较烦琐，耽搁了些时日，他总算拼凑出了胡莘瓯的行踪，还让关公开着摩托车，把李贝贝送往海边。

四舅和关公本想跟着一起找的，但李贝贝说，目标大了反而打草惊蛇。而她沿着海岸线徘徊，寻找却一时断了线。此地荒芜，连信号都没有，只好先到附近的县城住下，和胡学践商量下一步行动。也商量不出个所以然，仍是老策略，等。又耽搁两天，没等来胡莘瓯露面，反而等来一场紧急救援：原来海上还有一岛，岛上有一批驴友被困，连海警都惊动了。救出的人被安置在县医院里，李贝贝看了新闻，便去探查究竟。她用手机播放着胡莘瓯的视频，一阵风地扬着哑嗓子：

“见过这人没有？”

还真有人说：“这不萌萌呆吗？ 他还是顶流呢？”

答话的是个满面风霜的汉子，自称海员，正躺在床上打葡萄糖。

他请李贝贝放心，那孩子没死，起码跟他分别时还没死。李贝贝就知道了胡莘瓯在岛上，又想起胡学践说过，胡莘瓯声称要去一个“没人认识的地方”，敢情那地方还真被他找到了。然而李贝贝要想上岛，却又难了：恰因突发情况，岛被暂时封锁，此外安装基站也被提上了日程，以防再有人迷路。她只好天天到海边去找信号，同时又有些替胡莘瓯惋惜——有了信号，他就在岛上待不下去了吧，他会像蛰伏地下的田鼠，一旦大水漫灌，只能仓皇出逃。

终于一天，信号来了，却先灌出一群大鳄。李贝贝见识了一场海天盛筵：不光有坐游艇的，还有坐直升机的。那些人物怎么会搭理李贝贝？任她大呼小叫，径自散去。但码头并未安静下来，不多时，又等来了一队小船，跳下来许多欢天喜地的专业户，往岸上搬运梭子蟹。再一打听，他们在网上找到买家，要去送货；又一打听，才知道岛上还有一庙，出家人里有钱的都走了，留下的大概只有穷光蛋。

李贝贝便猜，胡莘瓯该不会是想出家吧？那倒符合他的愿望：了却红尘，也就无所谓认识不认识了。而李贝贝又想，跑了一个儿子，找回一个和尚，胡学践又该作何感想？那不行，得去点醒胡莘瓯，告诉他尘缘未了，他还有一爸呢。她又好求歹求，专业户总算答应分派一艘小船，把她送到岛上。

这也是李贝贝和胡莘瓯距离最近的一次擦身而过——那时他正坐在矮壮汉子的船上，从岛上往岸上去。只是海面起了雾，互相便没看见。胡莘瓯又问：

“你去庙里了？遇见什么人没有？”

李贝贝一笑：“庙里还真有人，但也不全是人。”

33 “他把我给扔了”

这段儿严格来说算跑题，但李贝贝也忍不住不说。她上岛，爬山，进庙，庙是空的；仰头望见一佛，又朝那个方向找过去。一扇小门关着，扬起哑嗓子叫了几声，便叫出一个首如飞蓬的老头儿，身边跟着个机器小沙弥。

李贝贝的第一反应是：“这儿是个饭馆吗？”

老头儿说：“施主何出此言？”

李贝贝一指机器小沙弥：“它不是个送餐的吗？”

老头儿一愣，又一笑：“施主唐突了，他是我的师父呀。”

机器小沙弥的LED脸上，两颗小豆子跳了一跳：“不不，您才是师父。”

老头儿说：“万物皆有佛性，但闻道有先后。庙里就你开了悟，你做师父理所应当……我也就是个师傅。”

俩人正在谦虚，李贝贝亮出手机：“两位师父，我是来找人的。”

老头儿却不再开口，让他的师父说。机器小沙弥便道：“那是我哥们儿，刚走。”

李贝贝急道：“走哪儿去了？”

机器小沙弥说："找李蓓蓓去了。"

"我就是李贝贝呀。"李贝贝就蒙，"他也没找我，找我的是他爸胡学践……"

机器小沙弥那张 LED 脸上的小豆子又转了个圈儿："'贱爷'怎么会找李蓓蓓？'贱爷'要找的是'老神'呀。"

驴唇与马嘴对话，双方又都蒙。片刻，李贝贝咧了咧嘴，脸上的蝴蝶随之垂下翅膀："问你也白问，找了也白找。早知这样，我就不该出来……"

她是真找疲了，掉转身，就要朝庙外去。却听身后叫了一声，她又不由得站住。机器小沙弥说起了禅语："贪嗔痴，求不得，怨憎会，爱别离——这就是人了。佛要度人，才不枉成佛，人要像人，才不枉为人。你别停，接着找吧。"

又告诉她一个南方小城的名字，还说，不管你是不是他说的那个李蓓蓓，他都会在那里出现。李贝贝蓦然回头，和 LED 脸上的两颗小豆子对视，如同听到预言，不觉间就信了它。她低声道："谢谢师父。"

机器小沙弥又说片儿汤话："嗐，都是哥们儿……"

李贝贝道："对了，你叫什么？"

机器小沙弥道："你是我此世见到的最后一个生人，叫什么不必说了。找到胡莘瓯，请你转告他，我会去看他。"

说完转动履带，往院儿里走去。首如飞蓬的老头儿侍立一旁，默默关上了门。李贝贝出庙，下山，等船，上岸，回望那岛，竟像刚从梦中走了出来。胡莘瓯至今也仍有些含糊，他是否和李贝贝做了同一个梦。而等梦醒，李贝贝却没立刻赶往南方小城，这是因为她收到了来自东北小城的消息：胡学践走了。

注意，这里说的是走，而不是丢。尾巴打来语音通话，用的是李贝贝她姐的手机，劈头问：“你咋老不接呢？”

看来以前也打过。李贝贝解释：“这地方没信号，刚通。有啥事儿说。”

尾巴说：“那个‘滴’老头儿，他把我给扔了。”

李贝贝就慌了：“啥时候？扔哪儿了？”

尾巴说：“都扔两天了。跟你一样，又把我姨叫来，扔给她了。”

“那不能叫扔。”李贝贝吁了口气，但又犯起了嘀咕，“他干吗去了？”

尾巴的情商也高于胡莘瓯，知道先声夺人，引起大人的重视——这才讲了胡学践走掉的经过。前两天早上，他们出摊，来了一个黑脸汉子，长得跟张飞似的，掏出一部进水的手机问能不能修。还说手机倒无所谓，只是里边的数据需要恢复。也是常见的毛病，胡学践一边拆机，一边给尾巴示范，一边还问张飞，现在都用云了，数据直接上传多好，怕泄露艳照也能加密。张飞说，艳照俺倒想有，可身边都是他“滴”的糙老爷们儿。又说你这道理我懂，只是工作地点特殊，信号时好时坏，云时来时走。胡学践就哦，又对尾巴讲解，都存在网上也不保险，另一个世界的家不能算是真正的家，别说东西会丢，家里的人也会失散……他就吃过这个亏。尾巴问：你说的是你儿子？胡学践说：我说的是另一个。又甩出三根既瘦且长且干枯的手指：齐活了。尾巴也甩出三根既短且胖且白嫩的手指：试试呗。俩人黑话术语加暗号，听得张飞如同见了孔明，唯有叹服的份儿。

张飞又说："先生有卧龙凤雏之才。我还有个同事，平时说起这些玩意儿一套一套的，可手机他都修不了，你比他强。"

胡学践一笑："卧龙凤雏各有所长，我主攻的是硬件这一块。"

说完一按屏幕，走你，就将手机里的内容显示了出来。张飞也上手，刷着那些照片，确实没有艳照，都是群山大河，蔚为壮观。

胡学践也赞叹："您去过的地方不老少，我就不如您，净宅着了。"

张飞谦虚："都是鸟不拉屎的地方，留个纪念。"

然而话没说完，尾巴却发现胡学践的神色变了。那张干瘦的长脸上浮现出困惑和兴奋，好像一只误食了迷幻蘑菇的大蚂蚱。他还感到胡学践正在发抖。踮脚看屏幕，那上面显示着一张照片，却不再是自然风光，而是变成了生活照——说生活照都高抬它了，其实是一张抓拍失败的废照。里面只有半个人影，还是背面，脑袋和身子都圆咕隆咚的，几乎没脖子，黑乎乎的像个知了；背景也模糊，但能看出那人坐在一台奇特的电脑前面——比普通台式机个儿大，好几块屏幕，机箱灯光璀璨，如同养了一缸热带鱼。

胡学践转向张飞，那一瞬目光如电："你攒的？"

张飞道："我哪儿有这能耐，我就是个后勤，采买过一些元件。"

胡学践说了一串儿复杂而拗口的字母加数字："买过这个型号的读取器吗？"

张飞诧异："那东西很不好找，我还是托人去北京……"

胡学践慨然一叹："那就是了，'数字堡垒'。"

张飞愈发诧异："您连这个也知道？"

胡学践却站起身来，有条不紊地收摊儿，又对不远处的熏酱小推车招招手。李贝贝人走摊儿不走，换成她姐照看生意。尾巴预感到什么，甩出三根手指：你去哪？胡学践不答，等到李贝贝她姐过来，把孩子往她跟前一推，又对张飞道：

“我跟您走。谁攒的机，带我找他去。”

张飞一愣：“您认识他？”

胡学践点头又摇头：“认识，但没见过。”

张飞粗中有细，转了转环眼：“这我就不能答应您了。且不说你们是什么关系，就说我们的工地，也谢绝参观呀。”

说时抄起手机，扔下钱就要走。胡学践呢，选择了沉默，但他两手揣兜，紧跟对方，张飞往东他往东，张飞往西他往西。那意思也很清楚，带不带是人家的权利，跟不跟是他的自由。张飞在黏豆包和菜饭团子之间转了几个来回，跺脚道：“你这人咋那么赖呢？”胡学践继续沉默，木讷着一张干瘦的脸，仿佛承认自己就那么赖。张飞更急，扬起砂钵大的拳头，仿佛要怒鞭督邮，可也吓不住胡学践。他连眼睛都不带眨的，像个一根筋的机器人。而张飞又怎么好意思揍个老头儿，他抓狂起来，四下求助：

“有没人管管哪，这不是尾随嘛，这不是骚扰嘛。”

尾随妇女当然有人管，但尾随张飞好像又和正义感无关。早市上的人们笑嘻嘻的，不光看，而且拍。只有尾巴拖着哭腔叫：

“老头儿——”

胡学践回身，对他甩出三根手指：好好的。此时张飞抓个破绽，撒腿就跑，俨然醉酒失徐州。而胡学践也不急，蹦跶蹦跶地追了上去。尾巴撒腿也要追，却被李贝贝她姐死死抱住。在他眼里，胡学践就像一只大蚂蚱，简直脚不沾地，腾空而去了。

这就是胡学践走掉的全过程。而李贝贝实话实说，刚听到此事，她也没那么着急。胡学践不也发过一个视频，说自己要找人吗？不管找着没找着，估计很快就能回来。李贝贝还从海边给胡学践打过电话，他还接了，还道歉：

“不好意思，节外生枝。原说来找你，没想到有意外收获。”

他还无可奈何地说：“我也知道不该走，可我忍不住哇……我又自私了。”

而李贝贝留心听他的口气，不断不喘，可见已经不在追人；周围虽然嘈杂，但也不打不骂，可见并无危险。她还是提醒道：

“你得留神，别到没人的地方遭了毒手……”

电话里却又传来张飞的声音，也无可奈何：“嗐，都是哥们儿。”

胡学践又说：“胡莘瓯就麻烦你了。我找完人，还在早市等他。”

“可不咋的，能靠你才怪了。”李贝贝说。

俩人再次说好，随时通气。此后李贝贝仍然滞留在海边——机器小沙弥虽然给了预言，但她上岸晃晃神，又觉得空口无凭，不敢不信，也不敢全信，只能再等等看。一等又是两天，其间也给胡学践打过电话，倒还通着，但信号不大好，只说人在山里，快到地方了。这咋还进山了？然而对于胡学践的盲动倾向，李贝贝也适应了，她暂且把他撂在一边，像个辛勤的信息采集员，没日没夜地刷着手机，还与四舅保持联络——假如再有胡莘瓯的消息，又出现在南下的路上，则说明机器小沙弥诚不我欺。李贝贝运筹帷幄。

但没刷到胡莘瓯，反而刷到了另一场紧急救援。事发地点就在北方小城附近的山里。因为温室效应，这些年山区融雪现象严重，今年还造成了泥石流，威胁到刚建好的一座水电站。人间处处有直播，现场也拍到了画面：泥浆汇成洪流，裹挟着碎石和树木从山顶冲下来，有如千军万马；底下的人不仅没逃，还纷纷扛起沙袋往上迎去。看到这里，李贝贝的心怦怦跳，好在救灾新闻的结尾永远是胜利——地方电视台播音员喜大普奔地宣布，天灾无情人有情，此次泥石流并未造成人员死亡和失踪，伤者情绪平稳。

然后又是感谢，各方面都得点到，礼数不能乱。李贝贝关了视频，情绪好歹也平稳下来。可就在这时，一个老家的电话追了过来，还是个干部，问她是否窝藏了一个北京老头儿。李贝贝的心复又跳起来，说，咋能算窝藏呢，收容还差不多。

干部就嗐，说你家里来客就来客，好好招待呗，咋还让人跑了呢？

接着说了原委，还跟那场灾害有关：有关部门结束救援，汇报完毕，正要收工，忽然从医院里冒出一条黑大汉，脑袋裹着纱布，仿佛张飞，说被砸晕了刚醒。这张飞语无伦次，但提供了一条重要信息，他声称有个北京老头儿也进了山，现在还不见人哪。原来当初统计获救人数，用的是水电站施工方的花名册，一一都对上了，哪里想到在这鸟不拉屎的地方还有外来人口——关键是全面胜利的新闻已经第一时间发出去了，言之凿凿说无死亡，无失踪，这不是打脸吗？啪啪的。尤为关键的是，如今凡事就怕舆情，假如老头儿的家人闹起来，地方上就成了谎报成绩，打的可就不只是脸了。

而找到李贝贝，则是据那张飞说，他是在早市上被老头儿黏上的；又到早市走访，人家都说老头儿的手虽然巧，但却神神道道，早就黏上了李贝贝。只有李贝贝的儿子替他辩护，说你们懂个“滴”，老头儿心里清楚得很。但这时清不清楚已不重要，活没活着才是关键，干部向李贝贝核实：

“会不会他其实没丢，又回北京去了？”

对此，李贝贝笃定地回答：“不，丢了就是丢了。”

也至此，李贝贝才确认，胡学践不只走了，而且丢了。性质变了，情势危急起来，干部请她配合工作，她只好中止了对胡莘瓯的寻找，又坐火车回到东北小城，转而帮助寻找胡学践。这就叫按下葫芦起了瓢。车票你们给报啊，她只有这么一个要求。

她的确提供了一些线索，把胡学践的视频给人看，把胡学践的衣裳给狗闻，还提供了胡学践的手机号，那是留给电脑跟踪的。有了那组数字，相关部门就能上手段了，虽然山里信号不强，但仍然可以定位。信号在崇山峻岭间飞行，巡弋，被仪器捕捉，滴滴滴。只不过那点儿线索很快又断了，技术人员推测，多半是手机没电了。而张飞曾说，他把老头儿带到了水电站，后来泥石流来了才失散的，这时比照定位地点，却离水电站好远了，都翻过了两座山头。这老头儿还真能跑，天知道他要去干吗。无论如何，信号出现的大致方位就变成了重点搜索区域，救援队重新整装，又开进山去。

这是一场旷日持久的搜寻：找一个人可比找一群人难多了，况且胡学践自己也不闲着，没准儿还在乱跑，又况且灾害并未过去，滑坡时有发生，也给救援造成了障碍。李贝贝回是回来了，也只能干着急。

她想起当初上红楼，在这屋看见一个傻小子，在那屋又看见一个瘦老头儿，而现在，那对父子都不见了，一个消失在山中，一个消失在人海，果然没人讹她。她又想起耶稣生日那天，被胡莘瓯送回游乐园，一个人套在熊里穿过水泥广场，真是荒凉极了。如今却比那时还要荒凉。荒凉不是寸草不生，而是经历过茂盛与繁华，却迎来不期然的失散和落幕。但她的荒凉无人可说，她还得顾忌着尾巴的情绪。除妈以外，尾巴跟谁都不亲，动不动还咬人小腿，唯独与胡学践有感情，俩人不知在哪儿结下了缘分似的。这时胡学践丢了，尾巴却不哭闹，整天痴痴愣愣的，有时蹦出一句：

“谁来管管我呀——”

李贝贝吸溜鼻涕：“我管你。妈这不又回来了。”

尾巴斜眼看妈，仿佛刚发现李贝贝回来了。而他跟妈说话，说的也是胡学践。原来他们出摊儿，嘴也不闲着，能从早叨叨到晚。熏酱配料对于猪脚及人脚之功效，柿子炒鸡蛋为什么不是“柿子”炒鸡蛋，都是他们热烈讨论的议题。尾巴还帮胡学践修手机，可惜一试，就知道不是那块料，手笨。胡学践遗憾地说，你就这点不如我儿子。尾巴有些失落，说你儿子还是顶流呢，他在那个世界也比我强。这又说到了两个世界之区别。胡学践说：“那个世界是假的，不作数……再说他在这个世界也丢了。”尾巴又问：“这个世界和那个世界，是从什么时候分开的？”胡学践出了出神说：“对我而言，世纪之交。那时没你，那时我还在捉千年虫呢。”又说到了千年虫——世界险些回到1900年。

话题太玄，李贝贝听了半晌无语。而尾巴的另一句话却更没头没脑：“老头儿还说，你像赵美娟。”

当李贝贝又把这话复述给胡莘瓯，胡莘瓯如遭雷击。不仅是他，就连火车也咣叽一声，进一步慢下来。头上的窗户里，灯光前所未有地浩大，像海浪起伏。北去的火车大都要过北京，现在北京到了。李贝贝又问：

“赵美娟是谁？”

胡莘瓯却盯住李贝贝，盯的固然不是蝴蝶，而是李贝贝那张带尖儿的脸。他仿佛想从李贝贝的脸上辨识出赵美娟。好久，他才道：“别说赵美娟。”

那就不说，反正也属于跑题。李贝贝继续讲到了机器小沙弥的预言成真——这边对胡学践的搜寻尚无结果，那边胡莘瓯却在南方小城露了面。不仅露面，还化身厂公，加入了一场实景秀。视频又是尾巴给她看的，胡莘瓯的欲哭无泪如此真挚，好像已经知道他爸丢了似的。那么事不宜迟，李贝贝再度上路，二找胡莘瓯。上次是替爸找儿子，这次却是要把儿子叫回来找爸，父子俩不是你丢就是我丢，只苦了她在中间跑腿。好在这次虽然距离更远，但路线简捷了许多，没倒两次车就到了地方。

只是又有一个难题：李贝贝发现，胡莘瓯的影响力大不如前了。不仅他在网上的流量迅速下降，在现实中向人打听，大家也对“求管哥”提不起兴趣。这当然不奇怪，转眼泯然众人，这是大多数顶流的宿命，而李贝贝却像随波逐流的落叶，水又不流了。她只能沿着视频的线索，在小学附近蹲守。

好问歹问，总算得知“求管哥”到酒吧去端盘子了。可见草根顶流仍然是草根。李贝贝便赶往酒吧，这时又遇到一个难题：熏酱西施已成过往，她的装束的确不像泡酒吧的，便有肌肉男难为她，说入场得消费。那地方的消费水平令她肉疼，索性实话实说：“我来找‘求管哥’。”不想对方却道：“那更不接待——老板娘发话了。去去去。”

李贝贝自然又祭出了“权力”和“找事儿”的辩证法，但对方胸肌一绷，就将她顶下了台阶，一屁股坐在地上。“刺啦”一声，又废了条裤子，所幸这次破的地方是膝盖，看上去没那么不雅。而李贝贝的口径却是一致的：

“狗眼看人低，我‘滴’你个‘滴滴’。”

正在“滴”，却见酒吧侧门开了，走出一个微微驼背的傻大个儿，醉得脚步踉跄，身边还有一位艳丽的大龄美人。美人搀着傻大个儿，肌肉男护送美人，上了一辆国产电动汽车。那一瞬间，李贝贝以为胡莘瓯终归吃到了顶流的红利，被人包养了，而她来不及谴责也来不及祝贺，蹿起来就去扫了辆小黄车。大约为了照顾醉酒的乘客，电动汽车开得不快，但李贝贝腿上受了伤，追得一歪一扭。

这一追，就过了江，她都快蹬不动了，车却远远地停下来。美人和胡莘瓯还跳起舞来了。这糜烂的生活方式更令李贝贝刮目相看，她还在心里质问胡莘瓯：你对得起我吗……当然我也对不起你吧。正在气愤兼自省，却见那俩人的舞步有些蹊跷，不仅不暧昧，反而像小熊和洋娃娃跳舞。美人还拍了拍胡莘瓯，完全是哄孩子的姿态，随后上车走了。难不成没包养？本来嘛，人家一看就是吃过见过的，怎么会对这种货色感兴趣？接着，李贝贝就看见了胡莘瓯跪在马路中间，吐。他吐得活像一只被翻过来的麻袋。

旁逸斜出，李贝贝还对那位美人产生了兴趣，她问：“那就是赵美娟？”

胡莘瓯说：“不是。”

说了不是，也不再问。李贝贝和胡莘瓯不同，她往往只顾眼前的事儿，对于不相关的支脉，没有刨根问底的习惯。胡莘瓯给李蓓蓓她妈留纸条，她也懒得看；就连胡学践丢了，她也没问过他要去找的是什么人。正如李贝贝自己所言，人他“滴”的太累了，所以她必须学会删繁就简，而这种能力很让胡莘瓯羡慕。

再拿电脑来打比方，他和李贝贝都配置不高，他的程序又过于发散，狗揽八泡屎，总会给自己增加变量，陷入无休无止的无效运算——他不死机谁死机。

但这种运算模式也有它的好处。当火车驶入站台，车厢转眼空了大半。北京下车的人多，这对站票乘客很有利，李贝贝机警地蹿起来，拽着胡莘瓯奔向空座。不光能坐，还能躺呢。而胡莘瓯迷迷瞪瞪坐下，又听见边上人纷纷打电话、发微信，告知亲人到家了……他忽然动了个念头，两腿一弹蹦起来，撒腿就跑。

哑嗓子在身后道：“咱们不在这儿下……你不找你爸啦？”

胡莘瓯来不及多说，埋头冲刺。他们在火车关门之前蹦下了车厢。看着高铁缓缓启动，他才边喘边说：“我得回趟家。”

34 “成了”

红楼还是红楼，不仅和胡莘瓯走时、李贝贝走时，就连和李蓓蓓走时也没什么两样。现在胡学践也走了。胡莘瓯沿着他出溜过无数次的楼梯攀爬，屡屡仰头，竖起耳朵，仿佛从静谧中听到了噼里啪啦。

这个举动当然一厢情愿，李贝贝又危言耸听：“赶紧的……他要真‘嗝儿喽’了，你还得去认尸哪。”

还说：“知道那玩意儿有用，当初你不带？爹丢了瘾倒上来了。”

哑嗓子又给红楼带来了生气，胡莘瓯任其数落。楼道里还充斥着一股酸臭味儿，越往上越浓郁，李贝贝不免可惜，我那坛酸菜呀。经过二楼库房，来在四楼走廊，胡莘瓯开了自己的房门。被灰尘呛得直打喷嚏，他从抽屉里找出手机。

摩挲两下，手感如此熟悉，就像一个属于他的器官。按了按，没反应，胡莘瓯又把充电线插上。器官恢复供血，渐渐活了过来，开始呼吸——它所呼吸的却不是空气，而是比空气更加无所不在的信号。这还是一个灵敏的器官，进而嗡嗡振动，同时叮咚乱叫。

那是曾被隔绝在外的信息，一股脑儿地拥了进来。

身为一个穷人，在这期间，胡莘瓯连骚扰短信和推销电话都没接到过，联系他的无非是寥寥几位微信好友。首先当然是马大合，为了劝胡莘瓯回来，他苦口婆心，他痛心疾首，他威逼利诱。但随着胡莘瓯离家出走的脚步越来越远，他的态度也转入困惑，“你图什么呀”；而近期，当胡莘瓯流量下降，他的情绪更是跌入谷底——这时话倒少了，就仨字儿，“错过了”。此外则是街道下属单位的同事，因无利害关系，顶多与有荣焉；格外热络的是那位拿手指头往他嘴里捅过的大姐，她想约他“再聊聊”，并自陈“我也是宁吃鲜桃一口，不啃烂梨一筐”。可见胡莘瓯还错过了一些别的。

对于上述消息，胡莘瓯一掠而过。他还在等待——是否有个信号在空中飞行，巡弋，像只忠诚的信鸽，寻找回家的路？

然而命名为“爸”的头像上，并未跳出提示新消息的小红圈数字。那头像不是一张干瘦的长脸，而是一台电脑的照片，“数字堡垒”，还是在攒机大功告成之后拍摄的。胡学践引以为傲，虽然至今不知那玩意儿有什么用。胡莘瓯还顺手翻看了自己的手机相册，里面的内容同样贫乏，少数几张自拍还是与李贝贝的合影。背景是在二楼库房，她时而是圣诞老人，时而是花木兰，时而是白雪公主，表情轻佻而夸张，还老揉搓着他的娃娃脸。在有些照片里，“蝴蝶”璀璨发亮，仿佛恰巧飞过他们面前。

李贝贝叹了口气。她拿起钥匙，去对面打开了胡学践的机房。这个举动近乎缅怀，胡莘瓯扭头，看到“数字堡垒”巍然耸立，像座坟。

这时手机又响了两下。后来胡莘瓯回想起那一刻，甚至觉得自己目睹了一次显灵。刚才马大合等人一拥而入，霸占了通道，那两条来自远方、来自他爸的信息只能疲惫地盘旋，等待，最后才抵达终点。

第一条信息是张照片，光线晦暗，镜头上还蒙了层水迹似的。但拜国产手机引以为傲的拍照功能所赐，基本还能看清：那是一片林间空地，四周几个半圆，大约是坟；居中的地方也隆起一个土包，个头远小于其他坟，也就一个锅大。胡莘瓯几乎以为他爸也在时空错乱中穿越了，又回到了赵美娟的坟前，只是以他匮乏的自然知识也能辨别，照片上的树木并非北京常见的白杨，它们没有眼睛。拍摄地点仍是东北的深山老林。

第二条信息则是一句话：别忘了赵美娟。

胡莘瓯再度如遭雷击。还是李贝贝唤醒了他："嘿，真有你的。"她也提醒他，既然手机提供了线索，那么红楼更不宜久留。

俩人动身，再奔火车站。总算赶上了最后一趟夜行的高铁，当然还是站票，继续蜷缩在过道隔间。没收到胡学践的音信，胡莘瓯还能勉强稳住心思，收到了音信，他彻底魂飞魄散。一路上，他给他爸发信息，拨语音，当然都没回应。这让他脸色苍白、浑身打战、大口喘气。越喘越怕，越怕越喘。

好在还有李贝贝，这时却不说话，一手揽住他的肩膀，像攀附着一个巨型娃娃，又胡噜着他的脑袋。睡吧，睡吧，明天还有的忙呢。

胡莘瓯居然困了。临睡前，他在心里唤道：姐姐。

再一睁眼还是夜，他们从省城换慢车，再去东北小城。又一睁眼也是夜，黑云漫天，有一阵没一阵地下雨，推迟了黎明的到来。

径直奔了抢险指挥部，临时设立在一个什么部门的空房里。亮着灯，只有一个干部模样的人守着电话发呆。走廊里一排箱子，乱糟糟地堆着防护服和救援工具，都沾满了泥。

李贝贝和那干部倒熟，说有重要线索。干部却先扫了一眼胡莘瓯："嗯，这个更熟。"但看了胡学践发来的照片，他又作难，"没拍清周围地貌，无法定位呀。"

胡学践诚然缺乏野外求救的经验。干部又指指窗外："再说你看这天……"

这时李贝贝就不讨论"权力"和"找事儿"的辩证法了，抓住干部的袖子摇元宵："大小也是条性命呀。"

胡莘瓯却连话都说不出来。干部问："那是你爸？"他点头。干部又问："走前也没跟你说要来这旮？"他摇头。干部还问："你俩是不是闹别扭了，你把你爸气跑了？"他点头又摇头。他只怕一开口就哇地哭出来，更怕一哭出来就刹不住了。而干部说，你要继续保持情绪稳定；还说他会将情况报送上级，等待指示。说着说着，却又警惕地瞟了瞟胡莘瓯："这都是按规定来……你不会在网上胡说八道吧？"

又作色："造谣传谣可是要负责任的。"

过气顶流也是顶流，这就叫瘦死的骆驼比马大。而胡莘瓯和李贝贝就蒙。还是李贝贝先回过神来，她气鼓鼓的，"蝴蝶"都胀成了立体的——偏这时，门外又进来一人，是个黑脸大汉，跟张飞似的，头上缠着纱布，手里举着手机。这人也向干部展示了一张照片。又都凑头去看，却见到了胡莘瓯收到的照片的全景版：空地还是空地，土包还是土包，但拍到了更大一片密林，四面还有山和路的轮廓。张飞又将照片放大，重新扒拉到那几座坟，就见一个又瘦又长的人影躺在地上，靠着个小小的土包，不知活着还是死了。

那就是胡学践了。没等干部再问，胡莘瓯又点头，一边点头，一边就甩下泪来。干部又转向张飞："你的照片是哪儿来的？"

张飞说："同事发的。"

干部说："你的同事又进山了？怎么没填表报备——"

张飞翻白眼儿："填，填，填你'滴'个'滴'。我们又不归你们管。"

干部也翻："那你找我干吗？"

张飞道："进山找人呀。"

干部道："靠你同事不得了吗，他不是能耐吗？"

张飞道："他就一人去的，他也是个废物……收到照片，我给他打电话，也关机了，我就担心他再出事儿……总之得快着点儿。"

干部却摊手："快也有个时间呀，救援队已经人困马乏，重新集结也得……"

张飞道："不必兴师动众，山里跑熟了，我认识地方。你调俩帮手，再给辆车就行。"

干部又摊手："你把我当谁了？我没这个权限。"

张飞急了："那你是干吗吃的？"

干部还没说话，那边李贝贝却说话了。说也不对人说，而是对着手机说。她将镜头对准胡莘瓯："各位家人们好，我是熏酱西施，好久不见。今天不播猪尾巴了，播个别的。这人认识吧？前阵老火了，他爸……"

干部登时警觉，上去抢李贝贝手机："别播，别播——"

张飞却明白了谁和他同仇敌忾，支棱着膀子打起掩护来。干部和李贝贝有如曹操追赵云，胡莘瓯则像阿斗一样悲哀而懵懂，众人上演了一出当阳长坂。张飞暴喝：“救又不救，撤又不撤，是何道理？”

李贝贝还对着手机说：“我们就在抢险指挥部……”

无奈之下，干部就一跺脚：“我又没说不去，我跟你们去，行了吧？”

李贝贝对胡莘瓯飞了个眼风，这才把手机转向干部——那上面却没有直播间，只有一幅屏保：“我还能真讹你？不过说话得算数。”

干部心知中计，也只得打电话，说有紧急情况，他先带队上山了。电话那头说：“就你？”干部说：“那咋办？时不我待，万一人再被泥石流冲走就坏了。”电话那头说：“要不你先填个表？”干部眨眨眼，暴喝：“填，填，填你‘滴’个‘滴’。”

一发豪壮起来，这就是“滴”的效用。开抽屉，拎出车钥匙扔给张飞，一支临时拼凑的救援队就出发了。车是越野车，颠得屁股疼，但约莫一个多小时开进山区，就显出了优势——路况极差，这车仍然吼叫着，在泥浆和沟壑中挺进，只是颠得屁股更疼。过了两个岗哨，就到了受灾地点，车终于再上不去。不光路被截断，头顶那座主峰都像皮肉剥落，露出嶙峋的骨头来。只能弃车步行，张飞分发了拐杖和应急灯等物，众人像被五岁的胡莘瓯撒尿滋过的蚂蚁，逆着蚁穴崩塌的方向爬行。

坐车时因为路险，不敢说话，这才边走边聊。胡莘瓯对张飞说：“我见过你二哥，他送我下山，你送我上山，谢谢你们。”没头没尾，张飞哭笑不得，说我也在网上见过你，你跟你爸都神神道道的。又说你爸要找的人也神神道道的，你们神神道道到一块儿了。神神道道的人都有一种古怪的说服力，张飞并不责怪胡学践的跟踪骚扰；而之所以答应了他的要求，又和“数字堡垒”有关——

那时张飞问：“这东西你怎么认得？”

胡学践说：“我定下的攒机方案……但不知道它有什么用。”

张飞一拍大腿：“如果没它，就没我们的水电站。”

胡学践目瞪口呆。而张飞解释起来，专业性就差点儿意思了，反而需要胡学践用黑话术语加以提示。这又说到胡学践的网友，“老神”或老申——那人家在何方不知道，早年间干什么的也不知道，一把年纪才到水电建筑公司应聘了软件技术员。工作倒很轻松，如今施工都有电脑参与，设备生产方提供了软件，他负责安装运行，有问题上报就行。但渐渐地，就看出了他这技术员不一般：对于一些运行不畅的软件，总和上面派下来的工程师探讨，并试图给人家提出解决方案。一开始人家还看不起他，没想到一过招，就发现他的道行深了，说得正在点儿上。大家就不管老申叫技术员了，改称工程师。那些真正的工程师也纳闷，说您这水平，去个“大厂”都没问题，怎么就钻了山沟呀。老申不答。

老申更加令人刮目相看，则是有一次他越过工程师，直接联系软件设计院，提出了对水电站机械模拟系统的改进方案。

那套系统是施工软件的灵魂，以前靠进口，近些年才有了国产的。说白了是在整套机械设备安装竣工之前，先上电脑演练一遍，提前发现可能存在的问题，跟军事上的兵棋推演差不多。它的难度在于要将机械设备的参数和地形、水文、风向、温度乃至土壤条件结合起来，进行庞大的运算，而国产软件刚起步，效果不理想。老申声称他开发了一种新的算法，能够因地制宜，随时调整变量，大大提高精确度。

刚开始也没人搭理他。后来还是通过施工队联系公司领导，把他引荐给了设计院的一位副院长。俩人在网上联系几次，副院长就跑到工地来找老申了。那时工地还在西北，张飞去机场接的人，发现是个梳分头的小伙子，连顶都没秃。这也叫专家？张飞不免认为老申受到了轻视，而老申说，干这行的早就没我这个岁数的啦。

俩人各持一台电脑，坐而论道，在张飞看来，又像两个年龄组的棋手对弈。一说就说了一夜，老申阴着个脸，连送过去的早饭都没吃。张飞又以为，那就是被人否了。他认为应该多给老申俩牛肉火烧。

这时副院长却问："您什么时候接触的编程？"

老申说："上个世纪，一直都在自学。"

副院长说怪不得，又总结道："您的方案和主流思路不一样，的确有效，就是太'妖'。'妖'还不是软件层面的，而是对硬件的要求。哪怕按您的想法做出这么一套系统，目前也没有电脑能顺畅地跑下来呀。"

老申说："那就生产电脑呗。"

副院长说："可我们是软件设计院，又不是硬件公司。再说白了吧，您这个系统的应用范围太窄，仅限于水电站，电脑厂家为它专门设计一种处理器的投入产出比太低，积极性肯定谈不上——其实是个效益问题。"

老申就蒙。连张飞也听明白了，插嘴："可我们的工期不就耽误了吗？”

副院长摊摊手：“您是过来人，听说以前就没什么量产机，电脑都靠 DIY。小作坊生产也有好处，对于某些极其特殊的需求，总有人不计成本，非把机器攒出来不可。那不符合商业思维，纯属较劲……可惜这门手艺得算‘非遗’了。”

老申就哦，送走了副院长。本以为这事儿就过去了，可他转眼把自己关在机房里，噼里啪啦开了。一开始，张飞以为这人轴劲儿上来了，不信专家的劝告，非要把自己的算法加入模拟系统，强行上马。可给他送饭时，却发现电脑上没有代码，变成了一个幼稚的电子游戏——小球儿落进黑盒子，像便秘一样半天出不来。每当玩儿起这个游戏，工地那台处理器都会严重超载，连电压也不稳了。

身为后勤人员，张飞警告他：“你可别给玩儿坏了。”

老申却拍拍手：“不玩儿了。我把改进的系统加密在这个游戏里了，能运行这个游戏的电脑，也能运行系统。后面就不是我的事儿了。”

张飞就明白，老申自己做不出那台特殊的电脑，却要找人攒机。而之所以将系统改头换面，是因为这种中小型水电站虽不属于保密项目，但公司也有相关规定，最好别给帮忙的人造成不必要的麻烦。老申让张飞放心，他加的密得军事级别的专家才能解开。张飞自然信得过，不过又问：“真有人愿意揽这活儿？”

“不知道。”老申说，“我也犹豫，就算有那么个人，也不好意思麻烦人家呀。”

在处朋友这方面，张飞很有开导老申的资格：“你得这么想，什么叫哥们儿呀，有忙不让人帮，不反而见外了吗？”

老申猝然点头:“反正没他，我也不在这儿。”

这话张飞就不懂了。此后，施工队又迁徙了几个地方，老申时不常地给他开张单子，自己掏钱让他采买一些元件。张飞每次都问，那人把电脑攒出来了吗？老申说还没，这不是个一蹴而就的事儿，但阶段性成果他也要同步复制，以便共同探讨。就这么迎来了那三年里最紧张的时期，老申还会隔三岔五地收到包裹，里边都是吃的用的。张飞说:“你朋友寄的？那人还挺够哥们儿。”破防无规律，随口一句话，就让老申落下泪来。哭也没个哭相，跑到山上，对着未竣工的水电站嗷嗷乱叫。

张飞陪着，听他嗷嗷。老申喊:“我对不起你呀——”

张飞说:“有什么过节儿，说开了呗。”

老申喊:“说不开呀，他还有个孩子哪——”

张飞又不懂了，但也不多问。老申呢，把一腔情绪抛进山谷，转眼面如死灰，又回去噼里啪啦了。要不说神神道道呢。而等到那三年结束，山里的队伍也集体发过烧，老申突然交给张飞一张单子，上面写了“数字堡垒”几个字，说这是要买的最后一批元件了。既然有了名号，张飞就问:“成了？”

老申说:“成了。”

作为见证者，此事张飞接连复述了两遍，先对胡学践，后对胡莘瓯。那支救援队继续往山的深处去，路越来越难走，许多地方只能取道陡峭的小径。这时就分出了高下:张飞自不必说，在前开道；胡莘瓯却出人意料地稳健，还能对李贝贝施以援手——他毕竟在岛上差点儿死过，有经验了；拖后腿的倒是那位干部，连滚带爬，如同掉进了芝麻酱缸，浑身上下没一块干净地方。

李贝贝嘴不饶人："你咋还不如个娘们儿？"

干部哭丧着脸："我又不是负责抢险的，我是负责舆情的。"

舆情甚于泥石流，所以人家能休息他却不能，结果一时上头，跟了过来。而既然上头，仍保持着豪迈的气魄："不抛弃，不放弃，目标就在前方——"

"目标还远着呢。"张飞"滴"了一声，"你也放心，不会抛弃你。"

行进速度当然慢了下来。不过张飞让胡莘瓯放心，他老到林子里采蘑菇给兄弟们打牙祭，所以一看到老申发来的照片就知道大概位置，不必担心迷路。怕的只是再碰上地质灾害，那就让山给包了饺子了。说得众人愈发没底，仿佛一步走错都能把山踩漏了似的。又听到隐隐的轰鸣之声，浩大而压抑，像从地下喷薄出来的。

张飞突然大手一挥。胡莘瓯往外一看，才发觉已经爬了这么高，云都蒙在脸上了。循着对方手指的方向往下望，又见一条宽阔的河流从对面山后绕过来，在滩涂上拐了个弯。正是涨水的季节，河水似乎正在肉眼可见地膨胀，却被引入到另一座山里去——那儿开了个深洞，比一般的隧道宽了几倍，如同山在打哈欠，将巨大的水量吞进吐出。隧道附近还有厂房，不过被冲垮了一角，像被咬过的饼。

张飞道："那就是水电站了，也是使用老申的系统调试的第一个机组。确实比以前精确，大大节省了返工时间。但主体刚安装完毕就遇到了泥石流——其实风险早有预估，不过没想到来得这么快，防护堤还没竣工呢。好容易建起来，怎么能这么毁了？兄弟们拼了，工程机械不够用就扛着沙袋堵上去。好在驻军也来得快，总算没决堤，这不大洞还在嘛，里面的机械也保护下来了。今年就能按计划发电，到时附近几个城市都能用上，也不必接着再挖那些早掏空了的矿了……”

细看之下，滩涂上果然移动着一些墨绿的小虫子，大约是赶来保卫水电站的部队工程车。不仅胡莘瓯，李贝贝也停住脚，望着水电站发了发呆。或许她也想起了她爸。而至此，胡莘瓯才知道了“数字堡垒”是干什么用的。他只是无法想象他爸得知真相时的滋味——如梦方醒还是犹在梦中？

他刚走了下神，张飞又指山对面：“看见没有？就在那儿了。”

对面还是一山，隔着水电站所在的山谷，与他们遥遥相对。胡莘瓯就纳闷：“怎么跑反了？就算要躲泥石流，我爸也应该原路往回——”

“还不是因为老申。”张飞就咳，继续道，“其实这里有两条路，咱们来的是大路，对面还有一条小路，通向山区的另一边，我们住长了倒都熟悉。那天我把你爸带到水电站，让他先在办公室歇着，又给老申打电话，说你猜我碰见谁了？攒机高手。你爸拦着不让说，我说你还想玩儿意外惊喜哪。结果等了好久，老申也没露面，我又去他宿舍找，碰到一个领导，说他有急事早走了，连行李都扛走了，而且不走大路，偏走小路。他这么多年没请过假，领导都不好意思不批。我只好再回去告诉你爸，你爸就急了，死活要问老申的去向，还说我们用过他攒的电脑，吃过他寄的东西，不准隐瞒。我被他磨不过，只好说了，你爸又自己追过去……原以为大白天的也不会有危险，结果来了泥石流。”

胡莘瓯又问：“老申不想见我爸？那他怎么还给你发了照片呢？”

张飞胡噜豹头："你听我说呀。那时我们只好先抢险，别的也顾不上了，等部队开进来，大家撤到城里，却在那儿碰到了老申。他本来从小路出了山，都要在邻县上车了，听说遭了灾，又火急火燎赶到指挥部打探情况，正好碰上清点人头。他问我，找他那人在哪儿？我说追你去了呀——这才反应过来，还少了个人哪。我赶紧去汇报，没想到一扭脸，老申也不见了，直到收到照片，才知道他没跟人打招呼，又摸回山里去了……一会儿躲，一会儿找，说实话，我是真搞不懂这俩人。"

望山跑死马，从这座山上下去，穿越水电站，又爬上对面那座山，阴沉的天已近黄昏。大家累得人仰马翻，好在经过滩涂时，驻守的部队给他们提供了补给。人家说你们疯了，险情还没排除呢，这时干部却上了意义："群众在看着我们哪。"

如此豪壮，对方不能阻拦。而当终于接近老申照片上显示的那块区域，不仅胡莘瓯，就连张飞都倒吸一口凉气——这才是受灾最严重的地方，只不过离水电站远，一时还没人关注罢了。山的一面还有个山样儿，另一面却哪里是山，像个化掉的巧克力冰激凌。在张飞说的那条小路旁，他们还看见一个被淹没的村庄，屋子被泥浆摧枯拉朽，倒了一地，别说人了，连狗都没见一条。张飞说好险，幸亏建水电站之前已经搬迁了。而他再次对比照片，仔细观摩着山的形状和已不存在的路的角度，叹口气道：找找吧。

有句话他没明说：找人也就是找坟，假如再来一场泥石流，旧坟装了新人，也算重复利用。把村庄废墟的外围走了一遍，一无所获，他们又分散开来，往更远的地方摸索。之所以不搭伴，是为了提高效率。找着找着，天彻底黑了，众人打开应急灯，互相倒能看见。为了壮胆，通信基本靠吼，张飞的粗嗓子、李贝贝的哑嗓子、干部的尖嗓子，外加胡莘瓯那条哭嗓子此起彼伏，叫魂一般回荡在山间。

吼了几声，把胡莘瓯仅存的体力都吼没了。不久，更大的打击出现了：在一片树林边缘，他还真找到一碑，只留个顶儿，大半截插在土里。此处八成就是坟地了，然而拿灯四下照了几个来回，活人死人都没有，就连土包都没有。泥石流掩埋了一切，许多两人合抱的树都被连根拔起。而这就是结果了？胡莘瓯跪在已经开始板结的泥地上，筛糠一般哆嗦起来。他想呜咽两声，却又不敢发出声来，因为别人一旦听到，也就宣布这场寻找以失败告终。半天过去，他才咬了咬牙，顺着泥石流来的方向，又往树林深处走去。他还撅了根树枝，看到泥地里哪儿有凸起就捅上几下。这时他想的是，就算他爸被埋了，卷走了，他也要知道埋在哪儿了，卷到哪儿去了。这就叫活要见人，死要见尸。他咬着牙，娃娃脸有生以来第一次见了棱角，神色也变得蛮横。他在确定自己是否成了孤儿。

而这史无前例的硬汉形象只保持了几分钟。下一个瞬间，他又变成了一只翻滚坠落的糯米团子，黑棋子闪着七零八落的光。他没发现一个陡坡，一脚踩空了。陡坡下面是什么？悬崖？岩石？河水？惨烈的答案即将揭晓。这种时候，人总要叫上两声，通常都叫妈，而他没妈可叫，所以他叫的是：

“爸——”

35 “我不怪你”

胡莘瓯又看见了坟。千年虫来了，时空又错乱——

那坟如此清晰，静立在一个盛大的夏天里。他还想起，曾经有双眼睛送他前行，他沐浴在那目光下，蹒跚而昂扬，摔个大马趴也无所谓——然而一转眼，眼睛不见了，只剩了杨树陌生的眼睛。又有一双手抚了抚他的脑袋，让他向坟鞠躬，并有人为他示范鞠躬。他不认得碑上的字，想问这是谁呀。

那人懂了他的心思，说，赵美娟。

他就“哦”，赵美娟。又听头顶一声抽泣，那人仰面号啕，硕大的喉结一蹿一蹿，但干打雷不下雨，这就叫欲哭无泪。此时胡莘瓯才发现，自己比五岁还小，即便有人领哭，却连有样学样都不会。在杨树的眼睛的注视下，他只是怕，怕极了。

他默默求助：别光顾自己哭哇，您也管管我。

话在嘴边，眼前一黑，明亮的树林消失了。而怕烙在了心里，怕比所怕之物更可怕。他也明白为什么会怕千年虫了：时光倒流，将会把他送回到坟前，那里是怕的发源地。眼睛们也是从那时缠上他的，最早是杨树的眼睛，后来又变成了手机里的眼睛。

所以他是多么寄希望于他爸捉住千年虫。他又叫:“爸 ——”

他听见有人说:“儿子 ——”

胡莘瓯睁眼:天晴了,明月满山,而他仍在坟前。坟却不是那座坟了,甚而不能称之为坟 —— 无非一个土包,像在地上扣了口锅。坟前也没碑,旁边几座倒有,全都完好无损,泥石流没来这儿。借着月光,他看见了他爸那张干瘦的长脸。他爸像只全须全尾的大蚂蚱,正在头顶欢快地蹦跶,仿佛能食草饮露,在这荒山野岭保持精力旺盛。当然,那就高估胡学践了,当胡莘瓯扭头,又在不远处的一棵树下看见了吃剩下的食品包装袋。他躺在一条粗毛毯子上,而他爸撅着屁股,正把他往树下倒拽过去。

他想动弹,屁股生疼。上次在岛上扭了腿,这次负伤的部位又提高了一些。他爸说:“别费劲了,你就是没事儿,咱们也出不去。”

胡莘瓯往高处望。此处是个山沟,地势陡峭,位于树林边那片被掩埋的坟地下方。天变成了不规则的一个窄条,还被树影分割。他鼓起劲儿来吼了两嗓子,想呼唤张飞、李贝贝和干部,他爸又道:“刚才有人喊你,离得太远,我喊回去又没声儿了。”

再替上面那几位考虑,大约找也找了,计无可施,只好又去水电站找补给,或者返回城里叫救援了。只是失踪人口又赔进去一个。而他爸把他放在那棵茂密的、大致能遮风挡雨的树下,这才将干瘦的长脸靠近了他的娃娃脸,脸和脸颠倒着,盯着他,只是看。看了许久,面无表情:“儿子,你来找我啦。”

胡莘瓯说:“爸,是您把我叫来的。”

他爸说:“我对不起 ……”

“您就甭客气了。”胡莘瓯忍着浑身的疼,甩出三根手指:说说吧。

他爸也甩出三根既瘦且长且干枯的手指：说什么？

父子俩的暗号恢复如初。胡莘瓯还想提醒他爸，他离家出走，遇到了许多人、揭开了许多谜，见识了世界有多大才辗转来到这里——所有一切，图什么呀？原来我就想听您说说。这时他却感谢起千年虫来：恰因时空错乱，他才意识到他这台电脑的出厂设置少了一些数据。所以说说吧，帮我补全记忆的拼图。

他爸半晌回答："原来不说，是不想让你怕。"

嗯，爸就该让儿子不怕。而胡莘瓯道："现在我不怕了。"

夜深下去，风也起来了，吹得树影摇晃，树里再没有眼睛。天上的星斗被擦亮，仿佛早已洞悉了命定的一切。他爸和他并排躺下，望了会儿月下那座不是坟的坟，以人工智能般的语调说了起来。他爸就像讲了个别人的故事。

他叫胡学践，她叫赵美娟，他们在北京一家铸件厂上班。铸件厂位于城市北部，原属一个大型钢铁集团，临近世纪之交，引入外资合股，仍以生产重型部件为主。胡学践是技术员，会开龙门吊和塔吊，赵美娟是厂办幼儿园老师兼工会文艺积极分子。

胡学践手巧，除了操纵起重机械，车工钳工电工样样通。不光能做门窗合页、烟灰缸、瓶起子、不锈钢茶杯……连收音机都不必买。还曾自制天线大锅，接收凤凰卫视，后因无照转播被有关部门叫停。因为这个特点，幼儿园有零碎活儿都找他，工会演节目的道具也由他包办，他和赵美娟一回生二回熟。俩人又都是北京的，年龄相仿，别人就把他们当成同一型号的螺栓和螺母，进而生出不耐烦来：别闲着啦。

俩人都认为对方不错。赵美娟搁厂里算漂亮的，脸带尖儿，比较强势，而胡学践性子软糯，就爱让人管着。婚房分下来就把事儿办了，又没两年，孩子也有了，娃娃脸像个糯米团子。渐渐长大，没到岁数就送了幼儿园，反正都是赵美娟带着。下班把别的孩子送走，赵美娟就领他去找胡学践。孩子走路不太顺溜，她让他在甬道上锻炼人类基本技能。昂扬而蹒跚，摔个大马趴也不怕，一扒拉就起来了。

来到龙门吊或塔吊底下，胡学践迎上来：“儿子 ——”

孩子喊：“爸 ——”

那时胡学践话多，抱着孩子嘴不停。赵美娟话也多，父子俩任其数落。而有一天，没见到胡学践。班组任务繁重，需要加班作业。一条甬道空着，也没车也没人，正好让孩子疯跑。赵美娟在后面打气：

“别怕，我看着你哪。”

这时孩子脚一软，连地也震了一震。再一回头，赵美娟没了。身后不远处多了一块钢锭，小屋子似的，水泥甬道被压出了蛛网状的裂纹。孩子茫然找妈，就见地上的蛛网变红了，血从钢锭下渗出，沿着裂纹的走势扩散、联结、分离。

后来调查事故责任，因为要给某个铸造车间运送充当基座的钢锭，塔吊作业范围内的人员本已清空，不过赵美娟是后来的，就没听见通知。而钢锭没运到指定地点就提前脱落，则有两种可能：一是机械故障，二是操作失误。两方面又继续查，首先排除了前者，钢锭重达数十吨，如果问题出在固定装置，肯定会留下断裂痕迹，而缆绳和锁扣都完好无损；那么再考虑人的因素，此次施工的塔吊是欧洲进口的数控产品，每个指令都会在电脑上留存，经过调取数据，也没发现按错了哪个键的证据。

对了，开塔吊的就是胡学践。新装备先让他学习上手，还参加过总公司的培训。责任虽然洗脱，但事实是，他把他老婆砸没了。所以当邻居看见胡学践蹬着板车，驮着孩子离开厂里，也知道他不走不行。伤心地呀。

一家剧团缺美工，工会推荐他调了过去。对于手巧的人，这都称不上转行。此后再没回过厂子，但他忙着一件事。

以前的调查没结果，本来胡学践还想开辟第三个方向——数控塔吊的软件是否出了问题？就好比人的胳膊腿都没毛病，但精神错乱，结果在不该撒手时撒了手。然而按照他的思路，再查下去却难了。临近世纪之交，数控设备大量靠进口，系统软件也是国外厂商配套提供的，让人家自查信不过，自己查又没那个能力。再加上正是大干快上的时候，又有领导指示，得注意维护和供货商的关系。

就有人做胡学践的工作："向前看吧。"

但胡学践没法儿向前看。作为世纪之交的一代工人，他懂技术，并相信暂时不懂也能学。从厂里离开时，他拷贝了塔吊的软件磁盘，搬家的路上又买了一台电脑。用的是赵美娟的抚恤金，以她的身份，换来的配置有限，但Intel 486差不多也够了。胡学践开始自学编程，寻找系统的漏洞，以证实自己的猜测。然而干起来却更难了——他面前展开的不仅是一门学问，而是一个世界。手巧有什么用？以他的脑子连0和1这俩数字都算不清楚。工人改造世界，但工人胡学践第一次感到了面对世界无能为力。

偏这时，又有一件怪事发生在孩子身上。孩子天真懵懂，可太天真太懵懂了，新邻居逗他："你叫什么？"

孩子说:“胡莘瓯。”

人家问:“谁的儿子呀?”

孩子说:“胡学践。”

人家又问:“你妈叫什么?”

孩子说:“不知道。”

此时胡莘瓯都快上幼儿园中班了，以前在厂里面对类似问题，他明明会响亮地回答:赵美娟。这才搬了家，扭脸就忘了妈，不是白眼儿狼是什么? 胡学践不能接受，郑重向胡莘瓯强调:“你妈叫赵美娟。”

胡莘瓯嗯哪:“赵美娟。”

下次人又问:“你妈叫什么?”

糯米团子一片懵懂，黑棋子闪着无辜的光:“我忘了。”

红楼里传言四起，有说妈生下孩子就跑了的，还有说孩子是胡学践捡来的。加上自学编程进展缓慢，胡学践正在烦躁，就对孩子发起狠来——妈叫什么? 忘了打一巴掌。妈叫什么? 再忘了再打一巴掌。孩子哇哇哭，胡学践又心疼，一把抱住:“你妈叫赵美娟，忘了谁也不能忘了她呀。”

胡莘瓯重复:“赵美娟。”

隔一会儿，胡学践又问:“你妈叫什么?”

胡莘瓯给了自己一巴掌:“我忘了。”

为了让胡莘瓯记住赵美娟，胡学践还带他去扫墓，进行实地教育。赵美娟埋在京郊农村的老家附近，其实也没可埋的了，坟里只有生前用过的几样东西，算个衣冠冢。又因为她是被胡学践砸没了的，岳父岳母早不见面，去也只能偷着去。杨树林里，胡学践领哭，胡莘瓯努力跟随，但号不到两嗓子就没知觉了，好不容易拍醒，嘴里只是说怕，筛糠似的发抖。到了这个地步，胡学践才想起带孩子去医院看看。跑了几个地方，总算有医生说到点儿上，反问胡学践，孩子是否有过什么惨痛的经历？胡学践点头。医生又问，有多惨痛？胡学践摇头，没法儿说。医生说，那就是他不想记得，也是创伤反应的一种，属于人的自我保护机制；你们家孩子又比较特殊，只把和妈有关的一切忘了，对心智倒没影响。

胡学践举一反三："就像电脑删了文件，但系统没变？"

医生说："可以这么理解。"

胡学践又问："以后呢？能不能再——"

医生说："他有这种机能，其实是一种幸运，否则很可能引发更严重的心理问题，那就把孩子毁了。至于他日后能不能想起妈，您又该在什么时候启发他想起妈，那得视他长大以后的精神状况而定。以后的事儿只能以后再说，先向前看吧。"

胡学践后怕，出了一头冷汗，自此同意胡莘瓯向前看。他检讨：自己不能忘记赵美娟，何必把重负也压在儿子身上？这就是自私。当着儿子，他再不提赵美娟，连亲戚也断了往来，为的是营造一个没有妈的环境，让胡莘瓯舒坦一天是一天。

及至胡莘瓯渐渐长大，又受到马大合往人脸上抹屎的感召，也问过胡学践："怎么人都有妈，就我没妈？"

胡学践说："有是有，不过她又出远门了。"

胡莘瓯说："不要咱们了？"

"可以这么理解。"胡学践敷衍，"她有事儿。"

胡莘瓯嗯哪，对这个回答很满足，并不问妈姓甚名谁。而到再大些，又问：“怎么还没回来？”

“不回来了。”胡学践脸上一暗，“也不赖她，我把她气跑了。”

胡莘瓯倒安慰他爸：“我不还有你吗！”

出乎意料地好对付，你永远不必担心惊醒一个自我催眠的人。而向后看的事儿，还是交给胡学践自己。这时他的调查仍没停，并走上了一条新路：网上有高人，他不懂的总有人懂，经过在论坛上潜伏、观察、交流，果然遇到一个叫“老神”的，他认为可堪大任。“老神”曾和他联手抵抗千年虫，一个擅长软件，一个负责硬件，优势互补，更难得的是，俩人还很说得来，大有抱团取暖的意思。

开始人家没答应。他一急，就把赵美娟和儿子的事儿在电子邮件里告诉了对方——闷了那么久，胡学践也需要有人说说。

“老神”许久没答复。胡学践后悔不迭：难不成错把网友当家人了？而在网上，谁也不知道谁是一条狗。但这时，“老神”又发来了两行代码，让他提供给第三方检测机构。胡学践照办，此举不仅让多年前那场事故有了定论，还牵出了背后的隐情。当初从欧洲进口设备，是通过领导亲戚在香港办的公司，为了多吃差价，中间商只订购机械，没订购软件，找了一伙黑客破译系统，拿盗版顶替了正版。盗版和正版使起来差不多，但有一个 Bug 没来得及升级修复，就此埋下隐患，谁想在赵美娟头上发作了。

上面把主导项目的领导处理了，可惜没找到香港那伙人——都是皮包公司，早跑路了。赵美娟出事时，胡莘瓯刚三岁，至此过去了一年有余。厂子又联系胡学践，请他回去上班，胡学践表示算了。

“我对得起自己就行了。”他说，“告诉你们，只是担心害了别人。”

这时他已经变成了此后二十多年的模样：坐在电脑前不舍昼夜，噼里啪啦。他是中国第一代网瘾患者，在另一个世界里出溜得越来越深，也越来越感到这一个世界不值得回头。赵美娟没了，他在这个世界可以说没有家。唯一牵挂的是儿子，但儿子也忘了妈，转而黏上了楼下新搬来的一对母女。女孩叫李蓓蓓，像个小大人，很会照顾胡莘瓯，正好顶替了他这个不耐烦的爸。而胡学践没想到，他和李蓓蓓她妈还有一些瓜葛。

俩人是什么时候开始眉来眼去的？或者说，他们有没有过眉来眼去？反正胡学践最早没敢想太多。那是个美人，眼高，夜生活也过于丰富，跟他不是一类人。但偶尔见面，他会觉得选调演员的眼睛像锥子似的扎向自己，再回到电脑前，连噼里啪啦的手都乱了。夜里，一楼水房还会传来歌声，胸腔发音，让他的心嗵嗵乱跳。

此事他也和人讨论过。对象还是“老神”，网友倒比真人近。说了许多中年维特之烦恼，“老神”打断他：这种事情，我也没经验。

可以想见，“老神”比他还宅。但胡学践的倾诉欲上来了，“老神”也只好听着。间或还得做出评论，以表示关心朋友。

诸如：女人的算法太复杂，你的 CPU 跟不上。

再诸如：还得考虑硬件是否匹配，这个你比我懂。

还诸如：外挂也是个问题，对了，你儿子现在什么情况？

除了胡学践，“老神”还很关心他的儿子。要不说是哥们儿呢。而提到胡莘瓯，算是歪打误撞说到了点儿上。胡学践反省自己昏了头——那不是他一个人的事儿。从此刻意躲着选调演员，连人家的电蛐蛐号码都没要。而他没想到，美工组的老马又来找他了。

老马的风格是开门见山：“说细节，说重点。”

胡学践深感冤枉——无非是小黑板和肉包子，邻里互助，这不过分吧？老马听了也挠头：“可人家怎么当真了？团里有人张罗给她介绍对象，条件都很好，还是领导干部，没想到她不答应。问急了，只说跟你好上了。”

胡学践就蒙。当老马坏笑着离开，他决定去找选调演员说一说。说时是在一楼水房，胡学践像条影子飘下台阶，迎面撞上一团美艳不可方物的光。红楼里没有噼里啪啦和胸腔发音，俩人在寂静中隔门相望。

片刻，李蓓蓓她妈说：“孩子睡了？”

胡学践“嗯哪”，又道：“我是个老派人，您可不敢乱说呀。”

李蓓蓓她妈道：“我不说你也不来。那你说说呗。”

这个选调演员不一般。胡学践支吾起来：“我有什么好说的，我连想都……”

“那还是想过。”李蓓蓓她妈满意地笑了笑，拿起一面小镜子，照着尚未卸妆的脸，“我这个模样，从小被宠坏了，愿意跟谁在一起，就非要跟谁在一起——否则也不会有李蓓蓓。过去看错了人，那不提了，就说咱俩吧。我这人也不爱兜圈子，太累，我觉得你人好，我也喜欢你儿子，我就等你一句话。”

胡学践说：“可——”

李蓓蓓她妈说：“你是担心我女儿？她也喜欢你儿子。”

胡学践又说：“可——”

李蓓蓓她妈又说：“你看不惯我过夜生活？其实我也不是不过就不能活。”

胡学践终于说完：“可我不能。”

然后脱口而出，说了赵美娟和胡莘瓯的事儿。比之跟“老神”，这次倾诉的心境又有不同：像犯下了滔天大罪，罪名是辜负了美。但他仍说，他忘不了赵美娟，并且还有一个现实而未知的障碍，就是胡莘瓯。如果有一天，胡莘瓯想起和妈有关的一切，那可怎么办？按照医生的说法，如果长大了才想起来还好，毕竟心智已经成熟；但如果想起来早了，无法承受创痛的再度打击，可能就毁了——假如胡莘瓯疯了傻了痴呆了，六亲不认了大小便都不能自理了，那时只有他能管着这孩子，而他不想拖累李蓓蓓母女。动过心就是情分，别害人。

说完不动，听候美人发落。李蓓蓓她妈娉婷地迎上前来，一笑：“我说跟你好上，是拿你当挡箭牌。我过不了寻常日子，还想上电视呢——你懂？”

胡学践点头。李蓓蓓她妈反手抽了他一个嘴巴：“不管怎么说，我在男人面前没跌过份，这事儿算你欠我的——你懂？”

说完转身回去，自顾自卸妆，半晌抬起一张湿脸：“懂了怎么还不走？”

胡学践又像条影子，飘回红楼四层去。不久就听胡莘瓯说，李蓓蓓要回南方了。走前他说他爱李蓓蓓，胡学践给了他一个“伊妹儿”。给完也后悔：如果胡莘瓯和那对母女保持联系，美人嘴快，会不会提前透露了赵美娟的事儿？但又一转念，自己还是心太重：小孩儿说爱，当不得真，一个连妈都能忘的孩子，又会记得谁？果不其然，胡莘瓯刚开始还查看“伊妹儿”，巴巴儿地等待李蓓蓓给他写信，后来渐渐就不提了。

胡学践留在另一个世界，跟儿子话也越来越少了。这倒不奇怪，世上父子大凡如此。好在还有个交心人，是“老神”。网上聊了这么多年，“老神”从来不说他自己，却爱听胡学践和胡莘瓯爷儿俩的破事儿，胡学践理解，大约是寂寞所致吧。一个有听的需要，一个有说的愿望，像软硬件一样互补。胡学践还建议：“干脆给你开个直播得了。”“老神”说：“咱们是移动互联以前的网友，更要警惕见光死。”

有一次，“老神”问胡学践，你打算什么时候把那事儿告诉儿子？那事儿就是赵美娟的事儿。虽然胡莘瓯早已长成一米八几的傻大个儿，胡学践却说：“再等等吧，我儿子心智成熟得晚……北京孩子都这样。”“老神”便说：“你这是拖。”胡学践也承认，就算澄清了责任，但老觉得自己造了孽，没脸说。

不想“老神”蹦出一句：还有人真造过孽呢，你比那种人强多了。

鬼使神差，胡学践察觉到了什么，问：怎么着，想说说自己？为了营造轻松的氛围，他又打了几个哈哈的表情。

老神也哈哈：你猜呢？

胡学践说：你要造过孽，必定是个黑客。

“老神”不语，许久又问：造过孽又洗刷不掉，怎么办？

胡学践说：犯了法就自首呗，公家说了算。

“老神”说：可过了追溯期，人家还说，我也是被人利用。

胡学践如遭雷击：但你心里过不去？

“老神”说：跟你一样。多少年了，没睡过整觉。

轮到胡学践许久不语。半晌，他终于抬手，噼里啪啦：你要有心，用你的能耐再做点儿对别人好的事儿，就算把债还上了。

“老神”说：还不还得上，别人说了不算……

胡学践道：我说的。

上述对话发生时，正值“海角论坛”将要下线。而过了不久，“老神”通过微信告诉胡学践，他去山里建水电站了。又不久，胡学践下楼，和四舅一起去了郊外，算是给赵美娟上了回坟，贡品是一张早已淘汰的3.5英寸软盘，里面储存了两行代码，正是“老神”当年从塔吊操作软件里捉到的Bug。那种塔吊都被国产型号替代了。又过了些日子，“老神”向胡学践求援，攒机的计划提上了日程，定名“数字堡垒”。再到全北京都发烧，家里来了个李贝贝，胡学践这才发现，胡莘瓯到底没忘了李蓓蓓。而那个问题又冒了出来：到底告不告诉他？儿子已经是大人了。

胡学践本想循序渐进，从李贝贝的长相说起——倒不是蝴蝶，而是脸上带尖儿。可还没说到赵美娟，“老神”却消失了，接着胡莘瓯也跑了。

更没想到，到东北小城来找李贝贝，却意外地发现了“老神”的踪迹。跟着张飞来到山里，见到水电站，让胡学践既心惊肉跳又深感奇妙：二十多年，他存活于另一个世界，却在这一个世界留下了壮观的痕迹。他也做过对别人好的事儿，帮他做到的还是“老神”。至于“老神”为什么不见他，他其实也明白。但他只想再跟“老神”说句话。

胡学践翻山越岭。对于一个老宅男，当然有些吃不消，但他想，“老神”在前面呢。有两次，他隐约看见一个头大身短、黑咕隆咚的背影，像个蜕壳的知了越飞越高。他喊，人家也不停。人在动，山也动，刚过一个村子，泥石流来了。他蹦跶着逃窜，总算没被埋了，但一脚踩空掉进了山沟。醒来又不知过了多久，有赖于下面的树冠卸了力，居然基本无恙。再往上打量，四面陡峭，原先似乎有条小路和村子相连，现在却变成了泥浆的瀑布——也幸亏泥石流在这里改了道，又往更深的山谷里去，否则他就是一只泡在粥里的蚂蚱了。

胡学践又看见了树丛里的那几座坟。农村习惯，孤苦伶仃者死了也要另找葬身之地，免得碍了人家的眼。坟如预兆：就算没摔死，难不成也要饿死渴死在这里？他妄图向上攀爬，但融雪季节土质松软，嶙峋的怪石又没处下脚，每次都叽里咕噜滚下来。他还掏出手机打电话，但信号时有时无，拨过110、119都是刚通就断，估摸基站也受到了损毁。还想再打，手机干脆没电了。这才意识到被困已经不止一天，日出日落，竟没留意。时间的流逝变得清晰起来，像在读秒。胡学践开始等死了。

等了很久还没死，也不给个痛快的。难道还有事儿没做？胡学践忽然想起什么，鼓起力气，往那几座坟间爬去。他如同回光返照，两手乱扒，挖出土来，又堆了一座小坟。在他心里，这就是赵美娟的坟了，反正原来的坟里也没有赵美娟。而他死在哪里，就与赵美娟在哪里相伴。大致成形，还挺满意，个儿不在大，意思到了就行。胡学践却又动了个心思，掏出手机，勉强按亮。屏幕哆哆嗦嗦，像风中烛火，但好歹榨取了最后一丝电。幸亏这时有信号，拍了照片，写了句话，给胡莘瓯发过去。

他都懒得求救，只是不想让孩子忘了妈。可惜这话说晚了。

然后继续等死，这下能死踏实了。不过还没死，头顶却有响动，翻着白眼儿往上看，就见峭壁上的草丛里有个黑影。原以为是动物，但随即，一道微弱的光照下来，是手机自带的手电。原来是人，还出声了:“在呢?”

“在呢。”胡学践喊,想想又道,“你回来了?”

上面“嗯哪”,又说:“可我救不了你呀。”

胡学践说:“我不怪你。”

上面焦急道:“你撑着,我去想办法。”

说完咔嚓拍了张照片,又扬起胳膊,将两包东西甩下来,一大一小,有被褥也有吃的。那黑影起身要走,胡学践却又号了声:“等会儿——”

黑影不动,像在倾听。胡学践喘了喘,扯着嗓子喊:“我不怪你——”

黑影仍不动。胡学践又喊:“我懂你的意思,见光死。但我来,就想告诉你这句话。”

黑影还不动。胡学践再喊:“到哪儿说哪儿了,好好儿活着吧。”

喊得过于猛烈,他晕眩起来,闭眼再睁眼,黑影已经不见。吃食和水倒是真的,狼吞虎咽,算是续了命。然而到底缺乏荒野求生的经验,此后续命过于频繁,竟没考虑到不时之需——谁知道胡莘瓯也会从山上滚下来?当故事讲完,胡学践首先要做的是道歉:

“你看,我还是自私,也没给你留点儿……”

胡莘瓯没工夫搭理他爸的跑题。他一动不动,继续望着那座不是坟的坟。糯米团子上的污泥被冲开几道痕迹,黑棋子般的眼睛闪着温柔的光。他想叫声妈。妈,赵美娟,我早忘了你的模样,但我可算找到了你,不是在这个世界,而是在另一个世界的时空错乱之中。感谢千年虫。但再开口,他叫的却还是:

“爸——”

他爸回应："儿子——"

他又喊："爸——"

他爸回应："儿子——"

一来一往，渐渐就失去了意味，只是为了确定对方还在罢了。在此后的很长时间，他们并排躺着，一会儿睡一会儿醒，醒了就叫一声，互相证明还活着。直到黎明将近，胡莘瓯再喊"爸"时，声调突然有了变化。

他抬手指天：天上亮的不只星星，还有更近更大的光，从黑幕中闪耀而出，在树冠上方盘旋，飞舞，像若干敏捷的眼睛。胡学践也看见了它们，嗷嗷乱叫起来，而胡莘瓯又想提醒他爸，眼睛靠的是视觉而非听觉，他低头去找应急灯。

灯按不亮，再一看，玻璃蒙子都碎了。愣了一愣，想起什么，他又去够扔在一旁的帆布包，那玩意儿自打离家出走就跟着他。浑身疼，对他爸甩出三根手指：帮把手。他爸自然会意，挣扎着蹦起来，拎过包来打开。胡莘瓯从里面拽出一根粗大的棍状物，是发呆岛上那位海员送给他的老式手电。这玩意儿曾经被佛开光，胡莘瓯只希望它再次灵验——按照人家教过的秘诀，三下短，三下长，再三下短，SOS。光柱捅上天去，照在那些眼睛上。眼睛们果然被吸引下来，越来越近，嗡嗡转着小翅膀。眼睛是摄像头，背后还有无数眼睛，它们飞跃山脉，穿透密林，和他对视，只是看，只是看。

胡莘瓯又喊："爸——"

他爸喊："儿子——"

36 “给我一个名字”

噼里啪啦，胡莘瓯坐在“数字堡垒”前。机房、走廊、红楼都与原来并无二致，楼里飘荡着熟悉的熏酱味儿。此时距离他得到人生第一个“伊妹儿”，过去了足有二十多年；距离他成为顶流，隔了一个春天。

四面八方的屏幕亮着，有网页，有游戏，还挂着社交软件。有如时空错乱，他又回到了山上，记得那天，他跟他爸是被敲锣打鼓、一路直播地抬了下来。不仅找回失踪人口，还赚了一个，赢麻了。带队进山的干部很有媒体经验，他没让记者拍摄胡莘瓯和他爸的正脸，而是将报道的重点集中在救援人员身上，间或穿插两个领导实地勘察的镜头，并告诫陪同人员：别在后面瞎“滴”打伞。李贝贝说，这咋还带抢流量的呢？干部则对胡莘瓯解释：“我是为了保护你。你大小是个过气顶流，给救灾添了麻烦，不也是负面新闻？”

胡莘瓯表示理解。他在东北小城的医院躺了两天，痛痛快快刷手机，果然没发现有人问及他和他爸这两位获救者的身份。其间还有一则插曲：据本地的电视栏目组、婚庆摄像公司和测绘队描述，近日他们使用的无人机突然失控，一齐向山区飞去。无人机们走时声势浩大，好像一群炸了窝的马蜂，但一路损兵折将，许多航程不够的半截掉了下去；最后进山的只剩下一些大功率的专业机型，而它们发回的视频是在一个山谷，谷中有光柱射出。三下短，三下长，再三下短，SOS，有人赶紧把定位发给政府。

对于这场高科技灵异事件，有懂技术的人猜测，是一次典型的黑客攻击。手法相当高明，同时破解了多个品牌的无人机代码，并用临时编写的操作系统遥控了它们。但无人机公司立刻否认，表示他们的产品十分安全。涉及商业利益，陷入漫长的扯皮、索赔，事件的缘起反而不必多说。

胡莘瓯把视频转给他爸，他爸在隔壁床嘿嘿一乐，放下手机，望着窗外发了会儿呆。胡莘瓯也发呆，心知他爸少了个朋友。

但他爸也多了个朋友。几天后出院，李贝贝的儿子抱着胡学践的腿哭，只说老头儿别走，你可别不管我呀。俩人还频繁地甩出三根手指，好像当街划拳，倒让胡莘瓯和李贝贝在一旁讪讪的。这边胡学践安抚尾巴，保证跟他视频通话，那边李贝贝揉搓了一下胡莘瓯的娃娃脸："你好好儿的。"

胡莘瓯说："到北京还来看我。"

哑嗓子吭叽一声："孩子快上学了，谁有那工夫。"

蝴蝶障目，她看的总是眼前的事儿，并不屑于对未来做出承诺。坐高铁回北京，李贝贝去送的站，除了路上吃的熏酱，还往胡莘瓯手里塞了一个密封塑料包，说是他爸要的，用完了再快递。日后，包里的东西彻底改变了胡学践的生活。

胡学践出门了。二十多年的宅已成过往，他继承了李贝贝的小推车，又获得了李贝贝定期提供的秘制调料，每天在家炖上两锅，推到超市门口贩卖。熟客一尝，还是那个味儿，进而打出了熏酱西施北京分店的名号。身边人一多，毕竟让胡学践有些紧张，他一边撸着猪尾巴，一边向手机求援，那里面有个尾巴，全天候地指导他如何与人讨价还价、拉关系、抢地盘，“没我能行吗”。为了提前适应上学，尾巴被李贝贝送进幼儿园，时常与人干仗，也向胡学践直播。而作为一个手巧的人，胡学践在出摊之余又开始发明创造，接收了一台饭馆淘汰的送餐机器人，加以改装，将熏酱的营业半径扩展到了那条街上的面包房、黄焖鸡米饭和麻辣烫门口，各商家由此实现了互通有无，一站式销售。机器人能过马路，还能唱歌，不过这代产品唱的就不是《千年等一回》了，现在流行的是《火红的萨日朗》。

他爸推车出门，也不让胡莘瓯闲着，反正维修摊位是现成的。每天枯坐等客，胡莘瓯也在手机上与人聊天，对象主要是李贝贝和李蓓蓓。聊也没什么好聊的。李贝贝目前致力于辅导胡学践，开拓北京市场，而胡莘瓯这副死皮赖脸的样子还影响了她对尾巴的教育计划——她又开始数落他：

“你说你也上过大学，咋就不能当个正面教材呢？”

李蓓蓓倒是正面教材，可惜更没工夫搭理胡莘瓯。她从她妈那儿拿到了胡莘瓯的手机号，和他加了微信。她告诉胡莘瓯，自己入职了上海的培训机构，此外还开办了一家小型夜间辅导班——就在她的住处，一个房间教语文，一个房间教音乐，都提供一对一辅导。这倒不是出于教学热情，而是为了应付上海的房租和生活成本。好在上海那种地方，谁跟谁也不熟，都在疲于奔命，所以她们的“不一样”起码表面上没人关心。当然，胡莘瓯和李蓓蓓也说到了在南方小城的短暂交集，他用片儿汤话阻止了李蓓蓓的道谢，“没劲了不是”——但他发现，就算李蓓蓓想要和他叙旧，说的也无非是小黑板、肉包子和电蛐蛐，信里都写过。五岁的记忆，温馨但简略，至于他们的怕，过去了就不必再提。爱的真诚与郑重则像一句正确的废话，更不好意思强行上意义。

所以和他爸相反，胡莘瓯坐在人满为患的街上，心里却感到空。原来外面也是一个巨大的红楼。有时正在发蒙，机器人就来给他送饭了，边走边唱：

“流浪的人儿啊，心上有了她，千里万里也会回头望——”

胡莘瓯和它对视，千言万语说不出。对方转了转LED脸上的两颗小豆子，掉头走了。以上事情，同样不必多说。

此外，应马大合“死马当活马骑”的要求，胡莘瓯终于又参加了一次直播带货，并荣幸地充当主角。效果惨淡，别说五万六万没冲上去，网友们还将这场活动命名为“挖坟现场”。原来他就是个坟。而马大合不以为意，只是亲热地踹了踹他的屁股，然后敦促他维修器材，布置舞台。马大合透露，他已经诚邀新的流量担当四舅与关公组合前来加盟，还请胡莘瓯从中美言两句。都是哥们儿，也不必多说。

对了，在不出摊的日子，胡莘瓯还和他爸去了趟郊区，在赵美娟坟前哭了一场。没人领哭，效果比较一般，俩人仰面号啕，互相又看，都没眼泪。明年再来吧，他们约定。那张3.5英寸软盘也早不知哪里去了。

胡莘瓯还问他爸：“有没有我妈的照片？”

他爸说：“怕你看见，我也不忍心看，都烧了。”

那么坟里也是空，寓意着一切的空。这同样不必多说。而唯一值得说道的，似乎只剩下红楼里的这一幕了。

他爸再没碰过电脑，在结束出摊以后，便换成胡莘瓯把他爸请到另外一屋高卧，自己则顶替胡学践坐进了机房。“可惜了儿的，别让它闲着呀。”他对他爸搪塞。“数字堡垒”已不再用作专业处理器，它变成了一台功能强大的家用电脑。它能同时处理多个任务，任何一款大型游戏都可以轻松开启最高级别的特效，间歇还有在线电影、直播和作为一个穷人只逛不买的网络购物。他用另一个世界的满填充着这一个世界的空。和他爸那代宅男不同，他不在意信息有没有用、可不可信，只要以最大的瞬间流量在他眼前奔涌而过就行。这就叫假作真时真亦假，胡莘瓯得以熬过那些无眠、无意义、无所事事的无尽长夜。

而那位朋友又是怎么找到他的？胡莘瓯也不知道。只记得一天夜里，当他在游戏里的鏖战告一段落，揉着眼睛拉开微信，就见他那可怜的朋友列表里多了一个，却没头像，一团白，也没名字，一片空。他还以为软件出故障了，或者哪个不开眼的诈骗分子到他这儿来有枣没枣打三竿子，但他又发现QQ、陌陌等社交软件也在跳动，同样多出了这么一位好友。就连视频平台的账号都多了一个“互关”。这就蹊跷了。

胡莘瓯用鼠标戳了戳那个空白头像，对方却先说话了。

“你好吗？可算找到你了。”

“你是谁？我认识你吗？”胡莘瓯问。

“也认识也不认识，或者说，你不认识我，但我认识你。”

“你是‘老神’？”基于不久前的高科技灵异事件，胡莘瓯不免这样猜测。

对方却说："在找你的路上，'老神'帮了我不少忙，不过他自己并不知道；他能黑别人，我也能黑他，你们从未谋面，但互为因果。"

此话有禅意。胡莘瓯又想到什么："你是慧行？"

对方继续说禅语："既是也不是——慧行已不在，化作无数分身，我是其中之一；他前世想念一个哥们儿，让我来陪你。"

胡莘瓯心里扑通几下，忽然恐惧起来："来你也得挑个时候呀，这大半夜的——"

对方的解释很实在："一般终端容纳不下我，庙小和尚大，只能等'数字堡垒'开机。"

胡莘瓯却叹了口气："心领了，但我不用人陪，我乐呵着呢。"

对方打了个笑嘻嘻的表情："来都来了，我也做了那么多功课，听我讲讲你呗。然后你再决定要不要我这个朋友。"

胡莘瓯没反对。那就讲。大段文字喷涌而出，就像早已生成好了，储存在什么地方；中间似乎担心胡莘瓯看累了，又让他戴上耳机，收听语音版。讲述的声音居然是胡莘瓯自己的，就像他本人正在进行漫长的自述，而当涉及其他人物，比如他爸、李蓓蓓和李贝贝、马大合、李蓓蓓她妈、四舅与关公、师父、慧行和慧智，乃至于只有一面之交的海员、张飞、医院里和东北小城的干部……竟然都是本人原声，连腔调也没区别。对于这个功能，慧行的分身解释，它比慧行的权限更高，为了了解胡莘瓯，曾穿行于另一个世界的各个相关角落。就连六岁的李蓓蓓也可以通过现在的李蓓蓓再现音色。唯一缺席的是赵美娟，因为赵美娟没有留下任何电子介质的声音。赵美娟仍然是空。总之，胡莘瓯相当于听了一场声情并茂的广播剧，但剧情只有他一个，哦不，应该是两个“人”关心。

讲的无非是胡莘瓯这短短二十多年。说来乏味，但内容竟无比庞杂，不仅涉及了他明面的经历，还涉及了他那些隐秘的，原以为只有自己知晓的行为、心思，乃至一瞬间的感触。讲到了千年虫，讲到了他的爱和怕，讲到了六位数字，讲到了他的欲哭无泪。胡莘瓯蓦然发现，对方复制了自己，让自己在另一个世界里重新成形。对方比他本人还懂他。他过去想让人管，现在却渴望让人懂，那个人他没找到，但又自己来了。想到这里，胡莘瓯不再恐惧，反而感动起来，他的眼睛湿润了。

“那么我是你的朋友？”对方问。

胡莘瓯点了点头。

“给我一个名字吧。”对方说。

在胡莘瓯的舌尖和唇上，三个音节轻轻反弹，呼之欲出。